坂口安吾

エンタメコレクション

〈ハードボイルド篇〉

現代忍術伝

目次

復員

四郎は南の島から復員した。帰ってみると、三年も昔に戦死したことになっているのである。彼は片手と片足がなかった。

家族が彼をとりまいて珍しがったのも一日だけで翌日からは厄介者にすぎなかった。知人も一度は珍しがるが二度目からはうるさがってしまう。言い交した娘があった。母に尋ねると厄介者が女話とはという顔であった。すでに嫁入して子供もあるのだ。気持の動揺も鎮ってのち、例によって一度は珍しがってくれるだろうと訪ねてみることにした。

女は彼を見ると間の悪い顔をした。折から子供が泣きだしたのでオムツをかえてやりながら「よく生きていたわね」と言った。彼はこんな変な気持で赤ン坊を眺めたことはない。お前が生きて帰らなくとも人間はこうして生れてくるぜと言っているように見える。けれども女の間の悪そうな顔で、彼は始めてほのあたたかいものを受けとめたような気がして、満足して帰ってきた。

決闘

妙信、京二郎、安川らの一行が特攻基地へ廻されたのは四月の始めであったが、基地はきしにまさる気違い騒ぎで、夜毎夜毎の兵舎、集会所、唄う奴、踊る奴、泣く奴、怒る奴、血相変り、殺気だった馬鹿騒ぎである。真剣をぬいて剣舞のあげくに椅子を真ッ二ツに斬りこむ男、ビールビンをガラス窓に叩きつける男、そうして帰らぬ征途につく。規律などは滅茶滅茶、酔ったあげく兵舎の窓をとびだして妓楼へ行く奴、町へくりだし情婦の家へくずれこむのは良い方で、女を押えつけて無理無体に思いをとげる奴、上官は見て見ぬフリ、士気があがっているからアバレル、血気がなくては敵の軍艦に突ッこめない、まるでもう当り前の顔でこう言っている。

妙信はこれ幸いとこの生活になじんだ。彼は浅草のお寺の子供で、お経の方は仕方なしに覚えたけれども、清元と常磐津は師匠について身を入れて習った。喧嘩は強い方ではなかったが、ミコシをかついで騒ぎまわるようなことが大好きだから、戦争は度が過ぎると思ったが、坊主はどうも虫が好かぬ。そんな性質だから、ビンタがなきゃ兵隊ぐらしも捨てたものじゃないなどと内々気楽に思っているところへ、特攻隊、まだ死ぬのは早すぎる、まったく暗い気持になったが、ヤケ、ヤブレカブレ、飛行機のりになった時から時々夜中に淋しさ、やるせなさで、ふいに首を突き起して思いきり怒鳴りたいような気持になることがあった。愈々来たか、ダメか、と思うと一両日は時々いわれなく竦むような、全身冷えきる心持に襲われたものであった。

だから特攻基地へ廻されてきて気違い騒ぎを見ると、ハハア、みんなやってる、オレだけじゃないんだ、グロテスクきわまる因果物を見せつけられてそれが人ごとでない感じ、思えばわが身にせまる不安は身の毛のよだつものであったが、それと一しょに妙にゾクゾク嬉しく勇ましくなってきた。よろし、オレもやるぞ、さっそく夜陰に窓からぬけだす、ビンタがないから大いに豪快で、淫売宿にナジミもできたが、挺身隊の女工の情婦もでき、女事務員とも仲がよくなり、看護婦にも一人いいのができた。

安川は医者の三男坊で絵カキ志望の男であったが、この基地へきて、たまたま星野という未亡人と知りあった。星野家はこのあたりでは名の知れた古い家柄のお金持で、未亡人に一男一女あったが、長男は出征して北支で死に、まだ二十五の秋子というお嫁さんが後家となって残され、あいにくのことに遺児がない。妹の方は十九でトキ子といった。

星野夫人は自分の倅(せがれ)が戦死のせいもあって、兵隊が好きで、特別特攻隊の若者たちに同情を寄せていた。

そこで行きずりの若い兵隊を自宅へ招いて御馳走するのが趣味であったが、誰でも招待するのかというと、そうではなくて、一目見て気に入らなければそれまで、気に入ると、街頭でも店頭でもその場で誘って自宅へ案内する。そういうわけで星野家へ出入りするようになった兵隊が安川もいれて五人いた。

五人の兵隊がみんなトキ子が好きなのだ。元々特攻というものは必ず死ぬ定めなのだから、夫婦になる、そういう未来のあるべきものじゃない。だから基地では一人の女を五人六人で情婦にする。そういう場合はままあったが、未来にどうという当（あて）のない身は磊落（らいらく）で鞘当（さやあ）ても起らない。

　ハッキリ情婦となってしまえば却（かえ）って鞘当てはないのだけれども、相手が処女、清純楚々たるタオヤメであるとややこしくなる。ヌケガケの功名という奴があるからで、そこで五人が相談して、トキ子さんは我々のアコガレなんだから、胸にだいておくだけで汚さぬことにしよう。女のからだが欲しければ商売女があるのだから、と約束したが、そのとき最も年長二十六になる村山中尉が口をだして、然（しか）しアコガレを胸に死ぬといえばキレイだけれども、四人死ぬ、最後に残った一人がどういうことも出来るわけで、そうなっては先に死ぬ者の気持が無慙（むざん）だ。だから特攻に出発ときまった者だけその出発までトキ子さんをわが物とする定めにしよう。こう言いだしたのは彼は中尉で編隊長であり、ほかの者、安川などはまだ一人前とは云えないような飛行機のりだから、自分がまッさきに貧乏クジをひきそうだからで、なるほど然し言われてみれば先に死ぬ者の気持の暗さは無慙であるから、よろしい、その定めに約束した。これは五人だけの約束で、トキ子も未亡人もあずかり知らぬところであるから、独裁横暴、いかにも勝手だが、眼前に見る祖国の壊滅、わが身の自爆、それを思えば彼らの心中も同情の涙を禁じがたい。

　ところが皮肉なことに、この五人には、いっかな特攻命令が下りない。そのうち出撃もめったに無くなり、八月をむかえてから、にわかに二編隊十人、その中に安川がはいった。五人の中で安川が先陣ということになったのである。

この十人の特攻隊には安川たち三人組、死なばモロトモという仲良しの妙信と京二郎も含まれていた。

京二郎は他の隊員から変物と見られていたが、それは彼が無口で唄もうたわず酔った素振りも見せない、そういうせいではなくて、彼が女を知らないというせいらしかった。

まったく京二郎は女を知らなかった。妙信や安川が夜陰に兵舎をとびだして女を買いに行ったり、町の情婦を誘いに行ったりするとき、否、この基地へくる前から、京二郎は女の遊びにつきあったことがない。

然し、本来は至ってツキアイの良い奴で、ほかのことには誘われてイヤだと言ったことがなく、欲しくもない酒、見たくもない映画、なんでもつきあう。女のことだけが別で、妙信が自分の情婦の友達などを執り持ってやっても、発展したためしがなかった。

センチな純情派、偏屈な童貞型、特攻隊の中でも童貞型がままあるが、京二郎はセンチでも偏屈でもなかった。人のことには寛大で、心に柔軟性があり、狭い純情型の正義派ではなかったが、オレはまア、ともかく女を知らずに死んでやるさ、というどこか悠々としたところがあった。

いったいが、この男は、人々みんながやることはやりたくないような素振りで、ほかにべつに文句はないさ、というような頓狂な飄々たるところが、いかにも間のぬけた感じで、だから変物に見える。

然し京二郎は心中ひそかに、実は最も女が欲しい、女のからだが欲しかったのである。

とはいえ、恋がしてみたいと云ったところで、自分の一生が人まかせで、おまけに、いつ死なねばならぬか、もはや目の先に迫っているのだ。自由もなければ、自然も、意志も、実はない。懐疑すらも有り得ないのだ。

彼は死ぬのはイヤだ。切なかった。然しそれをどうすることもできない現実なのだから、酒と女に身を持ちくずして、ときのまの我がまま勝手をつくしても、それによって紛れるよりも、人によって殺される自分のみじめさが切なく思われるばかりに見える。どうせ殺されるなら、ソッと殺されよう、声も立てず、悪あがきもせず、そう思うと、いくらか心が澄むようだ。

どうせ祖国は壊滅する。英雄も軍神もありはせぬ。超人を信じ得ないということは、まことに死ぬ身にとってはつらい。まったく、もう、人間ではない。軍艦にブツカルためのエネルギーであるほかに全然意味がない存在であるということ、この事実がぬきさしならぬことだから、それを思えばグウの音もでず、ただポカンと、そして絶望に沈んで起き上る由もないではないか。

とはいえ、彼とても、別に女にこだわることはないではないか、なぜ女にだけこだわるか、そう思うことは絶間もなかった。

するとと又、あいにくなことに、最も欲するものを抑えること、せめてそれが満足である、いわばまアそれだけが人間の自覚のような気がして、そんな理窟で間に合うことも多かった。だから彼はふだんイヤな士官だの司令の奴を、死ぬときまったらひとつヒッパタイテやろうなどという気持よりも、誰にでも愛想よくサヨナラと云って、サッサと死んでしまう方が気に入っていた。

然し愈々命令が下ったときには目も耳もくらみ、心は消え、すくんでしまったもので、ああ、これを絶望というのだ。絶望とは決して人間の心に棲むものではない。狂気の上にあるものであり、人間に非ざる心に在るものであった。

突然京二郎は全宇宙を砕きたい怒りに燃えた。すると又にわかにもはや又絶望、喪失と落下と暗黒と氷結にとざされている。すると又、にわかに怒りに狂い、又喪失と落下と暗黒。そういう繰返しの波がひいて現れてきた自分も、然しもう先程までの自分とは違うような、なぜとも知れずハッキリ分る差の感覚が、まことにイヤらしくこびりついているのであった。

★

その日のひるまは三人そろって町へでたついでに、星野家へ挨拶に立ちよった。妙信と京二郎ははじめての訪問で、ちょッと上ってお茶をのんできただけだった。

その夜は集会所で送別会がひらかれ、例の如き気違い騒ぎ、他の隊員には血相変りただならぬ者もいたが、三人組はふだんの通りで、妙信は清元をうなりカッポレを踊り、次には素ッ裸でヤッコサン、京二郎は例の如く全然黙々たるものであり、安川も途中まではふだんと変らなかったが村山中尉が酔っ払ってやってきて酒をさして、

「ヤイ、貴様が先陣とは面白い。立派にやれ。ひとつ、のめ」

横柄であった。むろん階級の差も年齢の差もある。無礼講もその差は一応当然でカンにさわる筋はなかったが、二人のつながりは軍人としてではなしに、人間のもので、そのつながりの上だけでの交際なのだから、安川は急にビリビリ緊張した。

安川はひるま挨拶に行ってちょッとお茶を飲んできただけで一応気持は済んでおり、約束をたてにトキ子のからだを強要できることなどはもはやこだわらずに始末のできる気持であった。

然し村山の横柄な態度のうちに、どこか残忍な、我慾のためには他をかえりみぬ性格をよむと、こいつの場合は是が非でもやる、トキ子さんが泣いてイヤがっても捩じふせやりとげる奴で、その不安は以前から胸にあったが、目のあたり見なければそれで済んでいられたのである。

安川の眼つきが変った。酒盃をテーブルへ置く手までふるえて、立ち上るから、

「貴様、オレのついだ酒うけないのか。無礼な奴だ」

「何が無礼だ。オレはこんなカラ騒ぎの席にいたくないから引きあげるのだ。約束を果してくる用件もあるからな」

素ッ裸の妙信が、

「おッとッと。待ってくれ。オレも一しょに退散する。オレもひと廻り廻るところがあるのだから」

軍服をきて一しょにでる。京二郎もあとにつづいて出た。

辻へきて、妙信は別の道へ別れるというので、

「君はどうする。当がないのだったら、オレと一しょに星野のうちへ来ないか」

「オレが星野のうちへ行っても仕方がなかろう。このへんをぶらぶら歩いてみよう。妙になんとなく歩いていたいのだから」

「そうかい。なんとなく君にも来てもらいたい気持なんだが、じゃア、仕方がない」

二人は右と左へ、京二郎はあとへ戻りかけると、安川がふりむいて、

「おい、くることができないのか。一しょにくる気持にならないかな」

「ならないな、別に当もないけれども、今夜はもう今夜きりじゃないか。思うようにしてみるほかに仕方がない」

「そうか」

京二郎が一しょに来てくれないせいだと安川は思った。このままで行くと、どうしてもトキ子を手ごめにすることになる。決意とも違ってヤケクソ、捨て身、そういうものだ。それを警戒して誘っているのに京二郎が来てくれないから、どうしても、そうならずにいないだろう。こんなふうな甘えたようなヤケな気持で遠い昔に道を歩いていたことがあったような気がする。幼いころ、母に甘え、母に怒り、そういうヤブレカブレで。

トキ子の母に会いトキ子に会うと、気持は別人のように落付いていた。然しトキ子を散歩につれだして町外れの河原へでると、ふとした情慾の念をきっかけに支離滅裂な逆上が起った。嫉妬かと思えば絶望であり、あらゆるものへの呪咀と破壊を意志したときには一途の愛惜に目のくらむ思いもしている。

安川はトキ子をだいていた。

「あなたとこのまま別れては、僕は死ぬことができないから」

どいつもこいつも、こんな言葉でこんなことをするのだろう、と安川はイマイマしく思ったが、もはや何物をも顧慮することができない。そして彼は自分のどこにもブレーキがないので驚いた。否、驚くひまもなく、実際的な行為とそれをやりとげる力だけが、それだけが自然のように次々と起り溢れた。それはまるで芸術の至高の調和のような充実した力量感と規律的なリズムをみなぎらしているようであった。

トキ子はさからわなかった。ただ地の上へ押し倒されたとき、ああ、というウツロな声をもらしただけだ。安川の悔恨はその声の回想から起った。恋でもなく行きずりの愛情からでもないのだろう。あなたとこのまま別れては死にきれないと云う、それだけの呪縛であり、祖国のためにイノチをちらす若者へのこれも祖国のイケニエの乙女の諦念にすぎないではないか。

彼はこの思いをつとめて抑えていたが、集会所をとびだして夜道へ降りて以来、なぜトキ子を手ごめに行くか、嫉妬によってならば村山を叩き斬るべきで、それによってトキ子を手ごめにすることはない、そういう声をきいていた。

村山を叩き斬れば祖国のために死ぬことができなくなる。だから仕方がない。トキ子が自分のようなものとつながりを持ったのも、自分が祖国のために死ぬという定めのためによってであり、これだけは如何なる絶望逆上混乱をふみつぶしても為しとげねばならぬ。すべての特攻隊がそうしており、村山にしても、彼もやっぱりトキ子をすててやがては征かねばならぬ、又、征く、必ず征く筈だ。

そう思えば、どうしても手ごめに行くより仕方がない。約束なのだから、約束を果さないセンチの方が卑怯だなどとも思った。

然し思いを果して何が残ったかといえば、祖国の名に於て純な乙女をイケニエにしたという後味の悪さばかり、起き上り、立ち離れて茫然と立ちすくんでいると、トキ子も起き上り精神的な混乱と肉体の苦痛で歩くことも容易ならぬ様子であった。そこで再び悔恨が胸につきあげて逆上すると、祖国の名に於てイケニエになるのはトキ子ばかりではない。自分のイノチがそうではないか。トキ子が何物であるか。自分の場合はイノチが自分のすべてのものが。それを思うと、絶望ばかりであった。むしりとり、むしりとっても、目をふさぐ絶望の暗幕をはぎとることができないではないか。

「トキ子さん。立派に死んでお詫びをします」

それも月並でイヤらしい言葉であったが、思うことを言いきってしまえば、胸ははれるかも知れない。

「死にたくない、死にたくない、死にたくない。これが僕の本心、全部です。でも、今は、それを乗りきれます。祖国の名に於て、トキ子さんは僕の暴力のイケニエになったから、僕も甘んじてイケニエになるつもりです。祖国なんか、なんだっていいや。僕はトキ子さんのために」

トキ子が唇をさしよせた。抱きしめると、胸の中でトキ子は泣いた。

手を握りあい、長い夜道を無言で歩いて、トキ子の家の前へくると、トキ子は立ちどまって顔をすりよせて、

「私、イケニエじゃないわ」

全身に熱気がこもり、情感が溢れている。

「あなたを愛していました」

トキ子は全身を安川の胸に投げこみそうであったが、安川にそれを受けとめる用意がないので、恐怖と羞じらいのために、身をひるがえしてわが家へ逃げこんだ。

安川は追うことができなかった。

それは残酷な言葉であった。ここはやっぱり無言のまま別れてくるべきであり、さもなければ、例の月並に、立派に死んで、バンザイ、それでよかったのだ。イケニエということのほかに、人間なんかの在る余地がないのだから。

安川はノドをしめあげられ、ノドに荒縄をまきつけられて気違い馬に引きずり廻されているようであった。途方にくれ、益々絶望するばかりであった。

何ものの喜ぶべきこともない。トキ子の愛情をたよりに、愛情をみやげに、そんな気持の玩弄はできうべきものではなかった。のたうちまわる思いだけであった。

畜生！　畜生！　オレを殺すのはドイツだ。祖国。そんなもの、八ツザキにしてしまえ。どうして恋だの愛だのと言いだすのだろう。日本中が気が違い、戦争というトンマな舞台の人形、ただ祖国のために飢え、痩せ、働き、死ぬ、ひとつの道具、兵器の一種にすぎないではないか。恋だの愛だのとそんなことを今更言うとは、ひどい、なんということだろう。

恋は青空、思いは海、せめてうららかな日に自爆したい。そんな気持になりきれないとは切ない。そうなる以外に、手がないのだもの。そのくせ、なれない。空を仰げば、嘘のように星があった。天の川、悲しく汚く、つまらない星空であった。

自分とは何だろう。もうそれを考えては立つ瀬がない。ギリギリのところに、ガンジガラメにつるされ、死神を待つだけだから。

★

その一夜、三人ながら熟睡したというのは一人もなかった。

然し彼らは翌朝はいくらか気分が落ちついていた。仕度をととのえ、飛行機を見ると、兵隊なみにひきしまった心になった。

尤も彼らはこれから出撃するわけではなくて、いったん南端の進発基地へ行き、そこでバクダンを吊して、本格的に海を南へ消え去るわけで、その出撃は更に翌日の予定であった。ところが南端の基地へ来てみると情勢が変っている、敵の大船団が行動を起しているというのはどうやら偵察のまちがいらしい、もう暫く様子を見ようということになっていた。

一日生き延る思いは豊醇きわまるもので、これがあっちの基地であったらトキ子とひとときと思わぬでもないが、そうでなくとも安らかでくつろいでいられる気持であった。

その翌日も、又その翌日も翌日も、命令はない。そして先の大船団はどうやら正体のない幻影だったということになり、まア、お前ら遊んでいろ、そういうことになったが、するとそこへ八月十五日、基地は放心した。

三人はわけが分らなかった。

生きた、という知覚。それを誰より強く覚えたのは三人であったかも知れない。オイ、本当か、たまたま彼らは外出を許され、町の民家のラジオをきいた。民家のラジオは偽物の放送じゃないかと思ったぐらい、日本が負けた、生きた、はりつめた気持がゆるんで、だるいようだった。

真偽をたしかめに基地へ戻ると、基地ではラジオをきいていない連中が多く、こっちの方が却って半信半疑、まだ防空壕を掘っている連中がいる始末であるから、やっぱりまだ戦争か、ヒヤリと心が一時に冷えてしまったが、まもなく連絡の飛行機の往復がはげしくなる。夕方、食堂へ行くと、泣く奴、怒る奴、吐きだす奴、笑う奴、負けたことがハッキリした。

隊長の中尉が、

「イノチがもうかったぞ。お前ら、どうする。これから、どうするんじゃ、オレは知らんぞ。日本中がみんな捕虜かいな。わけが分らん。基地へ問い合せても返事がないから、明日基地へ帰るんじゃ。そのつもりにしとけ」

「勝手に帰るんですか」

「蜂の巣をついたようなものじゃないか。もう血迷ってるんだ。こんなところに命令まってたら、永久の島流しじゃ。向うじゃ死んだつもりにウッチャらかしだろう」

三人そろって外へでて夕凪に当ると、

「オイ、オレは今すぐ基地へ帰る」

安川は焦燥にイライラしていた。

「勝手に帰っちゃ、ぐあいの悪いことになるだろうぜ」

「どうせ、負け戦だ。咎められたら、基地へ問い合しても返事がないから、隊長が単独行動を許したと言や、すむだろう。後々のことはもう問題じゃないんだ。オレは是が非でも帰る」

思いたつと、つのる焦燥、不安を押える術がなかった。私イケニエじゃないわ、あなたを愛していた、というトキ子の言葉が徒らに安川の胎内を駈けめぐっている。その言葉をたしかめなければならない。

イノチがあった、これからもある、するとまるでガラリと問題が変ってしまう。まったく別人の誕生だった。然し、そんなことに呆れているヒマはない。村山は行動力のある奴だから、情勢の変化と同時に行動を起しているに相違ない。

安川はもう二人の返事をきかず、ふりむいて飛行場へ歩きこむ気勢であるから、

「よし、オレも一しょに行く」

妙信が覚悟をきめる。

急に三人ひとかたまりになって駈けだす、すると安川のみならずあとの二人も無我夢中であった。人生が変るのだ。どう変るか、何が変るか、当もない期待と興奮、解放された何かが、ただ気の狂った動物みたいに全身を逆流している。

生きていた。これからも、生きる。これからは自分が生きて、自分が何かをつかむのだ。走れ走れ。もう兵隊も軍律も土足にかけろ。出発。

然し、京二郎は、わけの分らない不安があった。いったい、自分なんか、本当にあるのだろうか。何物だろうか。これから先々、途方にくれるような陰鬱な疲れを感じた。そのくせ、やっぱり胸は何かでふくらみ、張っている。解放されたイノチ！　疲労に目がまわるが、走る足をゆるめる気持にもならない。

★

それから数日、ごったがえしていた基地もあらかた引きあげて後始末の者だけ残り、例のトキ子同盟五名のうち三名は去り、残る者は安川と村山二人、浅草の実家のお寺が焼けて一家不明だという妙信とこれも故郷に希望のない京二郎が一しょに残って、一応部屋のたくさんあいてる星野家へ下宿することになった。

ところが村山は安川らが基地をとびたつと、もう我慢ができなくなった。安川の奴がいっぺん処女を奪ったものなら、トキ子の純潔はもう問題ではない。五人の約束もトキ子を処女としての約束で、いちどケチがついたものならあとは同じこと、早いが勝だと理窟をつけて、さっそく直談判、強要して成功した。

そういう関係になっていたから、はからざる終戦、母とトキ子は二人の男の膝づめ談判に困却して、なすところが分らない。

困ったことには、母とトキ子と胸の思いが違っていた。

トキ子はすでに兄が戦死し一人娘であるから、聟(むこ)とりということになるが、村山は資産家の三男坊で、私大の経済科を卒業しており、すでに一人前の紳士であるが、安川は医者の三男坊で、絵カキの卵、また二十二の若年で、このさきどんな人間に成長するか、今のところは見当がつかない。

差当り誰の目にも村山は旧家の主人に申分ない条件を具えているから、母は村山を内々聟にと思っている。

トキ子は安川が好きだった。

二人は胸の思いを表わさないが、それとなく分ることだから、安川は当のトキ子に一任しようと云い、村山は日本の習慣通り親の意志に従うべきだ、とこれもケリがつかない。母と娘は胸の思いをあらわすとモツレルばかりだから、安川には安川の気のすむように、村山にも同じこと、なるべく当りさわりなく、両方のキゲンをとるから、益々こじれ、もつれるばかりである。

「当然死ぬ筈の人間、それを前提として出来たツナガリに、死ぬ運命が変って起ったモンチャクだから、昔のツナガリを土台にしては解決ができない。君がトキ子さんと最初の関係をもったとか、僕がそれからどうしたとか、こういう特攻隊員のツナガリは御破産にしよう。僕らは新らたに、全く終戦後別個に現れた求婚者として、正式に争うべきではないか。我々は直談判をやめて、日本の習慣に従って、両親の許しを受け、親なり仲介者の手によって、家と家の交渉、正式に手順をつくして求婚して、正式の返答を貰おうじゃないか」

こう言いだしたのは村山で、この提案の計画をたてると、彼はいちはやく、両親に依頼の手紙を発した形跡があった。この提案は母と娘と四人同座の席でだされ、正式の交渉、もとより女たちはそれを望むのが当然、三対一、反対してもムダだから安川も同意した。然し、安川の親の医院は焼失し、両親がどんな暮しをしているやら手紙ぐらいで納得するやら、二十二の特攻小僧の嫁ばなし、相手にもしてくれない不安ばかりで、たよりない話だけれども、ひくわけに行かない。

すると村山は、そう話がきまれば自分の勝と考えたから、あとは時間の問題、この際トキ子の身をまもることが大切で、話がきまった以上、求婚者が娘の家に同居するのは間違いが起り易いから、解決までフェアプレー、ほかの家へ宿をとろうと巧みに話をもちかけて、二人は星野家の真向いの長屋へ隣同志に別れて下宿した。二人は四六時中相手の行動を見張りあい、一方が星野家の門をくぐると、忽(たちま)ち一方もあとを追う、片時も目をはなさぬという忙しいことになった。

変った事情で、それまでは赤の他人の星野家へひとり残された妙信と京二郎、妙信は色々と情婦があるから、そっちのつきあいで外泊が多く、いつも無口の京二郎がたった一人とり残されて、話のツギホに困りきっているようなことが多かった。

信子（トキ子の母）は未亡人のつれづれ、死ににとびたつ特攻隊員をねぎらって、まぎれていたが、敗戦、一時はどうなることやらヤブレカブレの気持にもなる。京二郎が酒と女のヤケ暮しの特攻隊で、死にに行くその日になっても女を知らなかった。知ろうともしなかったという、そんな子供と遊んでみたいような気持になった。

妙信の帰らない夜、酒をもてなして、京二郎を自分の寝床へつれこんでしまった。

京二郎はまったく何も知らなかった。はじめ彼のなすままにまかせると、いわれの分らぬトンマなことばかりやり、四肢の配置、そんなことすらも、どこへどうとも知らない様子で異体の知れないことをやるから、信子もだんだん大胆にこうして、ああしてと教えるうち、ふと忽ちに、それはもう子供でもなく、何も知らないウブな若者でもなく、まったく傲慢、ふてぶてしい粗暴無礼な男であることが分ってきた。たった一つ最初の手口をさとっただけで、あとはもう全てを知りつくした男であった。彼女の夫はもっと弱々しく、控え目で、神経がこまかく、やさしかった。この男は唸り、挑み、つかみ、打ち倒すような荒々しい男であった。男は充分に満足すると、残される女のことなど眼中になく立上って、それでも、オヤスミとだけ言って立ち去った。

翌朝、京二郎は全然ふだんと態度が変っていなかった。それは女を征服した男の態度よりも、もっと傲慢不遜なものに、それはつまり信子が眼中にないという様子に見えた。信子は怒りと憎しみに燃え、驚異に打たれ、又、惹きこまれる力に酔った。思えばそれもこの粗暴な男の影をめぐっている自分の一人相撲にすぎない。まだようやく二十二という若者のこの傲然たる男の位、これを男らしさというのであろうか、それは不可解、又、神秘的ですらあり、襟首を押えつけられているような圧倒的な迫力があった。

「童貞なんて、嘘でしょう。あなたぐらい、スレッカラシの男はないわ」

「童貞なんか、何ですか。僕が今まで女を知らなかったのは、童貞なんかにこだわっていたわけじゃないのです。僕は何より女が欲しかったのですが、自分の意志で人生をどうすることもできない戦争の人形にすぎないのだから、一番欲しいものを抑えつけて、せめて自尊心を満足させていただけですよ」

まったく京二郎は戦争中は女を遠ざけながら、実は女のからだに最もこだわり、それを求めつづけていたことを、思いだすのであった。信子のからだを知る時間まで、そうだったかも知れなかった。

然し今はもう、女のことなど、問題にしていないことが分っていた、なにをアクセクすることもないではないか。戦争は終った。自分の力で、自分の道を生きて行くことができる。卑小な何物にこだわることもない。卑小なものは踏みつぶして進め。どんな理想も可能であり、その理想のために、自ら意志してイノチを賭けることもできる。

女がもし必要ならば、理想の女をもとめるがよい。つまらぬ女はみんな道ばたへ捨ててしまっていいではないか。気兼ねも、気おくれも、後悔もいらない。

然し、理想は何か。理想の女はいかなる人か。それはまだ京二郎には全く見当がつかなかった。ただ彼は現実的に、それを握って不満なものは、すべて捨てて不可なきものと信じることができるだけだった。

戦争がすんだ。そして人間が復活した。彼は先ず人間の復活からはじめる、生れたての人間に一人前の理想など在る筈もないではないか。

戦争未亡人の秋子は若くて、初々しく、美しく、情感にとみ、京二郎の情慾をそそるに充分だった。彼は秋子と通じることに罪悪感を覚えるので、一そうそれを敢てして自分を、そして人間を、罪悪をためしてみたいと思った。自分の意志を行うことを怖れるのは人間的ではない。強制されて行うことが気楽だというバカバカしさに腹が立った。

然し彼はいかにも尤もらしく屁理窟でツジツマを合せていたが、実際はただ情慾に憑かれた餓鬼であり、可愛いい女をもてあそびたい一念だけが生きている自分の心だということを知ってもいた。

京二郎は深夜に秋子の寝室を襲って、思いを遂げた。秋子はやや抵抗したが、恥のために声を忍んで屈したような、無感動なむくろという様子であった。然し次の機会からは、すでに拒まないばかりでなく、快楽に酔い痴れ身悶える肉体であった。

こんなものかと京二郎は思った。秋子の肉体が憎くなるのであった。人間はたったこれだけのものであろうか。まさしく、これだけのものではないか。このほかに目をさまして顔を洗い、掃除をし、食事をし、洗濯をし、料理をつくり、知人と挨拶し、もてなし、話をし、それが人間の生きる目的でないとすれば、この肉体のほかに何があるのだろうか。人間はこれだけではない筈だと彼は思った。然しそれはトキ子を手ごめにするための階段の役目を果している屁理窟のようなものであった。

彼はトキ子が抵抗することを考えた。安川や村山に知れて、彼らの刃物に対している自分のことを空想した。そして、そこまで、やってしまわなければいけないのだと自分を納得させることに成功した。

京二郎はトキ子をゆり起した。

「僕ですよ。起きて坐って下さい」

トキ子は起きて坐った。トキ子は彼の空想の中で激しく抵抗しているような女ではなかった。空想の中とは別に、京二郎はそれをハッキリ知っていた。

「僕は安川でも村山でもありませんよ。あなたと結婚したいなどとは申しません。僕はただ遊ぶために来たのです。その代り、あなたがイヤだと仰有(おっしゃ)っても、ダメです。僕は遊ぶことにイノチをかけているのですから。ホラ、僕の心臓に手を当ててごらんなさい。いいですか」

京二郎はトキ子の手頸(てくび)を握って自分の心臓に当てさせた。どうすることもできない様子で、その腕は抵抗せずに、木ぎれのようにタワイなく持ちあげられてきた。

「僕の心臓は全然ふつうと同じように、ユックリ、規則ただしく打ってるでしょう。あなたの心臓と音をくらべてごらんなさい」

京二郎は別の手頸をにぎってトキ子の心臓に当てさせた。そのために二人の膝は密着して、二人の体温が泌みるようにふれてきた。

「つまり、僕はすこしも怖くないのです。何も怖れるものがないのです。なぜなら、今は、僕の時間だから。分りますか。あした、あなたが目を覚す。するともう、それは僕の時間ではないのです。あなたの時間、あなたと安川や、あなたと村山の時間なのです。その時間の中では、僕とあなたは何のツナガリもない赤の他人だ。然し今、これは僕の時間だから、僕は時間と、そして僕にからまる人、あなたを支配しなければならない。だから僕は冷静です。僕の心臓の静かさが分るでしょう。あなたの心臓はどうですか」

京二郎は握った手頸をはなし、トキ子の当てた掌の代りに、自分の掌をトキ子の心臓に当てた。その心臓は音がハジキでてくるように打っていた。京二郎はいつまでも手を当てていた。そしてトキ子の肩をかかえて、いつかトキ子を腕の中に抱いていた。

唇をよせた。トキ子はさからわなかった。すべてが終ったとき、

「安川さんや村山さんに仰有ってはイヤ。誰にも秘密だわ。私たちだけの秘密」

とトキ子がささやいた。

京二郎は唇をむすび、又、溜息をもらし、あらゆる悩ましさに捩れからんだ肢体を追憶しながら、

「一生秘密にしていられる？」

「むろんだわ」

「こんな秘密をいくつも、いくつも、つくりたいと思っているの？」

トキ子は答えなかった。みずみずしい裸体を惜しみなく投げだしたまま、隠そうともせず、目に両手を組んでいた。

京二郎は秘密というものが女の一生の目的であるような思いにふけった。なぜかトキ子の肉体は憎くはなかった。秘密をたくわえる、それを目的にする女、秋子とても、信子とても、そうではないか。

然し、トキ子は可愛いいと思った。

★

トキ子と京二郎の関係に先ず気づいたのは妙信であった。

京二郎は妙信が同じ部屋にねている夜も、トキ子への情慾を抑えることができなかったから、血のめぐりのいい妙信は、相手が誰でもなくトキ子であることも見破ることができた。

勇み肌の妙信は、当の安川や村山よりも義憤に燃えて、京二郎に決闘を提議したのも彼であった。

そのころ村山の両親からは使者がきて、こっちの様子を見定めた上、聟養子になるならなにがし財産も分けてやる。正式の交渉が始まっていた。安川の家からは音沙汰がなかった。安川はもう敗北だと思わざるを得なかったので、ヤケクソになりかけており、村山にしてやられるものなら、京二郎でも同じこと、却って村山にいい気味だと思ったほどで、さほど熱はなかったが、寝とった京二郎はやっぱり憎い。思いつめれば喉を割いてやりたいぐらいで、ともかく決闘の聯合軍に加わった。

京二郎は申出に応じ、三人の誘うまま町外れの河原の方へ歩き去った。

信子と秋子は寝耳に水であった。彼女らは各々京二郎がただ自分とだけ関係があるだけだと思いこんでいたのだ。

「あなたは何とまア気違いですか。村山さんからはもう正式に使者の方が何度も足を運んで下さるというのに。京二郎さんなどという粗暴な礼儀知らずの低級なろくでなしは、御三方に頭をわられて半殺しになるといい」

トキ子はうなだれていたが、シッカリした顔付で、返事をしなかった。

「あなたは、まさか京二郎さんが好きなわけではないでしょう。あの人はあなたを手ゴメにしたのでしょう。それは私に分ります。なぜそのとき私に打ちあけて下さいませんか」

　トキ子は答えなかった。

「皆さんが戻っていらしたら、あなたは村山さんにお詫びをしなければいけません。できますか。それはできるでしょう。しなければならないのです。然し、許して下さらなければ、あなたはどうなさるつもりですか」

　長い沈黙のあとで、たまりかねて信子がつぶやいた。

「今ごろはあのろくでなしは血まみれにヒックリかえっていることでしょう」

「一人に三人ですものね。でも、妙信さんはオセッカイではないかしら。あの方の知らないことだわ」

　と、秋子が呟いた。

「正義ですもの、それが当然ですよ。何がオセッカイですか」

　そこへ四人が荒々しく戻ってきた。服は破れ、血がにじみ、顔は腫れ、目だけ吊りあげて疲れきっている。

「ムチャクチャですよ。安川の奴なんざ、京二郎を殴っておいて、急に方向転換して村山に武者ぶりついているんですから。思えばケンカはヤボですよ。四人で話をきめてきたのです、トキ子さんに、三人の色男から一人指名していただくのです。三人異存はないそうですから、さっそく、たのみます」

　しばらく無言であった。トキ子はいくらかシカメッ面をして、四人を代る代る眺めていた

が、

「怪我の浅いのは、どなたとどなた」

「さてネ。みんな同じようなものですよ」と妙信が答えた。

「そんなら皆さんで、ウチにある皆さんの荷物を、安川さん村山さんの宿へ運んでちょうだい。あんまり威張らないで下さい。もう戦争がすんだんですから。一度はクニへおかえりになるのがいいわ。私のオムコさんは私がそのうち探しますから」

そこまで一気に言って、

「サア、早く、早く、荷物を運びなさい。あんまり威張らないで」

四人は荷物を運んで下宿の一室でボンヤリ額をあつめていた。結末が意外で腑に落ちない思いであるが、アンマリ威張らないで、と二度も言った、その意味が誰にも見当がつかないのであった。

「分らないことはなかろう。お前さん方、存分威張りかえっていただけのことさ」

妙信に言われて三人は腑ぬけのように薄ボンヤリ、笑い合った。

翌朝、四人の起きたころ、トキ子さん三人家族は早朝すでにどこかの温泉へ姿を消していた。その日の夜、四人が駅で東京行の汽車を待っていると、星野の女中がきて、お嬢様から皆さんへの御手紙忘れていました、と届けて行った。ひらいてみると、

「おかげさまで強くなりました」

と書いてあるだけだった。わかったようで、わけが分らない。

「元々、あのお嬢さんは左マキなんだよ」

と妙信が言ったが、この手紙と昨日のトキ子の言葉に最も深く思いこんでいるのは京二郎であったろう。

京二郎はまったくトキ子に負けた思いがしていた。トキ子は三人を見放したではないか。それだけでタクサンだ。

すでに女は進軍している。肉体だけで進軍している。男の奴が感傷や屁理窟で手まどるうちに、女は時間を飛躍して行く。

女を軽蔑してハジをかいたから、こんどは女を尊敬してやろう。女の方がハジをかくぐらい尊敬してやろう。然し女はハジをかくだろうか、などとクサグサのことを考えて、ともかくトキ子は可愛いかった。ふと、そんな風に考えると、どうやら胸がチクリと痛むような珍妙なぐあいになっていた。

金銭無情

金銭無情

最上清人は哲学者だ。十年ほど前、エピキュロスに於ける何とかという論文と、プラトンの何とかという論文を私も雑誌に見かけたことがあるが、その後は著作はやらなくなり、講壇に立ったことは一度もないので、哲学専門の学生でも彼の名は知らない。

先日私のもとに訪れてきた雑誌記者の話によれば、彼の恩師のＤＤ氏は、哲学界の新人は？という記者の問に答えて、さて、新人かどうか、彼はすでに旧人だが、と、最上清人の名をあげて、彼の思想はギリシャにもローマにも近代にも似ていない、ただ人間に似ている。最も個性的な仕事が期待できるのだが、彼は著作しないだろうと答えたという。実際彼は記者から執筆の依頼を受けて応じたことは、すでに十年、絶無であった。

私は然し他でも彼の評判を耳にしたことがあった。ＱＱ神父及びＬＬ氏、ＬＬ氏は日本の大学では文学史や中世思想史を講ぜられたが、本国仏蘭西に於ては著名な羅典語学者で、私はこの御両名から、日本に於て本当に羅典語を解する人は最上清人だろうと承ったことがある。彼はそのころある書店で古典の叢書編纂に当っており飜訳者を探していた。私は彼と中学時代の同窓であるが、彼が羅典語に通じているということは、その時まで知らなかった。

彼は昔、心中したことがあった。相手の女は銘酒屋の娼婦で、女は死んだが、彼は生き返った。警察の取調べを受けて、死んでも生きても同じことだ、と呟いたという。私は旧友の名を新聞記事の中に見出しながら吹きだしたのであるが、後日彼と交游を深めるようになって、僕は首くくりを主張したが、女が催眠薬にしようと云ってきかなかったんだ、僕は自殺は考えていたが心中という考えはなかったので、女が催眠薬をのむというなら、僕は僕で首くくりをした方がよかったんだが、僕が先に死んじゃってぶら下ったんじゃ怖しいと女が言うんでね、万やむを得ず心中的になっちゃったんだ、と言った。

彼が著作をやめたのは、その頃からだ。彼は哲学者とよばれると、時にはおっくうそうに否定する。僕は人間しか見ていない。宇宙を見なくなったから、宇宙を見なければ哲学者じゃないんだ、と呟いたこともある。そして、まア、人間観察家とでも言うんだろう。そのほかに情熱もないんだからと言ったりしたが、近頃ではもう人間観察家とも自称しない。僕は飲み屋の亭主だと答えるのである。彼が自分とは何者かハッキリ答えるようになったのは全く近頃のことであり、はじめて彼はいくらか生き生きと自分は何者か、自覚した様子であった。彼は「タヌキ屋」という飲み屋の亭主に相違ない。

彼は心中をやりそこねるまでは独身だったが、その後女房を五人かえた。そのうち二人は女の方から逃げだし、二人は彼が追いだして、五人目は戦争中つとめていた軍需会社へ徴用で入ってきた女で、待合の娘であった。結婚したとき、娘はまだ女学校を卒業したばかり、十九であったが、清人は四十であった。

これはまったく「幻想的」な結婚であったと富子は自ら述べている。

富子は生家の職業によって幼少から男には馴れており、女学校の頃から大学生と映画見物にでかけたり、お客に旅行に連れて行ってもらったり、然し実の心は芸者や遊客の生態に反感を覚えていると思っていた。その実そういう生態に同化して育ってしまったということには気がつかないだけの話であった。

芸者は義理人情だの伊達引(だてひき)だの金より心だの色々に表向きのお体裁はあるけれども、本心はみんな単純な男好きで、美男子好みで、旦那に隠れて若い色男と遊んでいる。富子も美男子好みで、色男の大学生や若い将校などと映画見物や物を食べにでかけるのが好きであったが、そのうちに、そういう自分をだんだん軽蔑するようになってきた。つまり芸者の世界を軽蔑するようになり、自分はもっと高尚な別な人間だという風に考える習慣がついたのである。

だから十八ぐらいからの富子の書斎をのぞいた人は呆気(あっけ)にとられた筈(はず)で、アランだのヴァレリイだのベルグソンだのテーヌだの、小説でもスタンダール、ボルテール、メリメ、プルウスト、バンジャマン・コンスタン等々、それに美学の本がたくさんある。なんでも表題に美という字のある有難そうな本はみんな買ったという感じなのだが、まったく又一生懸命に読んだものだ。

徴用の会社で清人と同時にまだ大学を出たばかりの美男子の技術家にも言いよられ、待合へ遊びにきた青年将校にも結婚を申込まれて、これが又絶世の美男子で、顔を見つめるとからだが堅くなって息苦しくなり胸のぐあいが拳を握りしめるような感じになる始末であったが、富子は美男子などは軽蔑すべき存在だと考えた。美男子を愛すなんて低俗で不純なことであり、高い恋愛はもっと精神的なものだと思ったのだ。

もとより小娘の幻想的恋愛論などというものは、彼女にまことの恋愛が起ってしまえば一挙に効力を失うものだが、富子は要するに美男子を見るとマッカになったり息苦しくなったというだけで、恋愛までには至らなかった。だから結婚は早すぎたので、当人も結婚の慾求などはなかったのだが、生めよふやせよという時代思想で、十九などはもう晩婚の御時世であり、家も焼け会社も焼け、一家は田舎へ疎開という時に、なんとなく疎開がいやで、清人と結婚してしまった。

然し、清人との結婚までには半年あまりの恋愛的時間があった。富子はこれこそまことの恋愛なんだとその時は思ったのだから。

一方清人は四度目の女房に逃げられたあとの一人暮しで、哲学者というところから富子に物をきかれたり本を貸したりするうちに、これは脈があるなと思うと、ここをせんどと食い下って口説きはじめた。

彼は人間観察家などと自称はしても所詮は学究で、彼のアフォリズムなど実生活では役に立たない寝言の類い、惚れた女はいつも逃げられる始末であったが、この美少女に成功したのは犬も歩けば何とかいうまぐれ当りで、美男子の競争相手があるのだから、不安になったり、わくわくしたり、然し案外馬鹿な娘だななどと考えて、計画をねっていた。

富子の母親にはお金持の旦那があって金に不自由がないから、娘を芸者に一稼ぎなどという考えはなく、然るべき男と結婚させてと大いに高い望みをかけている。だから四十男の貧乏な哲学者など話の外だと思っており、無口で陰鬱で大酒のみで礼儀作法を心得ず、社交性がみじんもなくて、おまけに風采はあがらない。一つも取柄というものがないから頭から罵倒する。山奥から来て花柳地に住みついた女中共は半可通の粋好みだから悪評は決定的の極上品で、土の中からぬきたてのゴボウみたいだと言う。なるほど、うまい。全く孤影悄然、挨拶一つ言わず、頭をペコリとも下げないから土だらけのゴボウのようだ。

富子は意地を張った。周囲の悪評の故に、この恋は純粋高尚だと考えた。俗物どもに分らないから純粋なので、彼が色男でなく、お金持でもないから高尚なのだ。富子は男の高い知性だけを愛している自分がひどく優秀で、俗ならぬ深遠な恋を神に許された特別な女のように考えた。

そこで清人もこれは知識以外の他のすべてをみすぼらしくする方が却って好かれる方法だと知るに至った始末で、富子はお金持だから、奢ってくれたり、ウイスキーを持ってきてくれたり、ネクタイをくれたり、洋服をつくってくれたり、遂にはお金までくれる。彼は嬉しそうな一本の小皺も見せず面白くもないという顔付をしてそれを貰う。すると富子は清人が高雅で精神的そのものだと云ってひそかに大満足するという寸法で、だから清人は外見はなるべくみじめ貧弱にして、精神的高さというものだけ見せるという戦法にたよった。

元来は十九の美少女と結婚するのも亦面白しという発願であったが、意外やお金持で色々おごってくれるから、これはもうお金のためにもぜひとも娘をものにしなければならないのだと考えた。金が宇宙の中心だというのは彼の説で、だから彼は哲学などは馬鹿らしくなってしまったのである。

終戦後、破壊のあとは万事享楽から復興するという彼の明察によって、富子の母の旦那からお金を貰わせて、駅前の横町へバラックをたて、一杯飲み屋を始めた。彼はカントの流儀によって哲学は又食通だという建前で、ソースなどは自分で作れるぐらい、昔は相当料理の本を読んで、牛の脳味噌、牛の尻尾、臓モツの料理、雞の腹へ色々の珍味をつめて焼きあげる奴、マカロニ料理からチャプスイに至るまで自ら料理のできるほど色々と通じている。そこで八月十五日正午ラジオの放送が君が代で終ると、よろしい、もう相手はアメリカだ、進駐軍の味覚を相手に料理の腕をふるって、大いにお金をもうけ、新日本のチャムピオンとなってやるんだ、と野心を起した。もとより富子は大賛成で、母の旦那にたのんで大金をだしてもらった。

バラックの出来上ったころはもう進駐軍は日本の一般飲食店へは這入れぬ定めになったけれども、元来がそういう魂胆の設計だから、ちょっとあちらの一品料理屋という感じで、コック場などもあちらのお客の潔癖に応じて安心感を与えるように工夫がこらしてあるという心掛けである。沈思黙考の哲人たるもの処世に於て手ぬかりはなかった筈だが、あちらのお客はダメだとなって、なんだ、日本人か、バカバカしい、彼は料理の情熱がなくなった。そこであちら名の気のきいた店名など三ツ四ツあれこれ胸にたくわえていたのを投げだして、タヌキ屋、これでたくさんだ、お前、お金をもうけろ、もうけたお金は余が飲む、というようなわけで、彼はつまり、僕は飲み屋の亭主です、最も一般的な型をとることにしたのである。

★

富子は結婚してみて、哲学者だの精神的だの、凡（およ）そとんでもない、タヌキ屋、なるほど、まさしく宿六は大狸だと気がついた。大狸、大泥棒、まさしく宿六は金銭の奴隷、女郎屋のオヤジ、血も涙もない、金々々、女房にかせがせておいてお金はみんな自分のふところへ入れ、自分は毎晩大酒をのむが、富子が十円のミカンを買ってたべてもゼイタクだと怒る。二日二晩ぐらい怒るのだ。

哲人は実務にうといなどとはマッカないつわり、ソロバン勘定にたけ、凡そソツがない、ちょっと料理をしても、富子も相当気転のきく女だけれどもうちの宿六にかかってはてんでダメで、庖丁や皿や醤油の壺の置き場所まで無駄足のないよう最短距離の心得によって並べてあり、なんでもその流儀で、ツと云えばカと云う、めまぐるしいほど注意が行きとどいて、太刀打ちができない。

そのくせ骨の髄からの怠け者で、ただもう飲み屋の亭主の一般的な型によって、麻雀とか碁などで昼を送り、夜は虎になって戻ってくる。哲学いずこにありや。精神的などとはもうそんなことを考えただけでも富子の方がはずかしくて赤くなるぐらい、又、助平なこと、やたらにベタベタ、からんだり吸いついたり、理想などというものは何一つない。ただもう守銭奴であり、大酒のみであり、大助平である以外に何もない。

ベタベタモチャモチャいやだったら、このろくでなしの大泥棒、よその女に好かれるものなら好かれてきてごらん、一度でいいから、好かれておいで。私はもうお前さんとは寝てやらないから。富子がこう叫んで起き上って蹴とばしたら、宿六は洟水（はなみず）をたらして半分居眠りながら、人間か。この人を見よ。僕はそう言える。そんなことを言った。

然し富子はうちの宿六はたしかにほんとに偉いんじゃないかと思うことがあった。それはつまり、守銭奴で大酒飲みで大助平で怠け者で精神的なんてものは何一つないというのはつまり人間が根はそれだけのくせに誰もそれだけだということを知らないだけなんだ、といううちの宿六の説がどうも本当にそういうものかしらと思われるような時があるからである。然し本当にそうだって、本当にそうでは困る。本当にそうだということなんか、ちっとも偉くないじゃないか。

富子は芸者の生態に反感をいだいたことが失敗のもとで、若い美男子の好きなのが自分の本音であり、実際は芸者と同じように自分も浮気性なので、だから飜然本然の自分に立ちかえってやり直してやれ、と考えた。

そんな考えになったのは「タヌキ屋」をはじめてお客の接待にでるからで、料理は女中がやる、富子が接待に当る、開店の時は美人女給も一名おいてみたけれども、お客の評判は富子の方がむしろ甚だ好評だから、まんざらではない、結婚して大損した、そういう気持が強くなった。

するとそこへ現れたのは絹川という絶世の美男子で二十七になる会社員だ。油壺から出てきたようなとはこの男で、お酒は一本しか飲まない、お料理は殆どとらない、そして長く話しこんで行く。毎日いらっしゃいな、と言うと、でも貧乏でダメというから、富子は外のお客から高く金をとって、値段は書きだしてないから高くとっても分らないので、それで宿六の知らない利潤をあげて、今日は半分にまけてあげるわとか、今日はお金はいらないことよ、とか、だから毎日おいでなさいという意味をほのめかしても五日に一度ぐらいしか来ない。奥さんは美人だなア、とか、教養が高くて僕の始めての驚異の女性だなどと嬉しがらせを言って帰る。然しどうもお酒を安く飲ませて貰う御義理の御返礼という感じでピッタリしないけれども、富子はそれを承知の上でなんとなく嬉しい気持になる。

そこへもう一人現れた。ダンスホールのバンドにいるというヴィオリンをひく男で、三十歳、荒（すさ）みきった感じだけれども、話してみると子供のような純粋なところがある。戦争中は満洲に流れていたというが、まったく見るからのボヘミアン、内職に闇屋をやってお金をもうけているなどというのが、信用ができないような、何か痛々しいような感じがする。病的なぐらい透きとおるような白い顔で、荒れ果て澱（よど）んだ翳（かげ）の奥に、冷めたい宝石のような美しさがたたえられている。悲しくなるような美しさで、よく見るとひどく高雅で、孤独で、きびしい何かがある。

瀬戸というこの楽師は大酒飲みだ。来始めると毎晩きて、とことんまで飲む。かなり収入はあるようだが、飲む分量が多すぎるから、忽（たちま）ち借金はかさむ一方だが、そこで富子の心痛がふえた。清人は客の借金を極度に嫌って、がむしゃらに催促させ、借金とりに日参させ、現金でなければ飲ませないと言明せよと脅迫する。まったく脅迫で、一度でも借金したら、必ずそう言明しろ、借金の支払われるまでお前の食事を半分に減らせとか、お風呂へ行く小遣いもくれない。

けれども富子はなんとかして瀬戸には毎晩来て貰いたいから、この借金は清人に知らせたくない。清人は深夜に帰ってくるから店のことは知らないが、朝目がさめると前夜の酒の減り方をしらべて売り上げと合わせ、綿密に計算してみじんもごまかす隙がないから、富子はどうしても外のお客に高く売ってツジツマを合せたいが、瀬戸の酒量が大きすぎて、とても埋合せがつきかねる。

スタンドだからチップを置くという客もすくなく、おまけに清人が小遣いをくれず、チップを稼げ、それが腕だ、それで小遣いをこしらえろ、酒場で働く女のくせに遊んで暮すチップもかせげない奴はバカだと言う。一晩に千円のチップを置く奴には接吻ぐらいさせてもいいし、一万円おく奴には身をまかせてもいい。その代り、接吻と身をまかせたチップは俺が貰う。なぜなら俺は亭主だから、女房の貞操を売るのはお前でなくて俺なんだから、と言う。清人は相当チップがあるものと考えて、時にはヘソクリを見せろ、少し貸せなどと云うけれども、富子のチップは意外に少く、一月分を合せても瀬戸の一夜の飲み代の半分にも当らぬぐらい、そこで万やむを得ず外のお客に法外の代金をつける。それでお客がめっきり減って、もうゴマカシがつかなくなった。瀬戸一人の借金を十人ぐらいの名前にわけて宿六の罵倒脅迫暴力を忍んでいたが、急に借金の客がふえる一方、売上げがぐんぐん減るから、もとより清人は人一倍鋭敏、これは臭い曰くがあると思い、自分は知らぬ顔をして、旧友の一人にたのんで、お客に化けて行かせ様子を見て貰う、この旧友が然るに意外のその道の達人で、五日通い、瀬戸も絹川の顔も見て、なぜ客が減ったか法外な値段の秘密、みんな隈なくかぎだした。然し胸に一計があるから、すぐさまこれを打ち開けなかった。

富子はもうセッパづまっていた。宿六には秘密で誰かに身をまかせてお金をかせいでごまかすか、瀬戸とカケオチするか、瀬戸に心がひかれるけれども、絹川の男っぷりも捨てられないところがある、というような気持もある。

瀬戸はいささか酒乱で、泥酔すると、狂暴になるとき、陰鬱になるとき、センチになるとき、皮肉屋になるとき、意地悪になるとき、色々で、然し酔っ払いはみんな大言壮語、自慢をはじめるものであるが、この男ばかりは自慢ということをやらぬ。自嘲ばかりだ。その代り人を皮肉り、いやがらせる。そして、必ずエロになり、富子を客席の側へよんで膝へのっかれと言う。膝へのっかると、あとはセンチな唄を唄うばかりで別に何もしないのだが、然し富子は外のお客がいる前でも、言われると下のくぐりをくぐって、膝へのっかりにノコノコ出向くから、お客が減るのも当然だ。富子はもうヤブレカブレなのだ。金々々、色だか金だか見当もつかないムシャクシャした気持で、瀬戸さえいなければ外のお客の膝の上にも乗っかってチップにありつきたい、然し瀬戸に知れると困る、実際は瀬戸の膝にのっかることではお客は減らず、却ってこれは脈があると、瀬戸のまだ現れぬ時間、なぜなら瀬戸はいつも九時半すぎてくるから、早めに来て、オイ俺の膝にものっかれと言う客がたくさんある。お客が減るどころか、却ってそのために一応お客はふえるぐらいだ。けれど酔っ払いはブレーキがないから、味をしめて瀬戸のいる時にもやられると困ると思うから、大いにチップにありつきたくて仕方がないが、どうにもダメで、やむなく変な風にニヤニヤ笑って尻ごみする。そのニヤニヤがなんとなく色好みらしく、その気がある様子に見えてカン違いをする客もあり、おい泊りに行こうなどと札束をみせて意気込んでくる五十男があったりすると、まったくもう泊ってやろうか、金のためには何でもするというような気持にもなりかけるほどだった。恋のためではあるけれども、さしせまった現実の問題としてはただ金で、金々々、まったく宿六の守銭奴が乗りうつり、金銭の悪鬼と化し、金のためには喉から手を出しかねないあさましさが全身にしみつき、物腰にも現れている感じであった。

瀬戸は富子に良人（おっと）があるかときく。あると答えると、良人ぐらいあったっていいや、俺は口説くんだと言ってみたが、良人は何をする人か、哲学者？　え、名前は、そして最上清人ときくと彼の顔は暗く変った。

「最上清人。その人の奥さんか」

「あら、その名前知ってる？」

「知ってる。尊敬していた。僕は高等学校の生徒だった。エピキュロスとプラトンに就て雑誌に書いてたものを愛読し、今でも敬意が残っている。あの人の奥さんじゃ、ちょっと口説いちゃいけないような気持になったな」

「あら、瀬戸さんは音楽学校をでたんじゃないの？」

「音楽は世すぎ身すぎという奴の心臓もので、元々余技ですよ。おはずかしいが、美学をでたんだ。然しそっちは尚さら余技だな。ただ一介の放浪者にすぎん。僕の一生には定まる何物もないですよ」

まったくこの男は自慢ということをやらぬから相当つきあっても学歴など知らなかったので、この時は富子がアッと驚いた。そこでもうこの飲んだくれとカケオチしようか、地獄へ落ちても、あとは野となれ山となれ、一思いに、にわかに富子はそんな気持にもなったが、同時に又、するとうちの宿六はやっぱり偉いのかな、そういえばこの放浪者よりはどこかしら自信があるように思われる。

瀬戸は口では最上さんに悪いなどと言いながら、酔っ払うと相変らず富子をだきよせる。一思いに、という気持が日ごとにメラメラ燃え立って激しくなるが、一方にこの放浪者の心の幅が却って狭く見えてきた。なまじいに学歴などを知り宿六と同列に考える根拠ができたら、今までモヤモヤ雰囲気的な観賞だけで済ましていられたものが、もっと冷酷に批判的に見る目ができてしまったせいで、たしかにうちの宿六よりも幅が狭い。うちの宿六はやっぱり見どころがあるのかな、然し、男っぷりが良きゃ、それでいいんだ、カケオチして女給でもして男に酒をのませたり、又、良い男がみつかったら、それからどうなったって構うもんか、などと色々と心が迷うのである。

★

清人の依頼で富子の稼ぎぶりを五日にわたってつぶさに偵察したのは倉田というこれも哲学くずれの闇屋であった。この人物は宿六が女房に隠れて浮気をし、女房が宿六にかくれて男をもつのは当り前だと思いこんでいるから、タヌキ屋の情勢ぐらいではビクともせず、これはどうも清人御夫妻どちらも教育の必要がある。教育などというものはこれも愉しみなものだ、などと考えた。

六日目には、彼は昼間まだお客のないうちにやってきて、

「やあ奥さん、僕はしらっぱくれていましたが最上の悪友で倉田という者です。最上にたのまれてお店の情勢を偵察というのが仰せつかった役目だけれども、どうも奥さんも、まずすぎるな、色男に飲ませてやりたい気持は分るけれども、外の客からあんな法外のお金をとったんじゃ、お客がこなくなりますよ。お金というものはそんな風に稼ぐものじゃないですよ。社長とか何とかいう五十男が札束をとりだして口説いとったじゃありませんか。ああいう人物とちょっと昼間かなにか二三時間うち合せておいて、よろしくやってくるのですな。亭主が疑ったら、そんなことと大嘘と言い張るのです。現場を亭主につきとめられて布団の中で二人でねているところを見つけられても、嘘よ、と言い張るのです。徹頭徹尾知らぬ存ぜぬと言い張るのが浮気のコツなんですな。お金というものはそんな風にして稼ぐもんです。そして可愛いい男に飲ましてやるんですな」

倉田の忠告はたった一日遅すぎた。却々(なかなか)倉田の報告がないので、清人は富子を追及した。富子はムカッ腹をたてて、もう堪らなくなって洗いざらい叩きつけて、私はもう瀬戸とカケオチするんだと言ってしまった。

よし出て行け、今晩必ずカケオチしろ、そう言うと富子の横ッ面をたった一ツだけ叩きつ

けておいて、いきなり万年筆を持ちだして紙キレへせかせか何か書きだした。おやおや、これが三下り半という奴かと思っていると、そうじゃなくて、美人女給募集という新聞広告の文案だ。これを握って物も言わず五六杯お酒をひっかけて新聞社へ駈けて行った。

「そりゃまずいな。好きな人があるんだなんて間違っても亭主に言うもんじゃありませんや。第一あなた、カケオチなんて、こんなバカバカしいものはありませんや。亭主なんてえものは何人とりかえてみたって、ただの亭主にすぎませんや。亭主とか女房なんてえものは、一人でたくさんなもので、これはもう人生の貧乏クジ、そッとしておくもんですよ。あなたも然し最上清人という日本一の哲学者の女房のくせに、あの男の偉大な思想が分らねエのかな。惚れたハレたなんて、そりゃ序曲というもんで、第二楽章から先はもう恋愛などというものは絶対に存在せんです。哲学者だの文士だのヤレ絶対の恋だなんて尤もらしく書きますけれどもね、ありゃ御当人も全然信用していないんで、愛すなんて、そんなことは、この世に実在せんですよ。それぐれエのことは最上がしょっちゅう言ってる筈なんだがな。へえ、一日に三言ぐれエしか喋らないですか。もう喋るのもオックウになったんだな。その気持は分るよ、まったく。最上も然し酒ばっかり飲んでいて、なんだって又浮気をしないのかな。あなたにも最上にも私からそれぞれおすすめします。そしてあとは私の胸にだけ畳んでおきますから、御両人それぞれよろしく浮気というものをやりなさい。浮気というものは金銭上の取引にすぎんですから、まア、ちょっとした保養なんですな。それ以上のものはこの世に在りやしないです。それにしても、こう申上げては失礼だけれど、絹川という色男も、瀬戸という色男も、どうもあなた、少し役不足じゃありませんか」

「ええそれはうちの宿六はたしかに偉いところもあるけど、ああまでコチコチに何から何まで理ヅメの現実家なんて、息苦しくって堪らないものよ。恋愛なんてどうせタカの知れたものですから、どうせ序曲だけでしょうけどね、序曲だけだっていいじゃありませんか。私はこう胸元へ短刀を突きつけられたような、そんなふうな緊張が好きなのよ。瀬戸さんは飲んだくれで、弱気で、ボヘミアンなんて見たところちょっと詩的だけど、まったく、たよりないわね。だけど私はもうヤケだから、苦労はするでしょうけど、一思いにカケオチしてやれと思うわ。カケオチしてからの生活なんて、私は二人の家庭なんてもの考えずに、私がどこかの酒場かなんかで働いている、そんなことばかり考えているのよ」

「いけません、いけません。それは誤れる思想です。酒場で働くなら、ここに酒場があります。第一あなた、苦労する、苦労なんていけませんや。この世に最も呪うべきものは何か、貧乏です。貧乏はいけません。これだけは質に置いてもこの地上から亡さねばならぬものですよ。夢を見ちゃいけません。幸福とは現実的なものですよ。ここはあなた自分の酒場じゃありませんか。こいつを活用しなきゃ。こいつを捨ててよその酒場で働いて男を養うなんてえミミッチイ思想は、ミーチャンハーチャンにはよろしいけれども、最上清人の女房たるものに、なんですか、あなた。ここは先ず当分は私の指図通りにやってごらんなさい。差当って、恋愛なるものは、これは地上に実在しないものですから、この酒場からも放逐することが必要ですな。ちょっと痛いでしょうけれど、心を鬼にして、瀬戸、絹川、この両名の色男に退場を願う、代って千客万来、これが先ず大切なんですよ。つづいて、恋愛でなしに、浮気、これをやりなさい。面白おかしく、人生とは、人生を生きるとは、これですな。それはあなた最上清人は面白おかしくなんて、面白おかしいものなんて在りやしねえと言うでしょうけれど、それは彼に於て大真理ではあるでしょうけれど、これが実在するということも真理なんですよ。小真理ですかな。人生は断じて面白おかしく在りうるです。先ず、お金です。金々々。最上先生も常にそれを言っとる筈ではありませんか。金の在る無しによって、人生は全く別な二つの世界に分れます。然し、なんだなア、最上先生みてえに、金々々って言いながら、毎日毎日、ただもう飲んだくれているてえ心理は分らねえ、先生はどうも偉すぎて、何を考えているんだか、手がとどかねえ。然し、彼は、実際に於て、日本随一の哲学者です」

富子もその日は朝から心境がぐらついていた。出て行けと言われて以来ひどく不安になったので、出て行くことと、出て行けということは、結果に於ては出るという同じ事実に帰するけれども、これを受けとる心持には大いに差があり、出て行けと言われる、なんとなく不安だ。

うちの宿六はただ金銭の奴隷なのだから千客万来がモットーで、ちらと見た広告の文案も美人女給「数名」とある。こんなチッポケな店へ数名は無茶だが、宿六は実際そう考えておるので、なんでもかでもエロサービス、ついでに自分も数名から代りばんこにサービスを受けるつもりに相違なく、富子が出て行く方がまったく万事宿六の方には都合がよい。

一方よければ一方悪しと云う通り、出たあとの富子の方はどうも分が悪い。えい、ヤケだ、とか、どんな苦労でも、とか考えていたが、宿六の方に分が良すぎるということを思い知ると、残念で、不安で、追んだされては大変だという気持になる。

まったく倉田の言う通り、亭主や女房は万人の貧乏クジで、何度とりかえても亭主は亭主にすぎないだろう。ねている現場を見つかっても知らぬ存ぜぬと言いはれという、なるほど、浮気のコツはそのへんか。ここは堪え忍んで、瀬戸に退場してもらい、千客万来、相手をみつけて浮気する。この浮気は始めはもっぱら金のためで、ヘソクリを十万百万とつみかさねて、それから瀬戸でも誰でも構わない、手当り次第に美男子と遊ぶんだ、もうこうなればこっちも金の鬼なんだ、宿六め、見ているがいい、そういうような気持になった。

ところが清人はその晩十時頃酔っ払って店へ現れた。彼はお客というものは酒のついでに女を口説きにくるものだと信じているから、宿六の姿を見せては営業成績にかかわるという深謀遠慮で、帰宅は毎晩一時二時、たまに店の終らぬうちに戻ってきても、客席へ顔を見せることがない。

この晩は出て行け、カケオチしろという、その実行を促進、見届け役で、開店以来の宿六初登場ということになった。

ところが店にはちょうど又あつらえ向きに瀬戸と絹川が両端に、その中間に倉田がしたたかきこし召している。両端に色男が二人いるから、清人は富子に、おい、ドッチがドッチだ、ああそうか、あっちが瀬戸さん、こっちが絹川さんか。彼は瀬戸のところへ歩いて行った。

「君はもうこの店へ来ない方がよいよ。お金のある時だけ来たまえ。然し今までの借金は必ず払って貰うから。毎日誰かを取りにやります。お金のあるとき、ある分だけ必ず貰う。全部払い終るまで毎日誰か取りにやります。君はこの女から借りたんじゃなくて、僕が貰うお金なんだ。その代りこの女を連れて行きたまえ。君のところへ行きたいそうだから」

「まアまア最上先生、お待ちなさい。色恋の話はもっと余韻を含めて言うものだ。あなたみたいに、そう棒みたいに結論だけを言ったんじゃ、話にならない」

倉田がこうとめ役にでたが
「いや、僕のは色恋の話じゃないんだ。単純な金談だ。女のことは金談にからまる景品にすぎない」

「いや、金談でもよろしい。ともかく、談と称し話と称するものは、あなたも喋れば、こちらも喋る、両々相談ずるうちに序論より出発して結論に至るもので、いきなり棒をひっぱるみたいに話のシメククリだけで申渡すんじゃ片手落だな。よろしい、ここはこうしよう。金談の方は、これはもう、借りた金は払うべきものなんで、序論も結論もいらない当然な話だから、こちらの方は相当無理な稼ぎもして、闇屋もおやりの由(よし)承っているから、よろしく稼いで、ここはあなたの男の意地ですよ、女の問題がはさまってるなら、金の方はサッパリしたところを見せなきゃ。それじゃ、この話はこれで終った。次に、最上先生、そこへいきなり附録みたいに女をつけたして言っちまうのは無理だなア。ともかく今拾ってきた女じゃない、女房なんだから」

「女はみんな女さ。この女が出て行きたい、この人と一緒になると言うんだ」

「そうは言っても、それが全部じゃない。金談とは違うです。男女の道に於ては、一つの問いに答える言葉が常に百通りもあるもんですよ。それぐれえのことは、私が言うことじゃなくて、あなたの専売特許みてえなもんじゃないか。やっぱり事、女房となると、あなたのような大学者でも、子供みたいに駄々をこねるんだな。精神も物質です。これより我々は、私はでて行きます、という物質がちょうどまア石炭みたいに、胸の中のどういう地層で外のどんな物質と一緒に雑居しているか取調べましょう」

「心理をほじくれば矛盾不可決、迷路にきまってるよ。心理から行動へつながる道はその迷路から出てきやしない。話はハッキリしてるんだ。君はこの女が好きか、連れて行きたいと思ったら連れて行け。それだけさ。女もそれを承知だし、僕も承知だ」

「最上先生、はじめてお目にかかりますが、僕、瀬戸です。僕は十年ほど前、高等学校の時に先生の論文を愛読して、尊敬していたのです」

「そんなことを訊いてやしないよ。自分の言うことも分らない奴に限って、尊敬なんて言葉を使いやがる」

「まアまア最上先生、そう問いつめたって所詮無理だよ。好きだなんて、あなた、好きとは何ですか。女が好きだなんて、あなた、好きにも色々とありますがね、連れて行って同棲するほど好きだなんて、そんなものが、あなた、バカバカしい、この世に在りますか。女房を貰うとか、亭主を貰うとか、これ実に悲しむべき貧乏クジじゃありませんか。だからこれはもう万人等しく諦めつつあるところで、あなた方だって、これぐれえのところは諦めなきゃ。これは色恋の問題じゃアない、諦めの問題なんで、この人と奥さんと惚れたハレた、そんなことが問題じゃアなくって、女房というものはこれはもう何をしても諦めなきゃアならん。あらゆる女房には一人ずつ必ず諦めつつある男があるもので、あらゆる亭主にも亦一人ずつ諦めつつある女があるです。こんなことを俺に言わせるなんて、最上先生もひでえな。私はもうイヤだよ。よそうじゃありませんか。最上先生もよろしく浮気をなさい。浮気ですよ、あなた。この瀬戸君なんて人は何かね、美学なんてものをやると、恋愛だの私の彼女などと、そんなベラボーなことが言いたくなるのかな」

「むろん僕は浮気だけさ。美人募集の広告をだしたのは、そのためだ」

「そんなことはムキになって言うものじゃアありませんよ。あなたも今日は子供みたいだなア」

「富子さん、何か言って下さい。最上先生、誤解ですよ。僕は恋愛でも浮気でもないんです。

ただそこはかとなく一つの気分に親しんでいるだけなんで、僕はつまり精神的にも一介の放浪者にすぎんですから」

「あなたは何も言わなくともいいんだ。あなたのことは金談だけで、もう話が終っている。借金だけは無理矢理苦面しても払いなさい。さア、あなたはもう帰る時だ。すべて物にはその然るべき場所と時とがあるものだ。退場すべき時は退場する。私がそこまで送って行ってあげるから」

瀬戸は何か言おうとしたが、倉田は腕をとって外へ連れだして行ってしまった。

清人は絹川のところへ行った。

「帰りたまえ。もう君もこの店へ来てくれる必要はない。オイ、こちらの勘定はいくら?」

高見の見物をたのしんでいた絹川は、仰天して蒼白になり、金を払って、遁走した。

清人は富子を五ツ六ツひっぱたいて、くるりと振向いて寝に行ったが、すぐ戻ってきて、

「お客から法外な金をとって店を寂らせた責任をとれ。二号になれ。そして僕に金を払え。食事は一日に一合だけ、オカユだ。それ以上たべたかったら、人にたべさせて貰え」

言いすてて、酒をのみに出て行った。

倉田が瀬戸を電車に送りこんで戻ってくると、富子はワッと泣きふしてしまった。倉田はさすがに少しも騒がず、

「まアまア、あなた、私にお酒」

泣く女に容赦なく酒を持参させて、

「私がついてる。軍師がいるから大丈夫。安心なさい」

人生が面白おかしくて堪らない様子で彼は再びメートルをあげはじめた。

倉田ほどの達人でも、人生は然し、彼が狙うほど面白おかしくは廻転してくれないのだ。第一にお金が足りない。飲みすぎて足をだすから、ピイピイしている毎日が多く、闇屋みたいなこともやるが、資本を飲むから大闇ができず、人に資本をださせ口銭をかせぐぐらいが関の山で、何のことはない、大望をいだきながら徒に他人の懐をもうけさせているようなものだ。あそこの赤新聞で紙を横に流したがっているという。それ、というので駈けつけて売値をたしかめ、それから諸方の本屋につてを求めて買手をさがして、東奔西走、忙しくて仕方がなくても、売手買手、両雄チャッカリしたもので、口銭はいくらにもならない。
彼はどうしても資本家にはなれないという性格で、そうかといって社員には尚さらなれない。諸方の会社や資本家にわたりをつけておいて、儲け口を売りこむという天性の自由業、まともなことは何一つできない。
さすがに然し女はたくさんある。タヌキ屋へ女をつれてきて、御両名の見ている前で堂々と口説いて、あっぱれ貫禄を見せたこともあるけれども、浮気などというものはハタで見るほど面白おかしくないもので、何のためにこんな下らないところに金を使っちまったんだか、せっかく骨身をけずった金をと後悔に及ぶようなことばかり、イヤ人生は断じて面白おかしいです、などと痩我慢に及んでいるが、実際のところは、倉田達人の人生も万人なみに大したことはないのである。けれども、浮気なんて、つまらんもんです、と言ってしまうと、首をくくって死ぬ外に手がなくなるから、人生面白し面白し金々々と云って多忙に働きかつ飲みかつ口説いている。

そこへタヌキ屋事件が舞いこんできたから、彼はよろこんだ。彼は元々哲学者で、哲学者などというものは天性これ教育者であるから、実際はつまり、自分がやるよりも人にやらせる方が面白い気質で、御夫婦御両名に浮気を指南する、打込んでみると、面白い。尚又面白いのは、タヌキ屋の軍師となって千客万来を策す、口銭にお酒は安直に飲ませてもらって、つまり研究室の演習という要領で、指南かたがた浮気の演習をやらせる、それが酒の肴(さかな)で、これは頗(すこぶ)る面白い。あげくにタヌキ屋が破算壊滅に及んでも、こっちの身には関係がなく、人生面白し面白し然し彼は外にも忙しい男だからあっちで儲けこっちで稼ぎ、御自身だってあちこち浮気もしなければならず、まことにどうも多忙だ。

美人募集の広告が紙上に現れ、最上先生のテストがあって及第したのが五人、女の子が二人いても有り余る店へ五人ならべる、女の方で擦れ違うのが大難儀、お客のないときは五人ポカンと一列に並んで、それより外に場所がないので、そこへお客が一人で舞いこんでくると相当の心臓でもブルブルふるえてしまうから、これじゃアいけねえな、と倉田軍師がオコウちゃんという呆れるぐらい愛嬌がよくてお喋りでチャッカリしている二十の娘をつれてきた。これ又さる待合の娘で、目下軍師自ら熱心に口説いている最中なので、それじゃこっちで手伝ってもらって、どこで口説くのも同じだという軍師の思想だ。この娘を戸口の近いところへ置く。軍師のお目がね違(たが)わず、女の子がアクビをせずにいられる程度にお客が現れるようになった。

ここに哀れなのは富子で、ある日外出先から戻ってみると、着物が全部なくなっている。アッパッパのようなものが二着とよれよれのユカタのようなフダン着が残されているだけ、あとはみんな清人が質に入れてしまった。だいじな常連を怒らせて営業不振をまねいた責任はとらねばならぬ。着物が欲しけりゃ二号になって旦那から出してもらえ、と云って質札をなげてよこした。

「だって瀬戸さんの借金は瀬戸さんが払う筈じゃありませんか」

「バカ。瀬戸の借金は瀬戸が払うのは当りまえだ。そのほかにお客が来なくなった埋合せはお前がつけなきゃならないのだ。二号になりゃいいんだ。五六人ぐらいの男にうまく取り入って共同の二号になれ。待合の娘のくせに、それぐらいの腕がなきゃ、出て行くか、死んじまうか」

ひどいことを言いすてたあとは、いつもプイと出て行ってしまう。

着物がなければ客席へも出られず、専らお勝手でお料理作り専門で、くぐり戸から腕だけ差出す、マダムはどうしたというお客にも顔がだされず、これでは二号になる術もない。

けれども宿六は富子の顔を見るたびに、二号になったか、まだならないのか、バカ、と言う。外のことは一切喋らない。美人女給もくることになった。富子は衣裳もちで戦争中はそれだけ疎開させておいたから質に入れて宿六のふところにころがりこんだ金だけでも大きなもの、この金によって女給を手なずけて口説こうという肚がきまって、もう宿六の思想は微動もしない。これが分るから富子は口惜しい。彼女が出て行けば宿六の勝利は目に見えているが、出て行かなくともオサンドンではもう我慢がならない。どうしても天下有数の二号になって見下してやりたい。

まったく富子はもう羞も外聞もない気持になって、アッパッパで飛びだして、会社の社長や、問屋のオヤジや、印刷所のハゲアタマのところへ途中まで歩きかけてみたが、さすがにすくんで、動くことができなくなって、倉田のアパートへ行った。ところが倉田はもう三日も家へ帰らぬという話だが、留守居の奥方が七ツと五ツの二人の威勢の良い子供をかかえて愛嬌があって親切だ。マアお上んなさいまし、そのうちに帰るでしょうと言うので、上って話しこんでいるうちに、夜になり、夜中に倉田が帰ってきて、もう帰れないからとその晩は倉田のアパートですごした。

ところが、倉田は急にタヌキ屋に興がなくなり、白けきって、殆ど遊びに行く気持もなくなっていた。

一つはオコウちゃんなる秘蔵ッ子を差向けたのが手落ちの元で、才腕はあるが、まだ二十の娘で、女といえば芸者しか知らない。花柳界の礼儀で、待合の娘が芸者を遇する仕来(しきた)り、芸者が待合の娘を遇する仕来り、ちゃんと出来上った枠の中で我がまま一杯ハネ返って可愛がられたりオダテられたり、かつ又経営上のラツ腕もふるってきたが、タヌキ屋ではダメだ。タヌキ屋の美人女給は事務員やショップガールあがりの二十三四、四五という半分泥くさい連中で、いかにも浮気がしたくてこの道へ志したという御歴々ぞろい、最上先生のテストに及第したのも亦そこを見込まれてのことだ。

オコウちゃんと肌合が違うから、小娘に派手にやられてきり廻されて何かと言われると腹を立て、余波はめぐって倉田軍師も煙たがられてなんとなく反目を受ける。

倉田は軍師たるの地位により役得は当然あるべきもの、ただで働くバカはない、勤労に対しては報酬がなければならぬ、と考えている。ところが五名の女給は一丸となり、店側の忠実なる鬼の相を露呈して、自ら特権階級を僭称(せんしょう)する倉田を軽蔑してはばからぬ如くである。

オヤジが金々と凝りかたまっているから女房のみならず女給まで忽ちカブれてしまう、ショップガールだの事務員はソロバン高く仕込まれているから金のことになると善悪を超越して守銭奴たることを恥としない。然し骨の髄から金に徹した最上清人は、金に徹すれば徹するほど勤労への報酬はハッキリする筈で、親の心子知らず、仕方がない、最上に打合けて女給の魂を入れかえて貰わなければ、と、碁会所の彼をよびだして一杯のんで、勤労と報酬に就て一席弁ずる。然し全然手ごたえがない。

「本当に金銭を解する者にはタダ働きということはないよ。そもそもお金をもうける精神とは勤労に対して所得を要求する精神で、これこれの事にはいくらいくらの報酬をいただきたい、とハッキリきりだす精神だ。靴をみがかせても三円。金銭の初心者は人にタダで働かせて自分だけ儲けたがるものだが、こいつは金銭の封建主義という奴で、奴隷相手の殿様じゃアあるまいし、現代には孤立して儲けるなんて絶対主義は成りたたない。この道理を解さなければ、味方というものが一人もなくなる」

「うん、僕は味方が一人もいない方がいい。僕は金銭は孤立的なものだと信じているんだ。僕は君に女房のこと、店の情勢を偵察してくれと頼んで、それに対しては報酬を払った筈だが、それから先のことまでは頼んだ覚えがない。頼まないことには報酬を払う必要はない。金銭には義理人情はないから、僕の方から頼まないのに靴をみがいたって、お金をやる必要はないね」

「そんな風に人生を理づめに解したんじゃ、孤影悄然、首でも吊るのが落ちじゃないか。万人智恵をしぼってお金儲けに汲々たるのが人生で、たのまれない智恵も売って歩く、これがカラ鉄砲なら仕方がないが、当った時には報酬を払ってやらねばならん。こういう智恵の行商人、智恵の闇商人というものを巧みに利用するのが、金銭を解する者というのだ。信長だの秀吉てえ人々はこういう智恵の闇商人を善用した大家なんだな。ここの理窟を解さなきゃア」

「僕は解さないね。僕には信長や秀吉ほどの夢はないからさ。夢は負担だね。僕の限度と必要に応じて取引するだけで結構じゃないか」

「だから、それがだよ。限度だの必要に応じてと云ったたって、そんな重宝なものがどこにありますか。失礼ながら、最上先生は必要に応じて取引して所期の目的を達していますかな。猿面冠者（さるめんかじゃ）が淀君を物にするには太閤にならなければならなかったが、むろん太閤だって蒲生（がもう）氏郷（うじさと）の未亡人や千利休の娘にふられる、だから本当の限度はきりがない。けれどもともかく狙った女の何割かは物になるてえ限度はあって、この限度はつまり国持大名だな。これを今日で言うと、恒産あり、ということだ。失礼ながらタヌキ屋の御亭主は未だ一城一国のあるじとは申されませんな。足軽じゃアねえかも知れねえ。ともかくタヌキ屋てえノレンの亭主なんだから、三四十石とりのサムライかも知れないけど、どうもまだパッとしない貧乏ザムライで、女の苦労よりも暮し向きの苦労が差し迫ってるようなところだろう。だから、あなた、ともかく、大名にならなきゃ、ダメですよ。国持大名にならなきゃア。あなたが今どうあがいてみたって、必要に応じて取引して、マル公で通用しやしませんよ。マル公で通用させるにゃア、国持大名の格てえものがなきゃア、私があなたに入れ智恵するのはその理窟で、あなたは目下三四十石のサムライ、私は足軽。私はあなたを国持大名にして、私はせめて家老ぐらいに有りつきたい、ねえ、そうじゃありませんか、持ちつ持たれつというものです」

「君は正統派なんだな。古典派なんだよ。僕はちかごろはやりのデフォルメという奴なんだろう。それに現実の規格が生れつき小さいのさ。僕は総理大臣が美妓を物にしようとフラれようと生れつき関心の持てない方で、貧乏な大学生が下宿の女中とうまくやったり八百屋のオヤジが三銭五厘の大根を三銭にまけてやるぐらいでどこかの女中やオカミさんとねんごろになったりするのばかりが羨しいタチなんだよ。だから目下のタヌキ屋の貧乏世帯でやりくり浮気するのが性に合ってるんだ。君とは肌合が違うんだ」

「いけねえなア、そう、ひねくれちゃア。最上先生の思想が如何に地べたに密着して地平すれすれに這い廻るにしても、人間が国持大名を望む夢を失うということはない」

と倉田が慨嘆してみても、彼はアクビひとつせず、俺は貧乏な大学生が下宿の娘とうまくやるのが羨しいのだ、とうそぶくのだから手がつけられない。

だから彼はもう軍師の情熱を失って、オコウちゃんにも、もう止しなさい、あなたがいくら働きを見せたってそれに報いてくれる人じゃアないんだから、ムダですよ、と言ったが、オコウちゃんが又奇抜な娘で、いいえ、私はもうそんなのが目的じゃアないのよ、五人の女給さんに一泡ふかせてそれからやめるわ、それまで、いるから、と言う。知らねえや、勝手にしろ、と倉田はもうタヌキ屋の方へはめったに現れず、東奔西走、持ちつ持たれつ家老の口という奴をあちらこちらに口をかけて極めて多忙にとび廻り飲み廻り口説き廻っている。

倉田は富子の涙話に長大息。

「そいつは、いけないねえ。それでも思いとどまって、しあわせですよ。アッパッパで、小さくなって、私を二号にしてちょうだいよ、なんて、それじゃァ、あなた、闇のチンピラよりも安く値切り倒されてしまうですよ。ともかく着物をなんとかしましょう」

とオコウちゃんにたのんで、着物をかしてもらった。ところが富子が着物を失ってお勝手専門になると、お勝手は二人いらない、と女中に暇をやってしまった。そこで富子が店へでると、今度は女中の手が足りない。

するとその晩偶然倉田について飲み廻って一緒にとめてもらった青年がある。彼も元来哲学生で、卒業まぎわに召集されて大陸でぶらぶら兵隊生活をして戻ってきたが、闇屋のかたわら小さな雑誌の編輯(へんしゅう)など手伝っているうちに倉田と相知り、傾倒して彼を先生とよび、始めて偉大なる思想家に会ったと大いに感激している。

富子の語る一部始終を耳にして、よろしい、そんなら、僕がお勝手をやりましょう、と申しでた。

「おい、君も困ったオッチョコチョイだな。お料理なんかできるのか」

「兵隊のとき、大陸でやりましたよ。豚をさいたり、蛇をさいたり、イナゴのテリヤキ、なんでもできますよ」

「そんな荒っぽい料理はいけない」

「いえ、学問の精神は応用の心がまえなんで、わけはないです」

「心がまえと経験は違うよ。第一君、高級料理から下級料理への応用てえのは分るけれども、蛇とイナゴの方からウナギやエビへ応用をきかせるわけにはいかねえだろう」

「次第に間に合うものですよ。まア、たべて見てごらんなさい。兵隊は食通です」

「そんなものかな。俺は知らねえけど、危ねえもんだな。それに君、最上先生は君に充分の報酬をくれる筈はないのだから」

「いや、よろしいです。こっちは闇屋渡世でほかに儲けの口はありますから。料理の手腕で、今までのコックが三十円の原料で五十円の料理を作ったものなら、僕は十五円とか十円で五十円の料理をつくる。その差額でタヌキ屋のカストリ焼酎を四五杯のんで引き上げてきて、眠るですよ」

「その思想はよろしい」

というので、コックもできた。そこで店には美形が七人居並び、楽屋にはコック一名、このコックが、いったい哲学者は浮世離れがしているなどとは、いずこの国の伝説だか、彼が又実に発明、ひどい奴で、よそのうちのハキダメから野菜だの何だの切れはしを拾いあつめてマンマとお客に食わせてしまう。そこは哲学者だから、天機もらすべからず、腹心のマダム、女給にも口をぬぐって、ひそかによろしくやり、毎晩カストリ七八杯傾けるだけの通力を発揮している。

★

借り着に及んで店へでたが、富子のように金銭にやつれてしまうと、借り着まで如何にも借り着というように板につかなくなってしまって、心に卑下があるから、その翳がそっくり外形へ現れて、どことなく全てに貧相で落附きがない。

それになんとか二号の口にありつきたいという身にあまる焦りがあるから、いかにも哀れに、いやしく、飢え果ててガツガツした感じがつきまとい、昔の颯爽たる面影はなくなっている。

知らないお客はとてもこれがマダムなどとは思われず、最も新マイの半分色キチガイではないかなどと思うほど、落附きなく、アハハと笑ったり、オホホと笑ったり、妙に身体をくねらせてニヤニヤしたり、この人の本来を知る者にとっては、まことにどうも見るに堪えない。

こうなっては宿六たるもの女房が蛆の如くに卑しく見えるから、顔を見るたびに出て行け、としか言葉がない。五人の女給を代りばんこに口説いてみたが、フフンと笑って逃げたり、アラいやよ、すましてくるりと振向いたり、いけませんよ、と叱られたり、見事に問題にならない。

　次には手を代えて、改めて代りばんこに話を大きく持ちかけてみたが、着物を買ってあげるからといった相手は、アラ、マダムの着物を質においたお金でですかと言い、お店を持たしてあげようと言った相手は、三十万ぐらいなきゃダメよ、とニヤニヤてんで取り合わない。温泉へ行こうと誘った相手は、私も温泉へ一緒に行く人あるのよと軽く一蹴されてしまった。

　世界に女が五人だけしかいないわけではないから、最上先生、驚きもせず、金さえありゃアいいんだ、倉田の言う通り、豊かでないのが知れているからこうなるので、女房の着物をはいでミジメなところを見せたのなんぞは特別まずかったが、本当に金も欲しかったんだから仕方がない。クヨクヨすることはない、奴らが揃ってその気持なら、こっちは奴らに稼がせて儲けて、儲けた上で、美人女給は広告一つで集ってくる。マスターの口説(くどき)は柳に風のくせに、みんなそれぞれ二三人はいい人ができてよろしくやっていることが知れているから、それねむ心は仕方がない、それならそれで、いい人のふところからしぼってやるまでだと、

「よそじゃ、ビール一本二百円から二百八十円で売ってるから、うちは明日から百九十円にするんだ」

　とそれだけ言いすてて寝てしまった。富子も困って女給に相談すると、女給もそれじゃ気の毒で客にすすめられないからと、碁会所から最上にきてもらって交々(こもごも)たのむが、百九十円

ならよそより安いんだと受けつけない。

「だってそれはカフェーの値段でしょう」

「カフェーじゃ、お通しづき三百五十円から五百円まであるんだ。女のお給仕のついてる店、小料理屋、ちょっとしたオデン小料理で二百円なんだから、百九十円ならよそより安い。客に悪くて売れないなんて、猫の目のように変る相場を知らず、生意気なことを言うもんじゃない」

「だって仕入が八十円じゃありませんか。よその相場の比較よりも、仕入れ相当に売って、よろこばれたり儲けたり、それが商売のよろこびじゃありませんか」

「相場よりも十円安けりゃオンの字だ。仕入れの安価は僕の腕なんだから、それを売るのが君らの腕じゃないか。僕の腕にたよって、楽に商売しようというのは、怪しからん料見だろう。それで厭なら止すがいい」

言いすててプイと消えてしまった。一同茫然たるとき、調理場でゴミダメのクズを煮込んだり整理していたコック先生、そのころはもうどこで手に入れたか白いシャッポに白の前だれなんかをしめて、ヤア、みなさん、とはいってきた。

「僕が明日から安いカストリを仕入れてくるから、それを主として常連に売って、売切れたら店の品物を売る。ビールやお店のお酒はお値段を前もって申上げて御覚悟の方だけ飲んでいただくのさ。僕が毎日カストリ五升ずつ仕入れてきて御一同に千八百円で卸すから、それを三千五百円なり四千円也で売っても、あなた方七人で割って一人あたま三百円ぐらいのもうけになる。この儲けはワリカンで辛抱しなさい。腕次第のもうけはチップの方でさあ。この大将の儲けなんぞは、そのおこぼれでたくさんだ。店がはやってくれれば、カストリの方は一斗でも二斗でもその他ウイスキーでも僕が仕入れてきますから。いかがです、この案は」

アラ大賛成、と富子がまっさきに喜んだ。三百円でも自分のもうけがあるなどとは夢のようだからである。十一時になるとコック先生早目にカストリのカラ缶をぶらさげて引上げてしまう。彼は五升を六百円で仕入れてくるから、九百円もうかる。然し元値は千五百円で、あなた方なみに三百円しか儲からない、犠牲的奉仕だと言っておく。

「ビール、酒が高すぎる、ここのカストリも高すぎるてんで、みんなよそで飲んできて、ここじゃ、甜めているばかりで、もっぱら女を口説いてますな。女で酒を売ろうとすると得してコレ式になるもんでしてな」

とコック氏が素知らぬ顔で大将に言う。すると女給も富子も大将の顔を見るたびに、

「飲み物、値上げしたら、全然のまなくなっちゃったのよ」

と、こぼしたり、

「いっそ、コーヒーでも置いたら？」

などと言ってみたりする。

売り上げは値上げ前の三分の一から良い日でも半分に落ちている。どうせ一本二本しか飲

まないなら、百円のお通しをつけて、カストリ百五十円、日本酒二百円、ビール三百円にしろ。御無理御もっとも、困ったな、と顔をしかめて、然し、一同、もう内心は平然たるものである。

二人づれのお客にはお通しつきを一つだけ無理してもらい、三人づれには二つ、一人でくるお常連は二日目か三日に一度無理してもらう。あとはカストリのサービス。これが当って、今日は二つ無理してやるよ、という人もあるし、ナニ、俺は三ツ無理してやる、アラいいわよ、そう無理しなくっても。全く、無理しても女人連は内心よろこばないので、カストリの売れる方がよい。近頃ではコック氏は自転車を新調して一斗五升のカンカラカンをつみこんでくる。お通しの売り上げも十五人前から三十人前ほどもでる時があるが、こうたくさん大将に儲けさせる手はないからカストリのお通しはもっぱらコック氏のカンカラカンから捻出して、大将の所得は平均してお通し十人前、というところ、これでも昔日の比ではない。

最上先生ほくそえんで、まア、これぐらいにいけば一日に純益千五百ぐらいあり、女給の給料や諸がかり差引いて千円は残るから、毎日のんだくれてもカストリで我慢してりゃ一年に十万ぐらい残るだろうと、計算している。

ところがお店の連中の儲けはそれどころじゃない。先ずコック氏はカストリの純益千八百円、女人達は九百円ずつ、これにカストリのお通しが平均して一日に二千円あって、これをコック氏も入れて八ツに割り、結局コック氏二千円、女人連千円余、それに女人連にはチップがあり、コック氏にはハキダメの屑の上りがあって、おまけに給料も貰うのだから、大将よりも利益をあげているのである。

こうなるとコック氏の人気は素ばらしい。富子は自然お金がもうかってみると、無理矢理ハゲアタマの二号になることはないのだから、コック氏みたいなたのもしい人物と一緒になって今の宿六をギャフンと云わせてやりたいと考えた。女人連は女人連で各自浮気にいそしんでいるが、さて浮気というものも、やってみると、さのみのものじゃアない。もっと何か心棒のある生活がしてみたい。この男ならというので、それぞれコック氏に色目を使う。

然しさすがにコック氏は倉田大達人の弟子であり、浮気などは女房と同じぐらいつまらぬものだと知っている。目先の浮気などよりも、一城一国のあるじ、国持の大名になるのが大功なんだと、彼は齢が若いから理想主義者で、倉田が自ら考えながら為し至らざる難関を平チャラに踏みこす力量を持っていた。

彼は観察して、オコウちゃんの人気は抜群であり、愛嬌もお客のあしらいも、金勘定のチャッカリぶりも、顔も姿も第一等で、浮気心もまだ知らない。そこで白羽の矢をたてて談判すると、オコウちゃんも彼の手腕に魅了されているところだから、意気投合、然し利巧な二人だから、誰にさとられることもなく、資金ができ、マーケットの一劃(いっかく)に店をかり、大工を入れて万事手筈がととのい、愈々(いよいよ)開店となってお客に発表、手に手をとって消えてしまった。

カストリの卸元が引越したから、残された女人連だけでは、あとが続かない。お店のお通し付きばかりでは元より商売にならない。そこで旬日（じゅんじつ）ならずして、他の店へクラガエの者、お客と一緒になるもの、五人の女は一時に消え失せ、残されたのは茫然たる富子ただ一人。

今まで心を一つに働いていた。敵は大将ただ一人、あとは戦友のようなもの、うらはらなく打開けてたのしく日々を暮していた筈であるのに、たのむコック氏はオコウちゃんと手に手をとってアッという早業であり、残る女人連もヒソヒソ五人同志で相談しても富子には相談しかける者もなく、あなたはどうする、と訊いてくれる者もない。自分達だけ話をきめて、さよならとただ一言、みんな消え去り、富子だけ置いてきボリをくわされた。

みんなに裏切られ、置いてきボリをくわされ人情の冷めたさに泣いたあとで、気がついたのは、ここは自分の家だということ、自分の家とはこんなもの、路傍の人情よりはいくらかマシだというようなセンチな気持になった。これが失敗のもとで、一部始終をうちの宿六に打開けたから、いけない。

宿六はきき終ると、静かに顔をあげて

「おい、ヘソクリをだせ」

富子はアッと顔色を変えて

「アラ、オコウちゃんから着物を三枚も買っちゃったわ」

「バカ。あれから四月にもなるんだ。着物の三枚ぐらい買ったって、十万以上残っているはずだ。ここだな」

　と、箪笥（たんす）や戸棚のヒキダシやトランクをかきまわし、ナゲシの隙間や畳をめくってみたが分らない。久しく使わない冬の布団をとりだして縫目を解いて綿の間をしらべても見当らない。

「うちに置いてないのよ」

「どこにある」

「倉田さんの奥さんに預けてあるのよ」

　もとより嘘にきまっている。執念の女がヘソクリを人に預けて安眠できるものではない。

「私の稼いだお金だもの、私のものよ」

「バカ。営業妨害だ」

「だってあなたの営業方針なら、あなた自身の売上げだって今より不足で、とっくにお店はつぶれていた筈よ。私たちのおかげであなたも儲けていたのだから、自業自得じゃありませんか。口惜しかったら、あなたもコックさんのやり方で、安直にやり直して、もうけるがいいじゃありませんか。私たちが心を合せて、新に女給を募集して、うんと儲けてやりましょうよ。ねえ、あなた」

「じゃア、お前すぐ新聞社へ行ってこい」

「あら、あなたよ」

宿六は委細かまわず、広告の文案を書いて女房につきつけて、

「すぐ行ってこい」

「イヤ」

「行かないか」

たまりかねて、五ツ六ツ、パチパチとくらわせる。富子がこれだけねばるのだから、ヘソクリはこの家のどこかしらに必ずある。ふと気がついたのは、春先の安値に買った四ツの火鉢だ。それを押入の奥へ積み重ねてある。あの灰の中が怪しい。

やにわに押入をあけて火鉢に手をかけると富子が腰に武者ぶりついた。富子を蹴倒しポカポカ殴って延びさせておいて奥の火鉢をとり下す、とたんに富子が忍び寄って足をさらった。ひっくり返る胸の上に火鉢の灰が傾いて札束が見えたのが最後であった。富子が灰をつかんで宿六の眼の中へ押しこんだ。チラと見た札束を最後にして、宿六の眼は暗闇の底へとざされてしまった。

富子は着物をきかえる。宿六は七転八倒、途中に正気づいては大変と、もう一つの火鉢の灰を頭からぶちまけて、眼も鼻も口も一緒にグシャグシャ灰を押しこんでやる。ゆっくり着物をきかえて、奥の二つの火鉢から十万ほどのヘソクリをとりだして、着物や手廻りの物と一緒に包みにした。

宿六はお勝手へ這い下りて、まさに水道をひねろうとしている。出がけにもう一握りの灰

を鼻の孔にぶっかけ、オカユのはいった鍋を頭へグシャリとかぶせて、とびだした。

★

最上清人は店をしめて、ひねもす飲み暮していた。店では一週間用ぐらいの酒類が、一人で飲むと却々飲みきれない。夜になると外へでて、千鳥足で戻ってきて、万年床へもぐりこむ。飲む金がなくなったら、首をくくって死ぬつもりなのである。そのくせ一日に七八回胃の薬を飲み、胃袋を大切にしている。

死を決して、思い当った思想というようなものは、別にない。ただひっくりかえる灰の下からチラと顔を見せたあの札束が残念だ。富子の奴はあの札束でどこで誰と何をしていやがるか、札束だけが残念でたまらない。セッカチはどうもいけない。ハハア、火鉢だなと、気がついたら、素知らぬ顔、長期戦で店の酒をのみ家から一歩も離れずねばってやる。そのうち富子が便所ぐらいは行く筈で、その時便所を釘ヅケにしてもよかったのである。こう思うと、残念でたまらない。

店のお客がきて戸を叩いたり、倉田がきて、最上先生、いないかね、と怒鳴ったこともあるが、知らぬ顔、戸締りをして、主要なところは釘づけにして、酒をのんだり、万年床にごろついているのだ。

二ケ月あまりで店の酒類も飲みほしたが、彼のヘソクリも終りを告げるところへ来てしまった。然しまだ店を売るという最後の手段が残っている。これより、この店を飲みほすと思うと、なんとなく胃袋に手ごたえのあるような爽やかな気もする。その代り、いったい、どこで首をくくったらいいのかな、とバカなことを心配したもので、街路樹へブラ下ってもいいではないか。焼跡へ行くと、風呂屋だか工場の跡だか煙突のまわりに鉄骨のグニャグニャしているところがあるから、あの鉄骨へブラ下ってもいい。

もう冬がきていた。彼は皮のジャムパーをきて、マーケットのコック氏とオコウちゃんの店を探し当てた。商用にきたのだ。店を売ろうというのだが、昔のナジミでいくらか高く買うだろうと思っていたのに、どう致しまして、彼が一式居ぬきのまま三十万というのに、コック氏は七万なら、と言うあっぱれな御返事。するとオコウちゃんが横から、あそこは場所が悪いから、いやだわ、などと足もとを見て、いじめぬく。

ちょうど倉田がきていた。

「店を売っちゃうのかね。残念じゃないか。店さえありゃ、一花さかせるのはワケない筈なんだが、店を売って何か別の商売やるのかね」

「それを飲みほして、首をくくるのさ」

「なるほど。それもよろしい。然し、なんだな。ちと芸のないウラミもあるな。芸というものは、これは人生の綾ですよ。誰だって、ほっときゃ自然に死ぬんだから、慌てて死んでみなくたって、どうも、なんだな、お金がないからお金をもうける、女がないから女をこしらえるてえのは分るけど、お金がねえから自殺するてえのは分らねえ。じゃア、どうだろう。最上先生、私がお店を買いたいけど、お金がないから、私に貸してくれねえかなア」

「貸してもいいよ。毎月三万円なら」

「三万円も家賃を払うぐらいなら、誰だって買いますよ」

「僕は月々三万円いるのだ」

「するてえと、最上先生の言い値で店が売れて、十ケ月の命なんだな。オコウちゃんの買い値じゃア、二ケ月と十日か。人殺しみてえなもんだなア。俺なんざア、一夜にして全財産を飲みほしてあしたのお食事にも困ったり、オコウちゃんを彼氏にしてやられても、酒の味がだんだんうまくなるばかりで死ぬ気になったことなんぞは一度もないけど、最上先生の思想は俺には分らねえ。じゃア、こうしちゃアどうだろう。オコウちゃんにタヌキ屋の方へ支店をだして貰うんだな。私を支配人ということにして、店の上りの純益六割はオコウちゃん、二割ずつ、支配人の給料と家賃てえのはどうだね。これはけだし名案じゃないか」

「だめですよ。先生みたいな支配人、無給だって雇うものですか」

「そう言うものじゃアないよ。それはオレはハキダメから料理をつくる腕はないけど、タヌキ屋の店なら一夜に平均してカストリ二斗、これだけは請合う自信があるです。カストリ二斗という請負い制度で行こうじゃないか。二斗以上の純益は私のもうけ、二斗以下の日は私の給料から差引く。いかがです」

「お勘定」

「いけねえなア。最上先生、たまに会って、呆気なく別れたんじゃア、首くくりに出かけるところを引きとめなかったみたいで、寝ざめが悪いよ」

「僕は商用にきたんだ」

「相すまん。最上先生の商用を茶化すわけじゃアないんで、あわよくば私も一口と思ったんだが、オコウちゃんが相手じゃア。こんなところへ商用に来るてえことが、最上先生は決定的に商才ゼロですよ。ここに於て商談は中止に及んで、もっぱら飲みましょう。首くくりも最上先生の商談のうちでしょうから、すでに拙者はとめないです。首くくりも商用てえのは、意気だなア。首くくりが意気てえわけじゃないけれど、人生、なんでも商用、なんでも金談てえのが、たまらねえな。然し、だんだん身の皮をはいで首くくりへ近づいて行く商用てえのはあんまりイタダケないようだけど、これが浅はかな素人考えというのだろう。私は然し、最上先生には一つだけ足りないものがあると思うな。それはつまり浮気は宗教である、という思想に就てですな。即ち浮気は宗教であるですよ。キリストも釈迦も説法をやるです。これ即ち口説（くどき）ですよ。衆生済度（しゅじょうさいど）というですな。浮気も即ち救うということです。口説は即ち女人を救う道ですよ。浮気によって救う。肉体によって救う。口説のカラ鉄砲というのは、いけねえな。一万円あげるとか、お店をもたせてあげるとか、嘘をついて女を口説いてはいけないです。金なんかやる必要はない。有りあまるムダな金ならやってもいいが、無い金を有るように見せかけて女を口説こうなんてえのは、いけない。遊びとか浮気は、それを為さざるよりは面白い人生なんだから、よって我々はそれをやりましょう、とこう言うです。私はその真理たる所以(ゆえん)を信じているから、私が女を口説き、女がそれに応ずることによって、女は救われるということを信じているです。即ち私の浮気精神はキリストなんで、最上先生の浮気はキリストじゃアねえな。ここのところが最上先生に足りねえから、最上先生は首をくくる。仏教に於ては孤独なる哲人を声聞縁覚(しょうもんえんがく)と言うです。彼等は真理を見ているが、人を救うことを知らんです。よって、もっぱら自分を救う。何によって救うかというと、死によって救う。真理をさとる故に自殺するです。それは死にますよ。人間は生きてるんだからな。生きてるてえのは死ねば終るから、真理を見れば、死ぬ。死ぬてえぐれえ真理はねえや。つまらねえもんだよ、真理てえものは。そこで、これじゃアいけねえな、というので、印度に於ては菩薩というものが現れた。これは色ッポイものだ。孤独なる哲人はいけねえというので、菩薩の精神はもっぱら色気です。人を救うというのは、これ即ち色気です。人生は色っぽくなきゃ、いけねえ。色ッポイてえのは何かというと、男ならば女を救う、女ならば男を救う、これ即ち菩薩です。浮気てえものは菩薩なんだ。ただあなた、金をしぼろうとか、女をものにしようとか、それは印度の孤独なる哲人の思想ですよ」

「考えなきゃ、いいんだよ。そんな風に考えて、言ってみたいのかね。言葉なんてものは考えるために在るんじゃなくて、女を口説いたりお金をもうけるために在ればいいのさ。死なんてものは、言葉の上にあるだけだ」

「喋るのがオックウになっちゃアいけねえなア。ムダな言葉はいけねえと言ったって、女を口説くにも、やっぱりあなた、情緒というものが必要ですよ。女人に向って、この道は佳き道だから余にしたがえ、と言う。真理は明快だけれども、オ釈迦サマなら方便とか、救世軍なら楽隊とか、ここに芸術てえものがあるんだね。芸術てえものは、ムダなもんだ。あなたはムダがねえから、お金の裏が首くくりなんだなア。然し、あなた、お金の裏はお金、女の裏は女、きまってるな、これが生きるということだ。生きることには、死ぬてえことはねえな。ああ、そうそう、この店へは近頃毎晩富子さんが現れますよ。例の彼氏、美学者と一緒にね。目下ダンスホールの切符の売子で、彼氏と同じ屋根の下の伴稼ぎなんだが、近頃はなんとなく、口説いてみたいような色ッポサがでてきたね。あなたと一緒の頃のあの人は口説く気がしなかったけど、つまりなんだなア、あなたの思想は自分の女房まで色ッポクなくさせてしまうんだから、最も孤独なる哲人は、最もヤキモチヤキのようなものかな。然し、女房というものは、万人に口説かれるぐらい色ッポク仕込まなきゃアいけねえのかも知れねえなア」

　そこへ富子が瀬戸と並んでやってきた。昔の宿六を見て、アラ珍しい人が来てるわネエ今晩は、と言ったが、富子がこの店へ瀬戸と並んで毎晩くるのは、実は昔の宿六に、二人お揃いのところを見せつけてやりたいからだ。

けれども近頃、富子は再び貧乏が身にしみている。十万円握って瀬戸のところへ駈けつけたまではよかったが、宿六が追いかけてきて取り戻されては大変と、温泉へ瀬戸を誘って豪遊したから忽ちにして文無しとなり、伴稼ぎを始めたが、瀬戸の飲み代で青息吐息、ちっとも面白くない。一緒に飲みにくるのは、昔の宿六に見せつけたい魂胆の外に、三杯ぐらいで切上げて帰らせるためだが、すると美学者は途中で富子をまいたり、引ずったり引ずられたり、なぐったり、なぐられたり、もう一軒、もう一杯と立ち寄って、とどのつまり家へ戻ると、ひねもす喧嘩に日を暮しているなどとは、誰も知らないだけの話なのである。富子は肚の中では、どうしてこう宿六運が悪いのだろう、今度はあの絹川という色男のところへ押かけてみようか、いっそ社長のハゲアタマの二号に押しかけてみようか、色々と考えている。

最上清人はポケットから手帳をだして調べていたが、顔をあげると瀬戸の方に向って、

「君の借金がまだ九百六十五円あるから、今日いただこう」

「どうも、すみませんでした。今日は実は持ち合せが不足なんで」

「じゃ、外套をぬぎなさい」

「そうですか、じゃア」

瀬戸が立上って外套をぬいだ。

そのとき私がこの飲み屋に居合せたのである。私は見たまま逐一を書く必要はないだろう。

馬鹿げているのだ。大づかみに結末だけおつたえしておこう。

「これで千円借して下さい」

と言って、瀬戸がオコウちゃんに外套を差出した。この外套は彼の満洲生活の記念品だから品物は立派で、千円のカタにはなるからオコウちゃんは千円貸した。

最上清人は千円をポケットへねじこんで、三十五円のおつりをおいて、そのままブラブラと、ポケットへ両手をつッこんで、いなくなってしまった。倉田が何か言ったが、彼は返事をしなかった。

瀬戸が帰るとき、外套をぬぐと寒いな、すると富子が大声で、寒むそうねえ、可哀そうねえ、と云ったが、オコウちゃんは一心不乱にオツリを数えてそれをハイ、アリガトウと差出したばかり、瀬戸はクスリと笑って、じゃア、又と二人は外へ消え去る。

要するに私が見たというのは、ただそれだけのことなのである。その日から私はここで飲むことにした。ところが三日目に、この店でも変ったことが起った。

オコウちゃんはもうオナカが大きくなっていた。すると宿六もすでに一国一城のあるじとなったから何百年前からの仕来りでダンサーをお妾にしてよろしくやっていたのをオコウちゃんが嗅ぎだしたから、覚悟をしろと、百万円ほどの札束をさらって大学生と駈落に及んでしまったのである。

私は聴いたまま見たまま有りのまま書いただけの話で、これからどうなるのやら、幸、不幸、誰の運命も分らない。

私が小便から戻ってきたら、置き去られの宿六先生、コックと給仕人と両方忙しく立廻りながら、

「これじゃア又、ハキダメからやり直さなきゃアいけねえ。気を悪くしねえで、しばらくつきあって下さいよ。ヘエ、お待ち遠」

と一心不乱であった。

失恋難

オコウちゃんに逃げられた落合天童の飲み屋では、さすがに天童いささかも騒がず又ハキダメの要領でせっせと再興に乗りだす。オコウちゃん狙いの客は姿を消したけれども、お酒さえ安く飲めりゃいいんだという新客が次第にふえて今では昔日の隆盛をとりもどしたから、コックにバーテンに接客サービス、天来の敏腕家も手が廻りかねる。けれども夫婦共稼ぎとか、愛人をサービスにだすとか、お客は酔えば見境いなく女を口説く性質のもので、家庭とビジネスの境界線が不明となり、まことによろしくないものだ。美人女給というものも甚だ月並なもので、御亭主と懇ろになれば店に居つくが、さもなければ、いつ誰と消え失せるか、

ヒモがついたり、無断欠勤の温泉旅行等々、わがまま無礼、元来この節の日本人の飲み助どもときては、女よりは酒、少しでも安く酒、ただもう欠食児童なのだから、女などあてがうのはモッタイない。なまじ美女など坐らせておくと、ここの酒は高いと独りできめて隣りの店へ行ってしまう、高価な食器を使っただけでも、一目見てにわかに面色蒼ざめ盃をもつ手がブルブルふるえだす、昔のお客はオイおやじなどと飲み屋の亭主をよんだけれども、当節のお客は、旦那、甚だ相すみませんけど、などと一杯ちょうだいに及ぶ風情、筋骨衰弱し、可憐である。

そこで落合天童は時代のおのずから要求し落ちつくところを再思三考に及んで、彼の自宅の町内の天妙教支部を訪れた。ここには身寄りのない貧窮家族、病人を抱えたのや、子だくさんの寡婦、頭のネジのゆるんだのや、狂信狐憑きのようなのや、十一家族もゴチャゴチャと虱(しらみ)と共に雑居して朝晩タイコを叩いて踊っている。月給千円、食事づきで雇いたいと申しでると全員にわかに殺気立って我も我もと申出るのを押しとどめ一室をかりて一人ずつ口答試問を行う。出張テストというわけで、狐憑き、三度自殺に失敗したというのもいるし、筋骨隆々眼光するどく悪僧の面魂(つらだましい)の老婆、ほかの人雇っちゃダメよ、みんな手癖が悪いからと声をひそめて忠告してくれる女もいる、いずれも鬼気をひそめ妖気を放つ独自の風格者ぞろいであるが、天童は心乱れず、にこやかに坐って、一々おごそかに応待する。

中に一人ビッコ、三十九歳、ヤブニラミの女がいた。

「あなた、足がお悪い様子だが、運ぶ途中に徳利がひっくりかえるとかコップのカストリがこぼれやしないかな」

「いいえ、心がけておりますから、却ってほかの方よりも事故がないんですよ」

「そうですか、じゃ、いっぺん、やって見せて下さい」

そこでお盆をかりてコップになみなみと水をみたして運ばせる。するとお目のところへ捧げ持ってお盆のフチを鼻柱へくッつけて静々と徐行してくる。慎重に一足ずつすらせてくるからカタツムリの如くにのろい。

「ハハア、つまり神前へオミキを運ぶ要領ですな。然しお酒やお料理を運ぶとき、いつもその要領じゃないでしょう」

「いいえ、私オミキなんか運んだことないですよ。物を運ぶとき、いつもこうです」

「するとそれは小笠原流ですか」

「いいえ。私、目が悪いから、目のところへこう捧げてクッツケないと見えなくて危いからですよ」

「乱視だな。近視ですか」

「いいえ、弱視というんですよ。目のところへ近づけないとハッキリ見えないのね。だってコップは透明ですもの」

「ごもっとも、ごもっとも。じゃア、これを読んでごらんなさい」

と手帳をだして渡す。目から一寸五分ぐらいのところへ押立てて甜めるように読む。試みにお札を数えさせると、やっぱり目のさき一寸五分のところへかざしてノゾキ眼鏡をいじくるように数える。タバコが好きだというからお喫いなさいと箱を渡すとこれも目の先一寸五分へかざしてフタをひらいて一本ぬく。目玉からタバコをぬきだすように面白い。

「お客の顔が分りますか」

「人の顔は分りますよ。目の悪いせいで耳のカンが鋭敏だから、後向きでも、気配で様子が分るんですよ。空襲のとき軍の見張所でね、聴音機以上だなんてね、特配があったのよ」

「それは凄い。御主人やお子さんは？」

「私はねえ、以前活版屋の女房だったけど、離婚して、今はひとりなんですよ」

「なるほど、活版屋の女房が目が見えなくちゃア不便だったんですなア」

「そのせいでもないんですけどね。いつのまにやら女中が女房になっちゃって私が女中になっちゃったから、バカバカしいから暇をもらったんです」

「宿六をとッちめて女中を追いだしゃよかったのに」

「だってねえ。私はとても大イビキをかく癖があるもんでねえ、お前と一緒じゃ寝られないというから、うちの人、文学者で神経質だから不眠症で悩んでいたでしょう、イビキのきこえないように物置でねてろなんてね、それやこれやで女中になっちゃったもんでね、私の大イビキが癒らなきゃアどうせ物置で寝なきゃアならないでしょう。私しゃ結婚してビクビク心細い思いをするよりも、いっそ一人で大イビキをかく方が気楽だからね」

これは見どころがあると天童は思った。目はヤブニラミだけれど右と左と大きさが全く違って、一つは円く一つはやや三角に飛びでている。鼻は獅子鼻、口の片側がめくれたようにねじくれて出ッ歯で、そばかすだらけだが、全体としてどことなく愛嬌があって、見るから無邪気で、暗さがない。生涯ろくな目にあわなかった筈だが、その魂にも外形にも生活苦の陰鬱な刻印がないのは、頭のネジのゆるんだところがあるせいで、その代り天真ランマン、近代人に欠乏している人生の希望を具現しているところがある。然し、身の丈が低すぎるから、

「セイはどのぐらい？」

「エヘヘ。並よりはネ、すこし低い方だネ、ちょうどぐらいだけど、もう長く測らないからネ」

「四尺五寸かネ」

「エヘヘ」

「四尺だな」

「百十五センチね」

まア、よかろう、スタンドの卓から首が出ないこともなかろう。首さえ出りゃ、目の高さに捧げて持ってくるから間違いはない、とこの人物にきめ、その日から店へ来てもらって、

「ヤア、いらっしゃい。このオバサンはうちのニュウ・フェイスで、高良ヨシ子さんですが、

御存知かも知れませんが、戦争中聴音機のヨッちゃんとか新兵器のオバサンと申せば東部軍に鳴りひびいた国宝級で、まことに凛々しい活躍をなされた方です。世を忍ぶ姿で。なんしろあなた、後向きでもお客様の鼻くそをほじる音まで聞き分けるてえ驚きいった天才でさア」

酔客のケンケンガクガクずらりと並んだあちら側を、首だけだしたオバサンがお盆を目の高さに捧げ持ってナメクジの速度で往復している。オバサン早く早くと云ったところで、生涯の失敗身にしみて焦らず、大きな目を最大限にむきだし全精神を目の玉に集中、剣客の真剣勝負のようにジリジリにじり進む。低速のおかげで往復に寧日(ねいじつ)なく、呼べば「へーイ」と調子の外れた大声で返事はするが目じろぎもせず必死の構えは崩れをみせず、真剣敢闘、汗は流れ、呼吸は荒れ、たまに勝負の手があくと汗をふきふき誰彼と腹蔵なく談論風発、隠し芸まであって「浜辺の歌」だの「小さな喫茶店」などというセンチな甘い歌が大好きで声もよい。大好評で、ナメクジ旅行、必死必殺真剣の気合、談論風発、シャンソン、どれ一つとりあげても好ましからぬところがないが、特別なのが必死必殺ジリジリ進む最中に注文を受け「へーイ」と答える気合の一声、剣の極意に達し、涼風をはらみ、まことに俗物どもの心にしみるものがあって、これをききたいばかりに余分の一パイ注文したくなる。

倉田博文先生も大感服、もう師匠だなどととてもお高くとまっておられぬ。

「見上げたもんじゃないか。これは君、一つの創造、芸術だね。ああいう意外な人物が時代の嗜好に適するてえことの発見、バルザックが従妹ベットを創作するよりも新兵器のオバサンの創造登場の方が凄いようなものじゃないか。イヤ恐れ入りました。なるほどねえ、人間の創造てえのは文学だけの専門特許じゃなかったんだな。創作のヒントがききたいものじゃないか」

「すべてインスピレーションは偶然でさア。人生も芸術も目的はすなわち一つ、養命保身ですな。そこでタイコをならす」

「なんのタイコ？」

「天妙教ですよ。先生ほどの物知りが知らないのかな。天妙教においては、朝晩タイコをたたいて踊るです。その目的は養命保身、これ天意であり、人生の意味だというから大真理じゃないですか。先生は浮気の美徳について金銭の威力について力説するけど、そういうことを考えるのは哲人だけで、一般に人間どもは浮気と金銭は不言実行の世界で、論ぜずして行うところの証明論説を要せざる真理じゃないですか。ただの人間どもには人生の目的は養命保身、これが手ごろで、手ごろというのは大真理でさア。酒をのむ、養命保身。映画を見る、養命保身。なんでも根はそれだけで、理窟をこねてルル説明に及んだところで、現実に遊楽する境地がなきゃ納得できやしませんです。戦争と兵隊は養命保身の至極の境地でして、なぜなら戦地における兵隊はあしたの食事の心配がいらない。米もない。酒もない。タバコもない。腹ペコでも、あしたのことは天まかせてえのは宇宙的なる心境でして、雨が降るみたいにお酒の降る日も女の降る日も肴の降る日もあるという夢と希望に天地を托す、一向に降る日のためしがなくとも天地を托しておるものでして、戦争と兵隊はまったく宇宙そのものですな。魔法のラムプとか、ヒラケゴマとか、夢と人生をそこに托す、下の下ですよ。なぜなら所有するものは失うです。兵隊は何も持たない。魔法も呪文も持たないです。だから宇宙を持つのです。しかるに天妙教が、すなわちその正体は戦争と兵隊でして、持てるものはみんな神様にささげる、田を売り払い屋敷を売り払い全部ささげる、よって宇宙を所有する、タイコをたたいて踊って、養命保身、深遠なるものですよ。酒店もまた養命保身の神域なんでして、持てるものはみんな酒店にささげる、よって宇宙を所有する、お客様の心境をそこまで高めて差上げなきゃいけませんや。けれども人間のあさましさ、一パイごとに女房を思い子を思い、泣く泣く酔って、お金を払う、悲痛なる心境ですな。この切なさを救うものは、ただホドコシの心境あるのみでして、美人女給はいけません、お客がムリを重ねる、もう一杯、チェリオ、たべたくないお料理もとりよせる、涙溜息あるのみでして、禁酒を叫び、出家遁世の心ざし、朝ごとに発狂しているようなものでさ、養命保身どころじゃないです。ホドコシの心境はムリがあっちゃ、いけませんです。乞食を見る、哀れを催す、お金をやる、するてえとチラとみた乞食のふところに十円札がゴチャゴチャつまってるんで地ダンダふむ、もともと哀れを催すてえのがムリなんですな。聴音機のオバサンに限って、人にムリを強要するところが全然そなわっておらんのですよ。人間はおちぶれて乞食となりますが、彼女に限っておちぶれることがないから、乞食にもならない。彼女はかつて活版屋の女房でしたが、いつのまにやら女中となった、しかし、あなた、彼女がおちぶれたわけじゃないんで、もともとがそうあるべきものなんですな、女中は給金を貰うですが、彼女は無給で、無給の女中、天才がなきゃやれませんとも。彼女は哀れでもなく、不潔でもなく、つまり、宇宙そのものでさ。どんなお客がどんなに酔ってもどんなムリも起すことがないという、宇宙なるかな、偉大なものではないですか。もともとお客は貧乏にきまったもので、お酒のお代りは、とか、召上り物は、とか、脅迫しちゃいけないのです。自分のふところは十分以上に心得て、何杯のめる、残る一円五十銭が電車賃、覚悟もりりしく乗りこんできていらっしゃるから、コップがカラになろうと、オカズの皿がカラになろうと、全然見向きもしてはいけません。そのくせ不愛想じゃア俺のふところを見くびりやがる、ヒガミが病的なんで、全然衰弱しきっていらっしゃるですな。だから酒場のオヤジは目のおき場所からしてむずかしいや。人間業じゃア、ダメでして、まさしく天才を要するものです。聴音機のオバサンときては、目の玉はどっちを見てるか見当がつかない、ナメクジの往復で静々と必死多忙、全然お客は脅える余地がないどころか、金満家みたいにせきこんで、オイ早く、カストリ、なんて、これはいい気持だろうな。すると、あなた、ナメクジの方じゃア必死なもんで、目の玉のゆるぎも見せずへーイと答える、お客のハラワタにしみわたりますよ、積年の苦労、心痛、厭世、みんな忘れる、溜飲も下るでしょうな。養命保身、当店は宇宙そのものです」

「なるほど、すごい天才を見染めたものだな」

と倉田博文大感服。

そのとき居合わしたのが最上清人先生で、これを小耳にはさんだから、なるほど、オレも然らばこのへんで自殺はやめて、幸い店はまだ売れ残っているのだから、オレも天才をさがして千客万来もうけてやろう。老いては子に教われ、真理をうけいれるにヤブサカであってはならぬ、と考えた。

★

事は神速を尊ぶ、思案に凝るのは失敗のもとで、最上先生もとより事物のカンドコロにぬかりはないから、模倣は創造発見のハジマリ、ためらうところなく自分の近所の天妙教々会へでかける。なるほど、いる、けれども一癖ありすぎて、お客を吸いよせるよりも追いちらかす危険が多分にあり、養命保身、天才はざらにあるものではない。

すると最後に教会のオカミサンが現われて、一人ずぬけた麗人がいるのだけれども、家政婦なみに扱われるんじゃ、見せてあげられない。とびきりの美人なのだから、店の客ひきの看板娘に絶好で、通いだったら夕方五時から十時まで三千円、住みこみ五千円、但しこの金は月々前払いで本人には渡さず教会へ届ける。戦災者で衣裳がないからタヌキ屋でもつ。それから月給前払いのほかに保証金一万円いるという。

「通い三千円、住みこみ五千円、と。変じゃないかな。あべこべじゃないのかな」

「分ってるじゃないの、旦那。とびきりの美人よ、分るでしょう」

「ハハア。なるほど。とにかく会ってみなきゃ」

「ですから旦那、私の方の条件はのみこんで下さったんでしょうね」

「あってみなきゃ分るものじゃないですね」

「それは会わせてあげますけどね、とにかくスコブルの美人ですから。でも、ちょっとね、ゆるんでるのよ」

「何が？」

「ここね、ネジがねえ、見たって分りゃしないわよ。あべこべに凄いインテリに見えるんですから。だから、あなた、今まであの子にいい寄ったのが、みんな学士に大学生よ。あの子がまたおとなしくって、惚れっぽいタチだもんで、すぐできちゃって、結婚して、それでもあなた八ケ月もね」

「八ケ月で離婚したの？」

「そうなんですよ。男がよくできた人でね、両親がなくって婆やがいたもんだから。そのほかは大概一週間から三日、一晩というのもありましたけど、でもあなた、みんな正式の結婚よ。親がシッカリ者だから、みだらなことは許しゃしません。戦災して教会へころがりこんで親が死んで、それからはあなた、私がカントクして風にも当てやしませんわよ。終戦以来はゼンゼン虫つかずよ」

「いくつなんですか」

「二十四ですけど、見たところハタチね。娘々して、八度も結婚したなんて、どう致しまして、お店のお客には立派に処女で通りますわよ。口数すくなにお酌だけさせといてごらんなさい。しとやかで、上品で、利巧で、男の顔さえ見りゃ必ずポッとするんですから、目にお色気がこもってね、全然もう熱っぽい目つきになってしまうんだから、あの目でこう見つめられてごらんなさい、お客はサテハと思うでしょう。千客万来、疑いなしだわよ」

　そこでオカミサンに付そわれて娘は伏目に現われたが、なるほどゼンゼン美しい。処女の含羞、女子大学生、ただ目が細い。しかしスーと一文字にきりこまれていかにもうるんで悩ましく、すきとおった鼻筋とよく調和して、平安朝の女子大学生、うっとうしく、知的である。姿勢はスラリと均斉がとれ、特別、脚線のすばらしさ、レビュウガール、映画女優、これだけの美人がメッタにあるものではない。

　予想外の美人だから、最上清人は茫然、一気に理窟ぬきの世界へとびこんでしまった。これでネジがゆるんでいるとは、大自然という奴はまことに意外な細工師じゃないか！　豪華本とか楽譜とか軽く抱えて街を歩く、上品でうっとうしくて、よほど心臓の男でもなくちゃ口説くさきに諦めてしまう。だから八度ぐらいの結婚ですんだようなわけだろう。最上清人はとたんにお客というお客を嫉妬して、いかにして一人ひそかに秘蔵すべきか、むやみに不安になりだした。

養命保身。これが宇宙そのものでなくて、なんであるか。心臓がブルブル、うっかり喋ると声がブルブルして、心のうちを見ぬかれるから、無言、鑑賞する。見れば見るほどブルブルするばかり、なかなか喋ることができない。

「お名前は？」

第一声。まずこれ以上は喋られない。娘はギクリと顔をあげたが、にわかにポッと上気し、目に熱がこもって、かすかにほほえむ。

「私、西条衣子です。どうぞよろしく」

ネジのゆるんだ声ではないから、最上清人は狼狽して、

「あなた、お料理できる？」

娘はうつむいてしまったが
「私、家政婦、いやだわ」

とオカミサンに訴える。清人は肱鉄砲(ひじでっぽう)で射ぬかれたようにうろたえて、

「いえ、お料理は僕がつくる」

「女中さん、いないの」

ジッと見つめる。まさにテストをうけているのは清人の方だから、問答無益、ポケットへ手をつッこんで財布をとりだしつつ、

「女中ぐらい、志願者がありすぎるのさ。僕のところじゃ白米をたべさすから。しかしコックがいないから。戦争このかた、十年ちかく高級料理がつくれなかったから、腕のよいのがいないんだ。僕はお料理の方じゃパリの一流のレストランで年期をいれたもんで、今の日本のお客じゃモッタイないけど、人手がなきゃ仕方がないからさ」

一万五千円ポンと投げだす。自殺途中の道草のヤブレカブレというところだが、ヤブレカブレぐらいで人間気前がよくなりはしない。これはもうゾッコンの思召(おぼしめ)しをバクロに及んでいるから、天妙教のオバサンありがとうというのもオックウな顔で、つまらなそうにお札を数えながら、

「女中がいなきゃ困るわね。この子が可哀そうだわよ、旦那、うちから誰かひとり、そうしましょう。そうしていただきましょうよ。お気に召したのがおりませんでしたか」

「どれといって、いなかったね。料理屋じゃア妖怪変化がお米を炊くわけじゃアないからね」

「その代りみなさん大変な働き者よ。衣ちゃん、玉川さんをおよびしておいで。あの方は料理屋向きだよ。四斗樽を持ち上げちゃうからね。それに信仰が固いから、ジダラクな連中の集るところじゃ見せしめになることもあるでしょうよ」

返事一つで掌中の珠を失うから、御無理ゴモットモ、仕方がない。するとますます見抜かれてしまったから、養命保身の神様にソツのある筈はなく、

「ねえ、旦那、教会の新築費用に五千円寄進して下さいな。どうせ旦那の商売はアブク銭だ

から、こんなところへ使っておくと、後々御利益がありますよ。この際、天妙教の信仰にはいるのが身のためです」

「文無しになって首が廻らなくなったら信仰させていただきましょう」

「ええ、ええ、その時はいらっしゃい。大事に世話を見てあげます。天妙様に祈ってあげます。人間はみんな兄弟、一様に天妙様の可愛いい子供で、わけへだてのない血のつながりがあるのですよ。ですから、お金のあるうちに、五千円だけ寄進しておきなさい。今後のことを神様におたのみ致しておいてあげますから」

「べつに神様に頼んでいただくこともないらしいからね」

「じゃ、オタノミは別に、お志をね。もし旦那、お衣ちゃんはタダの娘じゃありませんよ。天妙教の信仰に生きる娘なんですから、神様のお心ひとつであの子の心がさだまるものと覚えておいて下さらなくちゃァ。お衣ちゃんはこれから神前に御報告してオユルシをいただかなくちゃここを出られないのですから」

「じゃ、オユルシがでたときのことにしましょう」

　ケチな性根をだしたばかりに神前へ坐らされ狐憑きの踊りを見せられ、あげくに五千円はやっぱりまきあげられる。口惜しまぎれに、

「そんなにユスラレちゃァ商売のもとがなくなるよ。モトデの五千円はインフレ時代じゃ十倍ぐらいにけえってくるんだから、結局お衣ちゃんの後々のために悪くひびくことになるん

だがね」

「アラ、旦那はモトデのお金につまってるんですか。この節の飲食店に、そんな話、きいたことがなかったわね。アラマ、ほんとに、どうしましょう」

はからざる大声で悲鳴をあげる。するとお衣ちゃんがギクリとして、

「貧乏はいやよ。どうしましょう」

「三十万や五十万に不自由はしないよ。しかしモトデは十倍にかえってくるから五千円でも大きいという話さ。商売はそういったものなんだよ」

ともかく、お衣ちゃんと関取のような大女の付添いをつれて、タヌキ屋へ戻りつくことができた。

★

ヤリクリ苦面(くめん)してアルコール類、食料、調味料をととのえて、釘づけの店の扉をあける。更生開店、しかしお衣ちゃんを店へさらすわけにいかないから全然一室に鎮座してもらって、自らコック。コック場の隣が鎮座の一室だから見張りの絶好点で、コック場を離れるたびに心痛甚しい。そこでお客のサービスには玉川関にでてもらう。玉川関は五十三だが、見たところは四十五六、五尺六寸五分もあって、肩幅ひろく、筋骨たくましく、腕は節くれだち、

脛（すね）に毛が密生の感じ、全然女のようじゃない。稽古のあとの相撲のように乱れ毛をたらして悠々八貫俵を背負ってきてくれる、カストリの一升ビンをギュッと握ってグイとさす、豪快、小気味のいい注ぎっぷりだが、口をへの字に結んでランランたる眼光、お客が何か言うたびにただエヘヘと笑う、養命保身と申すわけには行かない。

「私ゃお店はできませんから、幸い教会に商売になれたオバサンがおりますから、その方に夕方から来て貰いましょう。私は買出しの方やらオサンドンをやりますから」

と言う。この上教会からオバサンが来ては天妙教の出店のようでイマイマしいが、玉川関は八貫俵を背負った上に五升ずつ一斗のお米を両手にぶらさげて足先で裏戸をあけてはいってくる、女だから隣組の用もたす、米も炊く、お掃除おセンタク、捨てがたい手腕があるから、よかろう、なまじ女給などと月並な女どもを探すよりも天妙様の御意にまかせて当てずっぽうに御入来を願った方が、どんな当りをとるか知れたものではない。

そこで現れたのが痩せてガナガナひからびた小さな婆さんで、日本橋でタコスケという小料理屋を二十年ほどやっていたがツレアイが生きてりゃこんな不景気な店へオツトメなんぞに出やしない、私ゃ中風の気があって手が自由をかきお酒をこぼしたりとんだソソウをやらかすことがあるから、娘をつれてきたという、娘は水商売に不馴れだから当分後見指南に当る由、娘は二十八、出戻りで、一つも取柄というものがない。なんの病気か知れないが痩せてあおざめて不機嫌で、額のあたりへコーヤクか梅干でもはりつけて寝ていたところを顔を

洗わせて連れてきたという感じ、まだしも玉川関の豪快なお酌の方がお客の尻を長持ちさせる様子であるから
「よした、よした。あなたはお帰り。料理屋は病院じゃないからね。お客は病み上りの仏頂面を眺めにきやしないから、僕の店をなんだと思ってるんだ。こっちは商売でやってるんだぜ。天妙教の出店の酒場じゃないんだから、とっととお帰り」

「アレマア、旦那はセッカチだわねえ、この子にゃ芸があるんですよ。大繁昌疑いなしの芸だわよ。ふんとに悲しいことだねえ。よその男にゃ喜ばれるが、一人の亭主にゃ厭がられる、なさけないと云ったら、ありゃしないね。何も、あなた、私ゃわが子の恥をさらしたくはないけどね、天妙大神のオボシメシなら、是非もないわよ。こちらのお店にゃ天妙大神の御意が及んでいるのだから、ふざけちゃいけませんやね。うちの子のギセイがあるんだよ。悲しいギセイなんだよ。こっちはイケニエになってるんだ。罰当りを言っちゃア、神罰たちどころに及ぶから」

「僕のところじゃあんた方のゴムリを願っちゃいないんだから、天妙様の御指図は方角が違っているのだろう。この節のお客は特別伝染病をこわがるタチだから、とっとと帰っておくれ。石炭酸をブッかけるぜ」

「アレまア旦那、私ゃ五色の色に光る目玉は始めてだよ。ふんとに旦那は御存知ないことだからねえ、とんだ失礼申しましたよ。それじゃア旦那、お気に召さなきゃ酒代は私が持ちま

すから、カストリを一升ほどこの子に飲まして下さいな。見ていただかなきゃ、分りませんわよ」

最上清人の気にかかるのは、ギセイ、イケニエという穏かならぬ文句で、養命保身、天下は広大だから、どこに曲者(くせもの)がひそんでいるか、偉大なる独創は得てして見落され易いものだ。ここが大事なところかも知れぬと気がついたから、カストリ一升とりだす。婆さんもいくらか飲むが、娘が大方のんで、旦那もお飲み、と注いでくれたり、旦那私に注いでよ、一升がなくなり二本目を飲みだすころからトロンとして、

「バカにするない、私を誰だと思うんだい、ヒッパタクヨ」

ふらふら、やおら立ち上って正面をきり、手でモゾモゾ前のあたりを何かしていたと思うと、裾をひらいて尻をまくりあげ、なおも腹の上までゴシゴシ着物をこすりあげる。そして羽目板にもたれて股をひらいて片足を椅子にのせた。

「旦那、旦那」

婆アさんは清人の肩をつついて、

「顔をそむけて、気取っちゃいけないわよ。ギセイだよ。見てやらなきゃ、いけないわよ」

陰毛がなかった。すきとおる青白さが美しい。局所を中心にして腹部と股に蜘蛛の巣がイレズミされている。腹には揚羽蝶(あげはちょう)と木の葉がひっかかり、片足の股の付根にカマキリが羽をひっかけて斧(おの)をふりあげて苦闘し、片股に油蟬がかかっている。中心の局所に蜘蛛が構えて

目玉を光らしているのである。

ちょうどそこへ来合わせたのが、更生開店と知って二人の友達をつれてきた倉田博文で、ヤア、コンチハ、開店早々にしちゃ賑(にぎや)かじゃないか、アレ、お客は御主人自らか、新戦術てえところだね、と言いかけて名題の大達人も立ちすくみ言葉を呑んでしまったが、娘はそのとき目をあけて新客どもをジロリと睨んで、

「チェッ、バカにするない。拝んで、目を廻すがいいや」

ようやく裾を下ろして卓にうっぷして、

「ねえ、旦那、ダンの字、私を馬鹿にしちゃいけませんよ。私は一生失恋するんだ。いいかい、私は承知の上なんだよ。私はね、失恋するために、それを承知で、生きてるんだよ。見損うな。誰にだって、ふられてやるから。ネエ、ちょいと、ふっておくれよ。意気地なし」

「ごもっとも、ごもっとも。分ります、その気持は。私も賛成、失恋すなわち人生の目的なんだな。この人は苦業者です。しかし、うらむらくは、苦業者こそホガラカでノンビリしなきゃならないものだというスタイル上の手落ちに就てお悟りにならない。この方のお名前は？ヨシ子さんですか。ヨッちゃんだな。ヨッちゃんや。あなたは美人だなア。私はそういう顔が好きなんだ。腹のイレズミも見事だけれども、あなたの顔には及ばない。ネンネはよしましょう。オッキして、ホガラカに飲みかつ談じようではありませんか」

と倉田が肩に手をかけるのを、押しやって、

「よくしゃべる奴じゃないか。おしゃべりする奴、きらいだい。そうでもないや、おしゃべりする人、私ゃ好きなんだよ」

顔を起して倉田を見定めていたが、

「あとで一緒にのむからね。ちょっと、ねむるよ。あんた、バカにしちゃ、だめよ。知ってるからさ。いいとも、ふられてやるから。ちょいと、あんた、手をかしてよ」

倉田の手を握って、ねむってしまった。

ヨッちゃんは陰毛がなかった。そのはずかしさを思いつめ、強迫観念になやまされたが、友達の話にヒントを得てひそかにイレズミをやった。結婚して追いだされ、いつからか酔っ払うと親の前でも御開帳をやるようになったという話であった。

「それは悲痛な話じゃないか。然しそれ故これをそのまま悲痛と見たんじゃいけない。オバサンの曰く、ギセイ、それです。私もまたギセイと見ます。運命のギセイ、その意味じゃない。その意味では悲劇だけれども、神にささげるギセイ、己れをむなしくするギセイ、要するに、あなた、人々の養命保身のために自らの悲劇をささげるのです。だから御当人は明朗、自適の境地がなきゃいけない。当店のマスターたる最上先生も御母堂もその心得で指導しなきゃ、第一、どことなく明るさとか、無邪気とか、救いがなきゃ、因果物みたいでお客だって喜びゃしねえな。だから私が美人だという。喜びますよ。当人自身に救いがなきゃ、人を救う御利益のでてくる道理はねえからな。だから、あなた、私が彼女は美人だという、御当人が信じないといけないから、そういうお顔が好きなんだ、と云う、これは口説（くどき）です。これが大切なんだな。するてえと私のギセイにおいて彼女が次第に因果物の心境をはなれてくるです。これを別して側近に侍（はべ）るみなさんがやらなきゃいけない。このままじゃア、グロテスクすぎるよ。それにしても意外な芸があるものだな。日本もそろそろ新人が現れつつあるんだなア」

「アレまア、旦那はこの子をほんとに美人と思わないの」

「冗談いっちゃいけないよ。美人てえものは美しき人とかく、この人は人間の顔からちょっと距離があるからね。ふなに似てるのかな。とがったところはエビみてえなところもあるな。当人だって心得てるんだから、むやみやたらに美人と云ったって疑るよ。だから、私はこういう顔が好きなんだ。とても可愛いい、とこういうのです」

「罪だわよ、旦那、この子は本気にするからね」

「だからさ、この子を本気にさせてやらなきゃ、因果物の気質がぬけやしないじゃないか」

「この子はノボセ性なんだよ。すぐもうその気になるからね。私ゃ困るわよ。旦那、すみませんけど、ギセイのついでに、この子をオメカケにしてやって下さいな。高いことは申しませんよ」

「いけません、いけません。芸術は私有独専しちゃいけない。この子はすでに失恋に日頃の覚悟もあることだから、天分を育てるために私たちは力を合せる、この子と私がちょッと懇(ねんごろ)になったりするのを、オバサンは我が子の天分のためと思って、ひそかに喜んでくれなきゃいけない」

うまいことをいっている。

最上清人はもうその場にはいなかった。彼はもはや全然ヒマというものが心にないから、御開帳のオツキアイなど、もどかしくて堪らない。お衣ちゃんの鎮座をたしかめて、コック場でセカセカ、用もないのに、ただむやみに心が多忙である。

★

人間の独専慾は悲しいものだ。最上清人はお衣ちゃんを誰の目にもふれさせたくないのであるが、人間を小鳥のように籠に飼うわけには行かないもので、朝の御飯をたべてしばらくすると教会へ遊びに行ってくるという。なぜ？　用があるの？　用件を具体的に説明するようなことはなくて、ただ用がある？　行ってくるわ、そうきめこんでいる。籠に飼いならされる精神はミジンもなく、外出を拒否されるなど想像していないのだから、清人の承諾をもとめているのと意味が違う。行ってくるわ、といって立ち上って黙っておればそのままサヨナラも云わずに行ってしまうから、何時に帰るの？　私時計がないのよ、教会にあるだろう、でも私時計見ないもの、全然たよりない。仕方がないから玉川関にいいふくめて迎えに行って貰う。十一時頃迎えにやると一緒に五時頃帰ってくる。そんなに長く遊んできちゃいけない、ひるまえに帰れ、玉川関に断乎申渡して迎えにやると、ひるまえに帰ってきたが、子供を二三人ずつつれたオカミサン連を三人もつれてもどって昼食をたべさせ、夕方までギャアギャアバタバタ泣いたり糞便をたれたり大変な騒ぎをやらかす。

サヨナラもタダイマもオハヨウも、その他親しみのこもった言葉何一つしゃべらず、宿六をなんと思っているのだか、同衾(どうきん)はする、しかしそこから宿六という特別な人格などはミジンも設定の意志がなくて、こうなると宿六も切ない。どんな男でも、男には身をまかすものときめているものにしか思われないから、どこで何をしているか、男という男がみんな恐怖の種、教会の神主、失業オヤジ、病気のジジイもその子の中学生も、みんなおそろしくてたまらない。

「君の結婚した人なんて人だったの」

「知らないわ」

「何人いるの」

「一人にきまってるわ」

「教会のオバサンは八人といったよ」

「一人よ。私、失恋したのよ」

誰に失恋したのだか、八ケ月の人物だか、一週間の口だか、一晩の口だか、皆目分らない。

僕は君の何かね、ときいても、知らないわ、なぜここへきたの、神様のオボシメシだという。

着物を買ってくれ、靴を買ってくれ、煙草を買いだめておくとそれを教会へ持って行って誰かにくれてくる、教会と手を切る工夫をしなければ気違いになりそうだから、絶対男に会わせぬ手筈であったが、是非もない。倉田博文の手腕にすがって策を施す外に思案が見当らないから、事情をうちあけ、お衣ちゃんも紹介に及んで、しかしここがカンジンなところだから、天妙教の手切りの件が眼目ではあるけれども、お衣ちゃんを独専したい苦心の胸のうち説明に及んで釘をさす。

「これは最上先生、そんなふうに私を見損っちゃいけないな。そもそも紳士道というものは、ここに唯一無二の規約がある。それはあなた男女たがいに誰を口説いてもよろしいけれども、友だちの思いものだけ口説いちゃいけません。あなたが麗人同伴で私の前に現われる。そのとき私は最上先生の弟子であり忠僕であるごとく己れを低くして最上先生を立ててあげる。かわって私が彼女同伴最上先生にであった時には、最上先生が私よりも薄馬鹿みてえに振舞って私を立ててくれなきゃいけません。この一つが紳士道唯一絶対の規約なんだな。我々は紳士でなきゃいけません。だからもうこと御婦人に関しちゃ私を絶対に信用してくれなきゃ、しかし、最上先生ほどの非情冷静なる御方がアノ子のためにはオチオチ眠られぬ、男という男が怖い、これはいいね。まったくホロリとするじゃないか。よろしい、犬馬の労をつくして差上げましょう」

と、まずビールを五六本きこしめしてから瞑想にふける。

何よりも店の繁昌、これをブチこわしたんじゃ話にならない。お金という後楯があって紳士道も成立つのだから、天妙教と手を切る、そのために店がにわかに衰微しちゃいけないから、それとなくヨッちゃんの意中をたしかめてみると、ヨッちゃんは天妙教など問題にしていない。住む家もなく、生活の心当りもないから、オフクロにひきずられているだけのことだ。オフクロがまた我慾一方、人のために我身の損のできないタチだが、天妙教にすがっていると野たれ死だけまぬかれる、この目当は老いの身の頼みの綱だから、オイボレ廃人狐つきの集団生活、不愉快きわまるけれども教会を裏切られない。

「お米、醤油、ミソ、塩、油、バタ、砂糖、玉川関は色々とくすねて教会へ運ぶそうじゃないか。さもなきゃ子供づれのカミサン連が押寄せて食いちらかして行くてえ話だけど、暴力団でさえ一軒のウチを寄ってたかって食い物にするにはいくらか慎みや筋道はありそうなものじゃねえか。天妙教じゃア、泥棒ユスリがなんでもねえのかなア、心持が知りたいもんだな」

「ふんとに倉田先生、私ゃ辛いのよ。全くもう人間の屑のアブレ者がそろってるんだから、礼儀も慎みもありゃしないわよ。この子が恥をさらしてギセイで稼いでいるものを、踏みつけてるじゃありませんか。この子はあなた、かほどの思いをして、チップを貰うためしもないのだからさ」

「そうそう。それだよ、オバサン。あなたはヨッちゃんを因果物に仕立てる気分だから、いけない。お代は見てのお帰り、親の因果が子に報いてえアレだね、ヨッちゃんを見世物にして露骨に稼ごうてえ気分を見せちゃア、お客は気を悪くします。いくらか置いてきなさいな、この子が可哀そうだわよ、そんなことをいったんじゃア、これはもう全く因果物で救いがない。お酒は粋でなきゃいけないから、刺戟の強いサービスほど何食わぬ気分が大切なんだな。お店の成績が上りゃ最上先生からそれに応じて心附けがあるのだから、ヨッちゃんのギセイを軽いオペレットに仕立てる心得がなきゃいけません。しかしオバサンとしちゃ見るに忍びざる悲しさ、また口惜しさ、勢いサイソクがましくもなるだろうからな、よく分る、ムリもないです。だからオバサンはお店へでちゃいけない。玉川関のかわりにお勝手をやりなさい。いいかね、オバサン、ヨッちゃんのあの芸は、あれでチップをとらないところに値打がある、さすればヨッちゃんも救われる、養命保身、これでなきゃいけませんや」

お店の第一線で働いてみると、自分の方は案外ミイリがないから、玉川関一味のやり方にはフンマンやるかたなく、利益を独専したい気持がうごいている。これを見抜いたから、仕事は楽だと見極めをつけた。

グロテスクがグロテスクだけで終始したんじゃ魅力にならない。切なさ、明るさ、軽さ、どことなく爽やかなものを残さなくてはならぬもので、第一次大戦後の欧洲の前衛芸術は悲しいグロテスク、明るい軽妙なグロテスクがその主要な相貌であった。これが近代知性の生活感覚の中軸的相貌でもある。ヨッちゃんの芸は前衛芸術の宿命に通じるものがあるから演出次第でピカソやコクトオの芸術的放射能を現実的に発散できる珍品なんだと倉田は高く評価したが、ヨッちゃん一つじゃグロテスクも悲痛すぎて暗すぎるから、もう一つピエロ的グロテスクのワキ役が必要だ。

倉田が目をつけたのは行きつけの飲み屋に食客をしているソメちゃんという色若衆で、昔は歌舞伎の女形であったが戦争中は徴用されて工場へつとめ終戦後舞台へもどったが生活が立たないので、近頃では飲み屋の手伝いをやりながら、昔のゴヒイキ筋から品物をうけて飲み屋へくるヤミ屋にさばいたり、ヤミ屋の品物をゴヒイキ筋へさばいたり、それでくらしを立てている。しかし決して多額にむさぼらないのがえらいところで、千円ぐらいでうけてきた品物が一万五千円ぐらいに思いがけない上値で買い手があると、三百円とか五百円とか予定していた口銭以外はそっくり売り手へ届けてかねての恩儀に報いるという心掛けである。ハタから笑われ、そそのかされても、いいえ、義理人情をわきまえなくてはいけません、と言う。信念ミジンもゆるぎがない。

そのくせ完全な変態で、自分は全く女のつもり、二十三のみずみずしい若衆だから娘の注目をひくけれども、女などは見向きもしない。倉田はかねてソメちゃんのキップが好きでヒイキにしているが、ソメちゃんもまた、倉田の生き方に筋の通ったところがあるから尊敬している。これに手助けを頼みたいと思ったが、何がさて歌舞伎育ちの粋好み、義理人情に生きぬいている珍品だから、御開帳の露出趣味と相容れず軽蔑するにきまっている。ここを納得させなければ苦心の演出ゼロになるから、

「これはソメちゃん、江戸前の好みによって悪趣味下品なるものと即断しちゃいけません。あるべきところに毛がないてえのを悩みぬいたあげくにイレズミをしてさらに悲歎を深め、わが運命を無限の失恋とみる、悶々の嘆きが凝って酔えば前をまくってタンカをきる、この胸の中はせつないね。この悲しさは江戸の通人によってむしろ大いに尊重せらるべき性質のものだろう。それはあなた田舎ザムライはヨダレをたらしていい見世物にするだろうけど、通人はこの切なさは買いますよ。酔っ払いというものは、いつの世も田舎ザムライそのものなんだから、お客がこれを見世物とみる、その低さを、自分のものと見ちゃいけないです。ソメちゃんなどもまことに心の悲しい人なんだから、悲しさを血のつながりに、姉妹とみる、いたわりがなきゃいけない。お客がこれを見世物と見るなら、その観賞気分が露骨なエログロ低級下品に終らぬように、軽妙な気分をつくってやる。イレズミは構図も彩色も着想も見事な妙味があるのだから、物自体としちゃ最もユニックな見世物なんで、単にエロ、下品、露骨と見せちゃいけないやね。お客の気分を軽妙にととのえて下品ならざる境地をつくる、余人じゃできない、ソメちゃんの気品と粋、同情と協力が最も必要な次第じゃないか」

ソメちゃんも承諾したから、ソメちゃんとヨッちゃん母子を住みこませ、玉川関に退場して貰う。万端最上清人の命令でなく、倉田支配人の指図によって、これより万事店のことは

新任の支配人が執り行うから旧来の仕来りは一新する、店内の作法は支配人の許可なくして何事も行うことはできない、天妙大神のゴセンタクも支配人にはミミズのタワゴトにすぎないのだから、と申渡す。

同時に最上とお衣ちゃんは温泉へ出発させ、二三週間ホトボリをさましてこさせる。そのうちにはオバサンを手なずけて、これを逆用して天妙大神とお衣ちゃんの防壁にしようという、そのためにはヨッちゃんと懇ろになることも辞せないというぐらい倉田は悲壮な覚悟をかためてハリキッている。

倉田は温泉行の最上と別杯をあげて激励して、

「だから最上先生、安心してお湯につかってきなさい。私の覚悟はいささか悲壮なぐらいこの仕上げに打ちこんでるのだから。考えてもごらんなさい。それは私は色好みだから、ヨッちゃんみたいな化け物でも一晩ぐらいは面白かろうという程度の心ざしはあります。しかしあなた、私の現在の立場じゃアこれを一晩であしらう手だてがむずかしい、九分九厘後腐れ、四谷怪談になりかねないところだから、ここはつらいところだな。そこを敢(あえ)て辞せないという覚悟のほどを可憐と見ていただかなきゃ。私はつまり天来の退屈男なのだから、生活を芸術と見る、ひとつは芸術の才能に恵まれないせいだけれども、しかしあなた、生活を芸術と見る、全体の構図のためには貧乏クジは作者自身がひかなきゃならない、これがツライところで、しかしまたそのギセイにおいて一つの構図を完成する、この喜び、この没入、この満足、これは私の生来のものです。だから私は厭じゃない。むしろ大いにハリキッています。しかしあなた四谷怪談は当事者の身になっちゃアこれは全くつらいからな。その甚大の苦痛をおして一篇を完成するところに、おのずから報われる満足を人生の友としているのだから、人生芸術家倉田博文先生、この手腕を信じて、心安らかに旅行を味い、未来に希望を托しなさい」

そこで御両名は出発する。

倉田は自ら調理場に立ちチビリチビリ傾けながらも大根をおろし牛肉をあぶり吸物の味をききオバサンと共に大奮闘、策戦よろしく店は繁昌するけれども、ソメちゃんの気品と粋は効果を示さず、あべこべに下品を深め、地獄の相を呈する。それというのが、ヨッちゃんの芸が終ると、勢いの赴くところ、ソメちゃんに露出を強要する。歌舞伎の伝統の中で女の躾(しつけ)を身につけたソメちゃんだから二の腕を見せてもすくみ羞らうサムライの娘カタギ、それが一そう酔客のイタズラ心をそそって、はては摑(つか)まえてハダカにする。悲鳴、悲嘆、それを肴にカッサイ、また乾杯、勢いの赴くところ、次にはヨッちゃんをハダカにする、こっちの方は物ともせずタンカをきって卓の上に大あぐらをかいたり大の字に寝てしまったり、お客がこれにタバコをさしたり徳利を入れたりイタズラする、お客同志のケンカとなる、大乱闘、倉田先生、器物を保護し、お勘定をいただくに精魂つくし、二ツ三ツ御相伴(ごしょうばん)のゲンコなどもチョウダイに及んで、芸術的才腕の余地などはない。

これが毎晩のおきまり行事で、それを目当に集る常連だから、ヨッちゃんの芸が終る、そのへんで気分が変るようにと倉田が顔をだして得意の駄弁、ナニワ節、フラダンス、熱演効なく、ひっこめ、あいつもついでにハダカにしちまえとくるから、匙を投げて長大息、お客の身になったら面白かろう、オレもお客になりていなどと芸術製作の熱意を失ってしまった。

「先生、私はとてもこのお店はつとまりません」

と、ソメちゃんは元の巣へひきあげる。

倉田はヤケクソで、新風を凝らし、新作にとりかかる気持などはミジンも持てない。ヤケ酒をきこしめして、これだけはと日頃要心していたものを、ヨッちゃんや、お前さんは可愛いい人だ、からだから心から全体が悲しさそのものなんだな、悲しさを抱きしめて私も一緒に溶けて掻き消えてしまいてえ、などとセンチになって、お世辞たらたら喜ばせて契りを結んでしまった。荒んでいても、遊女と違って、悲しみの玉、初心の熱情、むしろ何物にもまして必死なものがあるから、三夜又五夜、倉田が興ざめたころはヨッちゃんは夢中で、客席で芸を御披露しなくなり、酔客の所望をせせら笑って、

「ナニいってやんだい。私にはいい人があるんだよ。私は可愛がられているんだからね。私のからだはウチの人のものなんだから、もうダメだい。とっとと帰っておくれ。水をぶっかけるよ」

お客が全然なくなってしまった。

女の心は可憐だけれども、無益なセンチはつつしむところ、最上清人が帰京する、事情を伝えてサヨナラと一言、風に乗って姿をくらます。オバサンとヨッちゃんは鬼になる。お衣ちゃんは教会へ戻ってしまう。

「私たち親子は倉田の悪党めの指金(さしがね)で教会に不義理を重ねたから帰るところがないんですよ。旦那すみませんけど、泊まらせておいて下さい」

「倉田のしたことなんか知らないよ。とっとと出て行け」

「じゃ警察の旦那の前で黒白をただしてもらいましょうよ。私ゃ損害をバイショウしてくれなきゃ、殺されてもここを動きゃしないからね」

そんなわけで、最上先生、ずるずるべったり親子の妖怪変化と同居を重ねざるを得なくなってしまった。

夜の王様

全国的には七・五料飲休業、東京だけが六・一自粛、一足先に飲ン平は上ッタリになってしまった。ところが、ここに、唯一人、ほくそえんでいるのが最上清人先生で、どうせ死ぬんだ、どうにとなりやがれ、ゆくゆく首をくくる計画だから、右往左往の業者ども、禁令をどこ吹く風、お店の有り酒を傾けていると、絶えて客足のなかったタヌキ屋に六・一自粛の当日から俄(にわか)に客の往来がはげしくなったから、物に動じない大先生も、果報は寝て待てと昔から言うけれども、ハテナ、夢に見た蝶々がオレだか、今のオレが夢だか分るもんかという荘周先生の説はここのところかも知れないとボンヤリ疑った始末であった。

東京の飲ン平どもは専らマーケットというところでカストリのゴヤッカイになっている。マーケットは青空市場のなれの果だから、板によって青空を仕切って人間共に位置を与える。何百という馬小屋が並び、ここへ一匹ずつ馬を飼うのかと思うと、十人ぐらいずつ人間を並ばせてカストリを飲ませる。馬なら一匹だけれども、人間なら十人つめて、この節の酔っ払いは衰弱消耗して、羽目板を蹴とばす奴もいないから、小屋もいたまない。当節は百円札が単位だよ、靴の裏皮を張り変えたって四百五十円、カストリ一杯三十五円じゃねえか、おまけにノンダクレの勝手のオダにつきあって、これはあんた商売じゃァない、社交奉仕だよ、クソ面白くもねえ。馬小屋の旦那は厭世思想家でニイチェなどという人と同じぐらい大胆卒直に思想を吐露するから、お客は益々衰弱する。ところへ六・一自粛、馬小屋には裏座敷がないから、厭世財閥の旦那方が真剣に慌てた。

財閥の旦那が慌てるのは、持てる者は不幸なるかな、旦那方が慌てなかったらラクダが針の目をくぐる、予言の書物にあることだから、これは筋が通っている。わけの分らないのは馬小屋に十人ずつ並んでいた連中で、この連中まで人並に慌てる、慌てふためく、全然筋が通らない。けれども、慌てる。元々いくらも持たないくせに、どんなに高くても飲みてえや、馬小屋の盛なところは黙殺していた高級料亭、裏口から一杯ありつきたい、そこでタヌキ屋へも押寄せる。ヤケクソ、高価を物ともせず、決死の覚悟で、血相ただならぬ様を冷静に見定めたから、なるほど、奴らも追いつめられていやがるな、最上清人が見破った。

この国の人間共は戦争以来やたらに追いつめられる。元々哲学者というものは常に自らの意志によって追いつめられているものであるが、俗物共ときては他によって追いつめられるから、慌てふためく。逆上、混乱、可憐なところがない。そんなに高い酒が飲みたいなら、御意にまかせて高く飲ませてあげましょう、バカな奴らだ、最上先生はアクビまじりにこう考えて、酒、ビールを買いあつめてくる。カストリなんて、そんなマガイモノ、うちにはないね、うちの酒は高いよ、仕入れが高いし、品物が違うんだ、それでもお客の数が一日ごとにふえるのだから、お客は発狂しているのである。

倉田博文がフラリときて、

「やア、商売御繁昌、結構じゃないか。私もひとつ、いただこう」

「うちは高いぜ」

「お酒はいくら?」

「お銚子二百円」

「ビールは?」

「三百五十円」

「ウイスキーは？」

「一パイ二百円」

「じゃア、私はオヒヤ。水道料は闇の仕入れじゃないから、目の玉の飛びでることはねえだろう。然し御直々の御足労じゃア、サービス料も相当だろうから、私が自分で運びましょう。コップもこうして握って甜めりゃ、ラジウム程度にスリへるだろうから、然し、握らねえで、甜めねえで飲むてえわけには行かねえだろうな。ストロー持参で水を飲みにくるてえことにしたら、一パイ十円で、いかがでしょう」

「ヒヤカシは止して貰いたいね。うちはショウバイだからね」

返事はどこの飲み屋のオヤジでもそんな時に答えるであろうお極りの文句じゃありませんか。最上先生ともあろう方が遂にそれを言うに至るとは、私は学問のために悲しいね。それは、あなた、学問なんざ、つまらねえものだけれども、なぜなら腹のタシにならねえからな、然しあなた、芸のないお極り文句を言わねえところに学問のネウチがあるんで、私の思いもよらない返答をしてくれることによって私も救われ先生も亦救われる。つまり学問てえものはイキなものなんだな。ヤボを憎む、これが学問の精神じゃありませんか。私みてえなヤボテンはビール三百五十円、お酒一合二百円、驚き、慌て、かつ、腹を立てますよ。よって、水を下さい、と至って有りふれた皮肉の一つも弄するようなサモシイ性根になってしまう、然しその時天下第一の哲学者最上先生ともあろう御方が、ヒヤカシはいけない、ショーバイだから、そんな手はないね。ミズテン芸者も気のきいたのは、ウチの水道栓は酒瓶に沿って流れているからアルコールが沁みているよ、ぐらいの返事は致しますよ。ビール三百五十円、お銚子二百円、さすがに見上げた度胸だなア。マーケットの俄か旦那の新興精神じゃアここまで向う見ずに威勢を張る覚悟はないから、これは学の力です。一朝にして高価のわけじゃアない、昔から高い、益々高い、流行を無視して一貫した心棒のあるところがサスガだけれど、然し、あなた、たまたま私みたいなヒヤカシの風来坊が現れる、これも浮世のならいですから、風来坊に対処してイキに捌(さば)く、これも亦学のネウチなんだなア。学問は救いでなきゃいけません。血も涙もないてえのは美事なことだけど、それは精神に於ての話で、表向きのアシライはいと和やかでなければならんです」

「イキなんてものが見たけりゃ待合とか然るべき場所へ行くことさ。僕のところじゃ専ら中毒患者とギリギリの餓鬼道で折衝してるんだから、アルコールの売買以外に風流のさしこむ余地有りやしないね」

「なるほどなア。時代はとうとうギリギリの餓鬼道でアルコールの取引をするところまで来たのかなア。するてえと、飲み屋のオヤジは女郎屋のオヤジとヤリテ婆アを兼ねたようなものなんだな。然し最上先生、昔から色餓鬼てえ言葉はあっても、酒餓鬼てえ言葉のなかったところに、酒と女に本質的な違いが有るんじゃないかな。然しアルコールも亦餓鬼道の取引だという先生の思想ならメチルによって餓鬼の二三十匹引導を渡してみるのも壮快でしょう。私は然し餓鬼てえものは、どうも、やっぱり、人間は餓鬼じゃアねえだろうな」

「人間は餓鬼じゃないさ。僕と、この店のお客だけが餓鬼なんだよ」

と最上清人はうそぶいたが、然し、心中おだやかではなかった。

最上清人は自らの思想によって、又、自らの思想の果の行為と境遇によって、首をくくるギリギリのところまで追いつめられていた。ところが新日本の建設誕生という極めて新鮮健康なるべき第一節に、別に深遠な思想家でもない呑ン平どもの何割かが、彼と同じギリギリのところへ否応なく追いつめられてきた。芸のない同類どもがにわかにボーフラと一緒にわきだして裏通りの裏口をウロウロキョロキョロする、とたんに最上清人の方がこの同類から脱退したのは、即ち彼が礼服をきたメフィストフェレスになったからで、メフィストフェレスというものは、厭世家で、同時に巨万の財宝を地下に貯えているものなのである。

まさしく彼は資本家になった。資本家というものは単なる物質上のことではなくて、精神上の位置であり、つまりアクセクお金をもうけようともしないのに、お金の方が自然にころがりこんでくる。酒さえ置けばお客の方がガツガツ食いついてくる。ミミズをつけて糸をたれる、とたんに魚がくいつく、苦心も妙味もない、糸をたれれば食いつくだけで、ただもう無限の同一運動の反復があるばかり、面白いよりもイマイマしいぐらい。然し、イマイマしいとか、ウンザリするとか、変に厭世的な気持が深まるようで、内実はその満足が病みつきとなり、いつとなく思想が変っているものだ。

お店の趣向をこらすとか、美人女給募集の広告をだしたり、あれこれ手段をめぐらしてお客をひきよせる。それと違って、何の技巧も施さず自然にお客がよってくるのだから、ただもう時代の寵児、単なる時代のイタズラの私生児のようなものでもあった。何だい、毎日うるさいほど来やがるなどとイマイマしがっているうちに、フトコロがふくらむ、その満足の自覚の代りに大いに不安になってきた。七・五禁止令というものが解除になればそれまで、ナニ、そのときは首をくくるさ、というぐあいに一応は肚に思っても、もう本心はそうではなくて、この繁栄を失いたくない慾に憑かれていた。

彼はもうナマケ者ではなくなっていた。早朝から自転車で闇酒を買いに走り廻る。ヨッチャン母娘に指図してビールを買いに駈け廻らせる。自ら店へ出て餓鬼どもにアルコールを配給する。一向に楽しくない。ただ、いつ客が来なくなるかという不安によって充足しており、ともかく充足している証拠に、目がさめると自然にビジネスの日課に応じて動きだす、もう帰っておくれ、警察の目をくぐっている仕事だから、そういつまでもつきあえないから、などとジャケンに餓鬼どもを追っ払い店の扉にカンヌキをかけて、一升ビンを摑みだして極めて事務的に寝酒をのみ、極めて事務的にヨッチャンをだく。それも亦ビジネスであった。即ち肉体のつながりによって、女中ではなく、ウチの者であり、無給にコキ使うことができ、行動を制限し、命令し、食べ物を制限することもできる。不満なら出て行け、と言う。一方がおのずから時代の英雄だから、一方はおのずから奴隷で、近代人の絶えて現実に知り得ない奴隷女という無人格な従属物を知るに至った。それに対して血も涙も意識する必要がない物品という意味だ。

すでに昼すぎる頃からコーヒーというウイスキーを飲む餓鬼、ソーダ水の酒を飲む餓鬼、これはもっぱら馬小屋からの落ち武者で、実は単に酒餓鬼の足軽にすぎない。夜になると、奥の茶の間で会社の饗応がある、ブローカーの商談がある、一組小は一万円から大は三万五万ぐらい遠慮なくチョウダイする。ウイスキー一ビン四千円で飲ませるから闇会社の十人ちかい商談になると忽ち五万円ぐらいになる。高すぎると思っても、二度と来てくれなくていいよという顔付の威厳はテキメンで、時代の英雄、千鬼もおのずから足下に伏す有様である。二週間もたつと又ノコノコ性こりもなく現れて、徒(いたずら)に足下にひれふして引きさがる。苦笑、軽蔑、然しそれよりも虚無と退屈であった。彼はまったく不機嫌なメフィストフェレスであったが、いくつ買っても忽ちふくらんでしまう大きな財布をどこへ秘めるかという最も不機嫌な心労によって、更にひねもす不快になるのであった。

あるとき、この界隈のパンパンの姐御がお客をつれて飲みにきた。それからというもの、姐御の身内のチンピラ共が時々カモを酔わせに連れてきて、着物をねだったり、お金をせびる。度重なるうちに、ホテルへしけこむのが面倒くさくなって、

「ネエ、ちょいと、マスター。奥のお部屋、ショートタイム、百円で貸してよ」

「一枚ぐらいの鼻紙で魔窟の代用品に使われて堪るものか。すぐ裏にインチキホテルがあるじゃないか」

「ショートタイムじゃ一々ホテルまで面倒よ。あいてる部屋がただお金になるんだもの、私たちのカラダだってその要領だもの、それが時代というもんだけど、このマスターも案外わからず屋なんだなア。カンサツなしで稼げるものは遠慮なく稼いでおくものよ。どうせあんたの商売はモグリの酒を売ってるんじゃありませんか。ヤミの女もヤミ商売もおんなじこった。共同戦線をはろうよ」

「よしてくれ」

「じゃ、マスター、三枚だそう」

「いやなこった」

「フン、あんた、あんたがボルなら覚えておいで。その代り、あんたが私たちに用があるとき、百枚だしても誰一人ウンとは言わないよ。分らないのかなア、共同戦線ということが」

　なるほど、そうか、と最上清人は考えた。目の玉のとびでる酒を承知でパンパンと共に飲みにくるのは地方から商用できた闇屋とか工場主、事業主、パンパンの心眼、フトコロを知っての上でなければ連れてはこない。着物も買わせ、指環も買わせ、いくらでセビッテも財布のへり目が分らぬような上カモに限って酔わせるために連れてくる。この連中と特別にタイアップする、どうせ危い橋を渡っているのだから、危険は同じこと、太く短くもうけるに限る。彼自身が共同戦線のヨシミによって安値に遊ぶことができるなら、これ又、特別大いに望むところだと考えた。

「じゃア、昼だけだぜ。裏口からきて、座敷で静に飲むんだぜ。酒の方でもうけさしてくれなくちゃア」

「モチよ。うんと飲んでくれる人だけ連れてくるから。その代り、お食事も出してちょうだい」

六・一自粛と同時に街の暴力団狩り、マーケットの親分乾分（こぶん）の解散、チンピラ共は上ッたりで、

「やア、こんにちは」

タヌキ屋へ三人づれの赤いネクタイのアンちゃんが来て、

「ここじゃア酒を飲ますそうじゃないか。オレたちはどうせアゲられるんだから、道づれになろうじゃないか。一年くらいこむのと、一万円とどっちがいいね」

最上清人は常に万全の備えをかため、いつ上げられてもいいようにお金は隠してある。ヨタモノにたかられるぐらいならブタバコへはいってきた方が安上りだという計算はハッキリとっくに立ててあるから、

「ああそうかい。オレも近々上げられるところだから、ちょッとぐらいの時間早くったって、

おんなじだ。じゃア道づれになろうじゃないか」

ヨタモノは哲学者につきあいはないから、退屈しきった顔付一つ変えようとせず、念仏みたいに呟いて今にも一緒に出掛ける気勢に煙にまかれて、

「あれ、なんだい。オジサン、話が分っているのかい。一年の懲役だぜ」

「それぐらい、分っている。覚悟の上だから、ショウバイしているのだ。君たちは何をボヤボヤ慌ててるんだ。こっちは先の先まで見透して、懲役でひきあうだけの計算をたてて覚悟の上でやってることだよ。いつでも道づれになってやる」

全然落付き払って、退屈しきって、見たこともないタイプだから、薄気味悪くなって、お見それしました、と引上げる。

パンパンと共同戦線、するとパンパンと兄弟分ぐらいのチンピラが五人ほど、パンパンの紹介でやってきて、マーケットじゃ食えなくなったから、お酒、ビール、米、醬油でもタバコでも安く仕入れてくるから引取って下さい、その代りお店のためには血の雨でもくぐるから、と言う。取引は市価の闇相場だから、別にこの取引を拒絶することはない。居ながらに取引ができるだけ楽だ。

最上清人も驚いた。

オレがもしその気がありゃ、なんのことはない、自然にアル・カポネになっちまうようなものだ。これで禁酒令でもしかれた日には、密造密売、酒と女、否応なく夜の国の王様に自

然に祭り上げられてしまうだろう。

目のあたりパンパンの稼ぎぶりを見せつけられるヨッちゃん母娘はにわかに思想が一転して、お前も稼ぎな、今こそ時期だよ、パンパンの組へ入れてもらう。最上清人は万事にわが意を得て、天の時というものがソゾロになつかしくて堪らない。

倉田博文もキモをつぶして

「御時世というものは、独創的なものじゃないか。最上清人先生がおのずからアル・カポネになるなんて、日本歴史のカイビャク以来、人相手相星ウラナイ、物の本にこんな予言のあったタメシはないだろうな。全く、あなた、われわれ、歴史を読み、哲理を究めたような顔付をして、わがニッポンのギャングの親分が国定忠次や次郎長の型から突然最上先生に移ってくるとは、こいつは気がつかなかったな。政令の結果は驚くべきものじゃないか。然しこれは政治の力じゃなくて、アルコール、禁酒令というものの独特な性格なのかも知れねえな。最も孤独なる哲人というものは、どっちみちフランソア・ビヨンか、そいつを裏がえした聖人君子なんだから、ギャングの性格が腕力主義から商業主義へ移る時にはビヨン先生が夜の王様になるだろう。最上先生は深遠偉大そのものなんだな。アルコールの取引はただ餓鬼道の折衝あるのみという、これが夜の王様の威厳にみちた大性格であることをただの今まで気付かなかったとは赤面の至りです。ここに至って、私も新興ギャングの乾分になりてえな。最上先生の片腕とまでは行かねえけれど、小指ぐらいの働きはあるだろう。新興マーケットの一つぐらいは預る腕があるだろうと思うんだがな」

最上清人は時間を怖れているのであった。時代の過ぎ去る時間である。この時代たるや、ただの時代じゃない。七・五休業令、たったそれだけの泡沫の如き時間なのだから、ただその時間のアブクの流れの消えないうちに餓鬼どもをしぼりぬいて地下に財宝を貯えてしまわねばならぬ。夜の王様の寿命もせいぜい半年にすぎないことが分りきっている。アル・カポネの故智を習うのはここのところで、

「じゃア、どうだろう。この店の名義を君にゆずるから、裏口営業がバレたら、君が刑務所へ行くかね。謝礼は十万はずもう」

「ふざけちゃ、いけませんよ。十万ぐらいで臭い飯が食えますか。いくら私が働きがなくったって、ひと月に七八万は稼いでいますよ。女房子供をウッチャラカシに養うたって、二万ぐらいの捨て扶持はいるだろう。ちょッとオダテルてえと、あなたという人はすぐそれだから、宝の山にいつも一足かけながら、隣の谷底へ落っこってばかりいるんだな。私だったら、三月くらいこんで百万、半年くらいこんで二百万、その半分を今、あとの半分はくらいこむ直前にいただかなきゃ。どこの三下だって、この節の十万ポッチで刑務所の替玉をつとめますか。然し、あなたが三十万だしゃ、私が替玉を探してあげる。失礼だが、あなたのやり方じゃア、とても三十万じゃア替玉は見つからねえな。嘘だと思ったら、方々当ってごらんなさい」

「三十万だすぐらいなら、僕が刑務所へ行ってくるね。僕はすこし睡眠不足でくたびれたから、刑務所で眠るのもいい時期だと思っているから」

「なるほど最上先生なら、あそこで安眠できるかも知れねえな。然し、あなた、かりに替玉が刑務所へ行ってくれたって、ここの営業が停止されちゃア、刑務所入りの方が安くつくようなものじゃないか。そこんところも、手段を考えておかなきゃいけない」

「むろん考えているさ。その考えがなきゃ、替玉なんか探しゃしないね」

と、物事の計画に、思案の数々、深謀遠慮ぬかりのない大哲人のことで、タバコの軽い一服よりもアッサリとした御返事である。

事実に於て最上先生はこの盛り場から郊外電車で四ツ目のところに、階下が八、三、二畳、階上が六畳という借家、二家族十人つまっているのを三万円だかの立退料で交渉をすすめている。つまり先生はそっちの方へ自宅を移して、タヌキ屋の外に自宅営業、もっぱらパンパンと共同戦線で、特別の上客に限ってホテル兼料理屋、その代りパンパンには昼食をサービスしたり、アブレた時の無料宿泊にも応じ、ゆくゆくはパンパン・クラブの如きものを作って特別の会員相手にイカサマぬきのルーレットだの、ダンスホールとバスルームづきの大ホテルなどを建設しようという、相談相手はパンパン姐御の吹雪のお静という睨みのきいた淑女であった。

「私たちにいくらかずつ利益がありゃ、どうせ私たちだもの、契約にのってあげるわ。その代り、あんまり色気をださないでね。こっちはショウバイだから、ショウバイぬきの色気というのは止しましょうよ」

吹雪の姐御は単純明快であった。二十七、妖艶な麗人で、旦那も情夫も、定まる男というものを持たない。万端色気をショーバイだけで押切り通してきたところに、姐御の貫禄があるのである。マーケットの親分代理というような立派なアンチャンが焼跡へつれこんでピストルで脅迫してもダメ、くんずほぐれつの大格闘に服もシュミーズも破れてハダカになっても反撃ミジンも衰えず、お金には買われてやるよ、あんたに限って洋服代をちょうだいするから。アンチャンは洋服代の苦面がつかず、いまだに目的を達していない。手下のパンパンが十七人、十八九から二十二三まで、たいがい女学校卒業の家出娘で、住所もなければ配給もない。後顧の憂いがないから、快活で、個人主義のカタマリで、姐御といっても便宜上の一機関、仁義も義理も尊敬も愛情もない。それはそうにきまっている。住所も係累もないのだから、いつ、どこへでも飛んで行かれる。どこでも開業できるのだから、たまたま郷に入って郷に従ってるだけの話だ。

吹雪の姐御はそれでもサスガに「私たち」という複数の言葉を用いることを心得ているが、チンピラどもは一人称の複数などは用いる場合を知らないようなものだった。お客と自分をひとまとめに複数にする精神もない。お客などというものは、いつの誰さ？　ああ、あのアレか、彼女等は男を男として観察するのじゃなくて、蟇口（がまぐち）として観察し、その重量と使いッぷりに敬意を表する。

オイランとは全く違う。インチキ・バアのインチキ女給とも違う。その違いを決定づけるものは、住所がない、ということ。いつ、どこへ行っても天地が同じであるという風流の本質に詭弁を弄せずして合致しているせいなのである。

アルコールの餓鬼取引には六ケ月の期限がついていることを重々承知の上で、最上先生が意外、夜の王様の雄大な構想をくりひろげる。それというのも、吹雪の姐御にいささかの思召しが巣食ったからで、配下のチンピラどもにも捨てがたいのが七八名はいる。肉体を切り売りしている魔窟の姐さんとちがって、荒んだようなところはあっても、楽天派で、自然のように純粋であった。

彼女らは貯金魔だ。もらった金は貯金して、買い物は男にせびる。握ったが最後、自分の金は使わぬという頑強な本能をもっている。男に洋服を買わせ、次の男にハンドバックを買わせ、次の男に靴も買わせた。帽子だけが足りない。あすの男に帽子を買わせて揃うけれども、一時も早く着てみたくて我慢ができぬ。そこで、ちょっとショートタイム、帽子をかせいでくるわ、昼からでかけて、一時間ほど後に帽子を被って帰ってくるという稼ぎ方で、軽快、荒れてるようで子供のような可憐な情感がこもっている。帽子か、帽子は安い、オレが帽子になろう、と最上先生も言いたいところだけれども、全部がナジミで、夜の王様の貫禄もあることだから、色気ぬきのショーバイだという先方の大宣言にも拘らず、全然スタートの恰好(かっこう)がつかないのである。そこで、もっぱら、夜の王様の構図に向って実際的なスタートを切り、ケチな小パンパンへの情慾を、豪奢な大パンパンへの夢想によって瞞着(まんちゃく)する。

「あっちのウチじゃ、酒と料理の外に、麻雀、碁将棋、トランプ、花フダ、遊び道具を取り揃えてお客が自分のクラブのように寛(くつろ)いだ落つきをもたせるようにするんだな。お風呂をつくって朝から夜中までわかすんだ。その代り、特別よりぬきの上客だけに限定して、その連中だけ、とっかえ引きかえ遊びにこなきゃならないような気分をつくらなきゃ、いけない」

「アラ、いけないわよ。クラブのように心得て勝手にノコノコやってこられちゃ、お客がハチ合せしちゃうわよ。そこでなきゃならないなんて、きまったウチは窮屈さ。街で拾われなきゃ、第一、気分がでやしないや」

青天井が骨の髄まで泌(し)みている。夜の王様の構図の如き、蔑むべき、卑小きわまる、家庭の模倣にすぎないのである。たぶん彼女らには同じ日の繰り返しが堪えられず、毎日が未知の旅行の期待によって支えられているのかも知れぬ。

然し夜の王様は、彼女らがジオゲネスではないことを見抜いているから、パンパンどもは青天井の明るさと家の暗さを知るだけで、宮殿の生活なぞは知りやしない。王様の構図は夜の宮殿なのだから、無智無学のパンパンどもの臍(へそ)をまくったドグマチズムに驚くことはないのだとタカをくくっている。

彼は然し思索癖の哲人に似合わず、きわめて現実的な実際家でもあり、富子を口説くときも、天妙教へ乗りこむ時もそうであったが、こういうシニックな御仁は年と共に浪曼的に若返えるもので、彼が大学生の頃は鼻先で笑殺した筈の夜の王様の想念に、内々極めてリアルな憑かれ方をしている。それというのが大学生には女の肉体は夢想的なものであるが、四十男の最上清人に於ては的確に想定せられた肉体自体と好色精神の、夢というもののミジンもない現実の淫慾があるのみだ、という、そういう原理によるのであった。

そこで彼は夜の王様の現実的な把握のために神を怖れぬ不敵の一歩をふみだしたが、パンパンどものアミだか、配下だか、マネジャアだか、パンパン共の口添えでタヌキ屋の仕入れ係をつとめている五名のチンピラ、十八から二十二までの赤ネクタイの少年紳士、まったくこの連中は食うことよりもポマードだのワイシャツ、靴、靴下などに有金の大部分を投じているとしか思われない愛嬌のある国籍不明のマーケット人種、その中で最も図体が大きくて、ノロマで、ニキビだらけで、いつもニヤニヤ思いだし笑いをしているサブチャンというお人好しに、最上先生が目をつけた。

「サブちゃん、たのみがあるんだがね」

「ヘエ、マスター」

「サブチャンを見込んで頼むのだけど、僕の片腕になって協力して貰えないかな」

「アハハ。オレなんか、ノロマで、ダメだよ」

カポネ親分なら、こんな時にカミソリよりも冷酷に死刑宣告的な用件を至上命令的に、きりだすだろうと考えたから、彼も亦、カポネ風にきりだした。

「タヌキ屋の名儀を君にゆずる。名儀料は月々五千円だす。そして、手入れがあった時は、君が責任を背負ってくれる。罰金だけで済まなくて刑務所へ送られた時は、当座の謝礼に五万円、刑期が終った時は、この店の月々の利益の半分は君のものだ。同時に君はこの店の支配人であり、僕のあらゆる事業の最高の相談相手、会社なら、副社長というところだね。承知かね」

「ハア」

サブチャンは呑みこみが悪いから全然ポカンとしている。そこでユックリ、かんで含めて説明をくりかえす。

「ナルホド、へえ」

「名儀料の月々五千円は今日からあげるよ」

そのときサブチャンと一緒にノブ公という最年少、十八の少年がいた。五尺そこそこのクリクリした丸顔のいつも陽気で、これ又いつもニコニコしている愛嬌者だが、こっちの方は血のめぐりがよく、商売上手なところがある。

「サブチャン、いいねえ。アタクシも一口、マスター、オタノオします、ヘエ」

「君はダメだよ。未成年者じゃ、警察が相手にしやしないから」

「でも、マスター、アタクシも支配人の見習いぐらいに、ゆくゆくは支配人に取りたててただきたいので。刑務所ならアタクシが身替りに参りますよ。御礼なんぞはササイでよろしいので。もっぱらアタクシ将来の大望に生きておりますので、ヘエ。マスター、一本、いかが」

と、胸のポケットからシガレットケースをとりだして、上等なるタバコをすすめる。追っかけてライターの火を慇懃(いんぎん)にすすめる。如才がない。

「君のうちは何をしてたの？」

「ヘエエ。マスターも人が悪いな。こんな時に身元調査は罪ですよ。アタクシのオトッチャンはたぶん男だろうと思いますけど、それを訊いちゃ罪でしょう。オッカチャンは洋食屋を営業致しておりました、露店なんで、トンカツ、三十銭、こんなに厚い。でも、隣のトンカツにくらべると、ココロモチ薄いんで、女はなんとなくケチでして」

「オレ刑務所へ行ってきます」

とサブチャンが決心に蒼ざめて、言う。出世の手蔓(てづる)を人にとられちゃ大変だから、いささか、せきこんでいる。王様は無言、懐口(ふところぐち)のズッシリふくらんだ財布から五千円つかみだして、握らせる。

「アレ、目の毒だわよ、マスター。アタクシも忠義したいのよ、イケマセンカ」

「いずれ何か頼む時もあるさ」

五枚、ノブ公に握らせてやる。

「エヘヘ。健康を祝します。一本、いかが」

チョッキのポケットから別のシガレットケースをとりだす。こっちのケースには更に上等のシガレットがつめこんであった。

落合天童は六・一自粛、政府の決意ただならぬことを見とどけたから、裏口営業などというケチな稼ぎは考えない。
ちかごろマーケットに養神道施術というアラタカな仙術使いが現れて、占いもやる、病気も治す、身の上相談にも応じる、尚その上に宗教の信心を説いて、教理がまことに的確深遠であるという。大へん評判が高くなって、遠いところから遥々くる人もたくさんある。身のふり方、お金もうけ、商売繁昌、神様の心にふれると、色々の方面にわたって、惜しみなく御利益を下さる。
ここのマーケットは半分店を閉じているが、その中の馬小屋を三ツ占めて、先ず上ると、待合室、その次が、伺いの間と云って、ここで神様の高弟が人間と神様との中間的な仙境から冷酷無慚な反射鏡をさしてらして過去の罪障にカシャクなく迫る。すべて罪障が明るみへさらけだされて、自ら痛悔が行われ、心も洗われ改まって赤子の無心に戻ることができたとき、愈々奥の間で神様に対座することができる。

　最上清人もそのただならぬ御利益を伝えきいたから、未来の運勢、夜の王様の構図に就て、神様の助力を仰ぐことにした。待合室から伺いの間へ通されると、真ッ白な筒袖の着物をきた背の高い若い男が自然の愛嬌のこもったニコニコ顔で迎えてくれる。これが神様の高弟で、人間と神様の中間の仙境から反射鏡をさしてらすという仙術者、つまり落合天童なのである。

　ヤア、しばらく、と最上清人が対座して、タバコをとりだして火をつける。

「あ、いけません、いけません。ここでタバコをすってはいけません。この部屋では虚心と充心というものを行いますから、あなたはもう外界の生活からカクリされなければいけません。ちょッと、あなた、手相を拝見いたしましょう。なるほど、この線が成長している、この外の線は目下停止していますな。そちらの手は？　こっちじゃこの線が活動している。だいぶん活動がたくましい。危険が多い。人の運勢は精神で見ちゃいけません。ただ物質として判断する。手相の示すままに物質として解くのです。この線の動き、これは慾望です。慾望の線なら誰でも動いているにきまっていそうなものですが、案外なもので、六割かた、この線は停止しているものですな。あなたのこの線には色々の線が複雑に交錯関係している。まるで、少年みたいに生長しているんだな。そのくせ根本が薄い。根の小さな植物がどんどん生長する。この線がそうです。あなたの現在を語っていただけますか。あなたが助言をもとめておられることは？」

「僕は事業を考えているんだけどね。僕は然し、それに就て、直接神様の判断をきかなくともいいんだ。きく必要もないね。ただ、君たちが僕の何かから何かを感じとって、なんとか云うのをきいて、参考にするつもりなんだろうな。君の方で何か、なんとでも、やって下さい」

「ハア。それは的確に、もう、全然、究めて下さるです。私なんか、まだ全然人間の知識からぬけきれないから、運命というものに物的に即す、そういう世界じゃないですな。たとえば、あなたのこの手相でも、手相自身が語っている、私はそれを人間的に読む、ですから、いけない。然しですな、私が見ても、この手相はよろしくないです。ツギ木に花がさいてる。季節じゃなしに、狂い咲きです。あなたは、とんでもないことをしてますね。それは小さな無理です。然し、結局とんでもないことだ。そうなるのです。あなたは何か、たとえば、こんな、たとえばですよ、こんな風な無理をしたことはありませんか。たとえば十円の料金の何かがある。あなたはそれに二十円払って、まアとっときな、と言う。とんでもない無理だ。それに、あなた、ここに一つ生長の反対、消えつつある線がある。智能線の分脈したもので、つまり知性に当る線です。あなたは没落しているのです。あなたは学問を信用しちゃいけませんよ。学問なんか、手の線に現れやしません。手の線に現れるのは、五円もうけるところを十円もうける人、十五円もうける人、そういう智能が現れる。あなたの智能は、だんだん消えている。いいですか。あなたは今、どんどんお金がもうかっているかも知れません。然しですよ、お金をもうける智能は消え衰えている、こんな手相はルンペンなんかにある手相で、ルンペンだの失業者だの生活能力のない人間は、みんなこれと同じような智能線でして、あなたの手相が示しているものはルンペンにすぎないのです。その上、無理をして、損をする、ルンペンであり、更に又、没落の相がある、ルンペンの相と没落の相と両方あるというのは、いかにもヒネクレた手相だなア。これは奇怪なまでに悪の悪、これほど下等な手相は殆どない。私は始めてです。全然無智無能、人間の屑、屑の屑、ルンペン以下、いったい、そんなのが現実的に在りうるのかな。これは奇怪そのものだ。ちょうど番がきましたから、見ていただきましょう。さア、どうぞ」

奥の間に羽目板にもたれて、ウツウツと居眠るように坐っているのが、聴音機のオバサンであった。明るい花模様のヒフをきている。

「あなた、ただ、坐ってらっしゃい。何も仰有(おっしゃ)る必要はない。用件も、万事わかっていらっしゃるのです。すでにもう、あなたと同化していらっしゃる、お告げがあるまで、お待ちになって、いらっしゃい」

と、仙境の人は、神の坐にはたまらぬ如くにソソクサと引き下る。

聴音機のオバサンは一米(メートル)一五しかない。ビッコだけれど、坐っていれば分らないようなものだが、坐っていてもビッコのような坐り方で、ヤブニラミだけれど、これも目を閉じているから分らないようなものだが、目を閉じていても両の目の大きさが違い、一つは一の字、一つはへの字の形をしている。獅子鼻の下に、出ッ歯の口をあけて、その歯の汚らしいこと。神様になっても、髪の毛をモジャモジャたらしている。深刻めいたところが全然なく、無智無能、ただポカンと目を閉じているだけで、二分ぐらいで、目をとじたまま、

「いやになっちゃうね」

と、すこし、首をふった。

「いやになっちゃうね」

又、しばらくして、

「いやになっちゃうよ」

「何が？」

「バカは死ななきゃ治らないよ。お前はバカだろう」

「そうかも知れないね」

「お前はもう、いい。お下り。ムダだよ」

「何がムダなんだい」

「バカは仕方がないよ」

「バカか。バカがお前さんよりもお金をもうけているか」

「女に飢えてるよ。アハハ。いけすかないバカだ。助平バカ」

「お前も男に飢えてるだろう」

最上清人は立上って、ノッソリ伺いの間へ戻ってくる。別のお客と対座していた仙境の人が、最上を目でまねいて、

「あなた、ちょッと」

「もう、いいよ、分ったよ」

「ちょッと、手相を」

今度は天眼鏡で、つぶさに見究わめて、

「下の下だ。仕方がないんだなア。あなた、お告げに見捨てられたのは、あなた御一人ですよ。そうなる以外に仕方がない。あなた、然し、どうでしょう。養神道の道理に就て、すこし、心をみがかれては。私が手ほどき致しますが、養神様からも毎日一言二言おさとしがある筈です。このままじゃア、あんまり、お気の毒です」

「養命保身かい？」

「それもあります。一言にして云えば、クスリ、すべてを治す、ですから、クスリ、養神様はあなたを見捨てたけれど、あなた、見捨てられちゃ、いけません。もう一度伺ってごらんなさい。伺いなさい。あなたに伺う心が起れば、見捨てられない証拠です。伺いますか。いかがですか」

「ふん」

清人はひやかしてやる気持になった。それで、ふらりと、再び養神様の前に立つ。

「お坐り」

清人はあぐらをかく。

「よい子になった。今にだんだん坐るようになるよ。今日はお帰り。又、おいで。信心のはじまりは、そんなものだよ。叱りはせん」

清人は外へでて背延びをしたが、養神様はほんとに何か通力があるのかも知れないという気持もした。

★

最上清人は近ごろ人間の顔の見方が違ってきた。

以前は小数の「不可能型」というものを愛しており、つまりこれは哲人の顔なのである。その他は資本家も政治家も貴族も、ましてボンクラ共は、みんな一まとめにその他大勢の有象無象というわけで、オヒゲのピンとはねているのが陸軍大将だろう、などと俗でない見解にアッサリ万事を托して落付きはらっていたのである。

近ごろは、そうはいかない。

資本家顔、政治家顔、貴族顔、彼はそういう通俗な型には今更驚きもしなかったが、とるにも足らぬその他大勢の有象無象に「現実顔」とでも言うべきものを発見して、一方ならず讃嘆した。哲学者はさすがにエモーションの出方が違って、彼は即ち、これを讃美したのである。

その顔は三万円や五万円をポイと払って行く顔だった。そのくせに商人のように如才がなくてインギンで、つまり彼等は抜目のない商人なのである。彼等は現物を見た上でなければ取引しないというチャッカリ屋で、カラ手形というものが全然きかない現実家であったが、そのくせ彼等は現物を見ずに取引しているのである。

これはいったいどういうカラクリによるのだろう。つまり彼等自身が骨の髄からのチャッカリ屋で、現物を見ずに取引する不安の心理を知りぬいているから、逆に現物を見せずに取引する手段、コツ、無限の工夫を案出することもできるわけだが、要するにサギ師なのである。然し彼等も現物を見ずに取引するから面妖で、平気でサギにかかるのである。というのは、自分もサギにかかる代りに、そのネタによって更に多額のサギをはたらく見込みをつかんだからで、サギ師とサギ師の取引というものは禅問答以上に専門的で不可解きわまるものであった。

世耕情報というものがある。彼等はそれと直接何の関係もないけれども、それをキッカケに無数のカラクリを案出して儲ける手腕をもっており、サギにかかった本人をのぞけば、彼らは誰に対してもインギンで、親切で、善良だった。

彼らはみんな若かった。二十七八、三十前後、どこの馬の骨だか分らない通俗的な顔をしており、事業家の顔でもなければ政治家の顔でもない。サギ師の顔でもないのである。そして千差万別だった。

木田市郎はいかにも身だしなみのよいセールスマンという様子で、女性的なざらに見かけるタイプであったが、シサイに眺めると讃美すべき新時代の個性がある。これは私の説ではない。最上清人の発見なのである。

タヌキ屋のお客にエロ出版の社長がいて、木田市郎から二百連ほどの紙をまわしてもらったことがあった。その話を耳にした、これもお客の一人の出版屋が木田市郎が来た折に紙をたのんでくれと言うので、承知しました、最上清人も近ごろは言葉がインギンなものである。大商人ともなれば、おのずから、そうなる。木田市郎に話を伝えると、

「ええ、今はありませんけど、近いうちはいりますから、まわして上げましょう」

「失礼ですが、イントク品を払下げていらっしゃるのですか」

「いいえ、テキハツ屋じゃありませんよ。私はただのセールスマンですから、つまり私は製紙会社へ品物を納めるお代に紙で支払いを受けるのです。先方で現金よりも紙で支払いたがるから、私が自然ガラにもなく紙のヤミ屋もやるようになるだけの話なんです。私は紙は門外漢ですから、その時の取引のお値段で譲ってあげますから、あなたがそれで御商売なすったら」

「それも面白いでしょう」

最上清人はエロ出版の社長などという当り前の実業家は眼中に入れていない。政治屋も大会社の社長も陳腐で馬鹿らしく見えるのである。筋のないところで魔法的なビジネスを愉快にやりとげ、たのしく遊んでいる新時代の新人だけがたのもしく見える。政治屋だの社長などという型通りの商売人は家庭でヤリクリ算段の女房みたいなもので、闇ブローカーというものは定まる家もなく定まる商売の筋もないパンパンガールのようなもので、人生到るところ青山、青空、愉快な人間に見えるのである。

最上清人と哲学との関係はここに到って全てが明白となったが、まったくこれはただバカバカしいものであった。彼はたしかに哲学者であった。彼が哲学者であるとは、人間を裏切るということであった。

彼は昔は貧乏であった。だから哲学者であった。富も権力も持たなかった。だから哲理という代用品で間に合せていたわけで、彼の哲学は彼のいる場所とか位置のものであり、彼という「人間」のものではなかったのである。

だから場所や位置が変ると、哲学も変る。人間によるものじゃない。

貧乏してクビをビクビク安月給で働いていたころは、人間は孤独なものだと考え、死にゃ万事すむんじゃないか、そう考えていたのはツイ先日までのこと、だから内心ビクビクしても案外傲然空うそぶいて課長を怒らして常に後悔に及び恐怖に悩みながら、ともかくウワベはいつも空うそぶいていられたのである。近頃はそうはいかない。

彼はもう孤独ではなかった。多少の富と権力を握ったからで、死にゃいいんだと今までの口癖通りイノチの方をアッサリ突き放したつもりで空うそぶいてみても、富と権力を突き放すことができないから、もう哲学だの思想だのと、そんな悠長な世界じゃない。思想が変ったなどという生やさしい話じゃなくて、人間が変ってしまった。変らざるを得ないのだ。つまり彼の哲学は、彼の人間によるものじゃなくて、もっぱら彼の境遇によるものであったせいなのである。

彼は昔、課長や重役にやられたよりも、もっと冷めたく命令し、コキ使い、怒鳴りつけ、口ぎたなく罵った。弱者に対して全然カシャクするところがないのである。

昔は弱者には同類の親しみを寄せ、強者に空うそぶいていたが、近頃はあべこべで、強者に同類の親しみを寄せ、揉手(もみで)をしてオアイソ笑いを浮べる。昔はまったく笑ったことのなかった顔だが、自然にほころびて、今日はいつもにくらべてお若く見えますね、だの、そのネクタイは好ましいです、などとモンキリガタのお世辞を使う。

昔弱者に同類の親しみを寄せたころは、実際は彼は孤独で、親しみなどは寄せてはおらず、貧しく弱い己れをそのように眺めることによって、なつかしんでいたのであった。

強者に親しむ今となっては、そのような自分を眺めてなつかしむ余裕などは、もはやない。揉手をする、オアイソ笑いを浮べる、すると先方もいとインギン丁重に如才なくお返しするけれども、実はこっちを突き放して通りいっぺんの御愛嬌にすぎない。最上清人はそうじゃなくて、強者に同類を発見する、そうすることによってしか自分を発見することができないという動きのとれないギリギリの作業を営んでいる次第。同じオアイソ笑いも品質が違って、自分の方の貧しさが分らぬ男ではないから、近頃は無性に怒りっぽくて、弱い奴にはのべつ怒鳴りつけ罵って蹴飛ばしかねない勢い。そのくせ新円階級に会うと、まるでもうダラシなく自然に揉手をしてオアイソ笑いを浮べてしまう。

「実は最上先生、今日はお願いの筋によって参上したのですが」

と倉田博文が現れて、

「御承知じゃないかも知れないが、ちかごろは世間にお金がなくなったんだなア。近頃はあなた、巷に物がダブついているけれど、買うお金がないんだね。買って売れば、もうかる。けれども買うお金がない、その一つが紙なんだな。紙はある。どこにもある。これを買って本にして売れば、もうかる。けれども紙を買うお金が出版屋の金庫になくなったというから、深刻であるですよ。この時あなた、ここに大資本を下してごらんなさい。先ず紙を買う。現品で紙を持ってる本屋なんぞは、もう日本にはないんだからな。次に漱石でも西田哲学でも何でも買う。買えますとも。金さえ有りゃ、何でもできる。そういう時世なんだから、そしてあなた、こんな時世というものは今まで一度だって有ったためしがないんだから、話はそこのところなんだな。伝統も権威も看板もシニセもありやしない。みんなお金でヒックリかえる時世なんだから、それをヒックリかえさなきゃ、この着眼の問題なんだな。闇屋さんなんぞは、もうあなた、ありきたりのものですよ。三井、三菱、くさっても鯛、一時はヒッソクしても潜勢力、横綱のカンロク怖るべし、なんて、そんなあなた、きめてしまっちゃいけないなあ。闇屋さんなんぞは新円景気、自ら時代の王者でありながら、内心は、三井三菱、今に必ず盛り返す、なんて御本人がそう考えていらっしゃるのだから、お里が知れるというものです。ただ着眼の問題です。自らヒックリかえすものが、真実ヒックリかえすことができる。一流の作家と作品を買い占めて強引に押切ってごらんなさい。一年のうちに、日本出版界の王者はあなた、誰も疑る者がない。昔の記憶というものは、これを亡す者の在ることによって、忽ち必ず消滅する。不思議な時代を看破したものの勝利です。実はね、私の友人に西田哲学でも三木哲学でも漱石でも、一流中の一流はなんでもちゃんと筋の通った方法でとれるという稀な人物がおるです。こんな優秀なる人物は天下に二人といませんや。元伯爵、今も伯爵かな。新憲法てえのを知らねえから分らないけど、藤原氏の末席ぐらいに連(つらな)っているオクゲサマで和歌だか琴だか、みやびごとの家元かなんかに当る古風なお方であらせられるのです。兄小路キンスケと仰有る。明晩つれて参るけど、いかがでしょうか、新円を死蔵しちゃアいけないなあ」

「君は古風だよ。見当違いばっかり言ってるじゃないか。だからウダツが上らないんだよ。著作者とかけあったり印刷屋とダンパンしたり、何ケ月もかかって紙を本にしたって、くたびれもうけさ。現品を買って、右から左へ動かして、もうかる。この方が利巧にきまってるじゃないか。ありきたりの闇屋さんが、数等利巧なんだよ。君にはアリキタリがいけない仕組になってるのさ。ひと理窟ひねって、何かしらホンモノらしい言い方をみつける。それだけだ。然し、種がつきないね。尤もらしく、巧妙なものじゃないか。然し、君自身、一度だってもうけた例がないように、君が退屈したためしがないのが、不思議だね。ナンセンスだよ。ハッタリのバカらしさ、無意味さ、君は古風そのもの、古色蒼然、まったく退屈そのものだね。もう、よしてくれ。君の時代はすぎ去ったのだ。いつの時でもアリキタリなのがその時代の真理なんだよ。アリキタリにもうける奴が、ほんとにもうけているんじゃないか。第一、物はあるけどお金がないなんて、どんなにチャチな闇屋にしても、この節それほど手管のない口説（くどき）はやらないものだよ」

「これは驚いたな。物はあるけど、お金がない。紙はあるけど、お金がない。これを御存知ないのかね。インフレ時代というものは川が洪水になるみたいに、同じ情勢が激化するだけのモンキリ型のものじゃアないです。昨日までは鐘や太鼓で探しても無かったものが、今日は津々浦々に有り余るほど溢（あふ）れでている。買い手がない。すると又、いつのまにやら無くなって、鐘と太鼓、お金を山とつんでもお顔を拝ませてくれなくなるというわけです。紙がない。いくら高くても買う、それはあなた、一ケ年以前の話ですよ。タヌキ屋の裏口の御常連はもっぱら天下の闇屋さんの筈だというのに、これは又不思議な話があるものだ。闇屋さんなら専門がちがっていても出廻りの品を知らないという筈がないけど、然し最上先生は悪運の強いお方だなア。なんにも世の中を知らないくせに、お金がころがりこんでくるんだから、街道筋のお百姓と同じようなものなんだね。それはあなた、右から左へ物を廻しただけでも、もうかる時は大いにもうかるです。然しあなた、インフレ時代すぎ去れりとなった時にはそれまでのこと、そこを地盤に何もできやしないじゃないか。現在は時代というものじゃないかな。流れの泡です。インフレが終ったときに泡が消えて流れの姿が現れる。この流れは然し昔の流れじゃない。今にしてよく志す者だけが自ら次の流れの主流をかたどることができる。あなたがもし今にして志すなら忽然として次の日本の出版王者、泡が消えると、いやでもそうならずにはいないという、歴史稀なるこの時コンニチの特異なところが看破できないのかなア。失礼ながら、現在のあなたなんぞは、ただのアブクにすぎないよ。最上先生ともあろうお方が、なにがしのお金を握るところまでヤキが廻るものかな。それはあなた、マグレ当りにしろ、大金をもうけることは、ともかく偉大なる行跡ですとも。然し、ふざけちゃいけませんよ。要するにマグレ当りというものはマグレ当りさ、何もあなたが時代の赴くところを看破した眼力によるところはないじゃないか。こんな時代じゃ、落語の与太郎がもうけますよ。満員列車にのしこんでお米を担いでくりゃ、重役の月給の何倍ぐらいもうかる仕組みにできてる、力づくだね、芸のねえ時世があるものだ。失礼ながら最上先生裏口営業の荒かせぎは与太郎の力業と異るところはないだろうな。与太郎の荒かせぎ、そんなものは時代じゃないです。ただ一場のナンセンス。今を時代とよぶならば、ただナンセンスの時代、それ以外に裏も表もありやしないよ。戦争中は哲学界の御歴々が「日本的」なんとかだなんて、ナンセンスのおツキアイを御当人はシンからマジメにやっていたけど、軍需会社の重役や陸軍大将でも腹の底ではフキだしたいのを噛み殺して拍車を鳴らしたりしていた様子にくらべて、哲学者てえのは誰よりもマジメに打ちこんでおツキアイをしてしまうから怖しい。つまり何だね、ロゴスだの宇宙だのと、とてもボンクラの手のとどかないことばかり思索しながら、実は目先の現実にツジツマを合せるだけの能しかねえのじゃないかなあ。現実の権勢に盲目的に崇拝ツイズイなさるのは、そしてそのために宇宙のツジツマまで合せておしまいになるという、哲学者ぐらい安直重宝な方々はいないな。三年前までは日本的なるものの発見、今日ビは与太郎の発見、色々と発見なさるですよ。然し今日にして真の明日を看破して杭を打つ者が来るべき日本の王者であるという、たったそれだけのことが分らねえとは。いえ、分りました、与太郎の発見、それは発見これまた趣向だアね。ともかく発見が好きなんだア。けれども今在るものを発見、それは発見てえんじゃあねえな。与太郎の方は与太郎自身を発見したかも知れねえけれども、最上先生の方が発見したてえことにはならねえだろう。発見させてもらったんだな。それも亦、発見か」

と倉田博文、例になくオカンムリで頭から一時は湯気のたつ様子であったが、いつまでもコダワルような御方じゃない。

「いや、相分りました。その話はもう止しましょう。時に先生、私にもお酒とかビールぐらいは売って下さいな。たまには世に稀しい高価な酒も飲んでみてえな」

「売らないね」

「アレ、ひどいな、この人は。いつごろから、そんなことも言えるようになったのかな。稼ぎというものはコマカク稼ぐところにも味があるもんだけど、こんなことを言うから、私はもう新時代じゃないてえことになってしまうんだな。然しあなた、野武士時代というものは今日始めてのことではないです。野武士の中から新時代の新人もたしかに現れてくるけれども、極めて小数の心ある人物だけで、荒稼ぎッぱなしの野武士というものは流れの泡にすぎないです」

　倉田は立上って、

「じゃア、最上先生、先刻の話、例の元伯爵、兄小路キンスケを明晩つれてくるてえ話は中止としましょう。じゃア、また、近いうちに、いずれ。ハイ、ゴメン」

と帰って行った。

　するとそれからものの三日もたったころ、お午すこし廻ったころ木田市郎がトラックで乗りつけて、

「とつぜん仙花がはいったから六百連ほど持ってきましたけど、どうなさいますか。ザラもあったんですけど、これを所持してウロツいてると、つかまってしまうから。こんなに汗をかきましたよ。それ急げてんで運搬のお手伝いまでするもんですから、逃げ足もいる、ヤミ

屋渡世は一に筋肉労働で。市価は二千五百だそうですけど、二千四百でお譲りします。もう御用は済みましたか。なにしろ、いつはいるという予定のたつ仕事じゃないから、皆さんに御迷惑をおかけしますよ。では、先を急ぎますから、いずれ又、後ほど」

　最上清人は、まア、ちょッと、と引きとめて、

「六百連ですね。こんなチッポケなウチじゃア、置き場所の始末がつくかな。ともかく譲っていただきましょう」

「そうですか。こうして現物がちゃんと横づけになってるなんて取引は当節めったに見かけない珍景です」

「どうもありがとうございます」

　居合せたサブチャン、ノブ公その他それというので運びこむ。居間につみあげ、残りを座敷と土間の客席の隅へもつみあげる。

「アラマ。百四十四万円。電光石火、アレヨアレヨというヒマに稼いで消えてしまったわヨ。アタクシもヤミ屋のハシクレだけど、ピース十個握りしめて、イヤンなっちゃうな。せめて自転車一台ぶんのピースをまとめて売ってお金が握ってみたいワヨ。アタクシの切なる胸のウチ」

　ノブ公はポケットからピースをだして
「誰か買ってくれないかな」

最上清人は一枚やってピース一箱、一本をぬいて口にくわえてチンピラ共の傍を去り、ひとり居間に立ち倉庫の如くにギッシリつみあげられた紙の山に見いる。

彼は満足であった。

こういう満ち足りた思いを経験した記憶があったであろうか。子供のころは、もっと有頂天の歓喜があった覚えがあるが、今、彼は落付いており、まるで平チャラのようで、水の如くに淡々として、そのくせズッシリふくらんだ蟇口の手応えのような、極めて現実的な感覚が精神について感じられる。

金を持つ喜びというものは、貧乏のころからでも心当りのない人間というものはない。然し、物を持つ喜び、充実、満足、彼はつい三十分前までそれを予想もすることができなかった。

最上清人は先刻木田市郎がトラックをのりつけ話をもちこんで今にも帰りかけたとき、ま、ちょっと、それでは譲っていただきましょう、と思い決して言った。まったくあの瞬間には目をつぶって穴ボコへ飛び降りるほど思い決しており、考える余裕がなくて、トッサにヤケクソにサイコロをふった態であるが、実際は甚しく不安であった。

彼はまったく素人であった。闇ブローカーの取引というものを盲目的に怖れたのである。然し、こうして現物を握るということ、そこに不安のあるべき何物もある筈がないではないか。円価は日々に低落するが、紙は日々値段が高くなるばかり、一年前には百五十円でも高いなど足をふみ、仙花などはただの五十もしなかったものだ。一年間に五十倍の値上りであり、金の方はそれだけ値打が低落しつつあるのである。

山の如くに物をもつということ、現に山の如くにあるではないか。なんという充実感であるか。藁口のズッシリとした重さとふくらみが現に彼の精神そのものではないか。

闇屋にとっては物は彼等の所持品ではない。それを動かすことによって金にかえる性質のもので、彼らはこれらの物、山の如き物を所持したという充実感は多分いだいたことがない。

最上清人は、そう思った。

「まったく。闇屋なんて、泡のようなものなんだな」

彼は倉田の言葉を思いだして、むしろまったく愉快になった。

オレはヤミ屋よりも上の位のものなんだ。つまりヤミ屋は単にオレの宿命的な手先のようなものじゃないか。

泡は消えるが、紙が残る。そして、やがて、夜の王様が残る。然り、単に紙の山だけではない。今にやがて、あらゆる物の各々の山がズッシリとすべて彼の所有となって残ることになるだろう。

彼はフンという軽蔑しきった顔をして、クルリとふりむいて紙の山に訣別した。たかがこれしきの紙の一山！　考えることの一々があんまり豪放なもので、彼はてれて、クックッ笑った。そしてひとつ退屈そうに背延をして、裏口をあけて一人コツコツ街へ消える。マーケットでコーヒーのお酒をのんで、いつまでもクックックッと喜悦の笑いが心持よくつづいている、まったく、どうも、物質の充実、これは驚くべき充実だ。

　彼はウットリした。

★

　翌朝、仙花紙の山の谷間のようなところでグッスリねむっていると、朝っぱらからヤケにドカドカ戸をたたいて、はてはどうやら蹴とばしている奴がいる。

　起き上って、表へ廻って戸をあけると、もう初秋だというのに、まだヘルメットをかぶって鼻ヒゲをたくわえたふとった男がヌッと現れ、

「ヤア、コンチハ」

　言うと同時に土間につんだ仙花紙を見つけて、ヤヤと叫んで、ふりむいて、

「ああ、ある、ある。やっぱり、ここだぜ。みんな、こい」

　見ると表にトラックが横づけにされ、大男が五人とび降りてきて、

「やあ、ある、ある。なるほど。これっぱかしじゃない筈だ。ここかな。ヤッ、ここにも在る。まだ、ある筈だな。こっちかな。や、あるぞ、あるぞ」

　誰一人、てんで最上清人にペコリと挨拶はおろか、目をくれた奴もいないのである。まる

でもう倉庫を自由に歩き廻るように、勝手に奥へのりこんで戸をガラガラあけ、お勝手で水をのんでいる奴、遠慮なく便所で小便たれる奴、乱暴狼藉、すると次には入りみだれて仙花紙をセッセとトラックへつみはじめるから、

「もしもし、あなた方は何者ですか」

「アア、そうそう、私たちはね」

ヘルメットの鼻ヒゲはポケットから役人の肩書の名刺をだして見せて、

「こんな風な者さ。なんしろ、君、あの野郎、木田市郎というヤミスケ先生ね、あの野郎は君、とんでもないことをやりやがるよ。この紙は動かしちゃいけない物なんだ。いずれはヤミスケ先生の手に渡る品物かも知れないけれども、目下は君、いと厳重に封印された倉庫の中の預り物じゃよ。あの野郎め、スバシコイヨ、白昼これだけの品物を堂々と運びだしやがったからな。私は君の方の話のことは知らないよ。それはいずれ木田の野郎をとッつかまえて、ダンパンしたまえ」

それから、ドタバタ、店中をひっかきまわして紙を全部つみこんで、ヤアとも言わず立ち去る気配だから、

「オットットト、お待ち下さい。いったい木田さんは警察にあげられているのですか」

「別に警察にあげられやせんよ。なぜ？」

「なぜって、じゃア、あなた方、なぜ私の買った紙を持ち去るのですか」

「だから君も、わけが分らない男だな。闇の紙をシコタマ買いこむ狸のくせに、いい加減にしろ。さっきから言ってるじゃないか。この紙は売ったり買ったり出来ない性質の紙なんだ。あの野郎、人の目をチョロまかして持ちだしやがって、だから君はあの野郎とダンパンすりゃいいんだ。どうせヤミスケの動かす紙は曰くづきにきまってらアな。それぐらいのこと、君も覚悟がなくちゃア、だらしのない男じゃないか」

叱りとばされ、目玉を白黒するまもなく、トラックは角をまがって消えてしまう。皆目わけが分らない。

するとその日の暮方になって木田市郎がタクシーでのりつけて、

「どうも、あなた、すみません。実にどうも、とんでもない手落ちで。なに、あなた、あれでどこへ売っちまったか売先が分らなきゃ、話はそれなりになったんですよ。万事ヤミの品物はたいがいそんな物でして、あいにく、あなた、運転手に鼻薬がなかったもんで、そこからバレちゃったのですよ。まったく一代の失策です。いえ、必ず、紙は又、おとどけします。いえ、紙ぐらい、どこにでも、何万連、山とありますから、そのうち、ちょいと、又、トラックで横づけに致しますから。それでは今日は急ぎますから、いずれ三日ほどあとに、いえ、お詫びにくるわけじゃありません、現物をつみこんで横づけに致しますから。どうも、本日は、すみません。では」

待たしておいた車で、風の如くに消え去ってしまった。お金を返してくれというヒマなどは全然ない。サギだか過失だか、見当をつける余地がないから、万感胸につまり、アレヨと見るまに取り残された自分の姿があるばかり。

「ラツワンだね、マスターは。紙の山がもう消えちゃったワヨ。気にかかるワヨ、百四十万円すると、マスター二百万ですか。アタクシは二十個のピースがまだ昨日から売れ残っておりますんで、ヘエ」

「昼間は当分店をしめるからチンピラ共はどこかで遊んでいろ」

パンパンやチンピラをしめだして鍵をかけて、ただ一人、黙々とウイスキーを飲んでいる。三日たち五日すぎても木田市郎は現れない。

木田の名刺をたよりに△△商会を訪ねてみると、そこのマーケットはとっくに火事に焼き払われて、今はキレイな原っぱになり、人々がキャッチボールをやっている。

失恋の苦しみなどという月並なものと話が違う。失恋などはただ夜がねむれない、不安、懊悩(おうのう)、タメイキ、まことに平和でよろしいものだ。最上清人の胸の不安、絶望感、それは類が違っている。失恋などはせいぜいクビでもくくってケリであるが、最上清人は人のクビをしめつけて殺したい。木田やヘルメットの鼻ヒゲばかりじゃない、人間という人間どもをみんな殺して木にブラ下げてやりたいのだから、ピストル強盗などというチンピラ共の荒仕事とは違って沈鬱である。

黙々とのむウイスキーに血の絵画がうつる。どいつも、こいつも、しめ殺す。鋸(のこぎり)ビキ、火アブリ、牛ざき、穴つるし、水責め、なんでもやる。

昔はいざとなりゃ自分の首だけしめつけてオサラバときまっていたが、今はもう、むやみやたらに人の首をしめ殺すことを考えて、頭が殺気でゴムマリのようにふくれ上って後頭の痛むこと。後頭へ二ケ所ほど風孔（かざあな）をあけて、充満の重い殺気をだしたいような気がする。五分と枕に頭をつけていられず、いくら枕をとりかえてもダメ、枕の中に小石がまじっているような堅い突起の手応えであるが、起き上って枕をしらべると、枕のせいじゃない。後頭のせいなのである。後頭はとりかえるわけに行かない。

戸をたたく奴がいる。昼間戸をたたく音をきくと、一時に血が頭へ上って、ハズミに身体が宙へとびたつ思いがするのは、木田を待つ思いの強さが胸にかくれているせいで、然し、やってきたのは倉田博文であった。

「ナンダ、君か」

「ナンダ、君かってアイサツはないでしょう。まさか、ヘエ、私です、と言うわけにもいかねえだろうな。然し、そんなとき、ヘエ、私です、と答えるのも面白えかも知れねえな。時にゴキゲンは相変らずで、実は小々本日は話の筋があって」

「もうダメだよ。元伯爵には用はないんだ。僕はもう、スッテンテンにやられちゃったんだから」

「スッテンテンとは、何事ですか」

思えば倉田博文はこういう時にはチョウホウな男であった。忘れていた感情がふと胸によみがえって最上清人はなんとなく涙もろい気持になったが、一度大名となった以上は、おちぶれても、おちぶれられない。逆に却って、位の意識というものが、にわかに激しく角をだす。

「実は紙を六百連買う約束をしたんだ。もう今日にもトラックが来る筈なんだが」

「ハハア。するてえと、あなたは六百連の紙代をヤミ屋さんに渡した、然し、待てども、いまだ紙来たらず、というわけなんだな」

カンのいい奴だ。一応の急所は忽ち見破る。然しトラックで運んできて、又それをトラックで持ち去られたという面妖なイキサツまでは気がつく筈がない。

「マア、そうだね。然し、そのうち、くるだろうさ。現品がちゃんと在ることは分っているのだから」

「それはあなた、現品はちゃんと在りますよ。紙屋の倉庫にゃ、いつだって紙は山とつまれているにきまってるじゃありませんか。然し、あなた、その紙は紙屋の物ではないですか。ヤミ屋の物ではないですよ。古い手じゃないか。終戦以来、ヤミ屋の最古の手口だからね。狸御殿という殿様の手口じゃないか。あの殿様の御乱行以来、紙に限って、まさか日本に、同じ手口にかかる御仁があろうとは、私は夢にも思わなかったね。なるほど、ここの店もタヌキ屋てえ名前だけれど、してみると紙と狸は因縁があるのかな。それは、あなた、洋服だの、キャラコだの、砂糖だのというものは、まだ殿様の先例がないから、殿様の手口にかかる御仁のタネはつきないけれど、紙に限って、これはもう、きかない手口ときまってるんだがな。だから、あなた、ヤミ屋さんも、紙に限って、近頃はもっぱら新手できますよ。ヤミ屋さんには紙が有り余っているんだからな。そこであなた現品を山とトラックにつみこんで、ピタリと亡者の店先かなんかへ、これを横づけにするです。現品取引だから、安心しますよ。よってお金を渡して品物を受取る。するてえと、あなた、翌日カラのトラックへ役人みてえな奴が五六人乗りこんできて、昨日の紙をそっくり持ち去ってしまうです。つまりその紙は売買の品物じゃアない、封印された品物で、世耕指令だか何だか知らないけれども、テキハツのきかない物品だとか何とか言うんだな。むろん、これは一組のサギ団ですよ。サギてえものは、サギを封じる手段を弄すると、そいつが逆にサギの手段にされちまうから、これはあなた古今東西、かくの如くにして文明の進歩はキリがないです。私の知りあいの喫茶店と古本屋と質屋を営業して今度出版屋を狙おうてえ新興財閥のイナセなところが、見事にこれにかかったです。こういう新手にかかるのは仕方がないけれど、狸御殿の殿様の手口にかかるとは、哲学者てえものはヨクヨク貪欲で血のめぐりの悪い先生方のことなのかな」

最上清人は必死にこらえているけれども、百度以上と思われるフットウした熱血の蒸気が全身を駈けめぐって、全然フラフラ、あとは何一つ分らない。うっかり動くと、耳だの鼻の穴から蒸気がふきそうに思われる。つまり精神肉体ともにパンクしたというのだろう。

まもなく全身蒸気が消えて、ひどく静かになってきた。真空状態がきたのだろう。何もない。骨のシンまで、何もなくて、ただ冷めたいという心細い意識しか分らない。死刑執行という時に、こんなふうに竦んでしまって歩くことができなくなるのかも知れない。

「顔色が悪いじゃないか。クヨクヨしたって、済んだことは仕方がないじゃないか。だから、あなた、今にして言えば、あなたみたいな世間知らずが然るべき軍師も持たずに単独で闇屋の親方みたいなことをやろうという大それたコンタンが迷いの元と言うものです。まったく、あなた方をだますぐらい訳のないことはないのだからな。戦争中は軍需会社の親玉でも文士の先生でも、それはあなた、総力戦、ハイ総力戦、日本的、ハイ日本的、そんなこともやりましたけど、根はチャラッポコで、軍人さんの言うことなんぞマにうけている者は先ずいませんや。日本のインテリの中で本格的に軍人にだまされたのは哲学の先生ばかりで、日本的なんとかなんて、これはあなた、この先生方ばかりはまったくムキなんだな。ムキになるのもいいけど、ムキになって、それでちゃんと、宇宙と日本のツジツマが合うんだからネ、日本の大学校の哲学てえものは自在チョウホウな細工物なんだなア。いったい、あなた、思索する、物理学とは違うからね。人間を思索する、人間の世界を思索する、思索だけで間にあうから、どんな細工もきく代りに、実は全然根も葉もない、ということを、それぐらいのことに気がつくだけのゴケンソンも御存知ないというのだから、これはあなた、だまされますよ。しかも御本人は、宇宙の元締、人間をだましたつもりでいるのだから、可憐なる英雄です。失礼ながら、最上先生は御自分のブンを知らなければいけません。いったいあなた、まかり間違えば自殺するからすむという、その心得ほど貧困きわまる古代的思想はないです。人間はいつも生きていなきゃア。生きる、是が非でも生きる、生きるということが分らなきゃア、第一人間の理想てえものが分る筈がないではないですか。生きるからには愉快に生きなければならん、よって工夫が行われる、文明開化の正体はそれだけのものなんだけど、そこんところが、どうして先生に分らねえのかなア。ともかく一杯のもうじゃありませんか。こんなことを喋りながら、何も飲まねえてえことは、それがつまり、文明開化の精神に反するものだということを、私なんぞは骨身に徹しているんだがな」

倉田はコップをとってきて、チャブ台の上の最上の飲みかけのウイスキーをなみなみとついで、一息に先ず一パイ、再びなみなみと半分ほどのんで、

「ウム、これはいける。久しくタヌキ屋で飲まないうちにタヌキ屋の品物は高級品になったものだな。これは飛びきりのニッカじゃないか。こんなゼイタクなお酒をのんで陰鬱であらせられるという心持が分らないね。私なぞカストリていう新日本の特産品をのんで、毎日面白おかしく世渡りができるんだから、人間の心持てえものは、実に工夫がカンジンではないのかなア」

最上清人もようやく心を取り直して、

「君の知り合いがやられたというヤミ屋は木田という男じゃないの？」

「さて何という御仁だか、私は昔から犯人の住所氏名は巡査の手帳にまかせておくから、私の手帳につけてあるのはモッパラ愉快な人間の住所姓名に限るんだなア。そんな、あなた、犯人の名前なんぞ、何兵衛でもいいじゃないか。だまされてから、捕えたって、手おくれだよ、あなた。こんなに豪華なお酒があるのに、もっと何か、シンから楽しくなるような、何か工夫を致しましょう」

「フン、なれるものなら、するさ。僕は一人でいたいのだから、愉快な御方は引きとっていただきましょう」

「まアまア、あなた、人間も四十になったら、ヤケだの咒(のろ)いだのというものが全然ムダなネズミにすぎないということを、理解しようじゃありませんか。よって新しく工夫をめぐらす。私のような害のない単に愉快なるミンミン蟬を嫌ってはいけないでしょう」

最上清人は返事もせずにフラリと立ち上って、そのまま外へでてしまった。そっちが出なきゃ、こっちが出る、という流儀なのだろう。

出る者は追わず、無抵抗主義は倉田の奥儀とするところで、おもむろにひとり美酒をかたむける。これも悪いものではない。

そこへサブチャン、ノブ公、パンパン嬢などが顔をだす。

「おや、パンちゃんかい。さあ、アンちゃんも上んなさい。美酒を一パイ差上げましょう。ここの先生は深き瞑想の散歩にでられたから、今日は俗事はおやりにならないでしょう」

「アレ、御手シャクは恐れ入りますワヨ」

「アレ気のきいたことを言うアンチャンじゃないか。アンチャン、いくつだい」

「エヘン、一本いかが。召しあがれ」

ノブ公、シガレットケースをとりだして上等なるタバコをすすめる。

「これは恐れ入った。行きとどいたアンチャンだね。アレ、なるほど、つづいてライターなるもので火をすすめる。フム、これは、エライ。あなたは出世するよ。かほどの若ザムライを召使いながら、最上先生も人間の使い道を知らねえんだな。よろしい。本日は最上先生に代って、私があなた方にサービスしてあげる。大いに飲み、かつ談じ、かつ歌いましょう。遠慮なくおやんなさい」

というわけで、酒宴がはじまった。

★

最上清人はマーケットでソーダ水の酒だのオシルコのカストリだのと飲み歩いたが、頭の痛みがいくらか鈍くなったという程度で、アルコールの御利益というものが現れてくれない。酒をのんでいると、却って、いけない。坐っていると、いけないのだ。ふと、あのズッシリと山積みの充実した量感を思いだす。すると急に、その量感になぐられたようにパンクして、恐るべき真空状態に落ちこむのである。

ピストルがあるなら、いきなり、街角へとびだして乱射して有象無象をメチャメチャにバタバタ将棋倒しにしてやりたい。

結局、歩いているに限る。

すると、養神道施術本部の前へきたから、急に中へすいこまれた。

上って、いきなり次の間へ行こうとすると、

「モシモシ、順番ですよ。あなたは、どなたですか。御用の方なら取次の私に仰有い」

そんな言葉には耳もかさず、次の間へはいる。仙境の人は今しも一人の年増の女に養神道の奥儀をといているところだ。

「やってるネ」

「ああ、いらっしゃい。ちょッと、そこへ坐っていらして下さい。今、すぐ、すみますから」

「そうかい。なるほど、見物も面白いな。君のところに、お酒かビールはないかね」

「じゃア、それでは、あなたを先にやりましょう。奥さん、ちょッと、お待ちになって下さい。最上先生、どうぞ、こちらへ」

「ハッハッハ。又、手相か。君のアツラエムキにでてるだろうさ。どうだい、君のところじゃずいぶん溜ったろうけど、紙を廻してあげるから、出版屋でもやらないかね」

「フム、なるほど、これは最上先生、大変手相がよくなっておりますよ。ちょッと、ここを

ごらんなさい。ここのところ、これね。先日はこの枝がありません。ただ延びきっていたのです。まだ、その外にも、色々変ってきたところがあります。そちらの手を拝借。フム、やっぱり、そうです。然し、この前はヒドかったですね。あれはあなた、ルンペン以下、まったく僕もそんな手相があるなんて、ルンペン以下とは何ですかネ。今日はあなた、一段上っておりますよ。今日の手相が、まあ普通のいわゆるルンペンの相ですね。先日は根のないところに大枝をはって危いところでしたが、この通り、枝が切れて、つまりあなたは安定しております」

「つまり、僕の本性はルンペンというわけだネ」

「ひがんではいけませんよ。ルンペンの本性という固定したものはありません。手相は動くものですが、それは運命が動く、運命は又、性格であり、本性です。この手相なら養神様に見放されはしませんから、今日はゆっくり対座して、お話を承ってごらんなさい。では御案内いたしましょう」

養神様は相変らず額に乱れた髪の毛をたらして、髪全体シラミの巣のようにモジャモジャ、ヤブニラミの目を半眼に、口をだらしなく開けて、退屈しきったようなネボケ顔をしてチョコナンと膝をくずして坐っている。

「コンチハ。又、来たよ。神様はお化粧しちゃいけないのかな」

「アハハ」

神様はなぜだか、だらしなく笑った。馬が笑ったみたいな音だった。

「今日くることが分っていた」

「分るだろうさ。来ているからな」

「アハハ」

「だいぶ神様もイタについたね」

「人を恨むでない」

「アッハッハ」

「もう、よい。今日は、よいよ」

養神様は目をとじた。目をとじると、それだけでヒルネの顔になる。

最上清人はポケットからタバコをだして火をつけた。タバコをパクパクやってるうちに、ひどくイライラしてきた。みんな殺してやりたいような殺気があふれて、やにわに逆上してしまった。

いきなり養神様の手を摑んで、タバコの火をギュッと押しつけた。

養神様はブルブルふるえたようだったが、抑えられた手をふりほどこうとしない。アッという声はもれたが、悲鳴はあげなかった。存分に火を押しつけて、顔をあげて、養神様の顔を見ると、最上清人は、水をあびたようにゾッとした。

養神様は歯をくいしばっているのである。出ッ歯だから、猿が歯をむいているようだ。そして、必死の目の玉で最上清人を睨んでいる。けれども、怒る目ではない。憎む目でもない。ただ、必死、懸命、全力的な目の玉なのである。

最上清人は最後の仕上げに養神様の手にタバコの火をこすりつけて火を消して、手を放して、立ち上った。

養神様はハリツメタ力が一時にゆるんで、グラグラくずれるようだったが、

「それで、気がすんだかい」

フラフラしながら、ささやいた。

「もう、よいよ。今日はおかえり」

最上清人は茫然外へでた。

「ちょッと、あなた。最上先生」

次の間で仙境の人物が何か言いかけてきたが、彼はそれには目もくれず、だまって外へ出て来たのである。

彼は何か、怖しかった。

必死に歯をくいしばって、ただ懸命に必死にこらえている乱れ髪の猿のような汚い顔が怖しかった。

彼は然し、いくらか、たしかに、落付いてきたのが分った。それは、たしかに、もう人を殺さなくてもいいというような、落付きであった。そういう力がみんなくずれた思いである

が、なにがしの小さな驚異が残っていた。

彼は養神様に、神様を見なかったが、人間をたしかに見た。ヤミ屋のサギのカラクリよりも、もっと人間は複雑で偉大なものかも知れないという、何かを見たような気持がした。

「マア、よかろう。何でもいいさ」

冷静で、厭世的で、皮肉な、昔の彼の考え方が戻ってきた。

「サギ師のイカサマにかかって有り金をフンダクラレ、養神様の懸命必死な救世主の身替り精神によってホロリとするか。してみると、オレという奴は、よくよくウスノロかも知れないな。アッハッハ。この人生にも、シャレたことがあるものだ」

いささか自嘲的ではあったが、さして不快というわけでもない。

ねぐらへ戻って飲み直して、今夜は熟睡してやろう、連日睡眠が足りないから、養神様のお手並で今夜は熟睡できるなら、これも御奇特な次第さ、と、わがタヌキ屋の店先へくると、中の賑やかなこと。

パンパン、アンチャン、入りみだれて、大陽気、ダンスホールと変じ、倉田博文の浪花節によってタンゴを踊っている。

最上清人は眉をしかめたが、すぐ、ふりむいた。

腹を立てるハリアイもないような気持であった。よそで一人で飲み直そう、彼はブラブラ、マーケットの方へ戻りはじめた。たしかに、いくらか心が澄んでいるのが分った。

現代忍術伝

その一　正宗菊松先生就職発奮のこと

戦乱破壊のあとというものは、若い者の天下なのである。昔から変りがない。野武士といえば柄がよくきこえるが、手ッとり早く云えば、当今の集団強盗、やがて一家をなしてボスとなる。これが昔なら大名だ。集団強盗の手先をつとめる浮浪児の一人が、顔は猿に似ているが、智恵がある。しかるべく立身出世して天下をとったのが豊臣秀吉という先輩なのである。同じような浮浪児の一人が、小坊主に仕立てられたが、寺を逃げだして、油の行商をやって小金をもうけ、大名にとりいって武士となったが、主人を殺して城と国を盗んでしまった。そんな大名もあった。

戦乱破壊のあとのドサクサには、いつの世も浮浪児や集団強盗がハバをきかせるもので、やがて一国一城のボスとなり、三十年もたって孫子の代になると、大名、貴族、名門などと云われて、人間の種が違うように思われてしまうが、根は浮浪児や集団強盗の出身なのである。

こういうドサクサ時代というものには、没落階級はつきもので、変化に応じて身を変えられる、青年の天下であり、甲羅ができて身を変えられぬ老人共はクリゴトを述べるばかりで、ウダツがあがらぬ習いである。

現代とても同じこと、法治国、文明開化のオカゲによって一応の秩序は保たれているように見えるが、裏へまわれば、裏口営業もあるし、巡査はボスの手先をつとめ、税吏は酒池肉林の楽しみをつくす。地頭や代官、岡ッ引と変らない。大名会議の席上、大名の一人が前をまくってジャアジャアやったり、男大名が酔っ払って女大名を口説いた。これは表芸の方であり、裏芸の方ではワイロをせしめたカドによって小菅の方へ引越したという。上は総理大臣より浮浪児パン助に至るまで、ドサクサまぎれに稼ぎのできる人材を新興階級といい、末は大名貴族となる名門の祖先なのである。

ところが、ここに、物の本には現れてこない一群の人間層があるのである。十五六から二十七八に至る少青年層の半分ぐらいをしめて、野武士でもなければ、武士でもないし、坊主でもない。これを、学生、生徒とよぶのである。この新発生動物層は果して何物であるか、というのが、本篇の主人公、正宗菊松氏の胸にいだいた恐怖の謎であった。実にむつかしい謎である。今までルルと述べてきた心境は、正宗菊松氏の偽らざる胸の思いで、作者の関知するところではない。

正宗菊松氏の胸の思いがここまでくると、武者ぶるいだか、恐怖のふるいだか、わけの分らぬ胴ぶるいが起って、

「よし、畜生！　オレだって、やってみせるぞ。ウヌ」

蒼ざめて、卒倒しそうになる。戦闘意識なのであるが、どうも、然し、ミジメであった。

勝つ人間の余裕がない。

思えば彼も終戦の次の年まで中学校の歴史の先生であった。終戦までの学生、生徒は決して謎の動物ではなかったのである。正宗菊松先生は威勢よく号令をかけて、生徒をアゴで使うことができた。今は逆であった。

彼はもう五十を越していたが、歴史の先生ではメシがくえない。学生はアルバイトなどということをやって、悠々とタバコをふかし、ダンスホールへ通っているが、先生は配給のタバコを買う金もないのである。ついに転業のやむなきに至った。そのとき、彼が見つけた広告は、

「実直なる五十年配の教養ある紳士を求む。高潔なる人格を要す。高給比類なし。天草(あまくさ)商事」

というような文面であった。高給比類なし、と並んで高潔なる人格を要す、とあるところに目をつけたのは、やっぱり、それだけの能しかない証拠であった。

「天草商事」の玄関で、先生は先(ま)ず安心した。かなり大きな三階建のビルディングを全部使っている相当な大会社である。看板をみると大変だ。天草商事の下に「天草ペニシリン製薬」だの「天草書房」だの「天草石炭商事」だのと十幾つとなく分類がある。

すでに五十年配の求職者が十人ほどつめかけていたが、みんな戦災者引揚者というウス汚れた風采で、一帳羅のモーニングをきこんできた正宗菊松先生ほど、高潔なる人格を風貌に現している者はなかったから、ウム、これはシメタ、とほくそえんだ。ここまでは、よかっ

た。

いよいよ彼の番がきて、社長室へ通される。大きな社長室のまんなかのデスクに、二十三四のチョコチョコした小柄の青年が腰かけている。全然青二才であるが、その左右に腰かけているのが、まったく同類の青二才なのである。

青二才の一人が履歴書をとりあげて目を通しながら、

「ハハアン。××学校の歴史の先生かア。じゃア、あなた、柴野ッてヨタモンみたいな奴、知ってるだろ？　いま銀座でダンスの教師やってやがら」

薄笑いをうかべて呟いたが、それから、眉をよせて、真剣らしい顔付になった。

「歴史の先生じゃア、あなた、ソロバンは、できないでしょう。うちじゃア、実直な会計係がいるんですけどね。歴史じゃアねえ。前職が先生ッてのは、まア、いいんだけど」

すると、まんなかの社長席の青二才が、上から下まで彼をジロジロながめていたが、

「なア、オイ、雑誌の編輯（へんしゅう）の方は、どうだい？　例のマニ教の訪問記だよ。この人なら、もぐりこめやしないか。おい、みろよ、モーニング、ヒゲもあら。使えるじゃないか」

「なーる」

先刻の青年は合槌（あいづち）をうち、感にたえたかニヤリとした。三人の青年が、にわかに好奇の目をかがやかして、彼の風采を上から下まで眺めはじめたのである。彼はまだ一言も喋らなかった。

ぶるぶると恐怖の胴ぶるいが走ったのは、そもそも、この時がはじまりであった。彼の平凡な一生に於て、こんな謎深い恐怖にかられたことはこの時まではなかった。

「ウン、いいね。これは、いいや」

青年はこう判定を下して、社長席の青年にニヤリと笑いかけた。

「じゃア、あなた雑誌の編輯の方、やって貰いましょう。雑誌の方は、ボクが編輯長なんです。それから、こちらが社長、そちらにいるのが業務部長、ボクら、みんな、まだ、大学生なんです」

なれなれしいものである。女性的なやわらかさであったが、彼はそれをマトモにうけとめることが出来なかった。白刃(はくじん)をつきつけられたような、わけの分らぬ恐怖がいつまでも背筋を這って止まらなかった。それでも彼はこの質問をきき忘れるわけには行かない。胴ぶるいをグッと抑えて、必死の構え。彼が大学生というものに必死の闘争意識をいだいたのは、この日をもってハジマリとする。

「失礼ですが、社長さんは、天草商事の中の天草書房の社長ですか」

彼が胴ぶるいをグッと抑えていることなどには、青年は問題を感じぬらしく、いつも涼しく、にこやかであった。

「いいえ、天草商事全体の社長なんですよ。天草次郎とおっしゃいます。ですけど、編輯長のボクと、業務部長の織田光秀(おだみつひで)は書房の方の専属ですよ。もともと、今もとめている会計係も、書房の方でいるんですがね」

　と、彼はもう、正宗菊松の返答もきかないうちに、入社したものと決めたらしく、名刺を一枚わたした。高級美談雑誌「寝室」編輯長、白河半平（しらかわはんぺい）、と刷ってある。

「ボク、白河半平、かいてあるでしょう。ボクのオヤジ、面倒くさくなっちゃったんだね、子供の名前を考えるのがね。その気持は、わかるね。お酒に酔っ払った勢いで、シャレのめしたんですよ。知らぬ顔の半兵衛とね。だから、覚え易いでしょう。ほらね、知らぬ顔の半兵衛の白河半平、アッハッハ」

　ひとりで、喜んで、笑っている。薄馬鹿みたいなようであるが、どうも薄気味わるくて、うちとけられない。すると、半平は、又、ちょッと考え深そうな顔にかえって、

「あなた、雑誌の編輯できますか？　できないでしょうね。いいですよ。ボクが教えてあげますから、じき、なれますよ。プランの方はね、これは才能の問題だけど、割りつけや校正なんか、字さえ知ってりゃ、六十の人だって出来らア。さしあたって、ボクと一緒に探訪記事をとりにでかけるんですけどね。ほら、マニ教、知ってるでしょう。あそこへ信者に化けて乗りこむのです。天下の三大新聞だのって云ったって、新聞雑誌、みんな念入りに失敗してやがんのさ。場合によっては四五日泊りこむことになるでしょうから、明日はそのつもりで出社して下さい。九時の汽車にのるから、八時半までに出社して下さいね」

　正宗菊松は、なすところを失ってしまったのである。ボウゼンとしているうちに、彼の入

社は確定的なものとなっていた。すると、それからの二時間あまり、彼は続々と更に甚しい屈辱を蒙(こうむ)らなければならなかった。

「オイ、そのドタ靴じゃア、天草商事の重役とふれこんだって、マにうけてくれないよ。ネクタイも色が変っているじゃないか。ちょッと、上衣をぬがせてごらん」

天草次郎は残酷であった。正宗菊松の全身に鋭い目をくばって、情け容赦もなく、冷酷無慙(むざん)に云い放った。半平がすぐ立上って、スルスルと駈けより、手をかして、彼のモーニングの上衣とチョッキをぬがせた。

「そんなヨレヨレのワイシャツじゃア、新円階級に見えるものか。オイ、シャツは。シャツだって、どういうハズミで人目にさらす場合がないとも限らないさ。なんだい、ツギハギだらけじゃないか。そんなんじゃア、サルマタだって、大方、きまってらアな。吋(インチ)をはかって、一揃い、女の子に買ってこらせろ。オット、待て。帽子を見せろ。アレアレ、キミ、何十年かぶったの。帽子から、サルマタから、靴。何から何までじゃないか」

「アッハッハ。正宗クン。キミは幸運児だよ。入社みやげに、身の廻り一揃い、ただで買ってもらえるなんてね。運がいいや」

と、半平は天草次郎から札束をうけとると、品物を買わせに、女の子を使いにだした。

屈辱、忿怒(ふんぬ)。それは身もだえるばかりであったが、はねかえす力はなかった。天草次郎の視線がジッと自分にそそがれると、恐怖にかられて、背筋が水を浴びたようになる。彼は観念の目をとじた。かようなテンマツによって、天草書房編輯員という彼の新職業がはじまったのである。

その日までは、大学生というものを、ナンキン豆のアルバイトをやり、タバコをくわえてダンスホールへ通い、太平楽な奴らだと思っていた。これも戦争のせい、同類が戦野に血を流し、未来ある生命を無為に祖国にささげた仕返しのようなものだ、と、むしろ同情をよせていた。彼も歴史の先生である。戦乱破壊のあとに何が起るかということを、過去にてらして正しく判断するに誤る筈(はず)はなかったのである。

だが、大学生というものが、このような新動物であろうとは！　彼は天草商事へ就職するのが怖しかった。

天草次郎の見るからにチャチなチンピラのくせに残忍無慙にくいこんでくる視線が怖い。白河半平の妙になれなれしく、女性のように柔和な笑顔も気にかかる謎であった。これをマトモにうけとめるには必死の努力がいるのであった。

「ウヌ。畜生め！　オレだって、やってみせるぞ」

と、彼がこう呻いたのは、そもそも就職の当日からだ。怒りと恐怖のカクテルの胴ぶるいである。自分が悪魔になったような覚悟がこもっているのである。すくなくとも、魔力なくして為しとげられぬ仕事である。然し、その瞬間における仕事とは、編輯の仕事の意味ではなかったのである。

過去の物みなが没落する。老人は枕を並べて没落する。然し、オレだけが、さからってみせる。負けてたまるか、という意味なのである。けだし悲愴とは、このことであろう。厳然たる歴史にさからってみせてやる、というのであるから、容易ならぬ話である。

思うに、この就職の瞬間に於ける胴ぶるいと覚悟の中には、自らも野武士となって一戦又再戦を辞せず、悪鬼妖怪となっても勝たざるべからず、大学生とは倶に天をいただかず、というほどの意味がこもっていたのかも知れなかった。然し、勝つべきようには思われない。胴ぶるいなどというものは、それが武者ぶるいであるにしても、ちょッと哀れなものである。彼の胸の思いは切なかった。

その二　白河半平深謀遠慮のこと

翌日新装に身をかためて出社すると、ほかの部屋にはまだ人影がなく、書房の編輯室にだけ、白河半平が二人の女の子を指揮して、お弁当や、オミヤゲの包みをつくらせている。よほど早くから来ていたらしい。勤勉なものである。

「コレ、正宗クンの名刺だよ。天草商事常務取締役とね。天草物産、天草石炭商事、天草製材、天草ペニシリン、とね。賑やかな名刺だね。アハハ。旅行中だけ通用の名刺だから、ちょッと悲しいね。でもさ、今に追い追い月給も昇(あが)るさ」

と、半平は慰めて、それから、二人の女の子を紹介した。

「こちらは近藤ツル子さん、こちらが、平山ノブ子さん。ところで、この旅行中は、近藤クンは正宗クンの娘、正宗ツル子二十一歳だから、忘れちゃいけないよ。平山クンは女秘書二十四歳。それからボクが正宗クンの息子半平二十五だからね。この会社を一足でた時から、そうなんだよ。マニ教をあざむくには、遠大な構想が必要なんだ。正宗クン、見てらッしゃい。これがマニ教へ献納する品々で、いいかい、天草物産バターと書いてあるけど、中味は大島バターをつめかえたのさ。ウチのバターはマーガリンだからね。醬油も中味はキッコーマン。ウチのはサナギをつぶしたゲテモノだからね」

と、一々説明した。天草物産ハム、天草物産製菓部カステラ、天草物産ツクダニ等々とある。このほかに箱根から清酒一樽と米一俵を取り揃える手筈もできている由であった。

近藤ツル子、イヤ、正宗ツル子二十一歳は器用な手附で、味の素を天草物産の袋につめかえて、それでツメカエの仕事が万事終了すると、アーすんだ、と背延びをしてから、正宗菊松をジッと見て、

「私、ツル子よ。どうぞ、よろしく」

平山ノブ子はセッセと荷仕度にかかっていて、紹介をうけても、ちょッと上眼をあげただけ、挨拶ぬきに多忙である。我々日本人は戦争このかた汽車の切符売場などで女の子にケ

ンツクをくわされるのは馴れているが、紹介されてもジロリと上眼をあげただけとは、人格を傷けること甚しい。

けれども正宗菊松は、立腹を忘れて妙技に酔った。ツル子やノブ子の働きざまのカイガイシサに酔ったのである。ビジネス・オンリーとは、このことだろう。ビジネスに徹した哲人の構えがあるから、ほかのことにはアクセクしない様子である。だからパンパンが、自分のビジネスとなれば、チョイト、遊バナイ、抱きついたり、タックルしたり、そういうことも出来るのだろう。ビジネス以外のことにはアクセク気を廻さないようであった。

白河半平も手をかして、セッセと荷造りに余念がない。三人ながら仕事に精をうちこんでいる。正宗菊松は戦争中は号令をかけ、生徒に仕事を督励したものだが、奴らは尻をたたかれても滑りだしよく動こうとはしなかったものだ。まるで別の人間が生れてきたのだろうか。

そこへ三十二三の芸術家めいた人物が、蒼ざめた顔に毛髪をたらして、やってきた。

「フツカヨイでね」

吐く息が苦しそうだ。フツカヨイで、目がすわっている。半平は男と握手をして、

「こちら正宗クン。こちらがカメラマンの間宮坊介(まみやぼうすけ)クン。ライカを胸に忍ばせて、これが大事の役なんだ。だけど、旅行中は、正宗クンの秘書ですから、わかったね」

半平は年長の坊介の背中をさするように叩いた。親父が子供をあやすようにアベコベであるが、板についている。フツカヨイの坊介が女の子から水をもらってガブガブ呑んでいるう

ちに、半平は朱筆を握り、原稿用紙に大きな字をかきなぐる。

「当商事常務取締役正宗菊松氏につき問い合せの電話ありたる時は、当人は目下秘書三名をつれて旅行中と答えて下さい」

正宗菊松という名前のところへ二重マルをつけた。署名して印を捺し、交換台の上へはりつけた。

「会社を一足でたら、外は敵地だと思わなきゃいけないからね。いいかい。間宮クンは秘書だから、醤油ダルとその包みを持ちたまえ」

「フツカヨイのオレにムリだよ。秘書は箱根へついてからでタクサンだ」

「いけないよ」

半平は冷めたく云った。イタズラ小僧のように薄笑いをうかべていたが、その言葉は刃物のように冷めたかった。正宗菊松は自分が斬られたようにゾッとして、気の毒なフツカヨイの男を見やった。すると半平の冷たい声が、今度は彼に斬りつけてきた。

「正宗クンは天草商事の重役だからね。かりにもカシャクしちゃいけないよ。旅行中はそうなんだ。坊介クンは秘書、ボクは息子、近藤クンは娘、平山クンは女秘書、いいかい。それが仕事なんだよ。社の命令によって、そうなんだから、だからね。いいかい。一・二・三。今からボクは正宗半平さ。じゃア、お父さん、出かけましょうよ」

半平は自分の荷物を持つと、サッと立って歩き出した。甚しいマジメさが、彼の全身から発射した。有無を云わさぬ冷めたさ、督戦の鬼将軍の無慙な力がこもっている。人々はにわかに各々の荷物をとって歩きだした。

正宗菊松も二足三足歩きだして深呼吸をした。不思議な威圧である。年齢の差があるどころか、まるでアベコベの立場である。

「フン。なかなか、やるな。だが、畜生」

正宗菊松は胴ぶるいをした。

「修業、修業。負けないぞ」

彼は心に呟いた。

「事に際して、一々が、修業のタネ。チンピラ共がおごりたかぶっているうちに、修業を重ねて、乗りこしてみせる。今に、真価を見せてやるぞ」

修業、修業か。五十の手習いとは悲しいが、当人必死に思いこんでいるのだから、悲愴をきわめている。けれども、重役然と落ちつき払って、自動車にのりこんだ。どうやら自分の力でなしに、半平の気合いによって、重役然と持ちこたえているところが、危ッかしい。

こうして、一行は箱根底倉(そこくら)の明暗荘へ落ちつく。ここには昨日のうちに業務部の若い男が先着して、部屋も用意し、白米一俵と清酒一樽を取り揃えて待っていた。半平が正宗菊松にささやいた。

「あの男が雲隠才蔵(くもがくれさいぞう)さ。わが社名題(なだい)のヤミの天才なんだよ。アイツが一人居りゃ、米だって酒だって自由自在さ。ボクたち寝ころんでいるうちに、みんな手筈をととのえてくれるよ。然し、今日は、やっぱりキミの秘書の一人だからね」

やっぱり二十四五のチンピラであった。見たところニコニコと、能なしの坊ッちゃんみたいな顔である。

一風呂あびて、昼食。正宗菊松が七八年見たこともない珍味佳肴の数々。然し、ゆっくり味あうこともなく、自動車がきました、という。あわててモーニングに威儀を正して玄関へ降りる。半平、才蔵、坊介の面々、すでに米俵や酒樽などを車中に持ちこんで、待っていた。

箱根底倉の藤原伯爵別邸がマニ教の仮本殿となっているのである。自動車がスルスルと動きだして、わずかに二分と走らぬうちに、とある門構えの前にとまる。才蔵が駈け降りて門番に交渉すると、大門がサッとひらいた。大新聞も、ニュース映画社も、大雑誌社も、かたく閉したこの門内へふみこむことができなかったという難攻不落のアカズの門。なんの面倒もなくサッとあいた。

白河半平がニヤリと笑った。当りまえさ、という顔であった。そして彼は、痩せッぽちの胸をグッと張って、腕組みをした。戦意たかまり、自信満々の様子である。

正宗菊松も戦闘にそなえて胴ぶるいをし、半平にまねて、胸をそらした。何か電気のようなもので、いつも半平に急所急所で気合いをかけられているようであった。自動車はスルスルと邸内へすべりこんだ。

その三　魂をぬかれて信徒の列に加えられること

献納の品々が仮本殿の内へ運びこまれる。ヨイショッと四斗俵を担いで運びこむのは才蔵と坊介、平山ノブ子は天草物産の製品を蟻のようにせわしなくセッセと持ちこむ。才蔵と坊介はとって返して酒ダルを。醬油ダルを。武芸者のようにいかめしく構えた教祖護衛の面々もポカンとしているテイタラクである。

ミヤゲ物を運び終ると、才蔵と坊介が正宗菊松の左右から、

「さア、どうぞ、常務」

と敬々しく、うながす。もっぱら常務に敬意を払って、マニ教を自宅のように心得たなれなれしさ。するとノブ子がツと進みでて、常務の靴のヒモをときはじめる。

正宗菊松は自然に内部へあがりこみ、尚も才蔵、坊介にみちびかれて奥へ進もうとすると、ポカンと見とれている四五名の護衛の中から、威儀をととのえた中年の男がすすみでて、

「コレ、コレ、不敬であるぞ、待たッしゃい。ここへ坐りなさい」

才蔵が小腰をかがめて、

「ちょッと、教祖にお目通りを願いたいと思いまして」

「不敬であるぞウ」

中年の男は、われ鐘のような大音声で叱りつけた。それはまったく部屋の空気がはりさけるような全力的な一喝だった。才蔵、坊介の心臓男も、調子が狂って、びっくり顔。すると中年の男は、護衛の者に命じて、菊松の一行を二列に並んで坐らせた。

「神のイブキをかけてくれるぞウ。コウーラ。不敬者ウ」

中年の男の顔がマッカにそまった。まるで格闘するように、全力をこめて、ジダンダふんだ。ダダダッと二列に坐った一行の前まで走ると、グッと立ちどまって、のけぞるように胸をそらした。

正宗菊松はそのすさまじさにドギモをぬかれたが、それ以上の奇怪なことが起った。中年の男がダダダッと走り、グッと立ちどまって、のけぞると、護衛の若い男たちがアーッという悲鳴をあげて、ガバと倒れて、畳に伏し、手を合せて、恐怖のために身もだえて、祈りはじめた。

「マニ妙光。マニ妙光。マニ妙光」

頭の上に手をすり合わせる。怖れおののいて、声がワナワナふるえる。すり合わせる手もワナワナふるえて、そこから声がでるような秋の虫のようであった。

のけぞった中年の男が、おもむろに身を起して、前へかがみ、

「ガアーッ」

突如として、イブキをかけた。爆心点はまさしく正宗菊松の頭上である。彼は呆気にとられて頭をちぢめたが、

「コウーラ、キサマ、不敬者ウ。魂をぬいてくれるぞう」

怒り狂った大音声がきこえ、しまッた、と思った時には、彼は力いっぱい肩を蹴られて、後列の人々の間にころがっていた。

正宗菊松は大失敗を犯したのである。彼はそれを蹴とばされる一瞬前に気がついた。自分の右に坐っている半平も、左側のツル子も、護衛の人々と同じように、畳に伏して、手をすり合わせていることを発見したからである。彼が蹴とばされて倒れたのは、坊介とノブ子の間であった。この二人も、その隣の才蔵も、例外なく、畳にふして、頭上に両手をすり合わせていた。

神の使者は容赦がなかった。

「コウーラ、不敬者ウ。コウーラ、コウーラッ」

一叫びごとに足をあげて、正宗菊松を蹴りつけ、踏みつけた。

先程まで、あれほど敬意を払ってくれた才蔵も坊介もノブ子も、彼を助けてくれようとはしなかった。

「マニ妙光。マニ妙光。マニ妙光」

彼らは一心不乱に手をすり合わせてワナワナと拝みつづけているのみである。自分たちの

間へ彼が倒れて、踏みつけられているというのに。

「お助け下され。相すみません」

正宗菊松は必死に叫んだ。

「私が悪うございました。お助け下され」

菊松は、踏みつける足をすりぬけて、身をねじり、ガバと畳に伏して、頭上に両手をすり合わせた。

「マニ妙光。マニ妙光。マニ妙光」

「コウーラッ」

神の怒りは、まだ、とけなかった。神の使いは、菊松の両手をつかんで、ズルズルとひきだした。

「コウーラッ」

神の使いは片足で菊松の頭をふみつけ、額をしこたま畳にこすらせた。

「悪うございました。相すみませぬ」

菊松は、とうとう泣きだした。どうして、自分一人が、いじめられなければならないのだろう。彼はこの時ほど痛烈に少年のころを思いだしたことはない。彼は弱虫で、馬鹿正直で、そのくせ、すこし、ずるかった。彼は悪太郎にそそのかされて、手先に使われるたびに、いつも捕えられて、叱りとばされるのは自分だけであった。自分の子供のようなチンピラ共と同行して、この年になっても、やられるのは自分一人であるとは。

「マニ妙光。マニ妙光。マニ妙光」

洟水（はなみず）があふれてシャクリあげた。シャクリあげる声というものは、この年になっても、ガキのころと同じであった。なんたる宿命であるか。恐怖にふるえた。

神の使者は恭順を見とどけて、ようやく踏みつけた足を放した。

「神様がお立ちになるぞウ」

ダダダ、ダダダ、という激しい跫音（あしおと）が部屋の八方に荒れくるったが、それは、一人の男が八方に走り狂って足を踏む音である。それに合わせて、

「マニ妙光。マニ妙光。マニ妙光」

という祈りの声がひときわ高くなる。才蔵や半平たちも、それに合わせて、祈り声を高くする。

ピュッと何かを切った音がした。

「お立ちッ」

神の使者がバッタリ坐った様子である。祈り声もハタと杜絶えた。正宗菊松は、怖しさに、頭をあげることができなかった。

「お父さん、お父さん」

半平のささやきがきこえる。

「もう、いいよ。こっちへ来て、お坐り」

菊松は怖る怖る頭をあげた。一同は顔をあげて坐っている。衆人環視の中で夢からさめたようである。彼は神の使者に両手をつかんでひきずり出されたので、列をはなれて、部屋の中ほどに妙な方角を向いていた。

「お父さん」

ツル子がツと立って、チリ紙をだして洟をかませた。彼はそれを羞しがる余裕もなかった。ツル子に手をひかれて、自分の席へもどり、敬しく神の使者に一礼した。

廊下をふむ音が鈴の音にまじって湧き起った。ピタリと戸口でとまると、

「ミソギイ」

という女の声がきこえた。護衛の若者がハッと立ち、杉戸の左右に立って、同時にサッと戸をひらく。とたんにパッと白衣に朱の袴のミコが三名、神楽(かぐら)のリズムに合わせるような足どりで、踊りこんだ。先頭の一人は御幣をかついでいる。あとの二人は鈴を頭上に打ちふっている。踊る足どりで正宗菊松の前に立ったと思うと、サッと御幣を打ちふった。なぐりつけるような激しさだ。すると左右に立ったミコが、鈴を頭上にリンリンとふる。ヒュッと廻して、又、ひとなぐり。サッと身をひいたと思うと、ツツと急ぎ足、御幣のミコを先頭に、鈴音の余韻のみを残して、今きた戸口へ踊りこみ、忽(たちま)ち姿が消えてしまった。杉の戸が、左右から、しめられる。

神の使者は、しばらく名刺を一枚一枚ながめたのちに、こうきいた。

「正宗は何歳になるか」

「ハイ、五十二歳でございます」

「商売は繁昌しているか」

「ハイ。おかげさまで、どうやら繁昌いたしております」

「お父さんは慾が深すぎるんですよ」

と、半平が横から口をいれた。彼はもう、ふだんのようにニコニコして、一向に神の使者を怖れている風がない。長年交際した人に話しかけるような馴れ馴れしさであった。

「信心深いというよりも、慾のあげくの凝り性なんですよ。ボクら、ずいぶん、いじめられましたよ。ねえ、ツルちゃん、戦争中は、皇大神宮に指圧療法、終戦後は、寝釈迦(ねしゃか)、お助けじいさん、一家ケン族みんな信仰しなきゃア、カンベンしてくんないんですからね。子供のボクらや、秘書のこの三人の人たち、迷惑しますよ。でもねえ、云うことをきかなきゃカンベンしないんだから仕方がないですよ。今度、マニ教の噂をきいて、神示をうかがってくるんだって、どうしても、きかないのです。ボクら、もう、オヤジが言いだしたら仕方がないと諦めていますから、オヤジの信心するものは、なんでも信心するんです。さもなきゃ、お小遣いもくれないもの是非ないですよ」

落ちつき払ったものである。育ちのよい坊ッちゃんが腹に思っていることをみんなヌケヌケ喋っている気安さであった。彼は悠然と、まだ喋りつづけた。

「ボクら、若い者でしょう。遊ぶことは考えるけど、信心なんか、ほんとはないのが本当でしょう。でもね、オヤジがこんな風だから、つきあわなきゃ勘当されますよ。ですからね、ボクらは神様にお目にかかって、どんな人だろうなんて、そんなことしか、考えられないですよ。ねえ」

「軽々しく神の御名をよんでは不敬である。凡人が神にお会いできるなぞと考えては不敬千万である」

神の使者は静かにさとした。眼光は鋭かったが、先刻の凄さはもはや見られない。今度は説教師の様子であった。

「信徒が神様にお目通りできるまでには、何段となく魂の苦行がいるぞ。御直身(ごじきしん)と申して、神様につぐ直(すぐ)の身変りの御方。この御方にお目通りするまでにも、何段となく苦行がいる。お前らはイブキをうけ、ミソギをうけたから、信徒として、許してつかわす。毎日通ううちに、身の清浄が神意にとどいたら、御直身がお目通りを許して下さるだろう。神様のお目通りなぞは二年三年かなわぬものと思うがよい。今日は立ち帰って、明日出直して参れ。ミソいでつかわすぞ」

「それじゃア、神示は却々(なかなか)いただけないのですか」

と、半平がきいた。

「ボクのオヤジは商売の神示をうけたいのですよ。いえ、それが本性なんです。神様にお目にかかれなくっても、神示はいただけますかしら」

　半平はくすぐったそうに、ニヤニヤした。

「オヤジはね、ガンコだから、信心となると、何月何年でも箱根に泊りこむ意気込みなんですからね。ボクら、それが困るよ、なア。第一、会社だって、困らア。なア、雲隠君。もっとも、キミたちが会社と箱根を往復してりゃ、すむかも知れないけど、ボクはこんな山奥に何ヵ月もいたくないですよ」

「会社の方は、なんとかするよ」

　と、雲隠才蔵がなだめた。

「常務のガンコ信心ときちゃ、会社だって、諦めてるんだからな。箱根なら箱根、一ツ処に長持ちしてくれりゃ、ボクら、かえって仕事がしいいや。間宮さんにノブちゃんにボクと秘書が三人も居るんだもの、会社のレンラクは、わけないよ」

「アア、ほんと、その通り」

　と、間宮坊介が才蔵に相槌を打った。フツカヨイもどうやらさめたらしいが、今度は、ねむたそうであった。

「常務の身の廻りはボクがいるから大丈夫だ。ボクは常務と一緒にノンビリ温泉につかっているから、レンラクはもっぱら若い者がやってくれよ。そのたんびにウイスキーを忘れず運んでくることだよ」

「チェッ。のんびりしてやがら」

　神を怖れざる若者どもである。正宗菊松はハラハラした。今のさッき自分が蹴倒され、踏んづけられて魂をひきぬかれたばかりだというのに、なんたる奴らであろうか。コウーラッ、魂をぬいてくれるぞウッという怒号が尚耳に鳴り、ハラワタにしみているではないか。けれども彼らは平然たるものであった。正宗菊松が蹴倒される寸前に彼らはいち早く伏して拝むことを忘れなかったが、ある危機の時間がすぎると、かくも平然たるものである。神の使者は、もはや彼らを怒らない。いかなる嗅覚によって危機をかぎ当てるのであろうか。正宗菊松は身の至らなさを嗟嘆した。

「正宗はどこの宿に泊っているか」

「ハイ。明暗荘でございます」

　神の使者の声がかかると、若者たちの分も自分が叱られるように思われて、身の竦む思いがするのであった。彼は一々両手をつき、平伏して返答した。

「正宗の子息と娘は何歳であるか」

「ハイ。エエと、知らぬ顔の、左様でございます、半平は二十五、ツル子は二十一に相成りまする」

「当分、毎日くるがよい。魂をみそいでつかわすぞ」

「ハハッ」

菊松は平伏した。神のお怒りは解けたらしい。すると半平が、又、口をいれた。

「ほらね。あれだからね。オヤジは信心とくると、理性を忘れて、からだらしがないからねえ。平伏するばッかりなんだよ。毎日おいで、と云われたら、何時ごろ来たらよろしいですか、と訊くのが自然の理知というものだね。オヤジは神様の前へでると、てんで、なってやしないねえ。これで、よく、会社の重役がつとまるもんだよ」

「だからさ。キミがそんなに云っちゃアいけないよ。そこは、ちゃんと秘書というものがついてるのだからさ」

と、才蔵が、又、なだめておいて、神様の使者に向って尻を立てて腰をかがめた。

「あの、明日からは何時ごろに参りましたら宜しゅうございますか」

商家の丁稚(でっち)が番頭に伺いを立てるような心易さだが、神様の使者は怒らない。

「朝夕のオツトメには、まだ加わることはできない。朝の十一時ごろ来てみるがよい。場合によっては神膳のお下りをいただくことができるから、人数だけの昼食の米をお返しに捧げなければならないぞ」

「ハイ」

雲隠才蔵はニコニコと手帳をだして書きこむ。エエと、朝の十一時、米持参。まことに心易い様子であるから、神様も拍子ぬけがするのかも知れない。

こうして、第一日目は成功に終った。したたかに蹴られ踏んづけられた正宗菊松が哀れな思いをしただけであった。

その夜、彼は妻子のことを思いだして、ねむられなかった。彼の妻子は実家へ疎開のまま、いまだに転入ができないのである。転入ができたところで、彼の今の給料では生活ができない。彼は晩婚であったから、長男はまだ十九だが、上の学校へもあげられず、女房の実家で畑を耕しているのである。

行末のことを考えると、心細さが身にしみる。それというのも昨日まではとんと夢にも思い至らなかったことで、大学生という新動物の発見以来のことなのである。まったく謎の動物であった。

彼らは神様の使者の前でも、心おきなく勝手放題なことを喋りまくっていた。神様をなめているのかと思うと、そうではない。みんな計算の上なのである。一足神前をさがると、彼らはむしろピリリと緊張したようである。神様の前では、オヤジだの常務だのと、まるで彼一人嬲(なぶ)られ者にされているような有様だった。

そのくせ、神前をさがると、彼らの態度は一変して、お父さん、常務と、宿の玄関で靴のヒモをといてくれ、部屋へはいると服をぬがせ靴下までぬがせてくれる。常務に対する敬意至らざるなく、温泉につかれば、半平まで、お父さん、背中流しましょうか、などと云う。みじんも彼らの使命を裏切るような隙を見せることがない。そして彼らは、正宗菊松が蹴倒され、踏んづけられて、神様に魂をぬかれた珍劇などには、見たこともないように、一言もふれなかった。ただ、あたりに人影のなかったとき、半平がふとすり寄ってギュッと菊松の手を握って、

「今日の成功は、キミが蹴られたオカゲだよ。殊勲甲だよ」

と云った。そして口笛をふきながら、夜の温泉場をひやかしに、姿を消してしまったのである。

唐突に感謝をこめてギュッと手をにぎり、女性のようにやわらかく笑いかける半平が、又しても、彼は怖しかった。今日はこれでよかったが、ひとたび失敗すれば、容赦なく彼をクビ切り、叩きだしてしまうに相違ない残忍無慚な魂が裏にひそめられているようである。得体の知れぬ青二才に一身をまかして道化の主役を演じさせられている身のつたなさが、やりきれない。然し、嬉々として仕事に没入する彼らの溢(あふ)るる生活力は驚異であった。

「畜生め。どうしてくれたら腹の虫がおさまるのか」

やにわに飛び起きて、ねているチンピラ共を蹴倒し、踏みつぶして、魂をぬいてやりたいと思った。この世には悲しい思いがあるものである。

その四　寝小便の巻

正宗菊松はふと目がさめた。襖を距てた隣室へ誰かが戻ってきたのである。酔っ払って、ドタバタと重い跫音がもつれている。

「半平の奴、ひどすぎるじゃないか。なにも女の子を隠しだてすることはないよ。なア、坊介、そうだろう。ツルちゃんが好きなら好きでいいけどよ、ノブちゃんまで一緒につれだして隠すことはないよ。なア」

「うるせえな。なん百ぺん言ってやがんだい。やくんじゃないよ」

こう雲隠才蔵をたしなめたのは坊介である。

「チェッ。女房ぐらい、もったって、威張るんじゃねえや。落着いたって、偉いことにならねえや。半平の奴、ツルちゃんと仮の兄妹だなんて、鼻の下をのばしていやがら」

「よさねえかよ。やきもちやきめ」

「チェッ。お前も三十面さげて、あさましい野郎じゃないかよ。秘書なんかにされて腹が立たないかッてんだ。どこの国に三人も秘書をつれてブラブラしている重役がいるかッてんだ。秘書だったら秘書同志じゃないか。婦人秘書をこッちへ渡しゃいいじゃないか。独占てえ法はねえや。アン畜生、ヤキモチやいてやがんだ、なア」

「うるせえな。ヤキモチやいてんの、お前じゃないか」

「チェッ。お前は目があっても節孔同然だよ。半平の奴、ふてえ野郎じゃないか。明日東京へ戻って指令を待て、なんて、尤もらしいことオレに言ってやがるよ。なんとかして、オレをツルちゃんから遠ざけようてえコンタンなんだ。働かすだけ働かしやがって、なめてやがるよ、なア」

「うるせえなア。お前はヤミ屋の仕事に打ちこんで月給もらッてりゃいいんだよ。オレは写真を撮りゃいいんだ。女の子の一人二人よろしくやるだけの腕がなくッて、ヤミ屋がきいて呆れらア」

「チェッ。見ていやがれ。東京へ帰れッたッて帰るもんかよ。半平の野郎め、ギョッと言わせてくれるから」

「アッハッハ。勝手にしやがれ。しかし、仕事を忘れるな」

　年のせいか、坊介は落着いていた。しかし簡単に年のせいでは済まないことを、正宗菊松は肝に銘じてもいたのである。半平や天草次郎の落ちつきは、どうだ。事に当って身命を投げうっている精励ぶりは、どうだ。そのうえ、二人の女を両手に花と、シャクシャクたる余裕をも示しているとすれば、一流の奥儀をきわめた達人と云わねばならないのである。隣室でねむる筈の半平は、まだ戻っていないらしい。

　半平と才蔵と、女のことでもめるとは見物じゃないか、と正宗菊松はほくそえんだ。決闘でもやらかして、奴ら、自滅するがいいや。彼は明日の悲しさに胸がつぶれそうだったが、こう思うと、いくらか光明がさしたせいか、熟睡することができたのである。

正宗菊松は十六の年まで寝小便をたれる癖があった。色々の薬をのんだがキキメが見えず、修学旅行などはズッと欠席していたが、いッそ人中へだしたら意地ずくで何とかなるかも知れないと、両親のさとしを受けて、十六の年に悲愴な覚悟をかためて修学旅行にでた。覚悟のほどが効を奏して、それ以来寝小便がとまったのである。

もともと彼は苦労性で、つまらぬことにクヨクヨ悩む反面には、だらしなく安心するというウスバカじみた性分があった。ここ二日間のつもりつもった心労のせいで、彼はダラシなく睡りこけてしまったのである。

言うに言われぬ快感のさなかに、ふと目が覚めて、彼はクラヤミへ突き落された。十六の年から忘れていた寝小便をたれてしまったのである。

なんたる大量であろうか。フトンいっぱいの洪水だ。そして、なんたる悪臭だろうか。それは何年ぶりかで存分に晩酌をとったせいで、尿に臭気がこもっているのである。彼は神様の使者にふんづけられて魂をぬかれたとき、いつも自分一人だけが悲しい思いをしなければならなかった少年の頃を痛切に思いだしていたのである。少年時代への切実な回想とともに、寝小便も十六歳へもどったのかも知れなかった。

起き上ると、サルマタや腹のまわりに溜っていた小便がドッと流れて、フトンの下へあふれ出ようとした。彼はあわててシキフをもたげたが、それから先は為す術を失い、途方にくれて、クッという声をたてると、手ばなしで泣きだしてしまったのである。

「どうしたの？　お父さん」

物音をききつけて、半平が襖をあけて顔をだした。事情をさとると、物に動ぜぬ半平も、しばしは茫然たるものであった。

「ふーん」

半平は感心して一唸りしたが、もう気をとり直してニコニコしていた。

「そうかい。お父さん、オネショの癖があったの、言っといてくれりゃ、夜中に起してあげたのに」

彼はチッとも騒がなかった。

「オイ、起きろよ。坊介クンも、才蔵クンも、もう起きる時間だよ。お父さん、お風呂へはいッてらッしゃい。その間に片づけておくからね。ハイ、歯ブラシ。ハイ、タオル。それから、ハイ、石ケンとカミソリと。オフトンの上へユカタもサルマタも脱いどいて行くんだよ。とりかえといてあげるからね」

正宗菊松は一々品物をうけとり、言われた通りハダカになって、ただ、うなだれて、部屋づきの浴室へはいった。

「ワア、臭い。馬みたいに、たれ流したもんじゃないか」

と雲隠才蔵の叫び声がきこえたが、

「よけいなことを言うんじゃないよ。ボクが女中に云ってくるから、キミはサルマタを買ってきなさい」

「よせやい。朝ッパラからサルマタ売ってる店があるもんじゃねえや」

「いけないよ。秘書ともあろうものが、ワガママは許されないよ。ヤミの天才で名をうった雲隠才蔵ともあろうものが、朝の八時にサルマタが買えなくってどうするのさ。宮ノ下でも、小田原でも、どこまででも行って、買って戻ってきたまえ。我々は職務を果しましょうよ。ねえ、そうでしょう」

そこはヌカリのない面々のこと、そうか、仕方がねえ、とつぶやいて、サルマタ買いにでた様子。半平の報せで、女中たちが跡始末にきたが、ブツクサ云わず、笑いもせず、処置をつけているらしく、その裏には半平の手際の妙があるのであろう。

「お父さん、ここへユカタ置いときますよ。サルマタも、新しいの買ってきました。さすがに、わが社の至宝、才蔵クンは神速なるもんですよ。今度、月給あげてやって下さいな」

食事となっても、正宗菊松はひたすら黙然、顔もあげられない。

「お父さん。元気をだして下さい。ツルちゃん。キミ、お父さんの肩をもんであげなさい」

ツル子がハイと立ち上って、せッせと肩をもんでやる。ツボも心得て、ミゴトなお手並である。快感。思わず夢心地になりかけると、フッと溜息がでて、涙がにじんでしまうのである。

「ボクも、ノブちゃん、肩をもんでもらいたいね」

ハイと云って、ノブ子も半平の肩をもむ。

「アア、いけねえ。フツカヨイだ」

坊介は頭をガクガクふって、

「オイ、才蔵。オレの肩をもめよ。ボンヤリしてたって面白くもなかろう。お前の手でも我慢してやるから、若いうちはコマメにやりなよ」

「よせやい」

「ボンヤリ睨めっこしてるよりも、一方が後へ廻って肩をもむのが時にかなっているッてことが分らないかな。だから、淑女にもてない」

「うるせえな」

午前十一時。時間がきて、一同は自動車にのりこんで、スルスルとマニ教の神殿へ。

白衣の人たちに迎えられて、玄関を上ったところへ、昨日と同じように二列に並んで坐らされる。

やがて、彼方からの鈴の音が近づくと、

「ミソギイ」

と、若い女の一声。白衣の男がサッと二人立って、板戸を両側にひらくと、御幣を捧げた女と、その左右に鈴を頭上に打ちふる二人の女。いずれも白衣に緋の袴である。

サッと御幣を一となぐり、又、一となぐり。身をひるがえしてパッと去る。彼女らの去るを送って板戸の閉じた音に頭をあげると、昨日の神の使いが正面にチャンと坐っているのである。

　いきなり、スックと立った。朱をそそいだ鬼の顔、ワナワナと怒り立つ肩。ダダダダと前へ踏みすすむ気勢に、ガバと伏して、頭上に両手をすり合わせ、

「マニ妙光。マニ妙光」

　正宗菊松、寝小便で魂をぬかれたとはいえ、昨日の怖しさ、これを忘れる筈はない。神の使者はダッと踏みとどまると、大きくのけぞって一呼吸、ハッシとかがむ。

「ガアーッ」

と、神様のイブキをかけた。それから、ダダダ、ダダダ、とひとり八方に荒れ狂う跫音。やがてピュッと何物か切る音とともに神の使者が着(ちゃく)したらしい。

「お立ちイ」

という声がかかって、みんなが頭をあげた。正宗菊松だけは、そう心易く頭があげられない。

「もう、いいんだよ、お父さん」

と、今日も半平にささやかれて、ようやく頭を上げた。

「正宗は、今日は敬神の念を起しておるな」

と、神の使いが鋭く見すくめて云った。

「ハイ」

正宗菊松は万感胸元につまって、ただ、ただ、平伏するのみ。

「実はです。お父さん、非常に感動したもんで、今朝はオネショやっちゃッたんですよ。これがお父さんの悪い病気でしてね。会社の重役やりながら、寝小便をたれているんですよ。子供のオネショと違って、お酒をのむから臭いッたらないでしょう。おまけにバケツ一杯ぶちまけたぐらい垂れ流すでしょう。秘書たちがね、こればッかりはツライッてね。旅先じゃア、お父さんの恥だから、気をつけているんですけど、ゆうべ、ボク、疲れちゃって、夜中に起すのを忘れちゃッたんですよ。だもんで、今朝、やっちゃったんです。神様の御力で、これを治していただけると、ボクたち救われるんですけどね。治していただけますかしら」

神の使者も眉をよせたようである。けれども、正宗菊松の顔、形を見れば分ることだが、泣かんばかりに悄然(しょうぜん)とうなだれて、慚愧(ざんき)の念、身も細るほど全身に現れている。半平の奇怪な言葉に、ひとすじの偽りもないことは、明々(ありあり)白々あらわれている。すべてを観察して、神の使者は、うちうなずき、

「長年邪神について、邪念が髄に及んでいるから、正宗のカラダに様々の障碍が宿っているのに不思議はない。マニ妙光様は宇宙の全てであるから、この教えにもとづいて魂をミソイだならば、寝小便などは苦もなく治ってしまう。まだマニ妙光様直々のオサトシをうけるわけにはいかぬが、別室で浄めてつかわすから、正宗だけ、ついて参るがよい」

「ボクたちも浄めて下さいな。お父さんと同じようにしてもらわなくッちゃア、あとあと親孝行にサシツカエがあるんですよ。なんてッたって、ただもう、モーローと平伏ばかりしているでしょう。別室で一人になったりなんかすると、益々あがッちゃって、目も見えず、耳もきこえなくなるんですよ。とても心配で、ほッとかれやしないよ、ねえ」

「アア、ホント。常務が浄まる時にボクたちも浄まッとかないと、なんだ、不敬者だの、汚らわしいのと、うるさいからな」

とフツカヨイの坊介が頭髪を前へたらして、蒼ざめた顔をしかめた。

「ウチの常務は、寝小便をたれた後と、神様の前へでた時だけは、平伏悄然モーローとしているけれども、その他の時はガミガミ口うるさいッたら。ボクたちも一しょに浄まらなくッちゃア、身がもたないよ」

坊介、フツカヨイとはいえ、さすがに芸術家である。胸に秘めたライカに物を云わせたい一念、必死であった。

しかし、神様の使者は厳格であった。

「お前たちは、まだ別室で神事をうけるに至っておらぬ。お前たちが、秘書の役に立たぬにせよ、俗界と神界のことは別の儀である。それすらも、わきまえておらぬ。不敬であるぞ」

ハッタと睨んだ。

「正宗菊松、立て」

声に応じて、立ち上ろうとした。しかし、魂をぬかれたせいか、腰も、足も、フヤラフヤラと力がこもらない。彼は立とうとして、両手をつき、気があせって、ハッ、ハッと病犬のように舌をたらして息をついた。

彼は本当に神様にすがりたかったのである。寝小便も治したかったし、チンピラ大学生どもをギョッと云わせる智恵と勇気をほしかった。ありていに云えば、マニ教を蹴とばし、神様を踏んづける力が欲しかったのである。つまり、万感胸につまって、ただ、切なく、あせるばかりであった。

彼はようやく立ち上って、よろめいた。オットット。半平、坊介、才蔵、ぬかりなくサッと立って、支えてやる。

「だから、言わないことじゃない。目もくらみ、耳もきこえやしないんだからね。心臓マヒでも起されちゃア、第一、失業問題だからね。ごらんの通りですから、ボクたちも一しょに、至らない者ですが、ついでに浄まらせて下さいな」

「まったくだね。お父さん、会社じゃア相当パリパリしてるんだけど、神様の前じゃア、カラだらしがないねえ。このたよりない様子じゃア、子供として、見棄てちゃ、いられないね。一しょに浄まらしていただきたいですねえ。いいでしょう。たのみます」

神様の使者はつぶさに観察して、正宗菊松のダラシなさ、いささか呆れもしたが、けっして狂言のたぐいではないと見た。けれども、神界は厳格なものである。彼は白衣の若者たちを目でさしまねいて、正宗菊松を支え、半平たちから距てさせた。

「たとえ俗界にいかようなツナガリがあっても、霊界は別儀であるぞ。不敬者め。静坐して、正宗の戻るまで、霊界に思いを致しておるがよい」

こう云って、白衣の若者に正宗菊松をひきずらせて、奥へ消えてしまった。あとには、監視役の白衣の若者が、まだ二人、目玉を光らせているのである。

その五　坊介はガイセンし雲隠才蔵は深く恨を結ぶこと

正宗菊松がつれて行かれたところは神殿であった。マン幕をはりめぐらし、正面に三柱の神が祭られている。神前に供えられた何十俵の米、何タルの清酒の山。天草物産が一山つみこんできた献上品など、どの片隅へかくれたか見当もつかぬ豪勢さである。

先客が五人、左右に並んでいる。いずれもただの信徒らしく、モーニングや紋服をきこんでいる。中には品の良い老婆も、爺さんもいた。いずれも然るべき社会的地位のある人品で、ニセモノ重役の正宗菊松は一目見て、すくんでしまった。

カイゼルヒゲをピンとはねて、大納言のようにふとった老紳士が真正面に坐っている。どんな偉い人物か見当もつかない悠々たる奥深さがある。目をつぶって、いかにも平和に正坐している。ほかの人々も目をつぶって坐っていた。

まもなくドッと音が起って、にわかに大部隊がのりこんで、神殿にあふれた。ただ一瞬のことである。突如として、すでに奏楽が起った。白衣に緋の袴の鈴ふり女もいるが、横笛を吹いているのもいるし、琴をかきならすのもいる。チャルメラみたいな国籍不明の笛をふく白衣の男もいる。太鼓をうつのもいる。キキキッと悲鳴のような泣声をだす楽器もあるが、どれとも見当がつかないのである。

音楽がピタリと終って、白衣の男女は神殿の要所要所へ退いて、ジッと狙うように立っている。スワといえば躍りかかってノド笛へ食いつくような殺気立った鋭さで、マムシが鎌首を立てて隙をうかがっているとしか思われない。

祭壇の下に立っているのは、何者だか分らないが、正宗菊松はトンチャクしなかった。そんなものを見ようなどと不敬な心を起しては後々が大変である。平伏して、額をタタミにすりつけて、頭上には両手をすり合わせて、

「マニ妙光。マニ妙光。マニ妙光」

一心不乱である。

「コウーラッ。よさんか」

白衣の男が彼の襟クビをつかんで荒々しく引き起した。情け容赦もない。フヤラフヤラと腰がくだけて、

「ハハハッ」

泣きベソをかきだしていた。どうしてよいやら分らないからである。彼はウロウロした。半平や坊介たちに救いをもとめたかったのだ。それも、かなわぬ、と知ると、覚悟をきめた。というのは、つまり諦めたということである。真正面の大納言の平和な坐り方をまねて目をとじたのである。どっちの方角からも、白衣のマムシの鋭い目が自分を狙っていると思ったからである。

「キサマの霊はくもっているぞウ」

祭壇の下の人物が怖しい叫びを発した。

「アッ」

正宗菊松は、ヤラレタカとすくんだが、ドサリと蹴られる音がしたのは、だいぶ離れたところである。

「コウーラッ」

誰かが引きずりだされている。薄目をあけてみると、大納言である。大納言は河馬（かば）のようにふとっているから、白衣の男が二人がかりで襟クビをつかんでひきずっても、思うように動かない。チャンと坐って、キチンと膝の上に両手をおいて、平和な顔をちょッとシカメて、仏像が引越すようにユラリユラリとひきずりだされていた。

祭壇の下の神様の代理が、たまりかねたか、躍りかかって、白衣の男の手をわけて、

「キサマの霊は地獄へおちているぞウ」

なんたる乱暴だ。いきなり大納言のふとったクビを両手でしめあげて、アウ、アウ、アウ、さすがの大納言もこの時ばかりは目玉を白黒、腰をうかすところを、いきなり横にねじ倒して、

「コウーラッ。コウーラッ」

ドシンドシンとふんづける。すさまじいの、なんの。ム、ム、ム。さすがの大納言も、魚のようにアップアップしている。

大納言がふんづけられると、合唱が起った。そして、白衣の人達は、手を高々とすり合わせて、マニ妙光を唱えながら、ふんづけられる大納言の廻りをグルグルと廻って歩きはじめた。白衣の女のある者は、鈴をふり、横笛をふいて、その外廻りを歩いた。合唱に合わせて太鼓がなった。

「ウウム」

大納言は唸っているようである。地獄から脱出しかけているのかも知れない。あれほど平和な大納言でもダメなのである。

「不浄であるぞウ。不浄であるぞウ」

神の怒りの叫びが雷のように鳴りとどろく。そして、踏みにじる音がする。大納言は浄められているのであろう。

「オレもダメか」

と正宗菊松はゾクゾクと寒気が走った。大納言の霊だけが地獄へおちていたのかと安心したのは早計であった。彼がここへ連れこまれたのは、浄められるためであったのである。してみれば、順番にやられるのであろう。

「アア、マニ妙光。マニ妙光」

雑念が起ると、泣きべそをかく。ただもう夢中に祈るほかには手がなかった。

一方、こちらは取り残された半平一行。

「ええ、白衣の御方」

ペコンと頭を下げたのは坊介である。

「すみませんが、便所へひとつ、行かして下さいな。俗界の人間は、これだから、いけねえや」

坊介は便所の中から、つぶさに建物を観察する。大きすぎて、とても全貌はわからないが、台所では神様の昼食で人々が立ち働いている様子だから、裏を廻ると見つかってしまう。木立の繁みに隠れて、庭を廻る一手あるのみである。

坊介は戻ってきて、

「どうも、いけねえ。フツカヨイに、下痢をやッちゃったい。腹がキリキリ痛んで、いけねえ」

「薬、あるかい」

「ま、待ってくれ。ちょッと、寝かしてくれよ。ムム、痛え。ウーム。盲腸じゃねえかな。ムムム」

「こりゃ大変なことになりやがったね。あんまり、のむから、いけないよ。アレ、エビみたいに曲っちゃッてピクピクやってるよ。才蔵クン。キミ、抑えてやんないか。ノブちゃん、さすッておやり」

「やい、しッかりしろい。コン畜生」

才蔵が後へまわって、武者ぶりつく。ムムムとひッくりかえる。ひッくりかえす。ドタンバタンとレスリングの試合のようなことをやっている。

「ムム、いけねえ。ここで息をひきとるかも知れねえや。ウーム。痛い。あとあとは、よろしくたのむ。ムムム」

「キミだけ帰って、医者へ行ったら」

「とても、歩けやしないよ。ムム」

二人の白衣の人物も、これには手がつけられないと観念して、奏楽が起ると、我関せず、目をつぶり、手を高々と頭上に合わせ、

「マニ妙光。マニ妙光。マニ妙光」

一心に祈っている。

「いいかい。思いきって、ヤッちゃうからね」

坊介は奏楽の騒音にまぎれて、そッと半平にささやく。半平はうなずいた。

「やるからにゃ、フン捕まる手前のところまで踏みこんで、ねばるから、キミたち、騒ぎがきこえたら、門をあけて逃げるんだよ。するとボクも飛鳥の如く、門をくぐって逃げる」

半平は、又、うなずいた。

「ムム、痛え。どうにも、我慢ができねえや、ウーム。ちょッと、便所へ、やらしてくれ。腹を押えて、ジッと、しばらく、シャガンでくるから。ムムム。ムム」

坊介は這うようにして、便所へ行った。廊下から、そッと庭へとび降りた。

庭の奥の繁みまで一応退避して、建物の全貌をメンミツに頭へ入れる。奏楽はマン幕をはりめぐらした中央の座敷から起っているが、ズッと奥に離れがある。ここぞ、神様の寝所であろうと狙いをつけた。

忍びよると、居る、居る。神様は寝床に腹ばいになって、ゴハンをたべているのである。行儀のわるい神様だ。四十ぐらいの女神である。神様の手が、ひどく小さく、まッしろだった。

「落着け。落着け」

彼はジッと時を忍んだ。また、奏楽が起った。その音にまぎらして、二枚、三枚。樹の上へ登って、三枚。窓まで近づいて、また、パチリ。神様は全然知らなかった。

次に、奏楽中の神殿へ忍びよる。マン幕のスキ間から、うつしたが、どうも思うように行かない。

「エエ、面倒な。ヤッちまえ」

マン幕をすこしもたげて、首を突ッこんで、ジーとやる。

「ヤッ」

白衣の一人が、気がついた。その時はもう後の祭。坊介は、白衣の男を見つめて、大胆不敵にニヤリと笑った。芸術家の満足感であった。彼はライカをポケットへ収めた。

「アバヨ」

サッと身をひるがえす。写真屋ともなれば、逃げの一手は場数をふんでいるのである。ドッと追う人々は、マン幕にさえぎられて、手間どった。音をききつけて、飛鳥の如く身をひるがえし、靴をつかんで逃げだしたのが、ツル子にノブ子。その速いこと。ちかごろは、もっぱら男女同権。その喧嘩ッ早いこと。嘘だと思ったら、やってごらんなさい。ハイヒールをぬいで右手でつかんでサッとかまえる。ポカンと殴ってサッサと逃げる。もはや男は勝てません。

半平と才蔵も女の子の次ぐらいはスバシコイ人物だから、白衣の人物などにオサオサつかまる筈はない。白衣の人物には何が何やら分らぬうちにサッと立って靴をつかんで一目散。門をあけると一番先に風の如くスットンで出て行ったのは誰あろうライカの坊介であった。

つづいて半平の一行もドヤドヤと門を出てしまえば、もう大丈夫。

「ヤーイ。アバヨ」

半平はふりむいて、白衣の面々に手をふって挨拶する。

そのとき白衣の人々をかきわけて逃げでようとしたのが、正宗菊松であった。魂はぬかれていても、必死である。人々がワッとマン幕かきわけて坊介を追うと、サテハと合点し、ここぞイノチの瀬戸際、逃げおくれてなるものか。泣きほろめいて必死に走った。然し、逃げる人間が、追っかける人間の後を走るというのはグアイがわるい。どうしても、こっちが敵を追いこさなければならないからである。おまけに、自分の後から走ってくる奴もある。ハサミウチではゼヒもない。門に立ちはだかる白衣の人垣を泣きほろめいて掻きわけるところを、ムンズと襟クビつかまえられ、腕をとられ、イケドリになってしまった。

「助けてくれーエ、オーイ。ヒッヒッヒ」

泣いたって仕様がない。敵は総大将をイケドリにしたと思っているからひとまず安心して、正宗菊松を手とり足とり引きずりこんで、門を閉してしまった。白河半平はエヘラエヘラとそれを見送っている。まさしく知らぬ顔の半兵衛であった。

「わるく思うなよ。あとで月給あげてやらア」

半平は閉じられた門に向って、チュッとキッスをなげてやった。

一同は任務を果して大満足。明暗荘でひと風呂あびて、昼酒の乾杯である。

「正宗の奴、ないていたぜ。オケラみたいな手つきで、人垣をわけて出ようたって、ムリだよ、なア。頭で突きとばして出りゃ良かったのさ。なんべん泣いたか知れないねえ。ヒイヒイヒイなんて、むせび泣いていやがんだもの。泣いたり、オネショもたれたり、ずいぶん水気の多いジイサンなんだね」

「アア、まずまず、オレの仕事はすみました。これから東京へ帰って、現像がオタノシミだよ。ツルちゃん。ビールビンに二本ばかり酒をつめてもらってきておくれ。汽車の中で飲みながら帰るからね。それから、ツルちゃんは護身用に一しょにきておくれ。オレのカラダはかまわないけど、ライカが紛失しちゃ、それまでだからな」

ライカが今回の主役だから、坊介は気が大きい。このときでなければ威張られないのである。半平もゼヒなくニヤリとうなずいて、

「ウン。じゃア、まア、ボクたち、一しょに帰ろうよ。ボクたちも、さっそく記事をつくらなきゃア、いけないからね。才蔵クンだけ残って、正宗クンを連れて帰っておくれよ、ね」

「おい、よせよ。オレひとり残るなんて、そんなの、ないよ」

「だって、ボクたち、記事をかいて雑誌をつくらなきゃ、いけないからさ。一足先にきて仕度してくれたキミだから、あとの始末もつけてくれるのがキミのツトメなんだよ。悪く思うなよ」

「よせやい。一人ションボリ居残って、あんなネションベンジジイを待ってる手があるもん

か。そうじゃないか。ねえ、ノブちゃん」

「だって、可哀そうよ。魂をぬかれちゃって。戻ってきて、誰かいてやんなきゃ」

「だからさ。オレひとりッてのが、おかしいじゃないか」

「よせやい。テメエひとりでタクサンだい。二人ッて柄じゃねえや。あのジイサン、神殿でネションベンたれて、魂をぬきあげられて帰ってくるに相違ないから、いたわってやんなよ」

誰ひとり才蔵の味方になってくれる者がない。才蔵をのこして、一同は意気たからかにガイセンした。

才蔵は無念でたまらない。深く恨みを結んだ。よろしい、畜生め、どいつも、こいつも、今にギョッと云わせてくれるから、と、湯につかって策戦をねった。何がさて子供の時から目から鼻へぬける男、三国志の地へ出征して、つぶさに実力をみがいてきました。魂をぬきあげられた正宗菊松をあやつって、天草商事をテンヤワンヤにしてくれようと怖しいことを考えた。

その六　怪社長の出現と天草次郎出陣のこと

正宗菊松はマニ教神殿に監禁されて、二日二晩すぎても戻って来ない。三日目に妙な使者が現れた。

「ええ、始めてでござんす。天草商事の秘書のお方でござんすか」

見たところ二十四五、雲隠才蔵と同じ年恰好であるが、白衣の使者とちがうようだ。最新型の背広に赤ネクタイ、眉目秀麗の青年であるが、なんとなくフテブテしく尋常ならぬ凄みがある。此奴（こいつ）めタダ者にはあらずと、才蔵はヌカリなく見てとった。

「ボク雲隠才蔵ですが、で、あなたは？」

「ほかのお方は、どうなさいましたか」

「報告のため東京へ戻りまして、今はボク一人ですが、何か御用ですか」

「アタシはこういう者ですが」

と差出した名刺を見ると、石川組渉外部長、サルトル・サスケ、とある。

「石川組と仰有（おっしゃ）いますと」

「実は社長からの使いの者でざんすが、ここに社長の名刺を持参してざんす」

これを見ると、国際愛国土木建築、石川組社長、石川長範（ちょうはん）。ズッシリと百円札ほど重みのこもった名刺であった。こういう名刺をいただくと、いくらか涼味がさすけれども、心ウキウキとするものではない。

「で、御用件は？」

「そこのタチバナ屋が社長の常宿なんですが、ちょっと御足労ねがいたいので。話は社長から直々あるだろうと存じやす」
薄気味のわるい相手だが、何とかなろうという才覚には自信があるから、腹をきめると、わるびれない。サスケの後について、でかけた。とは云うものの、マニ教の霊力よりも石川組のメリケンの方が魂を手ッとり早く抜きとる実力があるだろうから、才蔵も内心はなはだしく安らかではなかった。

案内された部屋は、渓谷に面した特別の上等室。石川長範は秘書の江戸川熊蔵と将棋をさしていた。長範社長、四十がらみの苦味走った好男子。ところが熊蔵秘書が怖しい。これも四十がらみであるが、何百人叩き斬ったか分らないという面魂である。戦争で何万人殺したって凄みはでないが、この先生は天下泰平の時代に人殺しを稼業にしたという凄みが具っているから怖しい。ゴリラの体格。この先生がグッと盤上へかがみこむと、将棋盤が灰皿ぐらいに小さくなってしまう。

「御足労、御苦労御苦労」

長範社長はウィスキーをグッとあけて才蔵にさし、

「実はな。オレもマニ教の信者でな。社用で箱根へくる。社用の方はサルトルや熊蔵がやってくれるから、オレはヒマを見てマニ教の神殿へとまる。魂が浄まって、しごく、よきものだぞ。今朝まで泊っておった。オレは進駐軍関係の土建業務もやっとるから、キリスト教のよいところも充分に知っとるが、やっぱし宗教はカシワデ、指圧。日本人の霊はこの手だなア。手に関係が深いぞ。だから日本人の体質には、アンマ、指圧が病気にきくのだなア。精神的にも肉体的にも、日本の伝統は手の伝統である。神道は手の霊である。日本人に適する職業は手の職である。どうだ。わかるか。これが分れば日本が分る。オレは進駐軍に神道を普及したいと思うとるが、手の霊であるということが分らんのだなア」

さすが物には驚かぬ才蔵も、この新学説にはおどろいた。バカかと思うと、そうでもない。将棋をさしながら喋っている。時々、ギロリ、ギロリ、と才蔵を見つめる。その眼光の鋭いこと。一見小柄の好男子だが、ゴリラの熊蔵と盤に対して、堂々と威勢を放っているから、さすがに土建の親分である。

ところがゴリラの熊蔵の対局態度が珍しい。彼は盤をかくすように覆いかぶさって、五分、十分、十五分、沈々として微動もせず考えこんでいるのである。

「話というのは、ほかでもないが、お前のとこの正宗常務だなア。オレが助けてやろうと思うとるが、あのままでは、一週間で狂い死んでしまうぞ。支離メツレツじゃ。今朝などは、もう、ひどい。寝小便はたれる。着物にクソをつけて歩いておる。やつれ果てて、二目と見られたものではないぞ。秘書たる者が温泉につかって酒をのんでる時ではないぞ」

「ヘエ。アイスミマセン」

「今朝オレが帰る時にマニ教の内務大臣から話があって、明暗荘に秘書の者がおるから伝言せよと言うのだな。百万円耳をそろえて献上すると正宗の身柄を引渡してつかわすと言うとる」

「ハ、百万円」

「ウム」

親分は言葉をきって、ウィスキーを一呷り、ついでに、盤面に目をくばる。

「天草鉱業はどこに鉱山をもっとるか」

「エエ。常磐に炭坑三ツ。常磐では指折の優秀炭質を誇っております。七千五百から八千カロリー。八千五百ぐらいまでありますんで、一噸いくらだったかな。一貨車いくらでもとめるのが御徳用で」

「天草製材はどこに工場を持っとるか」

「エエ。秋田でござんす。そもそもこれが、わが社社長の実家でして、社長は当年二十五歳、ボクと同年の大学生で、天草次郎とおっしゃるニューフェースで」

「オヤジが追放くったのか」

「とんでもない。当商事に於きましては、社長のほかに業務部長の織田光秀、編輯長の白河半平、重役陣の三羽ガラスがいずれも大学生でござんす。エエ。ボクも近々重役になります。戦前派は無能でいけません」

「製材所が秋田じゃア都合が悪いな。しかし新興商事会社はヤミ屋にきまっとるから、扱えないという品物があっちゃア名折れだ。実はな、オレが商用で箱根へくるのは建築用材の買いつけだ。すでに一年半にわたって用材を伐りだしとる。進駐軍関係の用材であるから、輸送も優先的、伐採が輸送に追われるほどスピーディに動いておる。運賃も人件費も格安であるから、オレの材木は安いぞ。三千万円ほど譲ってやるから、手金を持ってくるがよい。社長をつれてくるのがよいな」

親分は才蔵の返答などはトンチャクなく、

「サルトル。自動車をよべ」

「ヘエ。用意してござんす」

電光石火。四名は車中の人となって、仙石原を突ッ走り、峠を越えて、箱根の山裏の丘陵地帯へでる。杉山である。丘陵にかこまれた小さな平地へ乗りつける。ここが伐採本部で、石川組作業場という白ペンキ塗りの木杭が立っている。トラックの来往はげしく、活気が溢れている。

石川親分、現業員に敬々しく迎えられて、ちょっと視察していたが、作業場の主任をつれて戻ってきて、また自動車を走らせる。

「これから一周するところを天草商事へ売ってやる。よく見ておけ。目通り八九寸から一尺が多いが、尺上、尺五上もかなりまじっておる。全部で何石ぐらいかな、六万か七万石、そんなところだろう。望みの期日までに、東京の指定の場所へ送りとどけてやるぞ。どうだ。男児の生きがいを覚えるだろう。これだけの木材を扱って、バッタバッタと売りさばく快感を考えてみい。天草商事も男になるぞ」

作業場へ戻ってくると、今しも材木をつんで出ようとするトラックがある。長範社長は大手をふって呼びとめた。

「オイ、待った。二人のせてやってくれ。雲隠はこれに乗って東京へ戻れ。今明日中に社長をつれてくる。手金は二割五分の七百五十万でよろしい。商談成立のあかつきは、オレが正宗を助けてやる。タダでサービスしてやる。社長が製材所の倅(せがれ)なら木材のことは知っとるだろうが、これほど格安な取引きはないぞ。社長が来たら、山をこまかに案内してやる」

否応なし。助手台へ押しこまれてしまった。サルトルも助手台へのりこんで、

「じゃア行って来やす」

と、走りだした。

「人をよびつけて頼みもしない材木を売りつけようッてのは、邪推するねえ。サルトルさん。そうじゃないか」

才蔵は中ッ腹であるが、サルトルは常にニコヤカに笑って、悠々、まことに無口。才蔵が話しかけなければ、全然喋らない。

「商売はそんなものさ。売りがあせる時は買い手のチャンスだよ。こういう時に買い手の目が利くと大モウケができるのさ」

「だって雲をつかむような取引きじゃアないか。バカにされたとしか思われねえや」

「キミの社長が製材所の倅なら雲をつかむような取引きはしないさ。見ていたまえ。目の利く買い手にはチャンスだよ。アタシに金があればこのチャンスは逃さない」

「ひとりぎめにチャンスたって、なんにもならねえや。露天商人はみんなそんなこと言ってらア」

サルトルはニコヤカに笑みを含んでいるばかり、弁解もしない。

「キミは何の御用で東京へ行くんだい。オレを送りとどける役目かい」

「マア、それもあるが、アタシは社長夫人を箱根へ案内する役目さ」

クソ面白くもない。悪日の連続である。正宗菊松は寝小便をたれ流し、着物にクソをつけてうろつきまわっているという。そんなものの世話まで焼かされては堪らない。これを機会に箱根と縁を切るに越したことはないから、社長室へ挨拶に行って、

「ボクは東京へ帰ろうなんて思ってやしなかったんですが、これこれしかじかの次第で、長範の命令一下サルトルとゴリラの馬鹿力にトラックへ押し上げられちゃって、おまけにサルトルが東京までニコヤカに護衛してやんだから処置ねえや。凄味のアンチャンがニコヤカに全然喋らねえんだから、薄気味悪いったら、ねえんだもの。寝ションベンじいさんだの材木なんか元々ボクに関係のないことだから、箱根へ戻るのは、もうイヤですよ。行くもんじゃねえや」

天草次郎は両の手に頭をのせ、イスにもたれて考えていたが、織田光秀に向って、

「キミは材木、いくらで買う」

「マア、三十万ですね」

天草次郎は大儀そうに苦笑して、

「オレは、タダだ。サルトル氏をつれてこい」

と雲隠才蔵に命じた。

サルトルが現れる。天草次郎、織田光秀、白河半平の三羽ガラスを才蔵が紹介する。

「ボクたちは毎月一回東京をはなれて食焔会(しょくえんかい)というものをやってるが、大いに食い、気焔をあげる会だね。疲れが直るな、明日の晩、小田原でやろうじゃないか。明日の夕方、底倉へ電話でお伝えするが、石川さんに差しつかえなかったら、遊びにでむいていただきたい」

「ヘエ」

サルトルは無口であるからニコヤカに笑みを浮べて、あとは相手の言葉を待っている。天草次郎ときては、必要以上は喋ったことがないし、つくり笑いもしたことがない。クルリとデスクに向って、書類をとりあげて仕事をはじめる。呼吸のそろっている三羽ガラス、調子のよい白河半平が、

「では明晩、小田原の食焔会へいらして下さい。お待ちしていますよ」

と、いとニコヤカにサルトルを送りだす。毎月一回の食焔会など、そんなものは有りゃしないが、彼らにとって、言葉というものは無を実在せしめるところにのみ真価があるのであ

る。

「サルトルさんて、ニコヤカなアンチャンだね。ゼンゼン喋らねえなア。あれで渉外部長かねえ。ハハア、英語で喋りまくろうてんで、日本語を控えているのだねえ」

「小田原の奇流閣（きりゅうかく）へ電話をかけておけ。この四人に、婦人社員五六人。明日一時ごろ出発だ。団子山（だんごやま）に今夜のうちに料理の支度をさせておけよ」

と天草次郎が才蔵に命じる。

「いけねえ。オレも行くのかな」

「あたりまえだ」

「寝ションベンジジイは半平の係りだから、オレはもう知らねえや」

「ハッハッハ」

半平は不得要領に、しかしニコヤカに笑っただけであった。

その七　箱根に於て戦端開始のこと

石川長範はサルトルとゴリラの熊蔵、それに二号をつれて小田原の奇流閣へやってきた。ここは由緒ある邸宅を買って旅館営業をはじめたところ、まだ世間には名が知れないから、ほかにお客もいないようだ。

「ここは天草商事の経営かい」

と、サービス係りの婦人社員にきいてみると、いいえ、という返事。ことごとに得体が知れないので、長範社長、内々大いに不キゲンである。

奇流閣の女中などは手の出しようがない。ゼンゼン、センスが違っている。二十から二十四五ぐらいの婦人社員が、いらッしゃいまし、どうぞお風呂へ、ハイ、タオル、ハイお浴衣と、トントン拍子のよろしいこと。別に愛嬌は見せないけれども、テキパキとその新鮮さ、まかせておけばなんの不安もない。

ところが一方、四人のチンピラの傍若無人なこと、ゼンゼン礼儀をわきまえない。各人アグラをかいて、ペコンと頭を下げて、ヤア、いらッしゃい、と言っただけ、初対面のアイサツもヌキである。

仕方がないから、長範親分、自分で見当をつけて、

「こちらが天草社長。こちらが？　織田光秀さん。そちらは？　白河半平さんだね」

「ザックバランにやりましょうよ。ハハハ。礼儀はダメなんだ。ボクらアプレゲールは祖国なみに廃墟に生れた人間ですからね。石川さん、お料理ができるまで、将棋やろうか」

「それは、いい」

半平はなれなれしい。将棋盤をもってくる。ところが、飛車と角の位置をアベコベに並べ

ている。

「ハハハ。アベコベか。むつかしいもんだね」

コマを並べるのをむつかしがっている。たちまちバタバタ負けて、

「ハハ。石川さんは強いねえ」

長範親分、小学生を相手に遊んでいるのか、遊ばれているのか分らない気持で、手のつけようがない。

そこへ料理が現れる。第一がシャモの丸焼き。腹の中へシイタケ、ミツバ、ギンナンその他サザエのツボヤキのようにねじこんで炙ったもの。

その次が子豚の丸焼き。これには長範親分も驚きました。その次が尚いけない。ブリの丸アゲ。どんな大きなフライパンで揚げたのか知れないが、三尺ちかい大ブリを、支那料理の鯉のようにまるまる揚げ物にして、女の子が二人がかりで皿をはこんできた。

「ここの料理はマル焼き専門かね」

と長範がひやかすと、

「ハハハ。料理人がコマ切りにして配給するんじゃ食べるのが面白くないねえ。本来の姿を目で見てさ。その雄大なところを楽しんで、自分の手で切りとって食べなきゃ、つまんないよ。頭と骨とシッポが残ってくるでしょう。ここが、いいところだね。はじめから小皿に小さく配給されたんじゃァ、孤立して貧寒だねえ。丸ごと銘々で切りくずして行くところに、

銘々が同じ血をわけ合っているというアタタカサが生れて盟友のチギリを感じるのだね。蒙古のジンギスカン料理は羊を丸ごと焼いちまわア。ジンギスカンはさすがに料理の精神を知っとるね。石川さんは、なんですか、小皿に配給された料理がおいしいですか」

長範親分、言葉に窮してしまう。

「サア、のみねえ」

と、仕方がないから、グイとあけて、しきりに杯をさす。

「ハイ」

と言ってカンタンにうける。うけるけれども返さない。のまないのである。飲むのは雲隠才蔵だけだ。

サービス嬢は心得たもの。杯を一山つんで待機している。返盃の代りに新しいのでお酌する。三羽ガラスの前には、のまない杯がズラリとならんでいる。

「返盃したまえ」

と長範親分がサイソクすると、無造作にお皿へ酒をぶちまけて、

「ハイ」

と返す。酒をのむとか、のめないとか、杯をさすとか、返すとか、酒席の下らぬナラワシにはゼンゼンこだわるところがない。自分の食慾のおもむくままに楽しめば、つきる、という悠々天地の自然さであった。

三羽ガラスは、よく食う。実に食慾をたのしんでいる。もっぱら食慾にかかりきって、骨をシャブッて玩味し、汁をすくって舌の上をころがし、両手から肩、胸の筋肉を総動員して没入しきっている。そして、ほとんど口数がない。

最後に特大の重箱にウナギの蒲焼がワンサとつみ並べて現れる。酒のみがウンザリするような大串。これがゴハンのオカズであった。

「アア、これだ。待っていたよ」

と、半平は大よろこび。三羽ガラスは蒲焼にとびかかるようにして、飯を食うこと。

長範親分、ことごとく勝手が違って、酒がまずいが、そこは大親分のことで、今日は商用、これが第一の眼目だ。ツキアイに軽く食事をしたためて、

「明朝八時半にここへ迎えの車をよこすから、山を見廻って、箱根で中食としようじゃないか」

「八時半じゃ、おそいな」

天草次郎はこう呟いて腕時計を見ながら、

「ボクらはたいがい七時ごろには仕事にかかる習慣で、朝ボンヤリしているほど一日が面白くなくなることはないな。旅先では、ことにそうだね。早く目がさめるからな。六時には起きて顔を洗うから、七時半前に底倉へつくだろう。自動車はボクらのがありますよ」

「それは好都合だ。オレも朝は早い。五時には起きて、冷水をあびて、それから三十分静坐

して精神を統一する。これによって、一日が充実し、平静なんだな。朝寝はいかん。早朝より充実して仕事にかかるのはビジネスの正道だ。さすがに天草君は理を心得ておる。アッパレなものだ。どんなに早くともいいから来たまえ」

長範は内心浮かない気持である。チンピラどもに捩じふせられて一向に本領を発揮できなかった不快さが喉元につまっているが、敵の本営だから今日のところは仕方がない。明日は自分の本営だから、存分にひきずり廻してやろうと考えている。

「正宗君のことは心得とるから、諸君らの望む時に助けだしてあげる」

「あの人は好きでやってるのですから、当分ほッといた方がいいのですよ」

と半平が答えた。

「そんなことがあるものか。半死半生だぞ。寝小便をたれ、クソもたれながして、ウワゴトをわめいて泣いとるぞ。まさしく狂死の寸前だぞ」

「いえ、あれでいいんですよ。あれが趣味にかなっているんだなア。ほら、首ククリは小便やクソをたれて、ずいぶんムゴタラシク苦悶するけど、本当は生涯のたのしいことを一時にドッとパノラマに見て、あの時ほど幸福な瞬間はないんだってね。正宗君も今が一番幸福な時なんだねえ」

長範は呆れた。帰るみちみち、

「なア、オイ。ありゃアいったい、どういう奴らだい。今の若い者には、あんな奴らがタクサンいるのかい。イケシャアシャアと、世間なみの仁義も知らない奴らじゃないか」

ゴリラもサルトルも返事がない。

「お前らも、何か、アプレゲールか。笑わせるな。アプレゲールは喉がつぶれているワケじゃアねえだろう。サルトル。なんとか返事をしたら、どうだ」

「ヘエ」

「ヘエだけか」

「マ、なんですな。一口にアプレゲールと申しましても、人間は色々でざんすな」

「当りまえだ」

「まったく、そうでざんす」

翌朝七時半、タチバナ屋の玄関先へピタリと乗りつけた自動車一台。云わずと知れた天草商事の三人組に才蔵である。才蔵が降りてタチバナ屋の玄関へ駈けこもうとすると、

「オットット。雲さん、こっち」

うしろから大きな声で呼ぶのがある。ふりむくと、路上にサルトルが手招きしている。路のかたえに車が一台、長範とゴリラもちゃんと乗りこんでいる。敵もさるもの。

長範も車を降りて現れて、

「さて、配置をどうしたらよろしいか。天草社長と織田君はオレの車へ。オレが説明の労をとる。サルトルはそっちの車へ。白河君に説明してあげる。熊蔵はそっちの助手台へ小さく

ちぢんどれ。キサマが前にふさがると何も見えん」配置を換えて出発する。

「目の下に見える丘陵地帯、あの全体の杉とヒノキはオレが買いつけとる。君らに売りつけてやろうというのは杉材だが、これはオレの今やっとる仕事にむかん。商業は有無相通ずるところに妙味があるから、諸君に一カク千金のチャンスを与えてやる。作業場に現場の技術家がおるから、こまかく説明してくれるが、だいたいオレが諸君に放出してやろうと思う杉材は、さっきも示したあの一帯、あれで六万から七万ちかい石数があるそうな。自動車で一周しても相当の時間を食うミチノリじゃ。あれを放出してやる」

放出とは、うまい新語があるもの。平和の時代の言葉ではない。配給という特殊時代の言葉と共棲する単語で、ヤミという言葉と同じように、いずれは平和な人々には理解できなくなる言葉である。長範のような人物に限って、こういう時代にしか生きていない言葉を用いる。

「天草クンは製材所の倅だそうだな。天草商事は製材もやっとるから知っとるだろうが、今の相場で製材所の買い値が、杉ヒノキ五六寸の小丸太が六百円というところだな。七八寸が八百、尺上で千円。いいところだ。尺五上が秋田営林署で千五百円で出しとる。キミは秋田に製材所をもっとるから知らんことはあるまい。マル公は千円だが、誰もマル公では相手にせんよ。しかし、オレの売り値はマル公よりも、もっと、はるかに安うなっとる」

長範はいい気持だ。グッとそり身になって葉巻をくゆらす。

「オレが放出してやるのは目通り六七寸から一尺が主だが、尺上、尺五ぐらいまで相当数まじっとる。尺五上、二尺上となると、この山には生えとらんな。それで大体六万から七万石と見つもっとる。これに運賃をかけて、東京都内ならば指定の場所へちゃんと届けてやる。一山いくらで立木を売るわけにはいかんのだな。なぜならばじゃ。オレだから安く買いつけて、安く輸送ができる。ほかの誰がやっても、こう安くはできんが、第一、進駐軍用材の名で買いつけてガソリンを貰って、原木を他人に伐りださせたとあっては、オレのコレが危いわい」

とクビをたたいた。

「六万五千石とみて、尺以下一石八百円、これはマル公と同値じゃ。五千二百万円だろう。これを三千万円で売ってやる。その代り、これ以下にはビタ一文まけやらん。オレのやり方は万事そうだ。一言ピタリ。それだけだぞ。オレがかほどの安値で売りを急ぐのは、ワケがあるからじゃ、そこを見て、これをチャンスと知るのは利巧者。オヌシらが材木を知り、正しい商道を知っとるなら、この驚くべきチャンスがわかるはずだぞ」

作業場へつく。そこから現場の技術家が同乗して、山々を一周し、時々車を降りてこまかく説明する。作業場から下の鉄道駅まで立派な道路をきりひらいて、砂利もしき、ヌカルミにならないように充分手も加えてあるが、今やトロッコも敷設中で、八割まで出来あがっている。

「どうだ。オレの材木が安値のわけが分ったろう。このトロッコが出来あがると、今までの苦労が報われるのだ。これまでの苦闘はなみたいていではなかったぞ。男はそれを言わんものだ。ハッハ。石川組のあるところ、作業は常に活気横溢しとる」

この親分、アストラカンをかぶっている。胸をそらしてキゲンよく葉巻をくゆらす。金の握りのステッキで地面をコツコツつく。

天草次郎は時々時計を見ている。それにつりこまれるように織田光秀も腕時計をのぞく。どうやら半平まで腕の時計を気にしているようだ。

「オヌシの返事をきこうじゃないか。驚異的な安値が納得できないかな」

「マア、損はないかも知れないね」

と、天草次郎は気のない返事をした。

「オレは商売になると思うが、光秀の考えはどうだい」

「そうだなア。金庫をあずかるボクとしちゃア、どう返事をしていいか分らないが、マア、山師とか水商売じみた取引きはやって貰わない方が安心ですね。もっともボクは材木のことは知らないから、この取引きの実際の評価はできませんがね」

「ボクも材木のことは知らないけど、相場よりも安ければ買っていいわけだね。今後の値下りがなければね。何商品でも、そうだろうねえ。そうじゃないの」

と半平は言葉をついで、

「徳川産業だの豊臣製薬だの藤原工業なんかじゃア工場をたてたがっているんだし、ボクンちも三四ヵ所工場がほしいところだもの、さしあたり、材木のハケ口は足りないぐらいじゃないかしら。製材会社をつくってもいいや。今のところ石川組程度の輸送能力じゃア、ボクの目の黒いうちは、滞貨はないと思いますねえ。ハッハッハ」

半平の大言壮語は真偽のほどが不得要領そのものである。

「じゃア、当分は芝浦の敷地へ材木をつんでもらうか。才蔵。芝浦の敷地の所番地と地図を書いておけ」

「ヘエ」

才蔵は手帳をさいて地図をかいた。

「よかろう。話がきまって、結構だ。熊蔵、契約書の用意をしろ。それから手金のことは、昨日才蔵に伝えた通りだが、残金は毎月四百五十万円ずつ、四ヵ月間で支払ってもらう」

「それはムリですよ。ねえ」

と、半平が口をひらいた。

「契約書なんて、いけませんよ。ボクらレッキとした商事会社ですけど、仕事の性質上、ボクらの商法は結局ヤミ取引きでしょう。ボクらはヤミを一つの信用として扱っていますよ。ボクらにとっては合法的なことは罪悪なんです。合法的なことは、我々の世代に於ては、卑屈で、又、卑怯者のやることですね。ボクらは合法的な卑屈さを排して、相互の人格を尊重し合うところから出発しているのです。アプレゲールなんですよ。わかるでしょう」

「止せよ。お前の屁理窟はキリがなくッて、やりきれねえ」

と、天草次郎はイライラと制した。

「契約書や手金なんか、止そう。最も明確簡単に商売をやろうよ。オレたち、それ以外の取引はしたことがないのだから現物が届いたら、その分だけの支払いをするのだね」

長範は、はやる胸をグッと抑えて、

「ナニ、現物引換えだと。それぐらいなら、一区劃(くかく)いくらで売るものか。相場なみだが、それでいいのか」

「相場なみなら、わざわざここで買うまでもないことだね。六万五千石、三千万円という話だったが、六万石三千万円の割合なら、何万石一時に着いても現金で買いとるね」

「バカな。まとめて買い、手金を打つと仮定して、格安に割引してあるのが分らんか。六万石三千万円の割合なら、日本国中の製材所が買いに殺到してくるぞ」

「どうせ、こんなことだろうと思ったな。まア、食焔会の消化薬だと思えばよかろう。オレたちは約束の時間があるから、アレレ、急がないと遅れてしまう。才蔵。お前は明暗荘へ戻って正宗の出るのを待っとれ、近日中に出るように、はからってやる」

「アレッ。社長。いけねえ。いけませんよ」

才蔵を残して三羽ガラスが自動車の方に走り去ろうとする。

「エエ。ちょッと」

と、ニコヤカに制したのが、サルトル。

「エエ、つかぬことを伺いますが、いくらの値段で買いますか。四万石三千万円の割合はいかがで。いけません。ハア。四万五千石三千万円。いい値ですな。ハア。いけませんか。五万石三千万円。これじゃア、元も子もない。ハア、これならよろしい？」

「よろしい」

天草次郎は車中から怒り声をたたきつけた。

「ヘエ。まいど、アリ」

サルトルはニコヤカに見送った。

その八　サルトルと才蔵同盟のこと

「青二才に値切り倒されて、ふざけるな。貴様ア、それでいいつもりなら、オレに顔の立つようにやってみろ。顔をつぶしやがったら、そのままじゃアおかねえぞ」

「ヘエ。顔でざんすか。これは、どうも、いけねえな。顔はつぶれるかも知れませんねえ」

サルトルはクスリと大胆不敵な笑みをうかべて、まぶしそうに長範社長を見つめた。

「ショウバイはすべからく金銭の問題で、顔なんざ二ツ三ツつぶしておいた方が気楽なんだがなア。もうけりゃ、いいじゃありませんか」

「よろし。その言葉を忘れるな。顔の立つだけ、もうけてこい」

「ヘエ。もうけてきやす」

サルトルはニコヤカに一礼する。自信満々たる様子。不可測の才略は長範もよく心得ているから、奴めがああ言うからは委せておいて不安はなかろう。内々ホッと一息。

その場には敵方の雲隠才蔵も居合わすことだから、余計なことは云わない方がよい。一同は底倉へ帰る。ひとり敵の手中に取りのこされた才蔵は、味方の奴らが恨めしく、くやしくて堪らない。

「なア、おい。ウチの社長もアンマリじゃないか。オレだけ、ひとりぽっち箱根へおいてかれちゃ、骨ばなれンなっちまわア」

いっしょに箱根東京間トラックにゆられた仲だから、こうサルトルに訴えたが、ニコヤカに笑みをふくむだけで、とりあわない。

「チェッ。いい若いものが、御忠勤づらしてやがら」

才蔵めヤキモチをやいて、ふてくされ、仕方なしに、ひとり明暗荘へ。石川組はタチバナ屋へとひきとった。

カンシャクもちの長範は才蔵の姿の消えるまでがもどかしく、しかし親分の貫禄で、はやる胸をグッとおさえて一風呂あびてくる心労のほどは小人物にはわからない。

「サルトル。キサマ、さっき大きなことを云ったが、オレの欲しいのは材木の売ったり買ったりじゃアないぞ。売ったり買ったりぐらいなら、マーケットのアロハでもできるんだ。手金だけ、もらってこい。それがオレのビジネスだ」

「へえ。アタシはハナから材木なんぞ扱いませんので。材木の話をいたしましたのは、あの場の顔つなぎだけのことで」

サルトルは涼しいものである。ツと立って、長範の耳に口をよせて、何事かボシャボシャボシャとささやく。

「ふうむ。ふてえ奴だ」

「いえ」

サルトルはニコヤカに笑みをたたえているだけである。いかなる秘計をうちあけたか、わからない。

日の暮方、サルトルは雲隠才蔵をよびだして、

「雲さんや。主人持ちは、つらいねえ。どうだい。一旗あげたいと思わないか」

「チェッ。おだてるない。お前みたいな忠勤ヅラはアイソがつきてるんだ。今さら、つきあえるかい」

「そこが主人持ちのあさましいところだよ。オヌシもポツネンと山奥の宿へおいてけぼりで、

なんとなくパッとしないな」

「胸に一物あってのことよ。忠勤ヅラは見ていられねえや」

「さあ。そこだよ。どうだい、兄弟。ここんところで、石川組と天草商事を手玉にとってみようじゃないか」

「兄弟だって云やがらア。薄気味のわるい野郎じゃないか」

「アッハッハ。ノガミの浮浪者が、こんな出会いで集団強盗をくみやがるのさ。しかし、河内山（こうちやま）もこんなものだろうよ。ところが、アタシの考えは、もっと大きい」

サルトルは才蔵の耳に口をあてて、ボシャボシャボシャとささやいた。

「どうだい。ちょッとシャレていると思わないかい。雲さんや」

「よせやい。箱根で雲さんなんて、雲助みたいで、よくねえや」

「このあとには、オマケの余興があるのだよ。正宗菊松をオトリに、マニ教をたぶらかす手がある。お金をほしがる亡者ほど、お金をせしめ易いものだな。これが金の報いだな」

「石川長範はウスノロかも知れないが、天草次郎は一筋縄じゃいかねえや」

「ハハハア」

サルトルはアゴをなでて笑っている。

雲隠才蔵も考えた。たしかにサルトルはただ者ではない。天草次郎は冷血ムザン、腹にすえかねた仕打ちをうけたのは今度に限ったことではない。ムホン気は充分そだっているけれども、敵は名だたる今様妖術使いで、残念ながら歯が立たない。つらつら打ち見たところ、サルトルは胆略そなわり、慈愛もあり、底の知れないところがある。おまけにウスノロのところもあるから、利用するだけ利用して、まんまとせしめてやるのも面白かろう。だましてやるには手ごろの勇み肌のニューフェースなのである。才蔵はこう肚をきめて、

「じゃア、それで、いってみようじゃないか。オレは退屈しているんだ」

「明日、むかえにくるぜ」

サルトルは一万円の札束を無造作につかみだして握らせて、

「悪い病気をもらうなよ」

と、ニコヤカに行ってしまった。

翌朝、才蔵をむかえにきて長範の前へつれて行った。

「エ、才蔵をつれて参りやした。見かけはチンピラでざんすが、ちょッとまア愛嬌もあって、小才もきくようでござんす。目をかけていただきとうざんす」

長範はゴリラの熊蔵と将棋をさしていた。

「才蔵いくつになる」

「へえ。サルトルと同じ二十五で」

「キサマ、戦争に行ってきたか」

「エ、北支に一年おりました。鉄砲は一発もうちませんが、豚のマルヤキを三度手がけまし

たんで」

「キサマ、コックか」

「いえ。なんでもやりますんで。主計をやっておりましたが、クツ下、カンヅメ、石ケン、タオル、これを中国人にワタシが売ります。密売じゃないんでして、ええ、軍の代表なんで。中国人相手のセリ売りにかけてはワタシの右にでる日本人はございません。へえ」

「ペラペラと喋る奴だ。キサマ、ヘソに風がぬけてるのと違うか。石川組は男の働くところだぞ。力をためしてやる。腕相撲をやるから、かかってこい」

「それはいけません。ワタシは頭で働きますんで」

「生意気云うな。人間は智勇兼備でなければならんぞ。キサマらは民主主義をはきちがえとる。平和こそ力の時代である。法隆寺を見よ。奈良の大仏を見よ。あれぞ平和の産物である。雄大にして百万の労力がこもっとる。石川組は平和のシンボルをつくることを使命とするぞ。心身ともに筋金の通らん奴は平和日本の害虫であるぞ」

「エエ、適材適所と申しまして、害虫も使いようでざんす」

とサルトルがとりなした。

「アタシが使いこなしまして、石川組の人間に仕立てやすから、今後よろしゅうおたのみします。雲さんや。社長がああ云って下さるのも、オヌシに目をかけて下さるからだよ。お礼を申しあげて、仕事に精をだしな」

そこで才蔵は長範から盃をいただいて石川組の人間ということになった。

「ではアタシは才蔵をつれて天草商事へ行ってきやす。ちょッと自動車をお借り致しやす」

と、二人は社長の車で東京をさして出発した。

その九　サルトル雄弁をふるうこと

天草商事の社長室へ通される。チンピラ重役三人組の前へすすみでたサルトルは、まずニコヤカにモミ手をしながら、

「エエ、昨日はたいへん失礼。本日はまた、うるわしいゴキゲンで何よりでざんす。つきましては、一言お詫びを申上げなければなりませんが、実は、雲さんを無断でお借り致しました一件で。これにつきましては深い事情もありますが、おいおいと話のうちに説明を加えることに致しまして、お許しも得ず東京へ連れだしましたことを幾重にもお詫び申上げやす」

相手がいかほど仏頂ヅラをしかめていても、常にサルトルは余念もなくニコヤカなものである。

「材木の話でざんすが、社長から話のありましたように、進駐軍向けとか、河川風水害防止愛国工事とか唄いやしてタダのようにまきあげて運びだしてやすから、昨日のお値段の半分

に値切られましてもアタクシ共は結構もうかっておりやす。そちら様も大もうけは疑いなしでざんすな。しかし本日アタシが伺いました用件は材木ではございません。雲さんや。ちょッと、こっちへ出なさい」

　サルトルははにかむ花聟(はなむこ)をおしだすように才蔵の手をとって前の方へひいてくる。

「アタシもかねて感ずるところがありまして、男子二十五歳は坂本龍馬晩年の年齢でござんす。天草さんの御先祖は十六歳の御活躍でござんす。アア一本立ちがしてみたい、とアタシも人並みに風雲録を夢みておりましたが、昨夜はからずも雲さんとジッコンに願いまして、さとるところがありましたな」

　悠々ニコヤカなものである。雲さんの肩をいたわるようにさすりながら、落ちつきはらった物腰、ほれぼれするほど人ざわりがよい。

「御案内の通り社長はマニ教に凝っとりやすので、箱根に出むいた折はアタシが代理で現場を見廻っとります。風流気はありませんが、根が酔狂の生れつきで、アタシはヒッソリカンとした森林をぶらつくのがホカホカと好ろしき心持でざんすな。とある一日、木の根ッ子をえぐった穴がくずれて何やらチラと見えるものがござんす。なんとなく掘ってみると、石油カンに黒色の泥がつめこんであるのでざんすな。六ツずつ二段重ねに、十二個のカンがござんす。アタシが華中の特務機関におりましたので、ジッと見つめるうちに正体を突きとめやしたが、ちょッと失礼さん」

サルトルはいともインギンにモミ手をして、秘書嬢の退席をもとめた。それからツと三人の方に進みでて口に屏風をたて、

「オ・ピ・オ・ム。ア・ヘ・ン」

片目をつぶってニッコリ笑った。

「おどろきましたな。あの時はね。アタシはていねいに土をかぶせて、木の根を掘った穴ボコもあらかた埋(うず)めて口をぬぐって来ましたが、実はな、念のため、後日他の場所に埋めかえて、この秘密はアタシひとりの胸にたたんでござんす。調査して分りやしたが、戦時中、富士山麓にアヘン密造工場があって、新兵器第何号とやら称して中国へ積みだしていたのですな」

織田光秀と白河半平がクスリと苦笑をうかべたようだが、サルトルはひるむどころか、明るい笑みにうちかがやくばかりであった。

「この胸に開運のお守りがあるんですな。春きたらば、花さかん。ジッとだきしめている気持。一カン十五キロほどと見ましたが、〆めて二百キロ足らず捨て値で売りとばしてもザッと二千万。税金がかからないから悪くない商売。昨夜雲さんとジッコンに願いまして、天草商事さんは聞きしにまさるヤミ商事。このへんに春のキザシが忍んでいると見ましたな。北方に高気圧がある。天気予報でござんす。雲さんを男と見こんで胸の秘密をうちあけました。石川組の材木は世を忍ぶ仮の用件、裏を申せばザッとこんなところでざんすな」

悠々一席弁じおわって笑みは輝きを増し、あたりを払う。

雲さんはションボリと浮かぬ顔。

「雲さん、雲さんて、心やすく云うない。実物を見てるワケじゃァねえんだから、サルトルを信用してるワケじゃァないけれど、富士山麓にアヘンの秘密工場があったこと、終戦のドサクサに多量のアヘンが姿を消して勝手に処分されたこと、一部分があの山林に埋められたという噂があるのはホントでさア。終戦後一年二年のあいだ、むかし工場にいたらしい人物が時々人目を忍んで捜査にきて、みんな手ブラで帰ったと女中なんかも噂しているからさ。噂だけはあるんだよ。だから実物を見せてもらえば分るだろう」

「なぜキミ見せてもらわなかったの」

「人が見たら蛙になれ。タダで見るわけには参りません」

サルトルは落ちつきはらって半平を制した。

「取りひきのギリギリ最後の時まで秘密の場所はあかされません。おわかりでしょうな。取引高が拝観料というワケですよ。ほかに論議の余地はない」

ニコヤカにして決然。リンリンと威力がこもっている。言われてみればその通り。ウカツに見せられぬ道理である。

「フウム、事実としてみれば、これはいささかスリルある取引きではあるね」

と半平は腕をくんで、ニヤニヤとサルトルを見つめた。常にニコヤカであること、サルトルに劣る半平ではなかった。

「これは、いささか、犯罪的、ギャング的ですね。リンドバーグの子供をさらって、ひきかえにお金をもってらッしゃいと言うでしょう。それと似ていますね」

「そうなりますかなア」

「そうなるんですよ。アハハ。あなたはギャングじゃないけれど、お金と物品とひきかえる手段において、同一の手口以外の方法がないワケでしょう」

「なるほど」

「いわばボクたちはサルトルさんの強迫状をうけとって、アハハ、いわばですよ。悪くとらないで下さいね。指定の日時に指定の場所へお金を持ってくワケでしょう」

「これは恐れいりましたな。では、こう致しましょう。指定の日時は天草商事さんに一任いたしやすから、お好きの時日に突如としてお越しになっては。アタシの方はアタシひとりの都合ですから、いつでも都合がつけられます。これならば御満足と存じますが」

「ハハア。なるほど。ボクの方から突如として押しかけるか」

「さよう。何百人でいらしてもよろしい。アタシは常に一人でざんす。一人でなくてはアタシの方は不都合ですからな。アタシは天草商事さんを信用致すワケではございませんが、運命を信じております。アヘンのカンとひきかえにアタシのナキガラが穴ボコへ埋められても仕方がない。かくなる上は運命でござんす。アタシひとりの生涯に春はとざされているか、風雲録は一か八かでござんすな。アタシは誰もうらみません。また必要以上の要心もいたしません」

「えらい！」

半平はパチパチ拍手を送った。

「実にえらいね。サルトルさんは。大丈夫はそれでなくてはいけませんねえ。ボクにはとても出来ないね。人を見たら泥棒と思うからね」

こう半平にひやかされてもサルトルは感じがない。あべこべに満足してニコヤカにうちうなずき、得々とモミ手をしている。

「なんでしたら、アタシの身辺に雲さんでも、ほかの方でもかまいませんが、目附の方をつけておけば御安心ですな。お好きの時日に急襲あそばす。アタシの素振りにヘンテコなところがあれば、ハハア奴め何か企んでるな、とわかる」

「益々えらい！　アッパレなスポーツマンシップだなア。握手しましょう」

半平にさそわれてサルトルはいそいそと握手に応じる。

「交換の場所はどこさ」

光秀がきいた。

「現場ですな」

ニッコリうなずいてサルトルは答えた。

「うちあけて申せば、天草商事さんに買っていただきたいという山林の中の一地点です。これだけは教えてあげても大丈夫。ザッと六七百万坪のうちの半坪の地点にありますな。そこで問題は人目をさける方法ですが、アタシ個人の取引ですから、石川組の目をだます必要があります。しかし、石川組にさとられずに現場へ行きつくことはできません。後日に至ってアタシが皆さんを案内したということは必ず知れるに相違ない」

サルトルは難解の謎々を出題したように楽しがって一同の顔を見廻した。

「いえ、タネも仕掛も至ってカンタンでざんす。材木を買うにつき再調査に見えたとふれこめばよろしい。あの現場ではアタシが社長代理で見廻る例でざんすから、お客さんを案内するのもアタシの役目のうちでござんす。皆さんはトラックをのりつける。アヘンのカンをトラックにつんで、その上に材木を乗っけて戻れば東海道はＯＫですな」

「いくらなの」

光秀の声はつめたい。

「二千万」

「お前さん、正気かい。二千万の現金といえばダットサン一山だぜ。こっちから持ってくぐらいのことはオレたちワケなくやってみせるが、お前さんがそれを一人で受け取って処分がつくかい」

「それは、もう、実に、いとも、カンタンに」

と、サルトルは我が意を得たりとうれしがってモミ手をした。

「御配慮かたじけないところですが、御心配無用。ぜひとも早くそれを持たせてみてごらん下さい。ものの小一時間とたたないうちに、ちゃアんと姿が消えてしまいます。すなわち、これを他のカンにつめて地中の一点に埋めてもよろしい。秘中の秘。アッハッハア」

サルトルの哄笑は満堂を圧するものがあった。光秀も半平もさすがに声をのんでいる。すると天草次郎が小さな身体（からだ）をグイとねじって、カミソリのような声をあびせた。

「箱根くんだりへ一山の金をつんで御足労な。アヘンがあるなら、持ってこい。買ってやるから。一山でも、一包みでも、持ってきたら、買ってやらア。才蔵め、ドジな取引に首を突っこみやがる。もう一っぺん、箱根へ戻れ」

「まアさ。そう云うもんじゃないですよ。じゃア、ちょッと、サルトルさん。あなた別室で待ってらッしゃい。社長は短気だからね。気持をなだめて、あなたの顔も立つように話してあげるからね」

と、半平がとりなして、サルトルを別室へひきとらせた。

その十　美女のスパイが恋の虜となること

「ともかく雲さんの話をきこうじゃありませんか。アハハ。雲さんときやがら。箱根の雲さん」

「やい。よせやい」

「怒るなよ。酒手をだすから。ともかく、雲さんの話をきいて、考えてみましょうよ。敵の話がホントなら耳よりの取引だからね。雲さんは彼氏が信用できるかい」

「そんなこと知らねえや。ホントなら耳よりの話だから持ってきただけじゃないか」

「しかし、ホントらしいヨリドコロがなくて持ってきたら、無思慮じゃないかい」

「ヨリドコロはさッき言ったじゃないか。アヘンがうめられていることはホントらしい噂があるのさ。サルトルは曲者（くせもの）だけど、とにかく、一人でやってる仕事だからな。嘘なら一人じゃやれねえや。この取引にしくじると、石川組もしくじるし、石川組のことだからアヘンもまきあげられて、イノチだって危いかも知れねえや。それを覚悟で、たった一人でやってやがる仕事だから、嘘じゃアなかろうと思われるフシがあるじゃないか」

「なるほどね」

　半平は腕をくんだ。

天草商事は第三国人と大がかりな密貿易をやっていた。その本拠は小田原界隈のさる由緒ある邸宅内にあったから、地理的には甚だ便利な取引なのである。

「ホントなら話が大きいぜ。それに相手が一人だから、秘密保持の上にも、取引としてはこの上もなく安全だね。ボクが思うには、ここは、ひとつ、スパイを使ってみようよ」

「スパイたって、スパイの使いようがないじゃないか。相手が一人で、おまけにノコノコこっちへ出むいているんじゃないか」

「だからさ。だからだよ」

半平は痩せっぽちの肩をいからせて、うれしそうに笑った。

「今夜、社の寮で、サルトル氏の歓迎会をひらくんだよ。酔わせておいて泊らせて、よりぬきの美女を介抱役につけるんだよ。惚れたと見せて安心させて、秘密をさぐるんだね」

「酔わなかったら、こまるじゃないか」

「催眠薬かなんかブッこんで痺れさしちゃえばワケないよ」

「誰をスパイにつけるんだい」

「近藤ツル子」

半平は腕をくみ、グイと胸をそらして、ニコヤカに叫んだ。アッと声はださないけれども、一同の顔付が改まったが、わけても雲隠才蔵が目玉を光らせた。

近藤ツル子、マニ教の巻では正宗ツル子、半平の妹役をつとめた娘。

この社きっての楚々たる美女で、心は気高く、頭もよい。社員ひとしく心をうごかしているうちに、わけても半平と才蔵が御執心なのである。

戦後派の面々は思い患うような手間のかかったことはしない。友達の思惑に気兼ねをするようなヒネクレたところも持合わせがない。

手ッとり早く談じこんで、結婚しましょうよとか、旅行しましょうよと持ちかけたが、二人ながら落第。しかし二度三度の落第で屈するようでは戦後派の名折れなのである。不撓不屈、ヒマあるごとに口説くことを忘れたことがない。

ひとたび近藤ツル子の名がでると、半平と才蔵はにわかに不倶戴天の恨みを結ぶ間柄であった。半平がスパイの名に近藤ツル子をあげたから、驚いたのは一同、わけても才蔵である。半平の腹がよめない。奴め何事をたくらんでいるか。まさかツル子と言い交したわけではないだろう。だが待てよ。しばし箱根くんだりに島流しになっているうちに、などと黒雲のように疑念がわきたつ始末。

しかし半平はニヤリニヤリと涼しい顔。

「元来スパイというものは、美しいこと、顔のよいことが条件だからね。もっともツルちゃんは楚々たる美少女だから、肉感的なマタ・ハリ的エロチシズムには欠けるけれども、優秀なる頭脳と高邁な気品でおぎなうから効果は百パーセントだね。ボクがムネを含めてスパイの心得を与えるから間違いはないよ。彼女はあれで旺盛な冒険心があるから、飛燕の如く巧妙に身をかわしながら要処要処をつかんでくれるね」

と目尻をさげて悦に入っている。

「一夜に探れなかったら、どうなるんだ」

「場合によっては、三日でも一週間でも、サルトル氏とともに箱根へやってもいいと思うよ」

「フン、そうかい。サルトル氏の毒牙にかかってもいいわけか」

こう光秀にチクリとやられて、半平もちょッと苦しげに唇をかんだが、思い直して平然たる笑顔にかえった。

「ビジネスだよ。ボクにとっても、また、彼女にとっても。彼女がビジネスをいかに解するかの問題によって解決するね。彼女はたぶん身をまもることを知っているし、同時にビジネスを完(まっと)うすることも知っているね。なぜなら彼女はボクと同じぐらい頭脳優秀だからさ」

「チェッ。よしやがれ。オレは反対だい」

と才蔵が叫んだ。

「スパイなんてのはスレッカラシのやることだい。ツルちゃんが頭脳優秀だって、惚れたフリだの、そんなことができるもんか。商売女と違うんだ」

「できますとも。雲さんよ」

と、半平は平然たるもの。

「由来女というものは魔物なんだよ。いかに楚々たる処女といえども、生れながらにして性愛の技術を心得ているものさ。嘘と思ったら八ツぐらいの小学一年生を一週間観察してごらんなさい。男の子はてんでギゴチないけど、女は天性の社交術と自然の媚態を与えられていることが分るからさ。雲さんも恋に盲いてビジネスを忘れてはいけないね。また、恋人をいたわることは、恋人を信頼することよりも劣っているのだよ」

「チェッ。半可通をふりまわして、あとで目の玉をまわしたって追っつかねえや」

しかし才蔵はまだ一方の心にシメシメ、ツルちゃんがサルトルと箱根へ行くことになったら、その時こそオレがうまくモノにしてやろうとほくそえんでいる。

そこで半平はツル子をよんで、事情をよく説明してきかせた。

「いいかい。ツルちゃん。わかったね。恋人のように、また妹のように、つまり一言にして云えば親友のように、だね。心から打ちとけて、やさしく、あたたかくサルトル氏をもてなしてあげるのだね。功を急いではいけないよ。なるべく自然に話が急所にふれるのを待つのがいいが、あるいはその時の状況によって、キミがきりだしてもいいね。アヘンを山奥に隠して取引するなんて冒険でいいわね、なんてね。映画のようね、などと言うのも自然かも知れないよ」

と、半平のコーチは懇切をきわめている。半平の話をきくだけきき終ると、ツル子は首をふって、

「ダメよ。とても一人じゃできないわ。じゃア、ノブちゃんと二人で」

「いけないよ。二人組のスパイなんて、おかしくって。スパイは一人に限るものさ。女が二人で組んでごらん。たちまち見破られるにきまってらア。第一、友達が居てくれると思う安心が、すでに心のユルミで、スパイとしては失格なんだよ。人の秘密をききだすことは遊びじゃないよ。ねえ、わかるでしょう。二人で組むのは遊びですよ。いまツルちゃんに頼んでいるのは、もっと厳粛な人生ですよ。ビジネスだよ。処女の羞いやタシナミをある点まで犠牲にすることを要求された社命の仕事なんだよ。ツルちゃん以外にはやれない難物の仕事なんだよ。だから、覚悟をきめて、やってくれたまえね」

水際立った説得ぶり。恋の口説(くどき)に限って、こういかないのが残念である。

虫も殺さぬ顔立だが、根は冒険心旺盛なるツル子、こう言われて、それではということになった。

サルトルを寮へ招待する。寮といっても、誰が住むわけでもない。富豪の邸宅を買いとって、秘密の接待に使用するだけの隠れ家である。

主人側は重役三羽烏に才蔵とツル子。

その他選りぬきの婦人社員大勢。団子山という相撲上りの大男がネジ鉢巻で料理をつくっている。

ムリにもサルトルを酔いつぶそうというのだから、ジンだ、アブサンだ、沖縄産アワモリだと強烈なアルコールを用意する。接待係りの婦人社員連、本当の目当は知らないが、サルトルを酔いつぶす目標だけは教えられて知っている。

　団子山がダイコンおろしで白い物をすっていたが、なめてみて、

「アッ、いけねえ。ベッ、ベッ、ベッ」

「アラ、どうしたの」

「どうもこうもあるもんか。こんな小便くさい催眠薬があるもんか」

「これ、催眠薬なの」

「アドルムてんだよ。ちかごろ文士が中毒を起していやがる奴よ。よッぽどヒデエ薬らしいが、こんなクサイ薬をのむとは文士てえ奴は物の味のわからねえ野郎どもだ。これじゃアカクテルへ入れて飲ませたって、わかっちまわア。ほかの催眠薬を買ってきなよ」

　と、薬屋へ駈けつけるやら、楽屋裏では上を下への騒ぎをしている。

　ところがサルトル氏、ジン、よしきた。アブサン、ＯＫ。左右からひきもきらず差しつけるグラスを一つあまさずニコヤカにひきうける。乾杯。ハイ、よろし。渋滞したことがない。それでいて、いささかも酔わない。

　悠々山の如く、川の如く、ひしめく敵方の男女十余名にとりまかれ攻めたてられて、ニコヤカにして礼を失せず、冷静にして爽やかな応答、ウィット、たくまず、また程のよさ。

　天草商事名うての智将連も、彼の前では格の違った小才子にしか見えない。

　しかし団子山苦心のカクテル功を奏して、さすがのサルトルも酩酊し、目をシバタタイて

いるうちに、ゴロリと酒席にひっくりかえって寝てしまった。一同シッと目と目に合図、足音をころしてひきあげる。ひとり残されたツル子、ああ何たる立派な殿方であろうと熱い思いが胸に宿ってしまったが、天草商事の智将連、そんなこととは露知りません。

その十一　敵か味方かゴチャゴチャのこと

あけがたブルブルッと寒気にふるえて、ふと目をさましたサルトル、じかにタタミへ寝ているので、全身石のように冷く、しびれている。しかし胸にはやわらかな羽根ブトンがかかっているから、

「ハテナ」

おどろいて身を起すと、落花狼藉、酸鼻の極、目も当てられない光景である。接待係がにわか仕立ての婦人社員であるから、後をも見ずに引きあげてしまう。食べちらした皿小鉢、林立する徳利、枕を並べて討死(うちじに)しているビールビン、酒もこぼれているし、魚がタタミの上に溺死している。

万物死滅して泣く虫すらもない戦いの跡、ところが斜陽をうけてスックと化石している娘の姿があるから、サルトルがおどろいた。言わずと知れた近藤ツル子。

ビジネスとあればスパイを辞さぬツル子であったが、あいにくのことに翼の生えたイタズラッ子が胸に弓の矢を射こんでしまったから仕方がない。挙止まことに不自由をきわめてサルトルが目覚めた気配にサッと緊張する。スパイともなれば、ここでニッコリ笑みをうかべて、おめざめですか、と紅唇をひらくところであるが、全身コチコチに石と化して呼吸困難、言葉の通路はとッくに立ちふさがれている。

視線を動かすこともできない。正面を睨みつけて息をのんでいるから、サルトルは恐縮した。なにか御無礼をはたらいて、可憐な麗人を怒らせてしまったらしいナ、と冷汗をかいた。

「ヤ。どうも、これは相すみません」

とび起きて、タタミに両手をついて、平あやまりにあやまる。これだから、酔っ払いは都合がわるい。何をしたか覚えがないから、ヤミクモにあやまる一手。

「昨夜は意外のオモテナシにあずかり、例になくメイテイいたしまして、まことに不覚のいたり。はからずも粗相をはたらきましてザンキにたえません。ひらにゴカンベンねがいます」

額をタタミにすりつけて、平伏する。米つきバッタと思えば先様もカンベンしてくれるだろうという料簡である。

サルトルがここをセンドとあやまるから、ツル子も化石状態がほぐれて、

「アラ、そんな。おあやまりになること、ないんですわ」

「ハ。イヤ。まことにザンキにたえません」

「なにをザンキしていらっしゃるんですか」

「まことに、どうも、シンラツなお言葉で。実は、なんにも記憶がありませんので、ザンキいたしております。以後心掛けを改めますから、なにとぞゴカンベン下さい」

「じゃア記憶のないときザンキにたえないことを時々なさるのね」

「まことに面目ありません。今後厳重に心を改めます」

「ええ、改心なさらなければいけませんわ」

「ハア、御訓戒身にしみて忘れません」

女というものはズウズウしいもので。化石したり、呼吸困難におちいっても、舌がまわりだしさえすればシャアシャアと、ひやかしたり、だましたり、訓戒をたれたり、ユメ油断ができません。

「でも、あやまること、ありませんわ。私、接待の当番にあたって、これが社用ですから、あれぐらいのこと、我慢しなければいけませんのよ」

「あれぐらいッて、どんなことですか」

「昨夜のようなことですわ」

と、はずかしがって、ボッと顔をあからめる。嘘をついたカドにより良心が咎めて顔をあからめるワケではない。

「失礼ですが、あなたは酒席のサービスが御専門で」

「マア、失礼な。婦人社員が順番に当るのよ。こうしなければクビですから、余儀なくやってることですわ」

「これはお見それ致しました。田舎者がとつぜん竜宮へまよいこんだようなもので、タエにして奇なる光景に目をうばわれて驚きのあまり申上げただけのことで、けっしてあなたの人格を傷けようとの下心ではございません」

「田舎者だなんて、ウソおっしゃい。諸所方々でザンキしていらっしゃるじゃありませんか。大方コルサコフ病でしょう」

「これは恐れいりました。しかしアタクシもまことに幸運にめぐまれました。選りに選って、あなたのように麗しく気高いお方の順番に当るなどとは身にあまる光栄で、一生の語り草であります」

「お上手、おっしゃるわね。でも、私だって、あなたの順番にまわって、うれしいわ。なぜって、ウチのお客様、たいがいイヤらしいヤミ屋ですもの」

ここがビジネス。心にユトリをとりもどすと、フンゼン突撃を開始する。

「あなたのような方、ウチのお客様にはじめてですわ」

フンゼン突撃はよかったが、真に迫るを通りこして、ビジネスだか本音だか国境不明で、突撃戦はたちまち混乱状態。ボッとあからみ、全身がほてるから、必死にこらえて、窮余の策。

「お酒、ちょうだい。あなたも、いかが。サカモリしましょうよ」

「あなた、お酒のむんですか」

「ええ、のむわよ。一升ぐらい。でも、洋酒の方がいいわね。ジンがいいわ」

甜(な)めたこともないくせに、大きなことを言いだした。

「そうですか。それほどの酒豪とあれば敢(あえ)ておひきとめは致しませんが、人は見かけによらないものだ」

そこでサカモリがはじまったが、ジンという酒はアブサンや火酒(ウォツカ)につぐ強い酒だが、アッサリした甘味があって、女の好きそうな香気がある。舌ざわりが悪くないから、つい油断して飲みやすい。

ツル子はその時アルコールが唯一にして絶対の必需品であるから、味の悪くないのにまかせて、怖れるところなく、のみほす。怖れをなしたのはサルトルの方で、

「あなた、そんなに召しあがっていいのですか」

「ヘイチャラよ。こんなもの、一瓶や二瓶ぐらい。さア、飲みっこしましょうよ。私が一パイのんだら、あなた三バイ召しあがれ」

「ハア。アタクシは三バイでも五ハイでも飲みますが」

サルトルはハラハラしているが、ツル子はそれが面白くて仕方がない。というのは、もうメイテイの証拠である。

「サルトルさん、箱根の裏山に阿片を埋めてらっしゃるって、ほんと？」

「これは驚きましたな。どうして、そんなことを御存知ですか」

「みなさん知ってますわよ。そんな話に驚いてたら、この会社に勤まらないわ。ウチじゃア、帝銀事件ぐらいじゃ、驚く人はあんまりいないわね。マル公で売ったり買ったりする話だと、おどろくわ」

「なるほど。聞きしにまさる新興財閥ですな」

「男の方って、羨しいわね。密林へ阿片を埋めたりなんかして、ギャング映画ね。サルトルさん、ギャングでしょう」

「これは恐れいりました。アタクシはシガないヤミ屋で、ギャングなどというレッキとしたものではございません」

「ウソついちゃ、いや。白状なさいな。私、そんな人、好きなのよ」

「これは、どうも、お目鏡にはずれまして、恐縮の至りです」

「そんなんじゃ、ダメよ。ウチの社長や専務たち、機関銃ぐらい忍ばせてくわよ。いいんですか。サルトルさん」

「それは困りましたな。アタクシはもう根ッからの平和主義者で」

「ウソおっしゃい！」

「なぜでしょう」

「顔色ひとつ変らないじゃありませんか。雲隠さんぐらいのチンピラなら、機関銃ときいて、血相変えて跳び上るにきまってるわ。あなたは相当の曲者よ」

「それはまア機関銃にもいろいろとありまして、あなたのお言葉に現れた機関銃でしたら、雀も落ちませんし、アタクシも顔色を変えません」

「あなたは分って下さらないのね。ウチの社長や重役は、それはとても悪者なのよ。密林で取引してごらんなさい。殺されるのはサルトルさん、あなたよ」

「殺されるのは、いけませんな。これはどうも、こまったな」

「それごらんなさい。怖しいでしょう。ですから、本当のことを、おっしゃいな。サルトルさんも、大方、だますツモリでいらしたんでしょう。阿片なんか埋めてないんでしょう。おねがいですから、白状してよ。私が力になってあげますから」

「あなたのお力添えをいただくなどとは身にあまる果報ですが、残念ながらアタクシはシガないヤミ屋で、物を売ってお金をもうけるだけのヤボな男にすぎません。とても映画なみには出来ませんので」

「じゃア、阿片を売ったら、ずいぶん、もうかるでしょう」

「それはまア私の見込み通りの取引ができますなら、相当のモウケがあるはずですが、新興財閥はどちら様もガッチリ無類で、思うようにモウケさせてはいただけません」

「私がお役に立ってあげたら、あなたのところで私を使って下さる?」

「アタクシのところと申しましても、アタクシはシガないヤミ屋で」

「阿片を売って二千万もうかれば立派な会社がつくれるではありませんか」

「まさにその時こそはアタクシも一国一城のアルジですな。おっしゃるまでもなく、その時こそはサルトル商会の一つや二つひらきたいものです」

「すごいわね。私がお手伝いしてさしあげれば成功するかも知れないのよ。いいえ、きっと成功するわ。ですから、サルトルさん、私を重役にしてちょうだいな。資本金二千万円か。財閥というワケにはいかないわね。でも重役なら悪くないな。平社員じゃイヤよ。私の力でかならず成功させてあげますから」

「これは有りがたきシアワセです。それはもう一国一城のアルジとなりました上は、重役はおろか、わが社の女神としておむかえし、犬馬の労をつくさせていただきます」

「あなたは冗談なのね。笑ってらっしゃるわね。どうしてマジメにきいて下さらないのよ。私、シンケンなんです。天草商事なんて、大キライ。こんなところに働くのはイヤなんです。私の言うことマジメにきいてちょうだい。そのかわり、私も本当のことを言いますわ」

ツル子の顔から血の気がひいてしまった。まんざらジンのせいだけではないらしい。小娘にはスパイはつとまらない。

ツル子の気魄(きはく)はリンリンとたかまり、するどくサルトルを見つめて、

「私をただの接待係と思ったら、大マチガイよ。こんな広い邸内に、ただ一人、酔っ払いの

ソバに坐ってる接待係なんて、いやしないわ。わかったでしょう、サルトルさん。私、スパイなんです。本当にあなたが阿片もってらっしゃるかどうか、それを突きとめる使命をおびたスパイです」

一気に告白してしまった。タヨリないスパイがあったもの。

サルトルもこれにはドギモをぬかれた。アプレゲールの病状の一つに、自虐趣味、露悪症、告白狂等々、一連の中毒症状があるのである。

サルトルに限って自虐趣味もないし、カストリ趣味もない。職業野球やタカラクジに亢奮(こうふん)する趣味もない。まことに無趣味な男で、アプレゲールの右翼である。

特攻隊的暴露症には縁がないから、その凄みにはタジタジ。

「スパイとおっしゃると、つまり、間者(かんじゃ)ですな」

などと、てれかくしに古風な言葉に英文和訳したが、このへんが渉外部長のあさましいところ。しかし怨みをふくんでランランたるツル子の瞳を見ると、ノンキに英文和訳などしている時ではないことが分った。

ジンの魔力によるせいでもあるが、一気にすべてを押しきった告白。清浄な処女性が透明な水滴となって怨みの上に怒りの涙をむすんでいる。アプレゲールの中毒的告白慢性症とちがって、品格がこもり、情熱と香気がみなぎっている。無趣味のサルトルも、気品に打たれてブルブルッとふるえた。

その一瞬にツル子の美しさ気高さが骨身にしみこんだというから、見かけによらぬオメデタイ男で、実にもうダラシなく感動してしまった。

「そうですか。あなたがそこまで打ちあけて下さる上は、アタクシも何を隠しましょう。御明察の通り、阿片などは富士山から箱根山をみんなヒックリかえしても、一グラムも出てきません」

「アラ、そんなこと、なんでもないわ。天草商事なんて悪徳会社はウンとだましてお金をまきあげてやるがいいわ。とても悪漢よ、この会社は。私がお手伝いして二千万円まきあげてやるわ」

どっちが悪漢だか分らない。ひどいことになるもので、恋人のなすことは万事に超えて崇高無比に見えるのだから始末がわるい。

サルトルは感謝感激、夢心持(ゆめごこち)、ここで二人の心は寄りそったが、ちょうど夜が白々とあけたから、ツル子は別荘番のオバサンの部屋へ寝床をしいてもらって、ねむる。サルトルも改めて一とねむり。

目をさまして、ツル子は出社し、重役三羽烏に報告する。

「フウン、そうかい。じゃア、やっぱり、本当の話かな。だけど、どうして本当らしいと分ったの。サルトルの奴、ツルちゃんに惚れちゃったんだね。手を握ったの?」

半平は内心おだやかでないから、根ぼり葉ぼりききただす。

「アラ、そんなこと、なさらないわ」

「じゃア、どうしたのさ。どうかしなければ、判断のしようがないもの、そこをハッキリ云って下さいよ。ねえ、ツルちゃん」

「どんなことって、言葉だけではハッキリわかるはずありませんわ。でも、私には埋めた阿片見せて下さるって仰有ったわ。私、箱根へ行って、見てきます」

「なるほど。しかしツルちゃん、あなた阿片見たことあるの」

「いいえ」

「それじゃア、なんにもならないや。誰か阿片の識別できる人を連れてくように頼んでくれなくちゃア」

「あからさまに、そうは言えないわ。サルトルさんは、私が好奇心で見たがってると思ってらっしゃるでしょう。識別なんてことを云えば、見破られてしまうわ」

「なるほど。そうだな」

「雲隠さんでしたら、今までの行きがかりで、変じゃないから、一しょに見せて下さるように頼んであげていいと思うわ」

「それだ。それに限るが、雲さんや。キミ、阿片見たことある?」

「見たことあるかッて、バカにするない。雲隠大人（エンインダーレン）といえば、中国じゃア鳴らした顔だい。阿片ぐらい知らなくって、どうするものか。黒砂糖みたいなもんだよ」

「フン、そうかい。こいつは都合がいいや。じゃア、ツルちゃん、サルトルをうまくまるめて、二人で見とどけて下さいね」

ツル子の思う通りになった。

才蔵はツル子の本心を知らないから、シメシメ、万事思う通りになった、箱根でツル子をわがモノにしようと、これも内々ほくそえんでいる。

ツル子はサルトルに逐一報告して、計画をねった。

「雲隠さんを信用しちゃ、いけなくってよ。とても腹黒い人だから。才気にうぬぼれているから、だまして使えば、調法かも知れないわ」

ずいぶん人の悪い観察をする。これでは雲さんもやりきれない。

「私、おねがいがあるのよ。箱根へ行ったら助けていただきたい人があるの。今マニ教にカンキンされているんですけど」

「ハハア。なるほど。寝小便の重役ですな」

「ええ、そうよ。でも重役というのは、ウソなのよ」

ツル子は正宗菊松を重役に仕立てて、マニ妙光様の生態を撮影したカラクリを説明した。たとえ三日の間でも、お父さんとよんだ寝小便じいさんを、魂をぬかれッ放しにカンキンしておく無慙さには堪えられない。

「天草商事のチンピラときたら、それはとても残酷な悪漢なのよ。あれほど利用しておきながら、助けてあげる計画などは相談したこともないのよ」

「なるほど。きけばきくほど、骨の髄からの新興財閥ですな」

「あんな悪者たち、いけないわ。私たちは善人だけの会社をつくりましょうよ。そして、正宗さんを本当の重役にしてあげましょうよ。心の正しい、お人好しなのよ」

「しかし我々の計画は善良なものではありませんな」

「そんなことなくってよ。はじめてお金をもうける時は、どんなことをしてもいいのよ。お金ができてから、紳士になるのよ。それが当然なのよ」

ひどい当然があったもの。しかし、これが、案外、当今の真理かも知れない。

その十二　正宗菊松神様となること

サルトトル、才蔵、ツル子の三名は箱根へついた。

サルトトルは石川長範に報告して、

「イヤ、どうも。敵もさるもの。一筋縄では手に負えぬ曲者です。アタクシも社長に広言をはいた手前がありますから、かくなる上は討死の覚悟で一戦を交えることに致します。いささか戦闘は長びきますが、当分の間、アタクシをこの仕事に専念させていただきたいので、一向に華々しい戦果もあげえず、ムダに時間のみ費して恐縮ですが、アタクシも後へひくわけには参りません。戦果なき時は、いさぎよく責任をとりますから、ここはアタクシに一任していただきたく存じます」

「よろしい。キサマを見込んで一任するが、立派にやってみい。オレは東京へひきあげるから、後はまかせる。しかしキサマ、すごい美形をつれてきたそうだな」

「ハア。あれなる美形は敵の間者で」

「間者？」

「シッ。声が高い。アタクシの眼力に狂いはありません。敵の策にのると見せて、当地へつれて参りましたが、間者というものは、これを見破っている限り、これぐらい調法な通信機関はありませんな。こちらで、こう敵方へ知らせたいと思うことを、ちゃんと敵方へ報告してくれます」

「ミイラとりがミイラになるなよ。キサマの相には、女に甘いところがある。見るに堪えないところがあるぞ」

「ハハッ。相すみません。充分自戒しておりますから、御安心のほどを」

そこで石川長範は愛妾とゴリラをつれて帰京してしまった。

サルトルはツル子への約束、正宗菊松を助けてやりたいと思うから、マニ教の神殿へ偵察におもむいた。

石川組の社長の片腕であるから、神様も粗略には扱わない。内務大臣が自室へ招じ入れて、

「ナニ、正宗のことについて、話があるとな」

「ハッ。実は社長に後事を託されまして、命によって伺いましたが、天草商事も左前の様子で、身代金がととのわず、社長も間に立って困却しております」

「イヤ、それはイカン。身代金というものは神示によって告げられたもので、神の御心である。神の御心であるから、俗界と違って、ビタ一文、まけるわけには参らぬ。左様な不敬は相成らぬぞ」

「それはもう重々心得ておりますが、俗に無い袖はふれぬ、と申しまして、神界と俗界の結びつきは、まことに、むつかしゅうございますな」

「しかし正宗には当方も困却しているぞ。匆々に身代金をたずさえて引きとってくれなければ、当方も迷惑である」

「ハハア。例の寝小便ですな」

「イヤ、そのような生易しいものではない。正宗が神の術を使いよるので、こまる」

「神の術と申しますと？」

「魂を抜きよるので困っておる」

「なるほど。なるほど。魂がモヌケのカラというわけですな。抜いてやりたくても、アトがないというわけで。なるほど、神様もお困りでしょう」

「そうではないぞ。正宗が人の魂をぬきよるのじゃ。若い者も、ミコも、みんな抜かれよる。よう抜かれるので、気味がわるい。参籠の信徒も抜かれる。神様の魂もぬいてくれるぞと喚きおってダダをこねよるから、これには閉口いたしておる」

サルトルがおどろいたのはムリがない。

内務大臣は眉間に憂いをたたえて、心の晴れない様子である。

「奇妙なことがあるものですな。神様の術を盗みましたかな」

「あるいは神様の分身であるかも知れぬが、荒ぶる神で、和魂（ニギミタマ）というものが生じていないから、扱いに困却いたしておる」

「和魂を生じますと、ノレンをわけるというわけで」

「それはその時のことであるが、信徒の病気もよう治しよるので、ウチのミコも若い者も信徒も、一様に正宗を信仰しよるので困っておる」

「病気も治しますか」

「人の病気はよう治しよる。自分の寝小便は治しよらんから不思議であるな。あんまり術がよう利きよるので、薄気味わるうて、かなわんわ。お前の方で尽力して、匆々正宗をひきとるようにしてくれぬと、マニ教の統率が乱れて、まことに迷惑千万である」

「それはお困りのことと拝察いたしますが、それでは匆々に追放あそばしてはいかがで」

「神慮によって定められた身代金であるから、そうは参らぬ。正宗を放逐したいのは山々であるが、彼によって幾重にも迷惑いたしておるから、益々取り立ては厳重であるぞ」

「正宗さんのお部屋はどちらで？」

「一室にカンキン致してある。奴メがオツトメの座へ現れよると、一同の魂をぬきよるので、こまる。守衛をつけてカンキンしても、守衛の魂をぬいて出て来よるので都合が悪いな。やむをえず大工をよんで座敷牢をこしらえたが、このために五万円かかっているから、これも天草商事から取り立ててもらわねばならぬぞ。しかし奴メは座敷牢の格子越しに術を施しよるので、まことにどうも扱いに困却しているな」

「それはお困りのことですな。相済みませんが、アタクシに対面させていただけませんか」

「さしひかえた方がよいぞ」

「一目見せていただかなければ、社長に報告ができません。又、天草商事から身代金をととのえて迎えに来ました折に、みんな魂をぬかれたとなっては由々しい大事で、箱根の山が降りられません。ぜひとも対面を許していただきたく存じます」

そこで対面を許され、白衣の若者に案内されて、でかける。

女中部屋の突き当りにある物置のようなところを改造して、入口に厳重な格子が組まれている。窓にも格子が組まれて、どこからも出入ができない。食器や便器の出し入れができる程度の隙間があるだけである。案内の白衣の男を認めると、格子際へ走り寄った正宗菊松。

「コウーラッ！」

格子から片腕をニュウとだして、虚空をつかんで、ひきよせる様子をする。

すると白衣の男がタハハとその場へ腰をぬかして、平伏、頭上で手をすり合せて、

「マニ妙光、マニ妙光」

おそれおののいて、祈りはじめた。

「コウーラッ！」

正宗菊松の眼はランランとかがやき、髪はみだれ、神の怒りが乗りうつったように、はげしくジダンダふむ。

すると白衣の男が、

「ヒッ、ヒッ、ヒッ」

と呻きをたてて、足をバタバタふり、七転八倒、廊下をころがって、泣きだしたからサルトルもおどろいた。

「コウーラッ！　キサマの魂をぬいたぞウ」

どうやら、たしかに魂をぬきあげたらしい。そういう手ぶりである。そして、ぬきあげた魂を、ためつすかしつ、見きわめている様子である。

「ベエーッ」

正宗菊松はとびのいて、ツバをはいた。そして魂を投りだしてしまった。

「キサマの魂は腐っとる。ウジムシがたかっとるぞ。ベッ、ベッ。臭いのなんの」

よほど悪臭の強い魂らしい。正宗神様、イマイマしがって、鼻口をゆがめて、目をつぶっている。

魂を投げすてられたから、白衣の男の苦しむのなんの。

「アッ、アッ、アッ」

焦熱地獄の苦しみ。エビのようにヒン曲ったり、逆立ちして宙返りをうったり、脇腹をかきむしる。魂というものは脇腹にあるのかも知れない。

ずいぶん意地の悪い神様で、のたうち廻って苦悶しているのに、鼻をまげて臭がっているばかり、一向に魂を返してくれないのである。

ようやく気がついた様子で、

「もうよい。かえれ。また、ぬいてやる」

うるさそうに、こう言って、追い返してしまった。絶対の王者とはこのことであろう。白衣の男は這いながら、呻きつづけて、消え去った。

菊松の手ぶりのどこに魔力がこもっているのか、サルトルには見当がつかない。菊松もサルトルの存在などは問題にしていない様子である。サルトルは霊界に無縁の俗物というわけかも知れない。

「エエ、失礼でざんすが、天草商事の正宗菊松常務でざんすか」

サルトルは小腰をかがめて挨拶した。神様の両眼がギロリと青い炎をふいて光った。

「天草商事だと？」

「ハッ。イヤ。アタクシは天草商事の者ではございません。石川組のサルトル・サスケと申します青二才で。お見知りおきの程、ねがいあげます」

「キサマ、なんの用できたか」

「ハッ。社長の命によりましてな。実は、御存知かと思いますが、石川組の社長はマニ教の大の信者でありまして、当神殿に参籠のみぎりコチラサンをお見かけ致したと申しております。それでまア、正宗常務ともあろう御方がカンキンのウキメを見ておられるのはお気の毒であるから、アタクシに命じまして、アタクシは目下、天草商事と掛け合いまして、コチラサンの救出運動につとめております。なにがさて、マニ教から百万円の身代金を要求いたしておりますので、思うようにはかどりませず、長らく御不自由をおかけ致しまして、まことに申訳ございません」

神様は案外素直に俗界の話がわかったと見える。両手で格子をつかんで、

「オイ。オレを天草商事へつれて行け。早くせえ」

「ハッ。ただ今すぐにはできませんが、追々、そのように、とりはからいます」

「早く、せえ！　コラ！」

「ハ」

コワかなわじ、と、サルトルは匆々にひきさがった。長くぶらついていて魂をぬかれては

大変である。

しかしサルトルはほくそえんだ。

正宗菊松が神通力を得たとは面白い。催眠術というものは、かかる人と、かからない人とあるそうだが、石川長範もマニ教の信者であるから、これも魂をぬかれる口かも知れない。さすれば悪玉かならずしも神通力に防禦力があるわけではない。別して天草商事には恨みをむすんでいる様子であるから、その一念、天草の三羽烏を金縛りにするかも知れない。敵に機関銃あれば、我に正宗菊松を用いて魂をぬく手あり。サルトルはニヤリとした。

その十三　サルトルやや成功のこと

翌朝三名は密林の奥の阿片をうめた現場を実地検分にでかけた。

雲隠才蔵はサルトルとツル子が盟約を結んだ同志とは知らない。ツル子は天草商事のスパイだと思いこんでいるから、実地検分はツル子をあざむいて阿片の実存を信じさせるのが目的だと思っている。

サルトルはそッと才蔵にささやいて、

「雲さんや。たのむぜ。石油カンに黒いものをつめて埋めておいたから、いかにも阿片だというオドロキを表情たっぷり演技してもらいたいネ。ツル子さんは、なかなか観察が鋭くていらッしゃるから、油断はくれぐれも禁物」

あくまで、こう、だましておく。一方、ツル子にも注意を与えて、

「雲さんの眼力は油断ができませんから、あくまでスパイになりすまして、見破られないように、たのみますよ」

手筈をととのえておいて、三人は密林の奥へふみこむ。

「ここ、ほれ。ワン、ワン」

こう呟きながらサルトルが地を掘ると、石油カンが現れた。

「さて、雲さんや。雲隠大人（エンインダーレン）の眼力をもって、よッく、ごらん。これなる物質は何物なりや。そのものズバリ。いかが」

「ウーム」

才蔵はビックリ仰天。一と唸り。

少量をつまんで匂いをかいでみる。カンの中を掘ってみて、その内容の底までギンミして、

「ヤヤ。実に」

フウと大息。呆れはててサルトルの顔を見つめて、

「みんなホンモノの阿片じゃないか。エ、オイ、おどかしやがる」

「ハッハッハ。嘘だと思っていらっしゃるから、いけません。サルトルの一言、常に天地神

明にちかって偽りなし」

「雲隠さん！」

ツル子はキッと彼をみつめて、

「ほかのカンも調べてみなければ、ダメよ」

「ウン。しかし、この一カンだけでも莫大な財宝だ。なんだか、夢みたいな話だよ。薄気味がわるくて仕様がねえや」

一つ一つカンを掘り出して、つぶさに調べて、才蔵は首をふりふり、

「どうも、いけねえ。ワシア、負けた。よう、言わんわ。大泥棒め。凄い物を掘りあてやがったな。証拠物件。見せなきゃいけないから、一とつまみ、もらってくぜ」

「オットット。そうは、あげられない。これだけで、タクサン」

ホンの二グラムほどつまんで、紙につつんでやる。

サルトルは元の通りカンをうめて、地をならし、

「人が見たら蛙となれ」

こうマジナイをかけて、帰途につく。

サルトルはニヤリと笑って、

「今晩のうちに、場所を変えておかなきゃいけない。天草商事さんは紳士でいらッしゃるから」

「バカ言え。キミみたいな大泥棒とは素性がちがってらア」

「大泥棒はないでしょう。イントク物資をテキハツしたにすぎんですな」

「うまいことを、やりやがったな。イマイマしい野郎じゃないか」

「ハッハッハ。やくべからず。駅まで自動車で送ってあげるから、早いとこ、東京へ帰っておくれ。どうも箱根においとくと、あぶない」

二人を汽車へ乗っけてしまった。

才蔵は車中でしばらく黙々、考えこんでいたが、

「ツルちゃん」

ツとよりそって、

「一しょに箱根へ戻らないか。一カン盗んで帰ろうよ。これから自動車で急行するんだ」

「いけないわ。そんなこと」

「バカだなア。キミは。土の中に埋められている阿片は誰にも所有権がないのさ。それを持って帰って所持している者に所有権が生じるだけさ」

「あなた一人で掘りだしてらッしゃい」

「それは掘りだすのはボク一人だけでやるさ。ツルちゃんは旅館で待っといで。ね。ボクはたちまち大ブルジョアだぜ。だから、ツルちゃん。ボクと結婚してくれよ」

ツル子は呆れた。そうだろう。阿片がニセモノであることを心得ているからである。

だまして結婚を申しこむ才蔵の心根がにくらしい。かと云って、嘘つきなさい、ニセの阿片と承知の上で、とキメつけると失敗だから、セイカタンデンに力をこめて、にらみつけて、

「泥棒してお金持になりさえすれば、私が結婚するものと仰有るのね。ずいぶん侮辱なさるわね」

「チェッ。ダイヤモンドに目がくらむのは貫一お宮の昔からの話だぜ。美人にはブルジョアを選ぶ力があるのさ。お金と結婚することは女の名誉だい。頭が古いぜ」

「お金と結婚なんかするものですか」

「チェッ。キゲンなおしてくれよ。とにかく降りて、ゆっくり話し合おうじゃないか」

「社用はどうするのよ。義務を果すことを知らない人はキライ」

「バカだなア。社へ帰って報告してみろよ。天草商事ともあるものが、金を払って土の中の阿片を買うものか。土の中のものは掘りだして持って来たものに所有権があることを、たちまち実行してみせてくれるだけの話さ。どうせ人がやるものなら、コッちが先にやるのが利巧さ。社の方へは、ニセモノの阿片だったと報告しておきゃ、いいんだよ」

ツル子は才蔵が悪者なので、呆れてしまった。こういう悪者たちは、是が非でも、こらしめてやる必要がある。ツル子はサルトルと二人で、悪者たちを退治ることを夢みて亢奮を覚えたが、サルトルがもう一とまわり大きな悪事の立役者であるのに気付くと、ちょッと暗い気持になった。

けれども勇気をふるい起すと、あとは爽快になるのである。

ツル子はひとつの計画をもち、大きな期待をかけていた。それはサルトルを悪道から救いだすことであった。ツル子の本心はサルトルに二千万円の荒稼ぎをさせたり、商事会社を起させたりすることではなかった。正道につかせたいのだ。

才蔵のようなチンピラ悪者とちがって、サルトルはマトモな才腕もあるし、厚い人間味もあるのである。本来は正義を愛する人間であり、正道についても、成功しうる人物なのだ。

天草商事の悪者どもをこらしめるハカリゴトは、同時にサルトルを正道に立ちかえらせるハカリゴトにも利用したい。ツル子はこう考えて、期待にもえ、計略の工夫に熱中したが、それが彼女を爽快な亢奮にかりたててくれるのである。

憎さも憎し、チンピラ悪漢。ツル子は才蔵をにらみつけて、

「人を悪事に誘うのは、よしてよ。一人で、はやく引返して、ブルジョアになりなさいな。私、社へありのまま報告します」

「チェッ。つまらねえの。そんなのないや」

「ないこと、ないでしょう。一足先に、ブルジョアになれてよ。早く、ひっかえしたがいいわ。さア、はやく」

「ツルちゃんが不賛成なら、ボクも、よすよ」

「私のせいにすることないでしょう」

才蔵はくさりきって、シカメッツラをしている。

目的はツル子を誘って旅館へ泊るところにある。ニセモノを掘っても仕様がない。しかしツル子と共に箱根を往復する機会は今後もありうる見込みがあるから、はやる胸をおし殺して、我慢している。

二人は天草商事へ帰って報告した。

「全然ホンモノだもの。おどろいたッたら、ありゃしねえや。一カン、七八貫、十二カン、全然純粋ときやがら。宝の山を持ちながら、奴め、処分に困っていやがるのさ」

才蔵はポケットから阿片の紙包みをだしてみせた。中味はホンモノに包みかえてきたのである。

「フウン。ホンモノか」

半平はこう唸ったが、一座はシンとしてしまった。ひらかれた紙包みの中の二グラムほどの阿片をにらんで、一同、しばし、声をのんでいる。

天草次郎はちょッと時計をのぞいたが、

「近藤ツル子、すぐ、箱根へ戻れよ。五時には、着ける。サルトルの宿へ泊って、彼を宿から動かすな。さて、それから、と」

彼は考えて、

「明日の午ごろ、小田原の例のところへサルトルを案内しろよ。そこで商談するからと云って。二時ごろまで、ひきとめといたら、いいだろう。それまでには、阿片を掘って、帰れるだろう」

「そんなの、ないや」

才蔵が、むくれて、叫んだ。

「ボクが一しょなら、とにかく、女性ひとり、ザンコクだい。じゃア、ボクが箱根へ行って、サルトルをひきとめとくから、ツルちゃんが案内役で、阿片を掘ったら、いいじゃないか」

次郎は冷酷な目でジロリと才蔵を睨みすくめて、

「ダラシねえ奴。しッかりしろ」

物凄い一睨み。冷酷ムザン。思わずブルブルふるえるぐらい、つめたい。

次郎はアゴでツル子によびかけて、

「すぐ、でかけろ。サルトルをお前のそばから一歩も放すな。明日、二時ごろ、半平か誰かを小田原へやるから、それまで、放すな」

ツル子は、返事をしない。すこし、青ざめている。

決心がついたらしく、ちょッと、会釈して、ふりむいた。

「ちょッと、おまち。ツルちゃん。心配するんじゃないよ。ボクが要領を教えてあげらア」

と、半平が追っかけてきて、一室へつれこみ、

「一歩も放すな、と云ったって、深夜、山林の奥へ埋めた物を掘りかえしに行けるものじゃ

ないから、十一時ぐらいまで、ムダ話して、ひきとめとけば、充分ですよ。むしろ、問題は朝なんだ。夜明けと共に、サルトルの部屋へ起しに行って、朝の散歩に誘うんだね。一時間ほど、ブラついて、ゴハンをたべて、それからズッと、つききっていることが大切なんだ。わかったね」

才蔵も二人のあとを追ってきて、きいていたが、

「八時か九時まで、ひきとめとくだけでタクサンだよ。あんな遠い山林の奥まで、夜中に行く奴、居やしねえや。埋めかえるなら、今日の昼のうちに、早いとこ、やってらア。ツルちゃん、タチバナ屋へ泊らずに、ほかへ宿をとりな。明暗荘がいいや」

「サルトルさんは、紳士よ」

ムカムカして、冷めたく、あびせる。

半平は高笑い。

「アッハッハ。さては、雲さんや。ツルちゃんを口説いたね。いけないよ。ねえ。重大なる社用に際して、軽挙盲動は、つつしまなきゃアね。サルトル氏を見習えよ」

「バカ云うんじゃないや。ツルちゃんは、知らないのさ。サルトルは、ただの鼠じゃないぜ。阿片はホンモノだったけど、信用できる男じゃないんだ」

阿片はマッカなニセモノ。サルトルの悪略、荒仕事、教えてやりたいのは山々だが、それが言えない、つらさ。才蔵、切歯ヤクワン。

「まア、まア、雲さんや。よしたまえ。キミの卑しき心情をもって、人をはかるべからずさ。ツルちゃんの高潔なる人格と聡明なる才腕を信用してあげることが必要ですよ。では、ツルちゃん、良き旅行を祈ります。明日、午後二時には、ボクが小田原へ迎えに行きますからね」

こう、はげまされ、握手を交して送りだされる。

ツル子はバカバカしいばかりである。なんの不安もないからだ。箱根へ行って、サルトルに会えるほど安心なことはなかった。

その十四　サルトル改心のこと

ツル子の報告をきいて、サルトルは大笑い。

「アッハッハ。そんなことだろうと思って、もう、イタズラしておきました」

「なにを、なさったの」

「明日、お歴々、あそこを掘ると、アッと驚きます。慾深い人が穴を掘って、よかったタメシはありません。どうしても、私のところへ、智恵を借用に来なければならなくなります」

ツル子はジッと考えた。もう、これ以上、我慢ができない。変に策を弄するよりも、体当り、サルトルのマゴコロに訴えるにかぎるのだ。さもなければ、悲しい思いの絶え間がない。

「サルトルさん。もう、悪事は、よして」

「エッ。悪事？」

「ええ、悪事よ。今、なさっていること、悪事よ。人をだまして、お金をもうけては、いけないわ。そんな二千万円よりも、二千円のサラリーがどれくらい尊いか知れないわ」

「それは、仰有る通りです」

「天草商事の悪者たち、二千万どころか、二千円だって、支払うものですか。泥棒ですもの」

「まさに御説の通りですとも。それゆえ、雄心ボツボツ。支払う筈のない旦那方に、必ずや支払わせてみせるというタノシミが生れてくるのですな」

「そんなの、ヤセ我慢の屁理窟よ。悪者をこらしめるのは結構ですけど、こらしめるだけでタクサンだわ。お金もうけをそれに結びつけるなんて、卑怯な考え方よ。たぶん、高利貸の思想よ」

「なるほど」

「あなたは、もっと、立派な方です。正しい方法で、成功できるお方なのよ。同じ努力ではありませんか。ギャングのスリルを愛すなんて、よこしまな人生よ」

リンリンとせまるツル子の気魄。その瞳にするどく光り閃くものは、怒りでも、恨みでもない。乙女の祈りが切々として燃え閃いているのだ。

ツル子の高貴な魂がサルトルの胸にくいこんでくる。彼女の四辺（あたり）には冷めたく冴えた香気があふれているようだ。このサルトルは虚無党でもなく、木石でもない。一目見たときから心を惹かれ、知れば知るほど香気あふるる品位の高さに、目をみはり、心をうたれているサルトル、さすがにツル子の眼力たがわず、ホンゼンとして正道に立ちかえる大勇猛心は多分にもっている。

「よく分りました。つまらぬ気取りの人生でした。本日、ただ今から、正道に立ちかえりましょう」

バカに手ッ取り早い。

「御訓戒、身にしみて忘れません。サラリーマンでも土方でも、御指図通り、なんでも、やります」

「うれしいわ」

感無量。ただ感謝の一言。サルトルの発奮感動、いかばかり。

「でも、サルトルさん。天草商事の悪者たち、こらしめてあげてちょうだい。私もお手伝いするわ」

キラリと閃く目。

「ハ。こらしめるというと?」

「悪漢はとッちめてやる必要があるのよ。つけ上らせちゃいけないわ。名案、考えてちょうだい。あなたには、あの悪者たちをこらしめる力が具ってるのよ」

「そうですかな。お金をまきあげちゃアいけないルールですな」

「そうよ。腕力も、いけなくってよ」

「新ルールは、むつかしい。エエと。御期待に添わずんば、あるべからず」

サルトル、必死に考えて、ポンと膝をうち、

「ありました。ありました」

ボシャ、ボシャ、ボシャ、ボシャ、と密談。

ツル子はおなかを抑えて、ふきだしてしまった。

「では、手筈をととのえてきましょう」

と、サルトルは意気ヨウヨウと、いずれへか姿を消した。

その十五　計略大成功のこと

翌日。

二人は正午かっきり、小田原の天草商事の別荘へつく。

こちらは、天草商事の面々。

才蔵にみちびかれて、三羽烏が山林の奥へと、さまよっている。

「オイ。シッカリしろ。まだ見当がつかないのか」

「よせやい。いつもと別の方向から忍びこんできたんだもの、カンタンに見当がつかねえや。第一、サルトルを甘く見ちゃ、いけないよ。ツルちゃんを張りこませたって、どうなるものか。埋めかえなら、早いとこ、昨日の昼うちに、やらかしてるよ。アイツのすばやいッたら、ありゃしねえや」

「アッハッハ。ツルちゃんが心配で、目がくらんでやがら。仁丹でも、やろうか」

「よけいなお世話だ」

しかし、さすがに才蔵、目から鼻へぬける才覚、たとえ密林の中でも、一度覚えた目ジルシは忘れない。

「わかったよ。ここだ」

掘ったあとがハッキリして、すぐ分った。

「雲さんよ。ほってくれよ」

「バカにするない。オレは案内人だい。半平、自分で、ほりやがれ」

「ハッハッハ。雲さんゴキゲンナナメだね」

半平、かがみこんで、ほる。

すぐ一枚の板がでた。何か、書いてある。

「アレ。なんだい。これは。ヤヤ！」

半平はガクゼンとして、一同に板を示した。文字に曰く、

「もっと掘れ。ワンワン」

「ウーム」

一同、声をそろえて、一唸り。

「チキショウメ。してやられたか。しかし、そうだろうな。これぐらいのサテツは覚悟してなきゃアいけないよ。品物が品物だもの。サルトルさんもムザとは渡すまいさ。戦意ボッボツ。戦いは、これからさ」

「もっと掘れ、とあるから、まア、掘ってみろ。敵の策は見とどけておけ」

「ウン、そうだ」

半平は、すぐ、ほりつづけた。戦意とみに湧き立ったせいらしい。

ついに一つのカンがでた。中をあけると、ガマが一匹はいっている。

「アッハッハ。人が見たら蛙になれ、というシャレだね。たいしたシャレじゃアないな。サルトル氏の風流精神は、かなり月並らしいや」

半平は、ちッとも腹を立てない。面白がっている。

「しかし、重い品物をそう遠方へ運ぶ筈はないから、手分けして、探してみようよ」

そこで手分けして歩いてみたが、それらしい土のあとは見当らない。

「よろしい。しからば、いよいよ、小田原合戦だよ。ツルちゃんが待ってるだろう。雲さん

や、ツルちゃんに、じき、あえるぜ」

「よしやがれ。あいたいのは、テメエじゃないか」

車をいそがせて、小田原の別荘へついた。

二人の姿は見えない。

「二人は、どうしたの」

と留守番にきくと、

「ハイ、映画見物におでかけです」

「なるほど。ボンヤリ待ってもいられないだろうな」

待たせる身が、待つ身になった。散々待たせて、現れた二人。

サルトルは、いともインギンに挨拶して、

「ヤ。まことに本日は遠路のところ御足労で。社長はじめ重役陣、直々の御来臨、光栄この上もありません。わりに、早いお着きで、恐れいりました」

「アッハッハ。サルトル君は月並なシャレが好きですね。しかし、あなた、動物学上、ガマはガマ、カエルはカエルでしょう」

「イヤ、恐れいりました。無学者で、いつも恥をかいております」

「しかし風流を好む精神は見上げたものですよ。バクダンを仕掛けておくとか、人糞を埋めておくとか、えてしてやりがちなものだけど、あなたは風流ですねえ。しかしボクでしたら、一もとの山吹をいれてね。花はさけども、実の一つだになし。山吹の里の故事かなんか、もじりたいところですね。ガマはちょッと、グロテスクではないでしょうか」

「ヤ。まったく赤面の至りです。以後は深く気をつけることに致します」

「ここ掘れワンワンだから、灰を入れておくのも面白かったかも知れませんね。しかし、蛇や毒虫のはいったツヅラを埋めておかれなくて、助かりましたね」

「とても、そこまでは手が廻りません。蛇も毒虫もキライでして、とてもツヅラにつめる勇気がありません。ガマ一匹が精一パイのところで」

「では、サルトル君。一場の茶番を終りましたから、改めて商談にはいりましょうよ」

半平はニヤリニヤリと、相変らず、たのしそうである。

不撓不屈。飛んでは落ち、落ちては飛ぶ。小野道風の蛙。これが半平の信条である。蛙であるから、顔に小便かけられても、いつも涼しい顔なのかも知れない。

半平は戦意にもえると、益々ニヤリニヤリと、そして、下っ腹にグッと力をいれる。そして戦闘佳境にいるや、ヤセッポチの肩をいからせて、グッとそりかえって、腕をくむクセがあった。

彼は今や、腕をくみ、ヤセッポチの肩をいからせて胸をはって、ニヤリと笑ったが、サルトルときては常にニコニコしているだけで、一向に戦備をととのえた風がない。

「ボクの方は第一回目の宝探しに負けましたから、今度はサルトル君の提案に応じましょう。

阿片と金を交換する場所と時日について、あなたの条件をきかせて下さい」

「そう仰有っていただきますと、恐縮いたすばかりです。先日も申上げました通り、私は宿命論者でありまして、この仕事は私ひとり、相棒がおりません。多勢に無勢ということがありますから、どんな条件をだしましたところで、してやられる時は、してやられます。まア、人が見たらガマにするぐらいのことはできますが、皆さんがこうと覚悟をきめられた上は、私がガマにされるだけの話でざんすな。これを宿命と申しまして、この危険を承知の上で、相棒なしに乗りかけた仕事ですから、余儀ない宿命であるならば、ガマになって果てましょう。二千万円か、ガマか、私のようなガサツ者には手頃な宿命でざんすな。もう、もう、決して、どなたも恨みはいたしません」

ニコニコと、いたって愛嬌がよいばかり、一向に力んでみせないから、腕をくんで胸をグッとはった半平も、ノレンに腕押し。しかし、決してひるむことのない半平の身上であった。

「ハハア。なるほど。あなたはイサギヨイ方ですねえ。しかし、ボクらも宝探しはやりましたけど、風流のタシナミもありますから、さっきもお話しましたように古歌の志を忘れませんよ。もっとも和歌に秀でた武人もいますが、ボクらは戦争はもうタクサンですから、憲法の定むる通り、戦争ホウキですよ。あなたの方で交換の場所と時日を示して下さい。若干の平和攻勢はいたしますが」

「平和攻勢と仰有いますと」

「つまりですね。ネギルとか、分割払いとか、そういう商取引上の慣例による攻勢ですね。これは仕方がありませんね」

「なるほど、よく分りました。私は宿命論者ですから、一度きまった宿命を変える意志を所持しておりません。それで、先日お約束申し上げました通り、皆様方のお好きな時日に、ホンモノの阿片を埋めた地点に於きまして、取引する気持に変りはございません。皆様方の平和攻勢の方をうかがわせていただきましょう」

「千万で、いかが」

サルトルはニコニコと、

「宿命は、変えられません。二千万か、ガマか」

「なるほど、宿命論をお見それして、すみませんでしたね。それでは、二千万として、分割払い」

「分割払いと申さずに、分割売りと申すことに致しましょう。正確に金額の分量ずつ販売いたしますのが当店の方針でざんす」

「お堅い商法で、結構です。それでは、さっそく、本日、十万円だけ、いただきましょう。あんまり少額で失礼ですが、よろしいですね」

「それは、もう、いったんお約束の上は、万事宿命でざんして、十万円でも、本日さッそくでも、イヤとは申しません。これから出かけますと、いくらか暗くなりますが、これも宿命、ツユいといは致しません。では、さッそく出発いたすことにしましょう」

サルトルは全然ニコヤカで、百貨店の販売員のように愛想がよいばかり。

さッそく一同は立ち上る。ツル子は半平に向って、

「私は？」

「そうだなあ。紅一点まじる方が風流で、サルトル君も安心なさるでしょうね」

サルトルは半平を制して、

「イヤ、イヤ。夕闇の山林中の秘密の取引に、可憐なお嬢さんをおつれ致すのは、かえって風流ではありません。お嬢さんは箱根の旅館で待っていただくことに致しましょう」

「じゃア、ツルちゃんは、ここで待ってるのがいいや。箱根まで行くこと、あるもんか」

才蔵が、むくれて、口を入れる。

半平は高笑い。

「雲さんはツルちゃんのこととなるとムキになるねえ。ムリな取引をお願いしているのだから、サルトル君の言葉には従わなければならないよ」

外へでると、サルトルは一同に向い、

「では、皆さんは私の車で、御案内します。お嬢さんは、皆さん方のお車で、タチバナ屋へ」

サルトルの言葉通りに、別れて車にのる。半平はツル子を車中へ送りこんで、

「心配することはないよ。君は又、ソッとここへ戻っていたまえ。分ったね」

こう言いふくめて、安心してサルトルの車にのる。

さすがの半平も、ツル子がサルトルと盟約をむすんだ同志とは気がつかない。

自動車は早川の渓流に沿って、箱根の山をのぼる。

いよいよ、底倉。当然の順路。べつに怪しむ者もない。

自動車は道を走ると思いのほか、ギイと曲って、立派な門内へはいってしまった。

門の左右にたくさんの人物が隠れていて、自動車が門内へはいると、サッと門を閉じてしまう。ツル子の車は、閉めだしをくって、中へは、はいることができない。

自動車は玄関前へスルスルととまった。

玄関からサッと現れた一群の人物、門をしめて駈けつけた一群の人物、十重二十重に車をとりかこむ。みんな白衣をきている。

これぞ、マニ教神殿！

サルトルは自動車を降りて、白衣の隊長、内務大臣に挨拶。

「どうも、お手数をおかけ致しまして、ありがたきシアワセに存じます。天草商事のお客様方をお連れ致してございます」

「まことに御苦労であった」

サルトルは、車中の一同に、

「皆さん。目的地へ到着いたしましたから、なにとぞ、下車ねがいあげます」

天草次郎は目を怒らせて、

「ここは、どこだい」

半平と才蔵だけは知っている。ここぞかねての古戦場、マニ教神殿ではないか。

「ウーム」

思わず半平の腹の底からほとばしる一声。

「やられたか！」

彼は腕をくみ、グイと胸をはって、天草次郎にささやいた。

「マニ教神殿！　仕方がない。降りて、運命と戦わん！」

その十六　才蔵ついに雲隠れのこと

ツル子が翌日帰京して報告したから、天草商事では幹部がマニ教神殿に監禁されたことが分ったが、ほどこす手段がない。

使者を差向けたが、監禁の幹部には会わせてくれず、内務大臣が現れて、身代金三百万円持ってこい、と神示をたれて追い返されてしまった。

残された幹部が額をあつめて凝議したが埒があかない。

「どうです。なんとか苦面して、三百万円、届けては。わが社も左り前だが、マニ教探訪記で大いに雑誌をうり、つづいて、社長一行監禁ルポルタージュを連載する。半年もつから、三百万円もうけるのはワケがないでしょう」

「それはワケなくもうけますな。ころんだ以上、タダは起きない社長ですからな。しかしですな。人のフトコロからもうけてくれる分には差支えがないのですが、三百万円損したから社員の給料一年間半額などとね。やりかねませんな」

「なるほど」

一同ギョッと顔色を変えて、口をつぐんでしまう。

ほかに策がないから、お体裁に毎日使者を差向けて、毎日むなしく追い返されてくる。

一週間目に、雲隠才蔵がゲッソリやつれて、蒼ざめて現れた。

さッそく幹部にとりかこまれて、

「オイ、どうした。君、ひとりか」

「どうした、なんて、落付いてちゃ、いけませんよ。みんな取り殺されてしまうじゃないか。いくらハゲ頭ばッかり残ったって、智恵がないッたら、ありゃしない」

「とんでもないことを言うな。毎日使者を差向けているぞ。今日も一人行ってるはずだ」

「チェッ。毎日使者を差向けて、毎日追い返されてりゃ、世話はねえや。一時間のうちに百万円つくってくれよ。すぐ届けなきゃ、三人命の瀬戸際だから」

「百万円でいいのか」

「チェッ。大きなこと、言ってやがら。いくら命の瀬戸際だって、商魂を忘れちゃ実業家じゃないよ。息をひきとる瞬間まで値切ることを忘れないのが商人魂というものだよ。ダテにハゲ頭光らせて、みッともないッたら、ありゃしねえ。大至急、百万円、つくってくれよ」

才蔵に叱りとばされて、ハゲ頭の連中、返す言葉もない。才蔵ごときチンピラでも、かくの如し。社長の見幕や、いかに、と思えば、生きた心持もない。

一同ソレと手分けして金策に走る。左り前の天草商事に、オイソレと百万の都合はつかない。自分の貯金から融通したのも何人かいる。社長の見幕が目に見えるから、忠勤、必死である。

「アア。できたか。ヤレ、ヤレ。ありがたい」

一同ハゲ頭の汗をふいて、ホッと一安心。

「百万円といえば一荷物だが、これをリュックにつめて行くかね」

「バカ云っちゃ、いけないよ。かつぎ屋じゃあるまいし。紳士の体面にかかわらア。トランクにつめてくれよ。一個じゃ重いから、二個にしてくれ」

才蔵の鼻息の荒いこと。ハゲ頭の連中をふるえあがらせ、二個のトランクをぶらさげて、やつれながらも、鼻息荒く姿を消した。

これぞ才蔵、極意の奥の手。雲隠れの術とは、ハゲ頭の連中、気がつかなかった。

マニ教の拷問折檻、話の外である。神殿に端坐させ、白衣の勇士が十重二十重にとりかこんで、連日連夜、ねむらせてくれないのである。疲れ果て、コックリやりだすと、頭上から冷水をあびせる。つづいて前後左右から蹴とばされる。

睡魔というものはシブトイもので、こんなにやられても、やられながらウトウトしている。するとて大きな洗面器に水をみたして、クビに手をかけ、エイと顔を水中にもぐしこまれてしまう。

たかが洗面器でも、こうやられては、溺れる。アップ、アップ、半死半生、睡魔の段ではない。魂魄半減し、ゲッソリやつれて、骨と皮になり、目の玉だけ、ウツロに光っている。

マニ教のお歴々は長年の経験によって術を会得しているのである。一定のモーローー状態におちいるのを待ち、それまでは、もっぱら睡らせないことにつとめている。一言も話しかけない。お歴々は顔を見せず、白衣の勇士がとりかこんでいるだけだ。

こうなっては、三羽烏もダラシがない。しかし、さすがに、しぶとい。半平もさすがに日頃の微笑を失って、黙然とうなだれているが、内々期するところがあるらしく、敵の出方を待っているふてぶてしさがほの見える。

凄味のあるのは、さすがに大将の天草次郎で、クワッと目を見開いて、時々あたりをヘイゲイする。子供にとりかこまれたマムシのような凄味がある。

けれども、それを見ているうちに、才蔵はもうダメだと思った。今さら鎌首をもたげたって、今となっては、かえって哀れでしかない。ミジメな虚勢だ。

マムシやカマキリは鎌首をもたげて、かみついたり、ひッかいたりするしか知らないが、マムシやカマキリがホーホケキョとないたり、猫のようにペロペロなめたりしたら、相手も応接に困るだろう。そういう変化や術策の妙がないから、なんだ、天草次郎なんて、これだけの奴か、と、才蔵は見切りをつけた。

「すみません。カンベンして下さい。トホホ」

と、才蔵は泣きだした。

「ボクを東京へやって下さい。こちらの条件をきかせて下さい。かならず御満足のいくようにはからいます」

「よせ！」

次郎がクワッと目を見ひらいて、叱りつけた。

「泣き声をだすな。なんだ、これぐらい。死ぬ気になれ。だまって死ぬか、先様が音をあげるか、どっちかだ。こッちで音をあげるバカがあるか」

なるほど、その魂胆か、と才蔵は呆れたが、そんな荒行にマキゾエくっては、たまらない。チェッ、部隊長みたいなことを言ってやがる。オレは戦地へ行っても、戦争しないで、満腹している性分なんだ、と才蔵は内々セセラ笑ったが、それは色にもださず、泣き出すフリをして横目でウィンク。

「ボクは死ぬ気にゃ、なれないよ。そうじゃないか。ボクにまかしてくれよ。キミがまかせなくったって、ボクは一存でやりぬくよ。こんな苦しみをするぐらいなら、何百万円だって高くはないよ。ヤセ我慢したって、はじまらないや。マニ教の皆さん。たのみます。上の方にとりついで下さい。ボクを東京へやって下されば、御満足のいくようにはからいます」

才蔵め、自分だけ脱けだす気だな、と天草次郎は察したが、音をあげる奴をムリにひきとめても、敵に見すかされるばかり、かえって足手まといであるから、ジロリと睨みつけただけで、あとは口をきかない。

才蔵は、しすましたり、と、ここをセンドと、泣きつ、もだえつ、懇願、又、懇願。願いかなって、大臣のもとにひきたてられた。

「不敬者め。神の怒りの程が肝に銘じおったか」

「ハイ。深く肝に銘じました。あとの三人はまだ肝に銘じないようですが、あんな不逞のヤカラと同列にされては困ります。こんな苦しみをするぐらいなら、財産半分なくした方がマシです。どんな条件でも果しますから、東京へやって下さいな」

「本日中に五百万円もってくるか」

「五百万円ぐらい、わが社の一日の利益にすぎません。こちらの取引銀行は？」

「コラ！　キサマ、デタラメ云うな。毎日のように社員が日参しおって、同じ返事をきいて帰りながら、すでに一週間もすぎるのに、一文の金を持参したこともないではないか」

「それは当り前です。なぜって、わが社の幹部全員がここに監禁されていますから、あとに残された連中は金を動かすことができません。ボクが帰れば五百万でも一億でも平チャラです。使者の社員も、かならず、そう申し上げていることと思いますが」

「キサマ一人で、マチガイなく、できるか」

「できますとも。二人三人の人手のかかる仕事ではありません。第一、ほかの三人が不逞の心を改めるまで待っていたら、皆さんもシビレがきれてしまいます。あの三人のガンコなことときたら、話になりません」

「今日中に戻ってくるな」

「戻ってきますとも。五百万円ぐらいには代えられません。あの三人が居ないと、社の仕事にさしつかえます。仕事にさしつかえると、一日五百万円ぐらいずつ、穴をあけますから」

　サシで話し合えば、もう、しめたもの。神様や化け物を煙にまくのはワケがない。

「よろし。今日中に、きっと、マチガイないな」

「そんなの、云うまでもないです。しかし、五百万円もってきたら、きっと、あとの三人を釈放してくれますね。嘘つかれたんじゃ、ボクは世間の信用を失って、失脚しなきゃなりません」

「だまれ！　神の使者が嘘をついてたまるか。即刻立ち帰って、五百万円持参せえ」

「ハイ」

久々に仰ぐ空。曇っていても、青空のように胸にしみる。戸外は空気まで舌ざわりがちがう。開かずの門がギイとあいて、マンマと外へ出ることができた。

こうして帰京すると、才蔵はハゲ頭を叱りちらして、百万円つくらせて、雲隠れの奥の手、姿をくらましてしまった。

天草商事とマニ教がいくら待っても、待ち人現れず。

三羽烏は才蔵が脱出だけの目的と察しているから、彼の救援を当にしていないが、まさかに百万円のドロンまでは察しがつかなかった。

その十七　マニ教天草商事遷座のこと

怒り心頭に発したのはマニ教のお歴々である。

待てど暮せど才蔵来らず、又、あれ以来、連日日参の社員も姿を見せない。

にッくき奴め。神をたばかる不敬者。もはや八ツ裂きにしても我慢がならない。

それまでは折檻の席に姿を見せなかったお歴々も、怒りに逆上して、時期をまつユトリを失ってしまった。

一日に何回となく、嵐の如くに駈けこんできて、三名をバッタ、バッタと蹴倒す。ブン殴る。鼻をねじあげる。耳や髪の毛をつかんでネジふせる。胸倉とって振りまわす。目よりも高く差しあげて、投げ落す。池へ突き落したり、背中へ氷を入れたり、ひどいことをする。

浮世では残酷千万なことも神境ではさしたることではないらしく、白衣の連中も当り前の顔をして眺めたり、手伝ったりしている。

天草次郎が睾丸を蹴られて七転八倒した時だけは、さすがに一同、いささか緊張して凝視した。

しかし三人の辛抱のよいこと。ウムムと歯をくいしばり、脂汗をしたたらせても、けっして音をあげない。根負けしなければ自然に勝つと信じているのである。

天草次郎は闘志益々さかん、肉体の衰えるにしたがって、目は凄味をまして妖光を放つが、さすがに光秀と半平は心身まったく衰えて、気息エンエン、冬眠状態、ウワゴトも言いかねない有様となった。放置すれば、神の術にかかってしまう状態に近づいている。

そこで天草次郎は考えた。

すると、天啓が浮んできた。

天草商事も急変する世の移り変りには勝てず、商運まったく行きつまり、借金で首がまわらない。なんとか起死回生の手を打たなければならないところへ追いこまれている。

これあるかな。マニ教をそっくり利用してやれ、と、ふと気がついた。

それはお歴々が嵐の如く駈けこんできて、蹴とばし、ブン殴り、突き倒した時であった。

天草次郎は、ふと夢からさめたように首をあげた。そしてスックと立ち上った。彼は一歩前へ出た。

「オオウ！」

ジャングルの猛獣のような唸り声を発した。

「オオウ！」

もう一声。

「ありがたし。ありがたし」

彼はガバとひれふした。

「尊し。尊し」

彼の全身ふるえている。

「マニ妙光。マニ妙光」

頭上に手をすり合わせる。狂おしい有様である。ふと頭をあげて、光秀と半平を見すくめて、

「コラ！　お前ら、ボンヤリするな。あれが見えぬか。あれが聴えぬか。尊いお声がきこえているぞ。なぜ拝まぬか」

必死の形相に打たれて、光秀と半平もハッとひれふすと、

「マニ妙光。マニ妙光」

頭上に手をすり合せはじめる。

ひとしきり拝し終って、次郎はキッと端坐して、お歴々に一礼し、

「長らくの不敬、まことに申しわけありません。ただ今、神様の出御を拝し、さいわいに、不敬の段、お詫び申しあげましたところ、お許しをうけ、おききの如くに尊い神示を拝しました。これもひとえに皆様の慈愛によるところ、厚く感謝いたします」

神様の使者たちも、こう先を越されては勝手がちがう。しかし、さすがに落付いたもの、スキは見せない。

「ウム」

神の使者は大きくうなずいて、

「御神示を復唱してみい」

「ハッ。天草商事の全社屋、全事業、全財産を差しあげてお許しを乞いましたところ、おききゆるし下され、東京へ遷座し、かしこくも天草商事本社を神殿として御使用下さる由申渡されました。社の事業、全財産のみならず、私物一切奉納して、奉公いたします。皆様の宿舎には、社の寮、私の私宅、全部提供いたします」

「コウーラッ！」

よろこぶかと思いのほか、神の使者はにわかに鬼の相となって、一喝のもとに天草次郎を蹴倒してしまった。それと同時に、他の二名も、それぞれの使者に蹴倒される。

「キサマらの魂には、まだ曇りがあるぞ」

蹴倒しておいて、踏みつける。

と、白衣の連中、それをかこんで円をつくり、

「マニ妙光。マニ妙光」

高々と手をすり合わせて、合唱し、グルグル廻りをはじめる。ミコが鈴をふって駈けこんできて、列に加わる。太鼓や琴の奏楽が起る。

三十分ほど踏みつけて、失心状態になったころ、奏楽が終った。

魂に曇りがあるワケではない。これはマニ教の常套手段である。

神の術を施す先に、先方が術にかかってきたから、内々ほくそえんだが、さすがに神様は慎重である。オイソレと、とびつきはしない。

それから一週間にわたって、念入りに三人の魂をぬきあげる。しかし、円陣の合唱行列や奏楽が加わったのは、信徒の列に許されたシルシ。

魂のぬかれた状態には一定の目安があるから、経験深い神の使者が度をはかっているのである。

天草次郎の発狂ぶりにホッと気のゆるんだ光秀と半平は、もう自律性を失い、次郎次第、暗示の通りにうごく。

次郎も長々の拷問折檻に衰え果てているから、自分を半狂乱状態にみちびくことはなんで

もない。自己催眠自在の境地である。

神様の使者の慎重な試験を滞りなく通過することができた。

大喜びなのは、神様の一族郎党で、大半の信徒を失い、箱根山中にとじこもって、ほかに住むべき屋根の下もないところへ、東京のマンナカへ進出できることにあった。三階建の社屋から、大庭園をそなえた寮から、社長の私宅まで意のままに使用できるし、天草商事の全事業を手に入れて、自由に運営できる。

この建物が全部抵当にはいっており、つめかけてくるのは借金とりばかりとは気がつかない。

三人の魂をぬきあげたりと見すまして、東京遷座の用意にかかる。

サルトル・サスケがやってきて、

「東京へ御遷座の由、おめでたき儀で、慶賀の至りに存じあげます」

「イヤ、これもお前の働きによるところであるから、過分に思うぞ。石川長範は健在であるか」

「ハ。実はワタクシ石川組を円満退社いたしまして、その後は石川社長にも御無沙汰いたしております。本日参上いたしましたのは余の儀ではありませんが、御遷座に当って、かの正宗菊松をお下げ渡し願いたいと存じますが」

「ヤ。あの男ならば、もはや用はない。当方も処置に困っていたところであるから、遠慮なく連れて行くがよい」

「これは有りがたきシアワセに存じあげます。御遷座の上は、ワタクシも東京におりまするから、御用の折は遠慮なく申しつけて下さいますよう。フツツカながら、犬馬の労をいといません」

「ウム。信徒に非ずとはいえ、お前の志のよいところは神意にかのうている。時々遊びにくるがよい」

「ハハッ。ありがたきシアワセに存じ上げ奉ります」

と、サルトルは目的を達し、正宗菊松をつれだして、東京へ帰ることができた。

一方、天草次郎によびよせられた在京の幹部連中、痩せさらばえて顔面蒼白、目玉に妖光を放つ社長から神示をうけ、東京へとって返して、数台のトラックを苦面する。

このトラックに幔幕をはり、神具はじめ家財一切つめこみ、信徒が分乗し、合唱奏楽高らかに東海道を走って、東京へのりこむ。

天草商事へ横づけにすると、直ちに社長室を神殿にかざりなして、奏楽合唱礼拝をはじめる。

社員一同を廊下にひれ伏させて、事業一切神の手にうつった旨を申しきかせ、社員は同時に信徒たり、下僕たる旨をも申し渡す。

ズラリとひれ伏した社員の頭上を幣束(へいそく)が風を切って走り、ミコの鈴が駈け去り駈け寄り、合唱がねり歩く。

三羽烏、いずれも蒼ざめはてて、目のみ光り、狂人以上にただならぬ様子だから、社員もゾッとした。

「なア、オイ。ウチの社長のような、ガッチリズムの冷血動物がマニ教になったかねえ。わが社をそッくり奉納したには困ったな。我々は神の下僕だとよ」

「笑ってちゃ、いけないよ。神の下僕、信徒ときたからには、月給は払わないぜ」

「なるほど」

「雲隠の奴に百万円だまされて、キミもたしか、貯金をおろしたようだが」

「ワッ。いけねえ。オイ、ふざけるな。かえせ」

「オレに返せたって、ムリだよ」

「ウーム」

一同、目を白黒させている。

とっぷり日の暮れるまで、社員はマニ妙光の合唱をやらされる。夜になると、一族郎党、神様をまもって、再びトラックに分乗し、神殿に定められた寮へ落ちつく。三羽烏もここへ泊められて、自宅へ帰してもらえない。

その翌日から、各新聞の賑やかなこと。妙光様と天草商事で持ちきりだ。そのくせ、マニ教の神殿は、信徒以外に侵入を許さないから、借金とりの苦心も実を結ばない。

こうして神様の陰にかくれて、天草次郎はユックリと起死回生の策をあみだすツモリであったが、碁や相撲のように個人の天分だけで復活できる世界とちがって、実業界はセチ辛く、天分通りにいかないものだ。

第一、マニ教の一日のカカリだけでも大変だった。彼らは時を得たりと存分にハデにやりだしたからである。

その十八　巷談社創立メデタシメデタシのこと

それから三週間とたたない時だった。妙光様の謎が世人の心に益々深まっている時期である。

「巷談」という雑誌が創刊され、再版三版と重ね、五十万、イヤ、七八十万、なんの、百万は売り切ったろうという大変な評判であった。エロ雑誌ではないのである。

もっとも、清楚な美をしたたるばかりにたたえたお嬢さんの写真がのッかっている。この美人が大の曲者で、百枚にわたってマニ教潜入記を執筆している。

これを読むと、マニ教と天草商事のツナガリの第一歩がわかる。この記事には、神殿の行事から、神様の写真まで入れてあるから疑う余地がない。

美女は云うまでもなくツル子で、間宮坊介執筆のマニ教撮影苦心談ものっている。マニ教東京遷座由来記を心ゆくまで記述している匿名人は、巷談社々長、サルトル・サスケであった。平山ノブ子の潜入記も面白い。彼女もすでに巷談社員であった。正宗菊松の潜入監禁手記に至っては、涙なくして読み得ないものだ。薄給の教師が妻子すらも養い得ず、意を決して天草商事の入社試験をうけ、その翌日には、モーニングをきせられ、有無を云わさず箱根へ連れだされて、監禁をうけ、一時は狂気に至るテンマツ、天人ともに泣かしむる、とは、この如き悲惨、誇りなき人生でなくて何であろう。

この手記こそは、単なる実話の埒を越え、百万人の心をとらえた読物であったが、実は正宗菊松の本当の手記ではない。サルトルとツル子の合作なのである。なぜなら、菊松は、病院に伏して、昏々と眠っていたからである。

それから、又、一と月ほどすぎた。

正宗菊松はふと目を覚した。

目にうつるものが、まったく記憶にないのだ。ヤヤ、第一、寝台の上にねている。

「ハテナ?」

おどろいて、身を起しかけると、

「危い!」

声がして、とんできて、支えた人々。彼はそれを見て、驚いて、声をのみ、やがて、ブルブルふるえだした。

かけよって支えたのは、彼の妻子ではないか。田舎へ疎開したまま、まだ東京へ呼び迎えることもできなかった妻子たち。

「いったい、どうして？」

「あら、おめざめ」

「イヤ、ここは、どこだ？」

彼の妻は笑いだした。目に涙があふれている。しかし、笑っているだけだ。

「わからないなア。ここはどこだ？　お前は、いつ、来たのだ？」

「アラ、前に話してあげたじゃありませんか。それに、おめざめのたびに、毎日、たのしく話し合っていたじゃありませんか。覚えてらッしゃらないのですか」

「全然、覚えがないね。ええと、そうだ。わかった！」

菊松は膝をたたいて叫んだ。

「ここは箱根だ！　箱根の底倉だ！　しかし、まてよ。あの旅館は、たしか、明暗荘と云ったな。あそこには、ベッドはなかったぞ。ああ、分った。ボクは病気をしたのだね。ここは箱根の病院だ。昨日まで、箱根にいたのだから。しかしもっと眠ったかな。二日ぐらい眠ったのかね」

「まア本当におめざめね、そして、昨日までのことは、御存知ないのね」

彼の妻は彼の膝に泣きふしたが、顔をあげて涙を拭うと、喜悦にかがやいていた。

「あなたは本当に全快なさったわ。先生の仰有った通りだわ。本当に眠りからさめた時はキレイに全快していますッて。あなたは一ヵ月の余も眠りつづけていらしたのよ」

「そんな、バカな」

「イイエ、本当です。病院の先生が、薬で眠らせて下さったのです。持続睡眠療法と云いましてね。ズルフォナールという強い催眠薬を毎日ドッサリのませて、昏々とねむらせて下さったのです。その期間に、食事もとるし、便もとり、時には話も交すことがあっても、夢うつつで記憶にないということを先生も仰有ってましたが、時々あたりまえに話をなさるので、マサカと思っていました。しばらく前に服薬を中止して、葡萄糖の注射で眠りをさましていましたから、今日、明日ごろ、正気にかえると先生のお話でしたが、本当に全快なさったのよ」

「信じられん。ここは箱根だろう」

「イイエ。東京です」

「嘘だろう。ちょッと、今日の新聞を見せたまえ」

妻の手から新聞をうけとると、彼はほかを見ずに、日附を見た。

ああ、たしかに一ヵ月半もすぎている！

「どうも、わからん。一ヵ月半。いや、二ヵ月ちかくも」

「そうですよ。その間中、ねてらしたのよ。そして全快なさったのよ」

「全快って、いったい、何が？」

「今はおききにならないで。そんなこと、なんでもありませんのよ」

「しかし、お前たちは、どうして、ここに来たのだ。そして、どこに泊っているのだ。お金は、どうしている？」

彼の妻は、又、泣いた。

「親切に、報らせて、呼びよせて下さった方は、この部屋にいらっしゃいます。あなたは、もう、貧乏ではありません。巷談社の重役です。莫大な月給をいただいています。私がいただいて貯金してある賞与だけでも、三十何万円とあります」

「巷談社？」

「ええ」

「重役だって？　ボクが？　あれは一時のカラクリだ。そして、あれは、天草商事だ。アア、みんな思いだしたぞ。ボクはマニ教の神殿へ監禁された……」

「そうですよ。天草商事はつぶれました。そして、マニ教から、あなたを救いだして下さった方が、新しい会社を起して、それが巷談社です。ツル子さん、いらして」

すすみでたのはツル子である。ちょうど見舞いに来ていたのだ。ツル子はニッコリ笑ったが、顔がほてって、あかかった。

「お父さん！　ごめんなさい。そうお呼びしましたわね。三日間箱根で」

菊松は目をみはった。ああ、覚えている。はじめて見た時は、箱根へでかける朝だ。物も云わず、チョコレートをつめかえていた。宿屋では、彼にモーニングをきせてくれた。モーニングをぬぐ時はドテラをきせてくれるために、うしろに立っていた。そして、お父さんとよんだ。

だが、憎むべき天草商事の一味であることに変りはない。脱出に失敗して、ただ一人、とり押えられた悲しさを思いだす。忘れられない悲しさだった。そのとき、あの連中は、この娘も、後をも見ずに、彼を捨て、逃げてしまった。恨みの後姿が、目にしみているのだ。

ツル子は見つめられて、泣きそうになってしまった。

「すみませんでした。お恨みをうけるのが、当然ですわ。私たち、自分の功名にあせって、一人のお方に悲しい思いをかけることを忘れていました。それが地獄の責苦よりも悲しい苦痛だということを……」

「ツル子さん。よして！　あなたは天使です。どうして、あなたが、悪いものですか。逃げおくれた正宗の運が悪るかったのです。もう、こんな話は、よしましょうね。お父さんが退院して、元気が恢復してから、笑い話に思い出を語り合う時がきますわ。それまでは、何を思いだしても、いけませんのよ。あなた、ツル子さんに、お礼、仰有ってちょうだい。私たちの一家を助けて下さったのです。あなたを救いだして、重役にして下さったのも、このお嬢さんですよ」

菊松には何が何やらワケが分らなかった。しかし、現実を素直に受けいれるだけの、妙にスガスガしい落付きがあった。戦争以来、見失っていたスガスガしい気持だ。たしかに、なにかが、全快したに相違ない。

「そうですか。どうも、ボクには、よく分らないが、巷談社の社長の方は、天草商事の方ですかな」

「イイエ。サルトル・サスケさん」

「サルトル・サスケ？　雲隠才蔵とちがいますか」

「イイエ。天草商事に関係のない方です」

菊松の記憶にはないワケだ。サルトルに会った時は、もう狂って、マニ教の座敷牢にいたのだから。

「その方が、どうしてボクを重役にして下さったのでしょう？」

ツル子は真ッ赤になってうつむいたが、ようやく、気をとり直した。

「サルトルさんは、私のフィアンセです」

「ツル子さんも、巷談社の重役ですのよ。あなたが専務。こちらが常務。ワケは、いずれ、ゆっくり話しますから、一度アリガトウ、と仰有い。今日があなたの新しい人生よ。そして、すこし、休みましょう。全快はしても、催眠薬の影響で、身体が衰弱しているから、それが恢復するまでに、あと一ヵ月ぐらい静養しなければならないのよ」

「そうか。そうか。心配をかけて、すまなかった。そう云えばわかったような気がする。ボクが愚かで、意気地なしだから、いろいろ御迷惑をかけお世話になったに、きまっている。たしかに、そうにちがいない」

「いいえ、そんな」

「イヤ、ツル子さん。わかっています。あなたは、たしかに、心の正しいお方だ。お世話になって、すみませんでした」

厚く礼をのべると、菊松は、又、昏々としばらく眠った。

それから、一ヵ月、菊松は退院した。

又、一ヵ月。菊松は転地静養から、まったく元気をとりもどして、はれて出社した。

社長のサルトルは時々病院へ見舞ってくれたから、とっくに顔ナジミだ。ところが意外な人物が、ニヤニヤしながら、近づいてきた。

「正宗さん、ボク、覚えてますか」

どうして、その顔を忘れよう。白河半平であった。

半平は人の思いは気にかけない。いつもただ、ニコニコ主義である。

「アッハッハ。ボク、白河半平。ね。ホラ、知らぬ顔の半兵衛ですよ。天草商事がつぶれちゃったんで、サルトルさんに拾ってもらいましたよ。とにかく、腕に覚えがありますからね。相変らず、編輯長ですよ。今度は重役じゃ、ありませんけどね。アハハハ。しかし、ボクの行く道たるや、恨みなく、怒りなし。常に、ただ、ニコヤカ、和合をモットーとしています。もっとも、ボクが人に恨まれ、人に怒られる不行跡は数々犯していますがね。アハハ。しかし、我、関せず。故に、わが天地、恨みなく、怒りなし。よろしく、たのみます。ねえ、専務さん。アハハ。今度は本当に専務とよばなきゃ、いけなくなっちゃったね。曽(かつ)ては、妹とよびたりし乙女は、社長の愛妻であり、又、重役であり、しかれども、恨みも怒りも一片だにありませんです。すべて、これ、知らぬ顔の半兵衛ですよ。アッハッハ」

彼は手をさしだして、菊松の握手をもとめた。まことに他意なく、ニコヤカ、アッパレな武者ぶりであった。

菊松も、こだわらず、半平の手を握りかえした。スガスガしい愛情だ。彼も亦(また)、恨みは忘れていた。ただ、新しい人生、そしてわが社、わが社員を愛する思いでイッパイだった。

この風景を眺め、仕事の手を休め、ニコヤカにモミ手して、慶祝の意を表して悦に入っているのがサルトル社長だ。それを見て、口を抑えて、ふきだすのをこらえているのが、愛妻重役であった。まずはメデタシ。

保久呂天皇

その晩、リンゴ園の中平が保久呂湯へ降りたのは八時に二十分ぐらい前であった。「鉢の木」という謡曲をうなりながら通過するから部落の者にわかるのである。彼の家は部落の一番高いところにあった。保久呂湯は一番低いところにあった。その中間に他の九軒があって、それが保久呂部落の全戸数である。

保久呂湯は今では誰にも知られないが、昔はかなり名の知れた霊泉だったそうだ。交通機関の発達はそれに捨てられたものを忘れさせてしまうもので、みんながテクったころはどこへ行くのも同じ不便であるから、人々がこの霊泉をしたってよく集ったそうであるが、今では近在の者が稀に泊りにくるにすぎない。ふだんは部落の共同湯として利用されている。ワカシ湯であるから、燃料がいる。それは湯本の負担だが、湯本は酒タバコ菓子カンヅメその他日用品一切を商い他の十軒を顧客にしているから、夜の湯はサービスだ。

中平は畑はいくらも持たないがリンゴ園をやりだしてから部落一番の金持になった。それで「鉢の木」を覚え保久呂湯で下駄をぬぐまで謡いつづけてくるので、保久呂湯の三吉と仲が悪くなった。中平は東京へ旅行して「鉢の木」を習ったのだが、それは三泊旅行で、田舎者がはじめて謡曲を覚えるためにはかなり時間が足りなかった。したがって彼の「鉢の木」は世間の謡曲と似た部分が少なかったが、シサイにギンミしてきくと義太夫よりはやや謡曲に似ており、また浪花節よりもやや謡曲に似ているように思われる部分があった。三吉はたまりかねて云った。

「その声をきくとウチの者が病気になるからやめてもらいたい」

「それは気の毒だが、下駄をぬぐまでは天下の公道だから誰に気兼もいるまい」

下駄をぬぎ終るまで謡いつづけて保久呂湯へあがりこむのである。それ以来、中平が到着すると三吉は奥へ立って彼が立ち去るまで姿を見せなかった。その晩もそうである。


その晩、保久呂湯には六太郎が彼の到着を待っていた。このところズッと将棋に負けがつづいているからだ。毎晩二局という約束である。その晩は六太郎が二局ともに勝った。中平は負けると不キゲンになるタチである。その場に居たたまらない。つれてきた孫娘の姿が見えないから、

「お菊は風呂だな。オレモ一風呂あびよう」

と、急いで湯殿へとびこんだ。湯殿はひろい。その中央に一間半に三間の石造りの水槽があって霊泉がコンコンとわいているが、それは水温十九度で夏の季節でも利用する者はほとんどいない。片隅に一般家庭の風呂オケの倍ぐらいしかないのがあって、それがワカシ湯である。

ワカシ湯には一人のお婆さんがつかっているだけだ。水槽のフチに腰かけて両足水中に入れてるのがお菊である。それを右と左から青年と男の子供が写生している。むろんみんながハダカである。

この青年はキチガイであった。お婆さんと男の子供はその連れで、四五日前から逗留している保久呂湯のただ一組の客であった。保久呂湯は万病にきくと云われているが、特にキチガイにきくという古来からの伝えがあった。この青年のキチガイは中平と風呂で一しょになるとお湯をすくって彼の顔にぶッかけてニヤリと笑う癖があった。中平は五尺八寸五分もある。彼を風呂から追いだすとキチガイの一家は楽に入浴がたのしめるのだ。中平はこのキチガイをダカツのように呪っていたから、

「コラ！　ウチの孫娘をハダカにして絵にかくとは不埒な極道者め！」

彼を見上げてこう冷静に質問したのは子供の方であった。この子供は数え年七ツである。

「着物をきせて風呂に入れるつもりだろうかこの人は」

キチガイは挨拶がわりに冷水をしゃくッてぶッかけようとするから、中平は逃げながら、

「石の牢屋へ入れてくれるぞ。この山には千年も前に鬼のつくった石の牢屋があるのだぞ。泣いても、どこにも泣き声がきこえんわ」

「怖しい人だわねえ。子供たちが無邪気に絵をかいているだけだというのに」

風呂の中のお婆さんがこう云った。

「ナニが無邪気だ。ウチの孫娘は中学二年生だ。もう三年もたてばヨメに行く年ごろだというのにハダカの姿を見せ物にされてたまるか」

そのとき七ツの子供がおどろくべきことを云って中平をからかったのである。

「ジイサン、シマの財布を肌につけて保久呂湯へ湯治にくる時のほかは放したことがないんだってね。今ごろ盗まれていはしまいか」

中平はキチガイが彼の顔にぶッかける水のことなぞは忘れてしまった。呆気（あっけ）にとられて子供を睨みつけていた。彼の人生にこれほどの重大なことはなかったのである。まさしく彼は保久呂湯へくる時のほかにはシマの財布を肌身放したことがない。その時だけは神棚へあげてくるのである。むろん彼には預金もあったが、預金だけでは心細かった。現金を肌身放さず身につけていないと安心できなかった。そして保久呂湯へ来ている間はヨメの登志が神棚の下で張り番していることになっていた。家族はそれだけだ。女房は死んだ。息子は戦死した。娘はヨメ入りした。登志とてもすでに不要の存在であるが、かなり働き者であるし、神棚の下の張り番もあるので、飼い殺しの気持に傾いていた。しかし、時々迷うのだ。お菊が大きくなる。畑や炊事の手助けが一人前にできる年頃になれば、登志は無用だ。お菊にムコをとれば、なおのこと無用だ。

保久呂湯の泊り客に盗難があったことは以前はあった話であるが、この部落の民家へ泥棒がはいったことは近年ついぞ聞いたことがなかった。しかし泥棒は存在する。この部落の誰一人安心できない。東京のスリと同じことだ。彼は剣客と同じぐらい常住坐臥ユダンしたことはなかったのである。しかし、まさか七ツの子供が彼をおびやかすとは思ってもみなかった。七ツの子供の言葉の背後に控える厳たる暗黒世界の実在が彼の脳天をうったのである。

彼が「鉢の木」を唸らずに保久呂湯の戻り道を急いだのはメッタにないことだった。だが、南無三！　実に奇妙な予言であり、また暗合であった。登志は神棚の下に坐っていたが、シマの財布はなくなっていたのだ。彼は登志の首をしめた。それからともども探したが見当らない。また登志の首をしめた。しかし、思いついて外へとびだすと、部落の半鐘を盲メッポウ打ちならしたのである。否応なく部落の全員を集めたあげく、登志と七ツの子供を前へ呼びだして、

「犯人は誰だ。名を云え。誰が盗んだ。白状しろ」

連呼しながら二人の首をしめあげたのである。二人は半死半生になったが犯人の名を云わなかった。心当りがなかったのだから言わなかったのは無理がない。

★

以上はこの物語の発端であるが、探偵小説的な興味と結末を期待されるとこまるのである。その方面のことはアイマイモコとして神秘のベールにとざされている。盗まれた現金が九十一万いくらであるから警察もかなり念入りに調べたけれども全然雲をつかんだにすぎない。

神棚の下に張り番していた登志が第一に疑られたのは当然だが、彼女はその時間にアイビキしていた。アイビキの相手は保久呂湯の三吉であった。三吉はアイビキの後登志に送られ

てまッすぐ帰宅したから、犯人はアイビキ中に忍びこんだことが分ったただけで、中平の入浴はその「鉢の木」のおかげで部落の誰にも分っていたのだから、留守番のアイビキ中に楽々と盗むチャンスは部落の全員にあったのである。アリバイ調べなぞもやってはみたがムダだ。部落の全戸数はたった十一戸にすぎないが、警官にとってはその各々が孤立した城であった。城外に援助をもとめる必要はない。彼らはその城に閉じこもる限り安全で、よその出来事に対しては「知らない」という完璧で絶対的な表現があった。知るはずもない。みんなそれぞれ離れている。そして戸外には光もない。彼らが知っていることは中平が「鉢の木」を唸って通過したことだけであった。結局犯人が札ビラをきるまで待つ以外に手がないとあきらめて捜査は打ちきりとなったのである。

しかし、いろいろのことが残った。その第一は中平がフランケンシュタイン化したこと。したがって部落に恐慌が起ったこと。三吉の家庭の事情が悪化したこと。登志がダルマ宿へ身を売ったこと。それらは当然起るべきことではあったが、メートル法の久作が悲劇の中心的人物となったことは意外というほかはない。しかしその素因は他にあった。たまたま中平の盗難を機にそれが発したのであるが、その表面に現れた事柄から我々がこの悲劇を理解することは困難であるかも知れない。我々は感じる動物にすぎないのだということを、この場合に特に思うのである。

メートル法の久作はもともと中平と仲がわるかった。その原因は中平がリンゴ園で成功したに対し、久作はシイタケの栽培に失敗したあたりに発しているのかも知れない。この村には約三十年来三人の進歩的人物がシノギをけずっていたのである。中平のリンゴ園、久作のシイタケその他、及び三吉の保久呂霊薬である。リンゴ園と霊薬は成功したのにシイタケその他が失敗したので、久作は他の二名に遺恨をむすんだらしい。

メートル法という久作の異名は彼がメートル法に反対して戦った長い戦歴から来ている。進歩的人物にふさわしくないことであるが、計算に余分の手間がかかるだけだとフンガイしてメートル法の村内侵入に反対した。せめて部落へ入れるな、せめてわが家へ入れるなときびしく役場や学校へつめよったが、時世には勝てない。彼の三人の子供も父の意志に反してメートル法の教育をうけ、それぞれ兵隊となり、出征して三人ながら戦死した。久作はいまや一人、女房も死に、子も孫もなかった。

久作自身は兵隊に行かなかったので戦争になるまで知らなかったが、鉄砲や大砲が二千メートル射撃イ！　なぞと号令をかけるものだときいて、兵隊がメートル法では日本は負けると確信して云いふらした。彼とメートル法のサンタンたる戦歴を知る村人ではあったが、彼があまりにも所きらわず日本の敗北を喚きたてるので、みんなの気をわるくさせた。在郷軍人分会へひッたてられてアブラをしぼられたこともあったが、それは彼のメートル法への反抗をかきたてるばかりでムダであった。

しかし予言が的中して祖国が敗北して後は、彼の気勢は人々の予期に反してメッキリ衰えた。三人の子供がそろって戦死したせいだ。彼は終戦三年目に、村の人々がたててくれた三人の子供の墓標をひッこぬいて焼きすててしまった。彼が受けとった遺骨箱の中に遺骨はなかったのだから、無意味な墓にイヤ気がさしたものらしい。

この部落にはお寺もなければ学校もない。そして、むろん墓地もない。子孫につたえる小さな土地以外には人の名も人の歴史もないのである。彼は自分の土地をつたえるべき子孫を失ったから、子孫の代りに自分の名を残そうと考えた。むかしから人々はその名を残すために多くのことをした先例はあった。天皇は大仏や寺をつくり坊主は橋をかけ池をほり武士は戦争し大工は眠り猫をきざむなぞといろいろの例はあったが、この部落にはもともと人の名も人の歴史もないのである。しかし彼は自分の名を残さなければならないとひそかに思い決するところがあった。

彼はすでにシイタケその他のことに失敗したあとであった。メートル法にも敗れている。一生の事業はみんな敗れて、おのずから名を成す見込みを失っていた。その一生に対しても最後の反抗を試みないわけにいかなかった。人の名とは何ぞや？　彼の所属する宇宙とは全戸数十一戸の部落である。しかしそれもまた宇宙の全てなのだ。その宇宙の一番下の保久呂湯は湯によって残る名があるし、一番上の中平はリンゴ園によって残る名があるかも知れない。彼の家は宇宙のちょうど真ン中へんに位していた。

中平がリンゴ園で成功して「鉢の木」を唸りはじめてから、この村の先祖の天皇は誰の家であるかということについて、中平と三吉に論争があった。中平は一番高いところに住む自分の先祖が天皇だったと云い、三吉は一番下の自分の先祖が天皇だと主張した。保久呂湯がそもそも部落の起りであり、湯を本にして発展したものだから、一番上で一番湯から離れている中平の先祖は部落の末輩、三下野郎だと云うのである。

その論争が位置の上下から始まったし、論争してる者が事ごとに敵手たる二名であったから、久作はふと考えた。この部落の天皇は自分の家であったかも知れない。なぜなら十一戸の戸数のうち、上に五戸、下に五戸、自分の家は真ン中だ。こう思いつくとにわかにその気になったから、彼は横からこの論争に参加して自説を唱えたが、彼の主張が一番バカげたものだと部落中の物笑いに終った。もともと保久呂湯によっていくらかは人に知られている部落であるし、現に保久呂湯が部落の中心で、部落のデパートでもあれば集会所でもあるのだから、部落が保久呂湯から起ったときめる方が理窟ぬきに割りきれている。それでこの論争はだいたい三吉の主張が部落の人々の支持を得たようだ。

当時、三吉は保久呂霊薬を売りだして当っていた。家伝霊薬と銘うって千年も前から伝わっているように云いふらしていたが、万事は三吉の方寸からでたもので、草津の湯花から思いついたものであった。保久呂湯も湯花がでる。水の時はでないが、湯にすると、落し口にたまる。部落では湯花と云わずに湯渋と云っているが、この鉱泉は渋の色をしていて、味も渋く、万事渋の表現が適している。三吉はこの湯渋と木炭をすりつぶして、これを酢でねると打身骨折の霊薬と称して売りだした。これが意外に売れて、湯治の客も買って行くが、近在からの註文が少くなかった。部落の人々も用いてみて、よくきくという評判である。そこで久作は怒った。

「家伝とは何事だ。お前の代までなかったものではないか」

「それが商法商才というものだ」

「モウモウとわきたつ草津の湯とちがって、お前の湯は小さいワカシ湯ではないか。一日にせいぜい一握りの湯渋がとれるだけだ。怪しき物をまぜているな」

「効能があれば、よい」

三吉は痩せて小柄で、胃弱のためにいつも蒼ざめ、猫背をまるめている不キゲンな小男であった。何を云うにも不キゲンだった。そしてプイとソッポをむく。それが霊薬で当ててから研究室の博士のようにも商事会社の社長のようにも見立てることができるように思われた。そのために久作は一そう三吉を呪ったが、自分にも何かに見立てることができるような威厳が欲しいと執着するようになったのである。彼の顔には目の下に泣きボクロという大きなホクロがあった。口サガないワラベどもに笑われるだけのホクロであるが、保久呂村の天皇家だからホクロがあるのはその象徴だと見立てることもできるではないか。彼は次第に思いこむようになったけれども、さすがにそれだけは云わなかった。

三人の子供の墓標をひッこぬいて焼きすてたとき、彼は最後の事業を決意していたのである。その翌日から、かつてシイタケで失敗した山地の木立を手当り次第叩き切りはじめた。

誰も彼の意図を察することができなかった。できないはずだ。もともと人の考えつくことではない。蘇我入鹿が考えただけだ。久作は天皇なみのミサザギをつくろうというのだ。三人の子供のためではなくて、自分のだ。ついでに子供の魂も入れるつもりではあるが、魂だから場所はいらない。それから先祖の魂も呼びこむつもりだ。断乎決定的な墓を残して地上から他の一切の跡をたつつもりであった。

古墳の小さいのは近在にもあるが、彼はよそで大きいのを見物したこともあって、石室を組み立て、その上に円形もしくは円を二ツ並べたような山をつむ必要がある。入口なぞどっちでもよいと思ってやった仕事だったが、偶然にも南面して作法に合っていたそうな。畑のヒマをみて、この仕事にかかったが、近所の山から石を運ぶたって大仕事だ。一人仕事だから入鹿なみの巨石を使うわけにいかないが、仕事はタンネンにやった。石ダタミも石の壁も三重四重に張ってセメントをつめ、天井石も落ちないように応分の工夫をこらした。石細工だけで四年もかかって、五年目から山の製造にかかったが、そのころ米ソの関係も険悪の度を加え日本の諸方に米軍基地の急造が目立つようになったので、さては水爆よけの防空壕を造っているに相違ないと部落の人々は考えた。部落の全員が、否、日本人の全部が死滅しても久作だけは生き残るコンタンに相違ない。あくまでメートル法に挑戦するのもケナゲなフルマイではあるが、二千メートルの山また山にかこまれているこの部落で小さな山を造っている久作の姿はなんともバカげたものに見えたのは確かであった。

「何メートルの山を造るだね」

とリンゴ園から見下して中平がからかったとき、久作はすでに完成している石室の中へ急いで駈けこんだ。いつまで待っても出てこないので中平がリンゴ園から降りてきてのぞいてみると、久作は坐禅を組んでいた。中平はふきだしたいのをこらえて云った。

「さすがに人間だな。タヌキやクマは穴の中でウタタネするだけだからな」

久作はジッとこらえて返答しなかった。そこで中平もあきらめたのである。

「貧乏人が辛抱するのは感心なことだ」

彼はこう呟いてリンゴ園へ戻ったのである。そんなことがあってマもなく、中平の盗難事件が起ったのである。

★

中平がクマに用いるタマをこめた二連発銃をぶらさげて戸別訪問を開始したので、部落は大恐慌となった。彼は家ごとに徹底的な家宅捜査を強要したのである。それを拒むことはできなかった。五尺八寸五分の大男であるし、昨今は目ツキも人相も変っている。一発ズドンと見舞われてはたまらないから、タタミまであげて見せないわけにいかない。

家宅捜査は保久呂湯からはじまって全戸に及んだが、一度ではすまなかった。盗品を発見するまで何百ぺんでもくりかえすと彼は宣言したのである。宣言通り実行した。中平は部落の誰かが犯人だと確信していた。都会とちがって盗んだ金をすぐ使うことができないから、大方畑か山林へ埋めているかも知れない。使うヒマがないうちに取り返すつもりなのだ。部落から里へ降りようとする者があると、中平は風のようにリンゴ園から駈け降りて、身体検査をした。クマのタマをこめた二連発を放したことがないから始末がわるい。部落会長の六太郎が総代となって彼を訪ねて、

「部落の者はお前のおかげで仕事にもさしつかえているが、家宅捜査をやめてくれないかね」

「大泥棒が現れたのは部落全体の責任だから、犯人がでるまで協力するのが当り前だ」

「しかしだね。犯人が部落の者だとは限らない。保久呂湯へ泊っていた七ツの子供までお前のシマの財布のことを知っていたぐらいだから、去年保久呂湯へ泊った客も、オトトシ保久呂湯へ泊った客もみんなシマの財布のことを知っていたに相違ない。その中の悪者が姿を見せずに忍んできて盗んだかも知れないではないか」

「それはだます言葉だ」

「なにがだます言葉だ。保久呂湯へ泊った七ツの子供がちゃんと知っていたことはお前が子供の首をしめあげたのでも歴々としているではないか」

「なおさらだます言葉だ。ところがオレはだまされないぞ。オレの目には犯人が部落の者だ

ということが分っている」

「その証拠を見せてもらいたい」

「盗まれた金はこの部落のどこかにある。金の泣き声がきこえてくる」

「それは証拠ではない。お前は神経衰弱のようだ」

「益々だます気だな」

「とんでもないことだ。理を説いてよく聞きわけてもらいたいという考えだ」

「理ならオレが説いてやろう。オレの盗まれた金のことはオレが誰よりも考えている。部落の者でなければ盗むことができないとオレが知っている。この部落から大盗人をだしたのはお前たちの大責任問題だぞ。今後オレをだまそうとすると承知しないからそう思え」

六太郎はアベコベに大目玉をくらって戻ってきた。しかし中平も部落の全員を疑ることが不穏当だということぐらいは分っている。日がたつにつれて次第に容疑者が心のふるいにかけられて、最後に二人残ったのである。中平の心のふるいは裁判官のふるいとは大そう違っていたけれども、彼自身にだけはヌキサシならぬふるいで、それだけの理由はあった。最後に残った二人は保久呂湯の三吉とメートル法の久作で、つまり年来彼と仲が悪かったところに絶対的とも云ってよい理由があったのである。

保久呂湯の三吉は彼に次ぐ金持で、彼の虎の子を奪えば村一番の金持になるから、これがまたヌキサシならぬ動機の一ツである。登志と情を通じ甘言で登志を酔わせてシマの財布を盗み何食わぬ顔をしていることは、彼のようにコスカライ奴にはわけがない。小男で胃弱で蒼ざめて猫背で、そのような奴に限って性慾が強くて、強情で、東京のスリのように抜け目がないのだ。

メートル法の久作は年来の事業が失敗つづきのところへ水爆の防空壕らしきものの製造に着手して益々部落でも飛びきりの貧乏人になってしまった。しかし益々金がいるからこれが重大な動機である。そして日とともに忘れることができなくなるのは、盗難の数日前に彼をからかって怒らせたことである。久作は怒って天の岩戸へ駈けこむように石室へもぐったが、意外にもジッとこらえて坐禅をくんでいた。これが重大である。金持が辛抱づよくなるのは中平自身の心境にてらしてもよく分るが、貧乏人が辛抱づよいというのはすでに不穏のシルシである。赤穂四十七士のように不穏のタクラミがある時にかぎって貧乏人がジッと我慢するものだ。久作は堀部安兵衛よりも怒りッぽいガサツ者で生れた時から一生怒り通してきたような奴であるのに、あの時にかぎってジッとこらえたのがフシギ千万ではないか。水爆を無事まぬかれて生き残っても奴のようにスカンピンでは生き残ったカイがないから、奴が山の製造に着手した時には同時にシマの財布を盗む計画であったに相違なく、そのタクラミは大石内蔵之助（くらのすけ）のように深かかったのである。してみるとあの石室の中に誰にも分らない秘密の隠し場があるに相違ない。奴は生来奇妙な工夫に富んでいる。あるいはシマの財布を盗んで隠すために五年もかけてあの山をこしらえたのかも知れないのだ。

この考えは何よりも強くピンときた。中平は久作の腹黒さにおどろいたのだ。そこまで考えている久作とは今までさすがに知らなかったが、それは常に勝ちつづけ勝ち誇っていたための不覚であったろう。負けつづけていた久作は最後の復讐を狙っていたのだ。

ある晩、中平は久作の石室へ忍びこみ、チョーチンの明りで石室内を改めたが、特に怪しいところを見出すことができなかった。モウ盗難から四十日もすぎている。その上、五年も前からたくらんでいた仕事だからヌカリのあるはずはない。妙なところで抜目のない工夫に富んでいる久作のことだから、石室自体の奇怪さと同じように人の気付かぬ秘密の仕掛けがほどこされているに相違ない。石室そのものを解体する以外に手がないと中平は断定したのである。

翌日の正午を期して、中平は再び部落の半鐘をならした。今回は慌ててではなく甚だ確信をもってならしたのである。集った部落の全員を眺めまわして、

「みなによく聞いてもらいたいことがあって集ってもらったが、オレの盗まれた金のことだが、その隠し場所が分った。それは久作がこしらえている石の穴倉のどこかに隠されている。そこでみなに相談して腹をきいてみたいが、久作にあの山をくずしてもらって、穴倉の石を一ツずつ取りのけてもらいたいと思うのだが」

「オレが犯人だというのか」

「イヤ。そうは云わぬ。ただあの穴倉の中にぬりこめられていると分っただけだ」

久作以外の人たちは中平の推理をフシギなものとは思わなかった。彼らは自分が容疑者から除外されれば満足で、その他のことで必要以上に考えるのは人生のムダだという思想の持主である。第一、中平の言い分は花も実もあると人々は思った。

なぜなら、隠し場所はあの穴倉だが、犯人が久作とは限らないと云っているからだ。二連発銃をぶらさげながらの言葉にしてはまことに花も実もある名君の名裁判のオモムキがあって、それだけでもうほかに理窟は何もいらない。金がでて犯人がでなければ、まことにめでたい。中平も男をあげたと人々は内々心に賞讃をおしまなかったから、久作が五年がかりで築いた山をくずすのに誰も同情しなかった。部落会長の六太郎はこの裁きに敬意を表して

「ヤ、これで騒ぎもすんで、めでたい。それでは中平と久作の御両氏にまかせるから、せっかくだが山をくずして金をだしてもらいたい。みんな手伝いにでたいとは思うが御承知のように今は畑のいそがしい時だから」

という結論に終ったのである。

久作は叫びたいのをジッとこらえていた。一言も発せず、身動きもしなかった。結論がでて、みんなが散会しはじめると、彼もだまって歩きだした。石室の中へもぐりこんで、ゴロッと横になったのである。そのあとをつけてきた中平は、穴の入口に腰を下し二連発銃を下において腰にぶらさげたムスビをとりだして食べはじめたのである。

★

そのまま久作はでてこなかった。話しかけても返事をしなかった。中平は穴の中に入りこんで彼の肩をゆりうごかしたが、ねたふりをして目もあけなかった。夜になったので中平は家へ戻った。翌日行ってみると、久作はまだ穴の中にいた。その翌日になっても久作は穴をでなかった。久作は断食して死ぬつもりだという評判がたち、中平以外は益々誰も穴に近よらなくなった。

しかし久作は断食していたわけではない。日中だけ穴にもぐっているだけだ。そして考えていただけだ。特別なことを考えていたわけではない。彼もメートル法の久作である。往年村の役場や学校へねじこんでメートル法と闘った元気が今はなくなったわけでもない。戦争中は在郷軍人分会へひったてられて罵られてもむしろ肩をそびやかして威張りかえった久作である。身に覚えのない濡れ衣をきせられて、その口惜(くや)しさで断食して死ぬような久作ではなかった。

彼は濡れ衣の恥をそそいで中平の鼻をあかしてやることは簡単であると知っていた。山をくずし石室を解体すれば分るのだ。いと簡単の如くであるが、それをすることができないのだ。五年間、全力をつくしての築造物だ。いと簡単にそれをくずせるものではない。そのために考えこんでしまったのである。

考えたって埒はあかない。他に濡れ衣をそそぐ手段はないからだ。けれども彼は考えてみる。考えようとしてみるだけだ。するとウツラウツラする。何も考えていない。そのバカらしさ、むなしさがなつかしい。夜になり、時には真夜中になり、彼はふと気がついて、立ち上る。すこしフラフラする。腹がへったのだ。家へ戻り、一升飯をたいて一息にたいらげる。それから手洗いに立ったりして夜の明けぬうちにまた穴へ戻ってくる。穴の方が住み心地がよいからだ。穴の中にいると、安心していられる。誰もこの穴をどうすることもできないという安心だ。そして穴に閉じこもっているうちに、濡れ衣の方は次第に忘れて、誰もこの穴をどうすることもできないという安心の方にひたりきってしまうようになったのである。

五日たち、一週間たち、しかし断食のはずの久作が大そう元気よい足どりで野グソに行ったり水をのみにでかけたりする姿を見かけ、親たちに戒しめられて近よらなかった子供たちが穴のまわりに集るようになった。

リンゴ園からこれを見て喜んだのは中平だ。さっそく穴の前へやってきて、

「お前たちよい子だからこの山の土をくずしてくれ」

そこで子供たちが土をくずしはじめたから、これを見ておどろいたのは親たちで、駈けつけて来て子供をつれ去った。そのとき一人の親がこう云って子供を叱った。

「たたられるぞ！　このバカ！」

穴の中の久作はこの親の一喝にふと目をあいて考えこんだ。すばらしい言葉だ。部落の者が自然にこの言葉を発するに至っては本望だ。神のタタリ。天のタタリ。天皇のタタリ。タダモノがたたるはずはないのである。

この部落には神社もなかった。オイナリ様の小さなホコラすらもなかった。いまだかつてタタリを怖れてしかるべきものは存在していなかったのである。

「この部落でタタリを怖れられたのはこのオレがはじめてだな」

こう気がつくと、全身が喜びでふるえたのである。

「たたってやるぞオ！」

彼は怖しい声でこう吠えてみた。すると喜びで胸がピチピチおどったのである。そして、この上もなく安らかな気持だ。これが神の心、天皇の心だと彼は思った。

彼が本当に穴の中に閉じこもったきり一歩もでなくなり、したがって自然に断食しはじめたのは、この時からであった。それは断食が目的ではなかった。この上もない安らぎ、神の心と瞬時も離れがたかったからである。一歩でれば、俗界だ。この安らぎを失う。穴の中は天界だ。彼自身は天人であった。暗闇の穴がニジにいろどられ五色の光がみちていた。天人の音楽がきこえてくる時もあった。

彼が完全に穴の中に閉じこもってから二十日ほどたち、身うごきもしなくなったので、村から巡査と医者がきて彼を運びだして駐在所へ運んで行った。その翌日、巡査の指図で村の者が早朝から一日がかりで山をくずし石室をこわしたのである。

シマの財布はどこからもでなかった。久作の家も捜したが、どこからも札束はでなかった。意外な収獲としては「保久呂天皇系図」という久作の新作らしい一巻の巻物が現れたことである。天照大神からはじまり久作らしき天皇で終る最後に、

「この天皇眼の下に大保久呂あり保久呂天皇の相なり裏山のミササギに葬る」

とあって、どうやらあの山と石室が保久呂天皇のミササギであったことが判明したのであった。

十日あまりで保久呂天皇は元の元気な姿になった。

「あれが保久呂天皇のミササギとは知らないものだから、こわしてしまって気の毒したが、その代りお前の命は助かったし濡れ衣もそそがれたからカンベンしてくれや」

と云って駐在所から送りだされたのであった。駐在所の前には中平をのぞく部落の戸主が全員集っていた。彼らは最敬礼して久作の出所を迎え、まさに土下座せんばかりの有様であったのは、保久呂天皇を確認したからではない。

「さてこのたびはまことに申訳がない。濡れ衣とは知らず一同が手を下してミササギをくずしてしまったが、これは警察の命令で仕方がなかったのだから、まげてカンベンしてもらいたい。お前がそうしろと云うなら部落全員が力を合せて元のようなミササギをつくるから。これ、この通りだ」

六太郎は手が地面へつくほども腰と膝を折りまげて声涙ともに下る挨拶であった。それに合せて「どうぞゴカンベン。この通り」とみんなが同じことをした。

久作は返事をしなかった。だまって歩きだした。六太郎が慌てて抱きとめるようにして、

「その身体では無理だ。車の用意があるから乗ってもらいたい」

キャベツやジャガイモを運ぶリヤカーに久作をのせ、一同がそれをひいたり押したりして山へ戻ったのである。道々誰が話しかけても久作は答えなかった。

リヤカーを押し上げて杉の林をぬけ保久呂湯の下へでると、女たちも集ってきて、頭巾をはずし、

「このたびは、御苦労さまでした。どうかカンベンして下さい」

と口々にあやまった。リンゴ園でそれを見た中平はいそいで家の中へ逃げこんで、壁の二連発銃をはずし、それを膝にのせてガタガタふるえて坐っていた。

久作はわが家へつくとノコギリを持って外へでた。人々は呆気にとられて見送った。彼はまっすぐリンゴ園へ登った。そして夕方までリンゴ園のリンゴの木を一本のこらず伐り倒したのである。中平は鉄砲を持って縁側まで歩いてはまた戻ってきてガタガタ坐っていたが、どうすることもできなかった。

その翌日から久作はミササギで仕事にかかったが、十日あまりで石を全部谷へ投げこみ、地ならしして、ミササギが畑になっていたのである。そこへ彼はカブをまいた。しかし、カ

ブをまき終った晩、鎌で腹をさいて死んだのである。山へ戻ってからその日まで誰とも一言も話をしなかった。

左近の怒り

左近の上京

夏川左近は久方ぶりで上京のついで古本あさりに神田へでた。そのときふと思いだしたのは大竜（だいりゅう）出版社のことだ。終戦後の数年間、左近は密輸船に乗りこんでいた。荒天（しけ）つづきのつれづれに、そのころの記録をつづり「密輸船」という題をつけて大竜出版社へ送ったままになっている。かれこれ一年ぐらい前のことである。むろん原稿を送りこんでいきなり本にしてもらえると思ってもいないが、ちょうど神田へでたついでだから冷やかし半分に大竜出版社を訪ねる気持になったのである。

小さな店構えだ。誰もいない。大声で案内を乞うと、漫画の中の小僧のようなのが奥からチョロチョロとでてきた。

「なんの御用？」

「ボクは一年ほど前に密輸船という原稿を送っておいた夏川左近という漁師ですが、社長か誰かに会えませんか」

「キミ原稿書いたの？」

「そうだよ」

「いま、何してんの？」

「漁師だよ」

「フーン。漁師か。なんて原稿だっけ」

「密輸船」

「ア、そうか。テキは海賊だな」

小僧はチョロチョロひッこんだ。それから四分の一時間もすぎてから、小僧と一しょに若い娘がでてきた。事務員らしい。まだ子供らしさの多分に残っている少女であるが、知的な目がパッチリかがやいていて、目がさめるような清楚な感じがする。

「原稿さがしてましたので、お待たせいたしました。私、読んだ記憶があるんですけど、いまちょッと見当りませんのでね。お待ち下されば、さがしますけど」

「そうですね。せっかく書いたんだから、さがしていただいて持って帰りましょうか」

「では、どうぞ、上ってお待ち下さいませ」

二階の奥へ通された。そこに五十がらみの小男がいた。左近の顔をチラチラうかがっていたが、娘と小僧が原稿さがしに別室へ去ると、立って近づいて、左近の前へドサリと原稿を一山投げだした。

「方々からこんなに原稿送ってくるんでね。キミ一人じゃないんだ。見てごらん。面白いぜ。しかし、出しても売れねえや」

手にとってみると、一つは「強盗一代記」次のは「節食健康法」とある。

「それ書いたのは有名な強盗なんだ。キミの密輸船ぐらいじゃアね」

「なるほど。上には上がありますね」

「キミもしかし相当な悪事を重ねたね」

「悪事ではありません。海はボクラの家というだけです」

「キミはいくつだい」

「満二十八」

「海軍出身かい」

「予科練です。父母が戦災で死にましたので、終戦のとき、同じような仲間と徴用の漁船で逃げだしたまま密輸やりだしたんです」

「いまは？」

「網元の家にゴロゴロして、漁師ですよ」

「そうか」男はタバコを吸って考えていたが、

「キミの原稿を本にするわけにはいかないが、どうだい、ここで働いてみないか」

「あなたは誰ですか」

「社長さ。大竜出版社社長吉野大竜」

男は威張って見せたが、小さい大竜だ。左近は笑いたいのを噛み殺した。

「オカの勤めは経験がありませんからダメですね」

「キミなら勤まるんだ。実はね。打ち開けて云うと、社員がみんな逃げたんだ。買収されたんだな。わが社は最近政界官界財界の裏面をバクロしたバクダン的手記を出版することになったのでね。社員が居なくちゃア手も足もでないんだ。うっかりボクが使い走りにでるとぶん殴られる怖れがあるし」

「誰がぶん殴るんですか」

「政界官界財界のボスのコブンだな」

「社員ならぶん殴られないのですか」

「そうでもないらしいがね。先方の言うことをきかないと、やられるかも知れないね。しかし、キミなら顔を知られていないから当分は大丈夫だよ」

「オカは物騒だなア」

「キミみたいな人がそんなことを云うもんじゃないよ。ホレ、この通り。たのむ！」

大竜はイスから立ち上って手を合せて拝んだ。この際、拝みたくもなろうというものだ。骨の髄まで大海の潮がしみこんだ赤銅色。ひねもすノタリノタリというとおだやかな様子だが荒天の無限のうねりを蔵している逞しさ。大竜とうとう左近の手をとって押しいただいて、

「キミの出馬によってこの日本全土が灘となって浪だつ。天下の熱血がわきたつのだ。たのむ！　この大竜を助けてくれ。日本の熱血をかきおこしてくれ」

そこへ娘がお茶を、小僧が原稿「密輸船」を持ってやってきた。しばし大竜熱の演技に気

をのまれて見とれている。大竜は気がついて、

「これなる美女は西江大将のワスレガタミ、わが社の専務、西江葉子クン。またこれなるは常務理事タコスケ、牛肉屋のセガレだ。この二人は重役だから逃げられない。オイ、重役、キミたちからも頼んでくれ」

「よろしく、たのむよ」とタコスケがいかにもオツキアイというマに合せの声で云ったが、葉子はだまっていた。落城寸前の大竜出版社に見切りをつけたらしい哀れさがただよっている。

左近は考えた。彼の船は三陸沖のサンマを追って帰ってきていま修理にかかっている。一月ぐらいはあまり用のない身体(からだ)だ。左近は重役が気に入ったのである。葉子がただの女事務員でタコスケがただの給仕ならこうはならなかったかも知れないが、二人が重役で、平社員はキレイサッパリみんな逃げたというのが気に入った。ちょうどその本のでき上るころまではヒマな身体だから、この哀れ奇怪な重役どもに一ピの力をかしてやろうかという気持になった。

「そうですね。ちょうどヒマだから、その本ができるまで、つきあいましょうか」

「ありがたい！」

タコスケが今度は本気によろこんで、とびあがって叫んだ。

「毎晩の宿直にボク音をあげたよ。今夜からウチへ帰って手足をのばして寝られるよ」

「キミは今夜から店へ泊りこんでくれ。仕事は明日からだ。夏川左近氏の入社を祝い、晩メシはスキ焼といこう」

二人の男が歓声を発してそれぞれ仕度に駈け去ったあと、葉子が云った。

「バクダン投げこまれても知らないわよ」

「そんなに狙われてますか」

「社員がみんなやめるほどですものタダゴトじゃァないわ」

「ボクが入社して迷惑なんですか」

「迷惑のはず、ないわ。ぶん殴られてカタワにならないでね」

淡い愛情のこもった目で左近を睨んで、葉子も去った。まんざら迷惑でもないらしい。監視艇の機関銃の目をくぐって密輪の荒波をきりぬけてきた左近は街のアンチャンのバクダンぐらい浜のアブと同じぐらいにしか珍しくもなかった。しかし浜の人たちに上乗（じょうじょう）の東京ミヤゲができそうだ。と考えて、彼自身もまんざらでない気持であった。

追われる女

翌朝、タコスケの書いた地図をたよりに左近は都心をはなれた氏家（うじいえ）印刷会社へでかけた。

住田嘉久馬のバクダン・メモの出版についてはそもそも印刷所に寝返りをうたれて弱ったのである。いったん引きうけても、翌日か翌々日になると、ほかの仕事の都合でと急にことわりを云ってくる。おどされたり買収されたりするのである。親しかった印刷所がみんなその始末であった。やっと引きうけてくれたのが、氏家印刷だ。しかしこれもいつ寝返りをうつか分らない。左近の仕事は刷りあがるまで泊りこんで督促することであった。

タコスケの分りにくい地図をたよりにどうやら到着してみると、小ヂンマリした印刷所で二十人ばかりの若い者がガッチャンガッチャン働いている。刺を通じると印刷インクだらけの工員が現れて、

「ぶん殴られずに来たらしいな。まア、はいれ」

「社長にお目にかかりたいのですが」

「オレが社長だよ。アッ！　キミは夏川左近じゃないか」

「エ？　あなたは？」

「忘れたかい」

「いえ、インクだらけで見当がつきませんよ。ア。なんだ。氏家少尉殿ですか」

「キミが大竜出版の社員かね」

「今日からそうなんです。実はこれこれの次第でにわかにそうなったのです。しかし、氏家さんが印刷屋とは知りませんでしたね」

「終戦のとき基地に不要の印刷機械が三台あったのを貰ってきて商売をはじめたら何となくモノになっちゃったんだよ」

「ハハア。ボクらの密輸船と同じ式の印刷会社ですか」

「キミが大竜出版の社員ならオレも考え直さなくちゃアなるまい。もともとこの出版にはインチキがあるとオレは睨んでるんでね。大竜出版は知らないらしいが、著者の住田嘉久馬がインチキなのだ。結局高い値で売りつける肚(はら)だね。出版に至らぬうちに立消えになるものとオレは睨んでいるのさ」

「それではバカバカしいですね」

「その通り。立消えになればオレは金がもらえないし、たぶん大竜出版も一文もとれないだろうと思うんだ」

「やるだけ損ですね」

「しかしキミが大竜出版の社員なら、やろうじゃないか」

氏家太郎はニヤリと笑った。感謝していいのかどうか左近はわけがわからない。

「社員というほどレッキとしたものじゃアないんですがねえ。無理していただくと、どうも、こまるな」

「キミならぶん殴られても平気らしいから引きうけるのさ。住田嘉久馬が金を払わなかったら、キミとオレで出版して密輸船へずらかるんだな」

「なるほど」

なんとなく面白そうな話になった。さっそく組みにかかった。印刷屋の職工は玄人よりも校正がうまいぐらいで、いろいろ手伝ってくれるから、無経験の左近も難儀しない。漁師は新聞なぞは読まないものだ。ラジオは漁船の必要品だが、ニュースに聞き耳をたてることもメッタにないから、バクダン・メモの内容はことごとく左近の新知識である。オカにはいろいろのことがあるものだ。これを婆婆というものであろうか。吉野大竜が左近の力作「密輪船」におどろかないのは無理がない。

初校を了って住田嘉久馬に再校を乞う段取りとなった。ぶん殴られる段取りも近づいたような形勢であるが、住田嘉久馬という怪人物に会えると思うと人食い鮫や大蛸(おおだこ)に対面するよりも興味がある。左近はゲラの包みをポケットにねじこんで、勇みたって広大な住田邸の正面玄関を訪れた。アンコーのような怪書生でも現れてくるかと思うと、ショボショボした老婆が現れて、

「裏から来るんだよ。ほんとに、まア、礼儀を知らない。用がすんだら、さっさとおかえり」

「待ってますから、至急やっていただいて下さい」

「校正なんぞいつごらんになるか分るかね。電話をかけて知らせるから取りにおいで。裏口から来るんだよ」

住田嘉久馬に会うどころの話じゃない。婆婆はことごとく勝手がちがう。再校がでるまで

は用のない身体になったから、左近は大竜出版へひきあげることになり、印刷所で夕食を御馳走になって帰途についた。灯りの少い夜道を駅に向って歩いていると、後から若い女が追ってきて、いきなり彼の腕をとり、

「お久しぶりね、吉田さん」

「人ちがいですよ」

「黙って！　お友だちのフリをして。おねがい」

「ボクは金を持たないよ」

「ね。おねがいですから、お友だちのフリをして。私、追われてるんです」

「キミはカンちがいしてるんだ。追われてるとすればボクだぜ。さては」

「ちがうッたら。私が追われてるのよ。ワケがあるのよ。ワケはあとでお話しするわ。おねがいだから、お友だちのフリをして。私のウチまで送ってちょうだい」

わけのわからぬことになった。ボスのコブンがぶん殴りにくるのに、こんな手のこんだことをするはずがない。してみると、この女にはたしかに左近に無関係の、深いワケがあるに相違ないが、人に追われるについては左近にも心当りが大有りだから、どうもまぎらわしくていけない。

「ほかの吉田さんをつかめばよいのに、なんだってボクをつかまえたんだろうね」

「ブツブツ云わないでよ」

「云いたくなるワケがあるんだよ。ボクの方にもね」

女はだんだん淋しい道へと左近の腕をとって急いで行く。さてはやッぱりこうして女に淋しい所へ導かせて殴ろうとの算段かなと左近は考えたが、女の顔を見るといかにも心配そうな顔で、人をだましているような顔ではない。オカの女、と云っても海には女がいないが、したがってつまり女というもの全体が海の男には見当がつかない。パンパンだか令嬢だか女全般について区別がつかないのである。しかし、この女のミナリは上等のようだ。香水の匂いもする。益々パンパンだか令嬢だか区別がつかないが、ただ一つ区別のつくことは西江葉子のような清楚な娘ではないということだけだ。葉子よりは年上らしいが、これまた海の男が目をみはるような美人であることはたしかである。

「ここが私のウチよ。だまって！」

女は前後を見まわして人の姿がないのを見とどけると、門のクグリ戸をあけて左近を先に押しこんだ。住田嘉久馬の邸宅ほどではないが、これも立派な邸宅だ。

「ここで待っててちょうだい。裏からまわって入口の戸をあけますから」

女は左近を待たせて闇の中に姿を消したが、やがて玄関に灯りがついて、女が入口の戸をあけた。彼を応接間へ通してイスをすすめて、

「ちょッと食べる物つくってきますから、待っててらッしゃいね」

「ボクは食事すみました」

「でも何かつきあってね。私、おなかペコペコなのよ。食べてからでなければお話もできないわ」

女は立ち去った。その応接間には仏像があった。ほぼ等身大の仏像だ。その仏像を見ているうちに、左近はふと気がついた。例のバクダン・メモの中に仏像の話がでてくるのである。むろんこの仏像ではない。なぜなら、それは一尺八寸の仏像だからだ。その持主は仏像の中に秘密書類を隠しているのである。彼の妾の芸者だけがそれを知っている。しかるに意外にも住田嘉久馬がそれを知っているのである。ここがこのメモの圧巻の箇所で、住田がこの人物の秘密書類の隠し場所を知っているということは、要するに秘密の全部、秘密書類の全ての内容をほぼ知りつくしているということを言外に匂わしているからだ。発表されたメモを読んで慌てて隠し場所を変えてみてももう手おくれだと嘲笑している。

仏像のどこにどのような仕掛けがあって物を隠せるのかそれはメモに書かれていないから左近も知らないが、なるほど秘密の隠し場としては面白い。左近は応接間の仏像を調べてみたが、この仏像にはそういう仕掛はなさそうだ。もっとも素人にたちまち見破られるような仕掛では秘密の隠し場所にもならない。

三十分あまり待った。するとこの邸の門外にざわめきが起り、数名の人がどやどやと邸内へ乱入したのである。

さてはいよいよ追手が来たな、と左近は思った。女の追手か、自分の追手か。自分の追手ならずいぶん手数のかかるワナをはるバカだ。たかが一介の漁師相手だもの、いきなり取りまいてぶん殴ればすむ話ではないか。

追手はドヤドヤ家の中まで乱入した。応接間の扉（ドア）があいて、立派な紳士が彼の前にヌッと立った。彼は左近を睨みつけて、

「キミは何者だね」

「キミは何者だ」

「云うまでもない。当家のアルジだ」

「ボクは当家の娘にたのまれて、ここまで送ってきた者だ」

「当家の娘はここにいる」

男のうしろから若い女が顔をだしている。なるほどその男によく似ている。生意気そうな娘であった。

「その人の姉か妹だろう。台所で料理をつくっているから、きいてみたまえ」

そこへまたドヤドヤと音がして、一人の青年が二人の女をしたがえて駈けこんできた。青年はいきなり男の前にバッタのように頭をさげて、

「申訳ありません。若い女の電話にだまされまして、それに迎えの自動車が来たものですから、つい電話を信用しておびきだされてしまいました」

「どんな電話だ」

「旦那様方のお車が衝突して皆さんケガをなさったから全員至急有楽町まで来いというお電話でして、有楽町で降されまして、どこできいても衝突のあった様子がありませんので、さてはとさとりまして」

どうやら左近もさてはとさとった。女賊にだまされたらしい。左近はきいた。

「あなた方、門のクグリ戸をあけて入ってきましたね」

「当り前だ」

「クグリ戸があいたんですね」

「あかなければ入れない」

「してみると、女は逃げましたね。ボクらがクグリ戸から入ったとき、女はカンヌキをかけたんですから。仕方がない。警察へ電話をかけてボクをつかまえて下さい」

左近はあきらめよく云ったが、しかし腑に落ちないことが一ツあった。それはなぜ女が左近をつれてきたかということだ。泥棒なら誰にも顔を見せずに忍びこむのが当然だ。わざわざ人に顔を見せるとは変な話ではないか。それとも用心棒のつもりだろうか。泥棒の用心棒とは珍しい。

アルジは彼を残して姿を消したが、十分ほどして現れて、他の者を退席させた。

「キミの話をきこう」

左近と向い合ってイスに腰を下した。左近は思わず苦笑した。

「あんまりバカバカしい話で二度とは云う気がしませんよ。警察でまとめて申しましょう」

「警察には知らせておらぬ。その女に心当りがあるからだ」

美人スパイ

アルジは左近の話をきき終って、考えこんだ。案外物分りはよいらしく、左近の話を信用してくれた様子である。

「キミはその女の顔を覚えているね」

「覚えていますとも」

「二十一二の美人だろう」

「ま、そうですが、泥棒ならどうしてボクをつれてきたのでしょうね」

「それは賊の正体を知らせるためさ。賊が誰かと分れば警察に知らせないのを知っているからだ」

左近は感服した。どうやらワケがあるらしい。あの女に何かを盗まれても仕方がないワケが。どうもしかし悪いめぐり合せで女のお見立てにあずかったのがバカバカしい。

「あなたが吉田サンですか」

「なぜだ」

「ボクに吉田サンと呼びかけましたよ、その女が」

「キミがイギリス人ならミスター・チャーチルと呼びかけたかも知れないさ」

アルジは冗談を云って苦笑した。奇妙な賊に見舞われた直後にしては、落付きのある人物だ。彼は鋭い眼で左近を刺すように見つめながら、

「キミを男と見こんでタノミがあるが、この女賊に盗まれた物を取り返してもらいたい」

「理由が分れば取り返すかも知れませんが、ボクは警察へつきだされて話がわかってキレイになるのが何よりですね」

「キミは現在の東京が往年の上海だということを知らないようだね。世界の各国から腕ききのスパイが寄り集っているのだ。不幸にしてキミが片棒かついだ盗難の品はそれに関係があるものだ。すでにその品物は女賊の手からある人物の手に移っているだろう。その人物が各国のスパイと取り引きをはじめる。外国の手に移ってしまえばそれまでだ。その人物の手もとにあるうちに取り返さなければならないのだ。これがキミの役目だね」

娑婆には思いがけないことが有りすぎるようだ。物に動じぬ左近だが、いささか娑婆の目まぐるしさに当てられ気味だ。あの女がスパイとは。なるほどスパイが美人とは物の本に読んだ覚えがあるが、その当人に片棒をかつがせられたとは光栄の至り。どうやらこの実録はバクダン・メモと強盗一代記の中間ぐらいの実力がありそうだから、今度こそ大竜氏も出版

してくれるかも知れないが、しかし、そのためには女賊の盗んだ品を盗み返す必要がある。片棒かつがせられただけでは話にならない。しかし、泥棒は苦手であるから、さすがの左近も閉口した。

「要するにその仕事は泥棒らしいね」

「取り返すのだ」

「泥棒にはちがいないでしょう。泥棒しないで取り返せるのは警察だけだから、そこへまかせなさい」

「警察へまかせられるならキミに頼みはしない。知られてはこまるのだ。この盗難を知っているのはキミだけだから、あえてこの役目をキミに果してもらうのだが、キミを脅迫したくはないが、キミの返答次第では命をもらう必要も生じるかも知れない。つまり、それほど重大な秘密なのだよ」

なんとなく情味と威厳のこもった言葉だ。非常に口が達者な人物のようだ。左近が泊りこんでいる網元もこんな口の達者な親方で、泣き落すのと脅かすのとの中間ぐらいの適当な言葉で野郎どもを働かすのに妙を得ている。このへんは海もオカも同じようなものらしい。

左近にはどうもこまった悪病があった。住田嘉久馬と同じように、なんとなくムラムラと実録をメモりたくなる文学癖があってこまる。かの美人スパイとの腕くらべなぞは文学的興味をそそってこまるのである。

「どの程度の泥棒ですか」

「あるいはバクダンを仕掛けて金庫を爆破する必要があるかも知れないね」

甚しく文学的興味をそそる御返事だから、左近は思わず相好をくずした。これには物に動じぬらしいアルジも薄気味わるそうな顔をそむけた。

「金庫を爆破すれば、ボクがつかまるでしょうが」

「そこを適当にやるのだ。キミの身体なら、できそうだ。殺してはこまるが、二三人適当に眠らせる必要はあるだろう」

「天下のお尋ね者だね」

「万一の場合の用意はぬかりがない。キミの生涯の安全はまちがいなく保障する」

「どんな風に保障しますか」

「キミが承諾してくれれば、その方法を指示する」

「ついでに女の住所姓名を教えて下さい。腹の虫がおさまらないから」

「それだけは教えられない。また恐らく誰もそれを突きとめることはできないだろう」

「それほど神秘的ですか。あのマタハリが。なアに、ボクが突きとめて見せますよ。ツラの皮をひンむいてやろう」

「キミの見ることのできない世界がこの東京にはあるのだね」

「その文句が気に入ったね。よろしい。しからば彼女の盗んだ品を盗み返してあげましょう」

そこで左近は改めて先刻（さっき）の青年に紹介された。そのカリの名を千葉とよぶのである。アルジのカリの名は神奈川、左近のカリの名は山梨と定まった。左近は明晩八時に某所で千葉ウジと会い、そこで金庫爆破や適当に眠らせる品々などを受けとって目下盗品の在る場所へと案内される手筈（てはず）になった。作業が不手際に終って天下のお尋ね者になりかけた場合の逃げ先などはそのとき指示をうけることになっている。まんまとマタハリクンにおびきだされた千葉ウジが相棒でその指示に従うとなってはタヨリないことおびただしいが、山梨ウジもまんまと片棒かつがせられたトンマな点甲乙ないから文句も云えない。

なんともシャクにさわってたまらないのはマタハリクンであるが、本気で憎みきれもしないのは、敵の手際があざやかすぎたせいかも知れない。

白雲荘の怪

どうせ実録をメモって大竜氏の高評を乞うことになろうと予定しているから、左近はクッタクがない。今晩の爆破計画に至るまでシサイに菓子やタコスケに語ってきかせたのである。大竜氏は商用と、ぶん殴られから身をまもることを兼ねて、関西へ旅行にでていた。菓子とタコスケが目をまるくしておどろいたのは云うまでもない。

「本当かい？　その話。信じられないや」

「私も信じられないわ」

「信じてくれない方がいいね。ボク自身も信じたくないんだよ。バカバカしい話だからね」

「そのアルジの本名はなんてのさ」

「要するに神奈川氏だな。帰るとき表札を探したが、でていないね。白雲荘という看板のようなのが門にぶらさがっていたよ」

　その日の午後、印刷のことで打ち合せの必要があって、葉子は氏家印刷へでかけた。その戻り道に白雲荘を探してみると、それが確かにあったのである。

「白雲荘ッて、どなたのお住いでしょうか」

　葉子はその近所のタバコ屋や何かで訊いてみたが、誰も知る者がない。誰かの別荘で、ふだんは留守番ぐらいしか住んでいないようだという話であった。

　附近を訊きまわって葉子が再び白雲荘の門前を通りかかったとき、一台の高級自動車がスルスルと滑って来てその門前へピタリと止った。中から降りたのは洋装の美人である。何かで見たようだと思ったが、見定めるヒマもなく女はクグリ戸から消えこんでしまった。高級自動車は戻って行く。中年の運転手一人。同乗してきた人はいない。葉子は自動車のナンバーを頭にシッカと書きとめた。女優だろうか。歌手か何かだろうか。どこかで写真を見かけた顔のような気がするのだ。そしてそれは左近に片棒かつがせたという女賊の面影に通じるものがあるような気もしたのであった。

「左近さんのお話は本当なのだ。あの女の人が女賊かしら？　そうだとすると、どういうことになるのだろう。白昼自動車を横づけにして……」

葉子の頭は混乱した。自動車は戻って行った。とにかく急いで戻らなければならない。あまりにも異様すぎる。左近の身に何か危険が迫っているような気がする。海のことしか知らない左近は葉子にでも気がつくような平凡な人生にすら不案内かも知れないのだ。駈けこむように大竜出版へ戻った葉子は、

「白雲荘は実在したわ。昨夜（ゆうべ）のこと、もっとよく教えてちょうだい。近所の話ではふだんは人の住まない別荘なのよ。ところが私が門前にいたとき、緑の高級車が横づけになって美しい女の人がクグリ戸をあけて邸内へ消えたのよ。あなたの女スパイッてどんな人？　五尺二三寸のスラリとした人じゃない？　女優のように美しい人」

「五尺二三寸のスラリとした人か。ま、そんなふうだな。女優のような美しい人か。ま、そんなところかな」

「おかしいじゃないの。その人が白昼自動車でのりつけるなんて。ね、だから私はこう思うのよ。その女賊って人があの別荘の本当の主人じゃないのかしら。その人があなたに云ったように。そしてドヤドヤのりこんできた人たちがその人の敵じゃないのかしら」

「ウーム。それは思いつかなかったなア。なるほど、それもあるかも知れないが、しかしだ

ね、彼女がクグリ戸にかけたカンヌキが外れていて一同がそこから悠々乱入したのはどういうわけだろう。その前に彼女がそこから逃げている証拠に相違ないと思われるが」

「そこが変ねえ。じゃア彼女が白昼堂々と自動車を乗りつけたのは？」

「それを彼女ときめちゃうから変なんだ。彼女かどうか知りもしないで」

とタコスケがズバリと一言急所をついた。三人のうち最も冷静なのはタコスケなのである。紙芝居の推理眼で育ったタコスケ、街のタンテイの素質がある。

「自動車のナンバー調べる方法ないかしら。どこかで見たような顔だわ。どうしても思いだせない。夏川さん、似てる人、思いつかない？」

「映画を見たこともないから」

「ねえ、夏川さん。スパイ事件が警察に知られてこまるのは盗まれた物が秘密の物だからでしょう。犯人が女賊でなくとも届けることができないはずよ。してみれば、夏川さんがまきこまれる意味はなくなると思うのよ」

「それが何よりフシギだね。ボクにもそれが頭にからみついて放れないが、あの女をとっちめてやるには、この事件にまきこまれてみるより仕様がないからね」

「第一だね。ふだん留守がちの別荘にそんな国宝的な秘密の品をおくのはおかしいね。ボクの推理によれば、これには深刻なるカラクリが隠されてるね」

タコスケがまた名タンテイのウンチクをかたむけてみせた。

「だからさ。ボクの意見としては、夏川さんが女に仕返しするんだったら、白雲荘を監視する方が近道らしいや」

「ま、いいさ。まかしておきたまえ。ボクに爆破させるのが誰の金庫でどんな品物だか、それを見とどけるのが何よりの近道だよ」

左近はギリギリのことを考えているのである。海の男にこう落付かれてはどうにもならない。二人がとめるのもきかず、タコスケの臨時の宿直を願って左近は八時に約束の場所へでかけてしまったのである。

緑色の高級車

午後七時四十五分。銀座裏の飲食店街にある中華料理芳々亭の隅のテーブルにただ一人、今しもワンタンメンを食べ終ったのは西江葉子であった。ここが午後八時左近のいわゆる都内某所に於ける千葉ウジとの会見場所だ。葉子は大胆不敵にも二十分も前からここへ来て待っている。もっとも、待つ人は左近ではない。葉子の兄の西江洋次郎である。七時三十分にここで落ち合う約束だった。

葉子はふだん洋次郎とは往来していなかった。なぜなら洋次郎は母親泣かせで、母親の言葉で云えばフハイダラクした人物だったからである。彼はキャバレーの女性と同棲し、彼女の働く店でボーイ頭のような仕事をやっていた。腕ッ節は強いのである。

葉子は最後のドタン場で左近の「犯罪」を阻止する決意をかためていた。しかし一人では心細いから、兄の店へ駈けつけてひそかに応援を頼んだのだ。洋次郎は七時半にここへ来てくれることになっていたのである。

午後七時四十六分。芳々亭へはいってきた洋装の美人があった。一直線に葉子のテーブルへ進んで行った。頭をあげた葉子はその女を一目見て声をのんだ。昼間白雲荘で見かけた女だ。

「覚えてらしたのね」

女は親しみをこめて笑った。しかしすぐ真顔にかえって、

「夏川さんが危険なのよ。悪物のワナにかかってひどい目にあうところなの。すぐに、急いで」

女は葉子のテーブルの伝票の上へポケットからつかみだした千円札を一枚ポイと投げ重ねて、葉子の腕をとるようにしてせきたてた。葉子は考えるヒマもなかった。女と一しょに外へ出た。露路をまがって並木通りへでると、例の緑の自動車が待っていた。二人が乗りこむと車はたちまち走りだした。

七時五十分。背の高い青年が芳々亭へ現れた。洋次郎である。彼は葉子の去った反対側の

露路を通って来たのである。給仕女をとらえて、

「二十ぐらいの娘が一人で来ていなかった？」

「お見かけしませんでした」

「二十分ぐらい前にいたはずだが」

「お見かけしませんでしたよ」

「そうかい」

　洋次郎は援助をもとめにきた葉子と七時ごろキャバレーの前で会って七時半の会見を約したのだ。彼のキャバレーから芳々亭まで歩いても五分ぐらいの距離しかない。七時半にボーイたちにあとをたのんで出ようとすると、マスターによばれた。用があって十分ばかり、出てくるから戻るまで留守番をして電話その他の用をたのむと云いつかったのである。マスターが戻ってきたのは七時四十五分であった。

　葉子が来ていないとはフシギであるが、夏川左近という人物が千葉ウジなる人物と会見するのは八時だというからそれまでどこかで様子を見ているかも知れない。洋次郎はフハイダラクしているが、葉子は彼のひそかに自慢の妹だった。バラのように香り高く、水仙のように清らかで、高い品性と知性にみちているのだ。フハイダラクしている故に、妹を誇りやかに思う慈しみが一層強かった。

　七時チョッキリに千葉ウジが手さげカバンをぶらさげて現れた。一番おそかったのは左近

である。仕方がない。海の男が銀座八丁の中から一軒の中華料理店を見つけだすのは大仕事なのだ。八時三分だった。芳々亭の扉を排して現れた左近は店の中を見まわした。そのときである。向いのシルコ屋から飛びだしてきて、左近の腰にタックルするように飛びついた小人があった。タコスケである。彼は叫んだ。

「グズグズしてちゃアいけないよ。葉子さんが誘拐されちゃったじゃないか」

「誰に？」

「例の女だよ。例の緑の自動車へ葉子さんを乗っけて行っちゃったんだ」

「追わなかったのか」

「聞き覚えのナンバーの緑の車を見てハッとした瞬間なんだよ。葉子さんが女に押しこまれて走りだしたんだよ。しかしね。ボクの親友の円タク運チャン、ミスター三郎が追跡しているから、行先はやがて分るよ」

　その時はもう千葉ウジの姿はいずこともなく消え失せていたのだ。思わずタコスケの前へ駈けつけて、歯をくいしばって二人の話をきいていたのは洋次郎であった。彼は歯を噛みくだきそうな形相で、思わず呻いた。

「しまった！　はかられたか。よし、行こう。キミはタコスケだね。キミは左近クン。知ってるよ。オレは葉子の兄の洋次郎だ。葉子にたのまれて来たのだが、残念！　一足おそかった！」

三人はひとかたまりに、とびだした。

敵か味方か

同じころ、すでに都心をはなれた淋しい道を走っているのは葉子と謎の女をのせた自動車であった。女は葉子の親しい友だちか姉のようにやさしかった。

「もうお分りでしょ、行先は。白雲荘よ」

葉子はうなずいた。そして、きいた。

「あなたは、どなたなの？」

「白雲荘の女主人よ。女スパイなんかじゃないわよ」

女の笑顔につりこまれて葉子も思わずほほえんだが、そのとき運転手が女に目くばせしてバックミラーを目で示したのに気がついた。誰かが追跡してくるらしい。

「私ったら、誰かに追跡されるタチらしいわね」

女は平然と笑っていった。左近の時とちがって今日は自動車に乗ってるせいか、落ちついている。

「夏川さんは白雲荘にいらッしゃるのですか」

「いいえ。白雲荘で悪者のタクラミをくつがえす計略をねるんですけど……変ね。追跡の自動車、ずいぶん接近してきたわ」

まったく甚だ不遠慮に接近してきた。三十メートルぐらいの距離だ。そして緑の自動車をヘッドライトで遠慮なく照す。女は平然たるものだ。それは悪い事をしていないアカシのようにたのもしくはあったが、葉子はまだ気をゆるすわけにいかないのである。

「安心してらッしゃい。私がついていますから」

葉子はそれにうなずく代りに、

「どうして夏川さんや私の名まで知ってらッしゃるんですの？」

「知るわけがあるんです。いまに分りますよ。私はあなた方の味方よ」

しかし女はついに追跡の自動車にたまりかねたらしい。美しい顔をビリビリとケイレンさせて、運転手に命じた。

「とめてちょうだい。そしてね。なぜ追跡するのか、きいてちょうだい」

緑の自動車は静かに止った。新しい高級車だから大そう滑りがやわらかで、葉子の乗りなれたバスや円タクとは乗心地が天地の差であった。追跡の車はぶつかりそうになって止った。葉子がふりむいてみると、追跡の車の助手台から降りたのは、顔見知りの人物だ。タコスケの牛肉店に働いている若い衆の安サンである。運転台から降りてきたのは牛肉店の隣のガレージの運ちゃん三郎であった。両名、ボロタクの両側に降り立って、一方が攻撃されたら一方が応援に馳せ参じるマンマンたる闘魂を示している。それを見ると、葉子は女に向って急いで云った。

「私の見知りの人たちですわ。あなたの運転手とめてちょうだい」

「あら、そうなの。大丈夫よ。私の運転手、平和主義者だから。どうなさる。あなた、あの車で帰りたい?」

葉子はうなずいた。さすがに大きな声で云う力はなかったが、

「夏川さんは白雲荘にいらッしゃるんじゃないんですもの。夏川さんのいらッしゃるのは、どこなんですか。そこへ行きたいのです」

「そこは女だけでは行けないところです。危険な場所よ。でも、いいわ。あなたはあの車で帰りなさい。夏川さんは私がきっと助けだしてあげますから。まだ四時間半ほど間があるから、安心してらッしゃい。そしてね、どんな場合でも私を疑らないようにね。あなた方の本当の味方は私だけよ」

女はドアをあけて葉子を降した。そのとき運転手が不キゲンな顔で戻ってきて、

「ケンカ腰ですよ。ずいぶん礼儀知らずの連中で、こッちを誘拐犯人扱いしてるんですよ」

「もう、いいのよ。葉子さんがよく説明してくださるでしょうから。じゃ葉子さん、ゴキゲンよう。安心してらッしゃいね」

葉子とボロタクを残して緑の自動車は立ち去ってしまったのである。

「あの車、私たちの味方なのよ」

「そうかねえ。もっとも、こちとらは何が何やら話の筋道がまだ飲みこめねえ最中なんだがね。タコスケの奴、せきたてるばッかりで、何が何やら分りゃしねえや」

「タコスケさん、どうしたの？」

「銀座にはりこんでる模様ですよ。奴は生れつきタンテイのマネが好きなんだ。むやみに張りきって仕様がないよ。ガソリン代の貸しだって去年から六千円もあるんだぜ」

「女の人のお顔みた？」

「チラッとね」

「どこかで見たような気がしない？　映画女優かなんかに」

「そうだねえ。なんとなく、そんな顔だね」

「タコスケさん、どこで待ってるッて云ったんですか」

「大竜出版で落ち合う約束でね。落ち合えなくとも黒板でレンラクの約束さ。奴はそのへんのこと、キチンキチンしてやがるよ。ああ張りきられちゃアかなわねえや」

大竜出版へ戻ると、ちょうど左近とタコスケと洋次郎がひとかたまりに駈けこんできたところであった。

その名は玉子

各人各様の情報をヒレキしあってみると、事態は危険であり、また甚だしく奇怪の様子であった。さすがにそれを的確に見てとっているのはフハイダラクしているだけに洋次郎であった。彼はウロンげに目を光らせて、

「葉子の話とは食いちがうようだが、その女こそ敵の親分的存在かも知れないね。葉子が女に連れ去られるについてはボクが時間におくれる必要があるだろう。マスターの奴、七時四十五分までボクに留守番させたのは女の方とレンラクがあってのことにきまってる。銀座のキャバレーなんてのは白雲荘的な伏魔殿と密接なレンラクがあるのが当然なんだ。ボクだって仲間にたのまれて、それに似たことは、やりつけてるんだよ。第一、左近クンの話の様子では昨夜（ゆうべ）の女が白雲荘へ行けるはずはないじゃないか。白雲荘の女主人なんて大ウソだ。あるいは女主人かも知れないが、彼女が女主人なら、昨夜白雲荘のアルジを自称した連中とグルでなければ話が合わないよ。女の顔をボクが見れば化けの皮をはいでやることができるかも知れないが、しかしだね、ウチのマスターをうごかすことができるような組織だと、とてもボクぐらいじゃ歯がたたない相手らしいね。そしてタクラミの根が意外に深く大きいらしいよ。左近クンに金庫を爆破させて盗み取ろうとした物はよほど重大な何物かだね。タコス

ケがあんな慌てて駈けこまなければ千葉ウジが相当に具体的な何かを左近クンにもらしたかも知れないが、事情が事情だからタコスケを咎めるわけにもいかないがね」

「チェッ！　誰より血相変えたのはお前じゃないか」

とタコスケが赤くなって怒ったのは名タンテイの誇りを傷けられたせいらしい。

左近も千葉ウジをとり逃したのは残念だと思ったが、洋次郎の話では給仕女が菓子なぞは来ていないとシラを切ったというから、ここも伏魔殿の出張所で、とうていここで千葉ウジを捕える見込みがつかなかったことは察せられるのである。

しかし左近は女も敵の一人だということを洋次郎のように割りきる気持にもなれなかった。この婆婆は海の底よりもよほど複雑怪奇にみちているらしいから、女主人が敵の上足のジュウリンにまかせて自宅から退却したり、翌日はまたノンビリと自宅に戻っていることができたりしても、これは戦争にだってよくあることだから必ずしもフシギだとは云えない。要するに彼女の味方のエンゴ射撃が鞏固な時には自宅に戻ってノンビリできるのが当然なのである。

しかし、女が夏川左近の名を知っていたのは、なぜだろう？　東京のあらゆる住人の名を知っていても、彼の名こそは知られないのが当然なのである。これが何よりのフシギだ。そして左近を助けるとはなぜだろう？　つまり自分が左近をマキゾエにしたために彼を危険にさらすことになったから助ける義務があると考えているのだろうか。それなら話が分らないことはない。しかし、その意味で助けてくれるつもりなら、そして名前を知っているなら、大竜出版へ名乗りでて事情を明かにすべきではないか。単身敵地へ乗りこんできて芳々亭から葉子を連れ去るよりは、その方がむしろ安全のはずだ。このへんのところが不可解である。しかし、どういうわけか、左近はこの女を憎みきるわけにいかなかった。

「女が敵か味方かはどうでもいいようだね。とにかく白雲荘という女の住居が分っているのだから、乗りこんで訊いてみるのがいいようだな」

左近がこう云うと洋次郎は呆れ果てて、

「貴公は海の底しか知らねえらしいな。神奈川ウジなる人物が貴公に名言を説いてるではないか。東京は往年の上海だ、とね。まさにこれが真実なんだ。ボクなんぞはまさに上海のチンピラさ。白雲荘へ乗りこんだが最後、キミの足跡はそこで永遠に消えてしまうのさ。夏川左近なんて漁師が東京のマンナカで消えてなくなったって誰も騒ぐはずはないね」

「東京はそんなところかね」

「東京が昔の上海だと知ってる者だけがその恐しさも身にしみて知ってるのさ。ボクの言葉を信用したまえ。とにかく今は味方だよ」

「分りました。まもりますよ、お言葉を。まるで東京は戦場だね。ボクはもう戦争には行きたくないからな」

左近はこう云ったが、その戦場が特に怖しいわけでもなかった。しかし永遠に足跡を消してもらいにわざわざ出かけるにも及ばない。だが、どうも、敵のコンタンがのみこめないのだ。自分が倉庫を爆破して奪いとるはずの物は何物であったか。それを命じた神奈川ウジは何者であるか。それを考えると甚だ寝ざめのわるい心持だ。そしてまた胸クソわるい心持もするのである。要するに腹もたつし、イヤな気持だ。

「神奈川ウジが何者で、爆破するはずの金庫がどこの金庫で、その中の品物が何であったか知る方法はないものですかね」

左近がこうきくと、洋次郎は困ったように顔をしかめて、

「それなんだよ。知らずにすめば、むしろその方が我々にシアワセなのだ。ひょッとすると、否応なくそれを知らなければならないところまで追いこまれるかも知れないぜ。そのときは我々一党、命がけの問題さ。そこまで追いつめられる危険が多分にありそうな気がするのだが、そのときは命あっての物ダネだから、アッサリ手をあげる分別がカンジンさ。特に女、子供はね。桑原桑原」

洋次郎は特に妹のために心痛しているらしいが、そのへんは上海人もなんとなく殊勝である。左近も自分の片意地によって人々に迷惑を及ぼしてはならないということを何より深く自戒する気持が生じた。

「今度のことは全くボクから生じたことだから、皆さんに迷惑が及ばないようにどんなことでもしたいと思っていますが、その方法にはどんなことがよろしいかね」

「そのことは相手の出方を見る以外に仕方がない問題だね」

「しかし葉子さんが再び誘拐されでもすると万事手おくれになりゃしませんか」

その問題はさすがの洋次郎もたまらないのである。軽率に返事もできなくて、沈痛な面持で考えこんでしまった。

しかし葉子が先刻から一言も発せずに考えこんでいるのは、自分の命の問題なぞではない。謎の女の顔なのである。たしかに何かで見かけたことのある顔なのだ。敵でも味方でもかまわないが、とにかく女が何者であるか、思いださずには居たたまれない焦燥を感じる。有り合せの雑誌を探しだして、女優、歌手、ダンサー、ミス何々、当てもなく女の写真を追ってみるが、どれでもない。しかし、どこかで見た顔だ。

彼女はボンヤリ一冊の綴じこみをとりあげた。手近かには、もうそれぐらいしか本がない。ほぼ諦めて習慣的に写真の顔を追っていた葉子が思わずアッ！　と大きな声をだした。

「この人だわ！　あんまり手近かなところだし、それにいつも和服の写真でしょう。だから分らなかったのよ！」

「手近かなところッて、近所の人？」

タコスケがせきこんできくと、葉子は高々と一同に綴じこみを示して、

「バクダン・メモ関係の綴じこみよ。その人の名は、玉子！　バクダン・メモの花形芸者、玉子サンよ。絶対に、そうだわ。夏川さん、見てちょうだい」

左近はその写真をジッと見た。女の顔を見わけるのは苦手だが、十哩（マイル）さきの潜水艦を見わけるコンタンと闘志をかためて睨みつづけた。フシギや、マンマンたる自信をもって鑑定に成功したのである。彼は静かに断定した。

「たしかに玉子にまちがいありません」

洋次郎のたのみ

四日すぎた。住田嘉久馬の再校がでないので、左近は用がない。けれども、葉子の身にもしものことがあってはとの懸念から、玉子や白雲荘のことは忘れることにしていたのである。商用の旅から戻った大竜は再校がでないのに業を煮やして、しきりに電話で催促するがラチがあかない。たまりかねて住田嘉久馬に面会を求めたけれども、居所が分らぬという返事である。住田の事務所へ押しかけて行ったが、ここでも居所不明という返事にすっかり腹を立てて、

「明日は自分らで再校して紙型をとっちまうんだ。遊んでたんじゃ商売になりゃしない。明日から出動だぜ」

と一同に云いのこして去った。それから葉子が夕食をこしらえる。三人で食事を終えてか

なったからだ。

ら葉子はタコスケの家へ帰るのだ。なぜなら、一件以来、葉子はタコスケの家へ泊ることに

葉子らと入れちがいに顔をだしたのは葉子の兄の洋次郎であった。

「キミにたのみがあって来たんだけど、キミ、海へ戻ってくれないかなア」

左近に顔を見つめられると、彼は困って、うちしおれた。

「キミが東京にいると、困ったことになるんだよ。ボクは脅迫されてるんだ。キミを海へ帰しゃいいんだよ。さもないと、次から次へもっと困ったことを脅迫されるのでね。妹の身にも危険が及ぶかも知れない。キミさえ東京から立ち去れば、万事すむんだよ」

「ワケがわからないね」

「ワケなんかわかってくれない方がいいんだよ。ボクにもワケはわからないが、この命令はのッぴきならぬものなんだ」

「誰の命令?」

「誰のだか分らないよ。だが、その命令をボクに中継するのはボクのキャバレーのマスターだ。つまりボクはこの事件にかかりあったために この脅迫や命令に従わざるを得ないことだけハッキリしてるんだ。それがボクらの世界の掟だね。キミが穏便に立ち去ってくれればボクも助かるし、結局この店や妹のためにもなるのさ。ここに旅費があるから。この通り、たのむ」

洋次郎は金一封の封筒を机の上へおいて、両手をついて頭をさげた。十日ほど前には、洋次郎の今いる場所で大竜が手を合せて拝んだのを思いだして、左近は変な気がしたが、洋次郎が全然うちしおれているから、なんとなく気の毒な気持にもなった。

「タノミをきいてあげたいが、ここの社長にも同じようにたのまれたのでね。引受けた以上はボクの一存ではどうにもならないね」

「キミが東京から立ち去るのが社長のためにもなるのだよ。それを理解してくれたまえ」

「ボクが理解する必要はない。社長が理解してくれさえすればね」

「社長が了解すれば海へ戻るね」

「むろん、戻る。しかし、キミが社長を脅迫しての了解なら、海へ戻ることはできなかろうよ」

「ひどい侮辱だなア。それも仕方がないが、妹の味方の人々に悪いことをしたくないのがボクの一念なんだ。じゃア、明日の正午に、東京駅の八重洲口で待ってるぜ」

「いまからその返事はできないね」

「きっとキミもきてくれると思うよ。ボクの気持にもなってくれたまえ。妹の身にもしものことがあってはと心配でたまらないのだ」

洋次郎は左近が返した金一封を残念そうに受けとって、泣き落しの一言をつけ加えたが、にわかに思いだした様子で、ポケットから一枚の夕刊をとりだした。

「これ読んでみたまえ。キミ自身には思いがけないことがキミをとりまいているらしいのが分るぜ。なんのことだかボクにも正体はつかめやしないが、とにかくキミは思いがけない理由で、思いがけない敵を幾組となく背負ってしまったらしいぜ」

それは田舎者の左近が名を知らなかった夕刊新聞であった。四段ぬきのミダシで、

「玉子行方不明。生死を案ぜらる」

とある。拘留中の大石弁造の証人として訊問をうける予定の愛妾玉子が数日来行方不明のことが分り、当局を狼狽させてるという記事である。数日前の宵の口にジャンパー姿のヨタモノらしい若い男に腕をとられて連れ去られるのを見かけたのが最後で、それから行方が知れないから、当局ではジャンパー姿の若者を追及していると結ばれていた。

「ジャンパー姿の若者とはキミらしいぜ。え？　キミは得体の知れない悪漢一味からも、警察からも、思いがけない理由で追及されているのだ。世の中って、こんなものさ。キミの潔白はキミが信じることができるだけのものだぜ」

「大石弁造はボクに金庫の爆破を押しつけた人だね。そして、たぶんキミを脅迫している張本人だろう」

「どういうワケで？」

「白雲荘の主人らしいからだ」

「どうして？」

「玉子のダンナだからさ」

「キミは新聞を読んだことがないらしいな。大石弁造は三週間も前から拘留されているのだよ。それに、白雲荘の持主が誰にしろ、その当人がキミに顔を見せるはずはなかろうさ。白雲荘の主人と名乗った人物は、キミが再びめぐり会うことができないような名もない陰の人物だね。それが裏街道の常識だよ。張本の大物がキミに顔をさらすことはありえないものさ」

なるほど、と考えこんだ左近を洋次郎はいたわり顔に見つめて、

「とにかく、キミが東京にいると、妙に忙しくなるばかりらしいね。だから、妹の身のためにも、よろしく、たのむよ」

と洋次郎は二ツ三ツ余分に頭をさげて、立ち去った。すると、それと入れ代って姿を現したのは葉子とタコスケだ。タコスケはニヤリと笑って、

「ボクらが出るのを待ちかまえて彼氏が店内へはいるのを見のがすようなタコスケ探偵じゃないからね。暗闇でアリの這うのも見のがさないという原子眼だ」

「なんの話？」

葉子は心配顔だ。

「海へ帰れとたのまれたのですよ」

「脅迫なのね」

「気の毒なほどうちしおれてのタノミなのです。脅迫されてるのはあの人の方ですね。誰と

も分らぬ人物に、ボクを海へ帰せという命令をうけてきたのです。キャバレーのマスターの中継でね。もう組みが終っていることだし、ボクが今さらいなくとも本の発行にさしつかえがないような時になって、妙な話ですよ。もともと一介の漁師ですもの、ボクにはなんの力もありません。ボクの存在が誰かの邪魔になるような大それたものでないことはハッキリしているはずですが、人生とは当人には思いがけないものだというのがあの人の説です。その一例がこの記事だということですが、なるほど、思いがけないことは確かです」

二人はそれを読んでしばし呆れはてていたが、タコスケはめまぐるしく眼力をはたらかした後に、

「玉子の居所を知ってるということが夏川さん敬遠の理由ではない。なぜならば、葉子さんもタコスケ氏もそれを知っているからである。特にタコスケ氏のタンテイ眼をあなどるのはワケがわからないな。してみるとタカの知れた敵だね。それで夏川さんは、なんと返事したんですか」

「明日の十二時に東京駅の八重洲口で待ってるそうだ。社長が海へ戻ってよろしいと承知すれば戻るよ」

「なぜさ」

「ボクが東京から立ち去らなければ、あの人は次から次へとさらに困ったことを脅迫されるそうだ。そのあげく社長や葉子さんの身にも危険が迫るそうだよ」

「敵もボクには手がだせないらしいね」

「私のことなら平気だわ」

葉子はいささかなじり気味だ。

「だってね。私たち、他人(ひと)から危害をうける覚えが身にないんですもの。私は誰も怖れないわ」

「危害をうける理由は一ツあるね。つまり今回の出版さ。敵は夏川さんを買いかぶっているらしいよ。つまりさ。夏川さんをこの出版に絶対必要の用心棒ぐらいにふんでるらしいや。トンマな奴なんだね」

「出版は私たちの職業ですもの。人を怖れることはないわ。途中でよして海へ帰るなんて反対だわ」

「夏川左近もヤキがまわったらしいよ。ボクがヤキをいれてやるから、一ヵ月ほどボクに見習って修業しな」

「海の男はシケを怖れないが、オカが怖ろしいのだよ。甚だオカは物騒だ。キミたちの生一本なのも尊いが、怖ろしいものを怖れることも大切だよ。社長がボクに用がないというなら、ボクはよろこんで東京を逃げだしたいや」

左近はバカのようにカラカラ笑った。そしてもうキミたちに用がないと云わぬばかりに大手をひろげてアクビをした。葉子とタコスケは無念の形相で彼を睨みつけていたが、葉子がタコスケをうながして、消えるように立ち去った。

これでよいと左近は思ったのである。葉子の身に何かが起っては気の毒だ。吉野大竜にしても由々しい危険が身に及びそうな気配を見てとれば手をひきたくなるに相違ない。自分の離京が人々の役に立つなら、そうするに越したことはない。この出版に執着しなければならない理由は左近にはなかったのである。葉子のために手伝う気持になったようなものであるが、そして葉子が次第にこの出版に乗気になりつつあるのは確かであるが、それだけに葉子の身に危険の迫る率も増大しているようなもので、今となっては身をひくのが葉子のためだと左近は思った。葉子のこの出版への執着は乙女心の感傷と行きがかりにすぎない。自分がそッと身をひけばオカはナギの海のように静かになるのである。

再び緑の自動車

ところが翌朝意外にも吉野大竜は早々とつめかけて、それ出動だと大そうなハリキリようである。左近はこれが東京最後の朝飯と冷たいメシにミソ汁をぶッかけて食っているところであった。

「まだ葉子さんもタコスケも来ていませんよ」

「どうせ二人は留守番だ」

「西江洋次郎という葉子さんの兄さんが訪問しませんでしたか」

「アア、来たとも。その男だよ、オレを怒らせたのは。タンカをきってやったんだ。やせても枯れても吉野大竜、ギャングの脅迫で仕事をやめるようなチンピラじゃアねえや、とな」

「そんなに偉いんですか」

「偉いとも。はばかりながら密輸船のアンチャンを失望させるような吉野大竜ではないね」

大竜は左近の朝飯をせきたてて、二人はただちに氏家印刷へ向った。それを見とどけてソッと姿を現したのは葉子とタコスケ、二人の後姿を見送っていつまでも大笑いだ。そのはずである。昨夜二人は外へでると大至急円タクを拾って、洋次郎に先まわりして大竜を訪ね、洋次郎の企みを拒否させたのだ。大竜は小心ヨクヨクたるところもあるが、オッチョコチョイの勇み肌もあって、小さいのや女の子におだてられても気をよくしてのぼせあがる性分だった。

氏家太郎は二人を迎えて、

「ちょうどよいところへ来てくれましたね。実はボクの方からお訪ねするつもりでいたのですがね。実はね。今朝はやばやと妙な女が来ましてね。ジャンパーを着て、こんな男がここにいないか訊くんですが、それがつまり、夏川君、キミらしいんだ。変だと思ったからそんな男はいないと追い返したんだが……」

「二十二三の美人で、洋装……」

「イヤ、そうじゃない。顔も洗わずにとびだしてきたような三十ぐらいの薄汚い女なのだ。なんの用だときくと、この新聞を見せてね、このジャンパーの男を探してるんです、玉子さんの家の者だと云うんだね」

氏家がとりだして見せたのは例の夕刊だ。彼は左近を見つめて、

「キミ、こんなことをしたのかい。住田嘉久馬にでも頼まれて荒仕事をやったのかとボクもつい思ったのだが」

「話がアベコベなんですよ。実はこれこれで逆にボクが白雲荘というところへ連れこまれたのです。そのあげくに——」

と左近は二日にわたる怪事件、ならびに昨夜、洋次郎がきて東京をひきあげてくれと頼まれたことに至るまで語りあかしたのである。

「玉子がキミを知るはずがないじゃないか」

「その通りです」

「しかし、たしかに知ってるね。そして玉子以外の人々も知っている。なぜなら、今朝ボクのところへ現れた女もキミを知ってるはずだからだ。してみれば、キミがこの出版にかかりあってる人物と承知の上の企みだね」

「そういうことになるようですね」

「キミはまた何だって金庫爆破にノコノコでかけたのだい？」

「爆破するかしないかは誰の金庫か見とどけた上できめるつもりでした。あるいは金庫の代りに千葉ウジをなぐり倒して戻ることも考えていました。もっとも、ピストルかなんか突きつけられて否応なしに爆破させられたかも知れませんがね。その時まかせのつもりでした」

「ボクも今朝までは別のふうに考えていたのさ。つまり住田がなかなか再校をださないのは、取引きしてるからだと思っていたのだ。それを高く売りつけて出版を中止するとね。もっともボクの方へちゃんと勘定を払ってくれればボクもそれ以上固執することはないわけだがね。しかし、今朝方の女のことや、キミの話をきいてみると、住田以外の誰かが、住田ぬきでこの出版を挫折させようと暗躍しているようなフシがあるね。すくなくともその人物が住田でないことは確実だ」

「しかし住田が再校をださないばかりか、この大竜に会ってくれようともしないのはフシギだねえ。この大竜は住田に男と見こまれて出版を托されたのだぜ。はばかりながらオレも住田を男と見こんで引きうけてやった人物だ。たがいにタダモノならずと相許している二人じゃないか。してみると、住田の行方不明と玉子の行方不明はいずれも真実で、誰かの魔手がのびているのかも知れない」

「今の世にはそんなこともあるかも知れないが、しかし、住田や玉子をかどわかして隠すというのは確実な犯罪で、容疑としての疑獄よりも不利だから、利口者がやることだとは思われないようですね。密輸船あがりの夏川君に金庫を破らせて日陰者にするのとはワケがちがうようです」

「さにあらずだ。キミは単純すぎるよ。今の世はそんなものではない」

「ですが、住田や玉子をかどわかす荒業ができるぐらいなら、ボクを海へ帰らせるのにペコペコすることはなさそうですよ」

「ザコを殺して大罪を犯すのは愚の骨頂だぜ。ザコはザコらしくペコペコするだけで追い出せるなら、うまいものじゃないか」

「なるほど」

「ま、余計なセンギはどうでもいいや。吉野大竜は出版屋だ。他日三十六階の大出版ビルを建設するこの大竜、問答無益だ。それ、我々の手で校了にして、紙型をとって、刷りあげちまえ。男と男の約束だ。大竜よくやったと住田嘉久馬がいずれオレの手を押しいただいて礼を云うぜ。わかっとる」

大竜は印刷屋や製本屋でホラをふくのが何よりうれしい時間であるから、吹いて吹いて吹きまくりながら、その日はめでたく校了にして二人はいったん店へ戻ってきた。

ところが店内で二人を待っていたのはタコスケと洋次郎だ。両者なんとも沈痛な面持で二人を迎え、タコスケは泣かんばかりに、

「氏家印刷へ電話したら一足ちがいに出たあとでねえ。ボク、こまったよ。ちょッとパチン

コへ行ってる留守に、葉子さんが消えちゃったんだ。葉子さんを連れ去ったのは緑の自動車だと近所の人の話なんです。とてもすごい洋装の美人と一しょに緑の自動車でどこかへ立ち去ったというんですよ。それはむろん玉子ですよ。今日はまたパチンコがよくでやがるんだ。葉子さんをよろこばしてやろうと思ってやりすぎちゃってね。すまん。これで、カンベンしてくれよ」

タコスケは両のポケットやズボンのかくしからキャラメルだのシャボンだのをゾロゾロとりだした。さすがの洋次郎も目に涙をためて、

「ボクの怖れていたことが、とうとう来ちゃったんだ。だから夏川君に素直に海へ帰ってくれと云ったじゃないか。夏川君がせっかく帰る気持になってくれたそうだのに、バカ大竜の大阿呆の大トンマのホラ吹き野郎が悪いのだ。葉子を返せ」

「吉野大竜は逃げも隠れもしない。なんたるボケナスだ、タコスケめ。わが社の浮沈をかけたこの日この時、パチンコとは何たることだ。だがなア。変ではないか。玉子はかどわかされて行方不明のはずであるが」

「行方不明というだけですよ。かどわかされてときめるのは考えものですね。かどわかした犯人がボクだときめてる慌て者もいるほどだから」

「どうも、それでは話があわない。住田と玉子は同一人物にかどわかされたに相違ない」

「アナタが話を合せないだけですよ」

「ねぼけるな、バカ大竜。葉子が緑の自動車にさらわれたという事実が目の前にあるんじゃないか。妹を返せ」

「待て、待て。吉野大竜は静かに考えてみるぞ。エエと。その自動車の女が玉子だという証拠があるか」

「トンマだな。キサマ。葉子が緑の自動車でかどわかされた事実があるのだ。自動車の女が玉子でなければ葉子をつれだすことはできないはずだ」

「ちょいとドライブということもある」

「バカ」

「吉野大竜は静かに考える。たぶん夕食をたべて戻ってくるかも知れんぞ。あの娘をさらっても一文の得にもならんではないか」

「ボクを脅迫することができるし、その脅迫に絶対服従させることができる。バカ大竜の首をチョン切ってこいと云われればそのトンマ首をチョン切ることは絶対だ。よく覚えておけ」

「してみると、そこにおいて、だ。キミがワガハイを脅迫するために玉子を使って葉子をかどわかしたという推定もできるぞ。ウム。それもある」

とたんに大竜の小柄の身体が椅子をころがして壁の下へすッとんだ。洋次郎は大柄であるし、腕ッ節も強いから、怒りにまかせたその一撃をうけた大竜、ウームと時折うなるだけ。起き上る力もない。目を白黒して、ぶたれたところをさすっている。

タコスケと左近はふきだした。同情の余地がない。味方の二人が笑いたてるばかりで手をかしてくれないから、大竜しぶしぶ起きあがった。

「吉野大竜は殴られて昏倒しつつも考える。実業家とはこういうものだ。今朝氏家印刷へジャンパーの若者をさがして行った女がいる。玉子の家人だ。してみれば彼女らはジャンパーの若者と玉子が腕を組んで消え去った行先、即ち白雲荘を知らないのだ。しかしてだな。玉子は行方不明であるから、その妾宅や旦那の私宅や別荘等の当然居るべき場所にいないのだ。したがって玉子の隠れている白雲荘は表面的には彼女とツナガリのない人物の邸宅だ。玉子はここに隠れておる。したがって、葉子もここにいるぞ」

大竜は昏倒中の思索を示して威信の恢復につとめたが、玉子のいそうな場所といえば白雲荘と相場がきまっているのだから、誰もおどろく者がない。

「柳の下のドジョウだね」

とタコスケまで軽蔑した。洋次郎はシャレや冗談にとりあっていられない。左近の片腕をいきなり握りしめて、

「キミは東京を立ち去ってくれ。葉子の行方を探したってムダなんだ。奴らの仕業は腕ききの名探偵や刑事でも嗅ぎつけるには骨の折れるものなのだ。キミが東京を立ち去れば自然に葉子は戻ってくる。キミがいま去れば今夜のうちに戻るだろう。キミがいるうちは葉子も戻らないし、ボクも脅迫されるばかりなのだ。な。たのむ」

「ああ、いいとも。キミは立派な兄さんだ。キミの云う通りにしよう。しかしだね」

左近は洋次郎の肩を叩いた。

「まず葉子さんを返すようにはからってくれたまえ。そして葉子さんの帰宅を見とどければ、ボクはその場から東京駅へ行こう」

「こまるなア。キミは彼らを知らなすぎるよ。いったん彼らが行動にうつった以上は、五分五分じゃア取引きはむずかしいよ。キミの立ち去るのが先でなければオイソレと葉子を返してくれないね」

「ボクの在京が誰にそれほど邪魔なのだろうね。ボクが立ち去れば葉子さんが返されるというワケが分らないから、キミの言葉だけじゃ信じられないのだよ。葉子さんが戻るまではボクは東京を立ち去るわけにいかないよ。キミでダメなら、ボクは自分で必ず葉子さんを探しだして取り戻す。それまでは海へ戻らない」

「とにかく葉子が戻ればキミが立ち去ることは確かだね」

「その場から東京駅へ行こう」

「とにかくマスターにたのんでみよう」

洋次郎はションボリ去った。

海の呼ぶ声

洋次郎は葉子をさらわれた怒りでいっぱいだった。マスターの部屋へはいると、いきなりなじった。

「妹をさらうなんて卑怯じゃありませんか。夏川左近を東京から追いだすためにボクは今日も一日奔走してたんですよ。それにも拘(かかわ)らず葉子をさらうとは何事ですか。葉子を返してもらいましょう」

「立ち話は落付かないよ。イスにかけたまえ。キミはビールか。ウィスキーかい」

マスターの曽我は支那でもこの商売をやってた男だが、そんな面影は見られない。商人のように如才がなくて、人ざわりがやわらかだ。だから使用人が荒々しくゾンザイに話しかけ、主人がやわらかく優しく答えるようになるが、この商売では結局やさしく押える方がキキメがあるのだ。使用人たちは荒々しくゾンザイに甘えているようなことになる。

洋次郎は曽我のついでくれたハイボールを一息にのみほして、

「ボクは今朝も朝っぱらから女房を叩き起しましてね。氏家印刷へジャンパーの男をさがしているようなフリをさせて行かせたのですよ。夏川左近は根が素直な荒海育ちの男ですから、納得できればおとなしく東京を出て行くのです。ただ奴を納得させることができないでしょう。仕方がないから、いろいろ手をうっているのです。女房の奴、朝ッぱらから叩き起されて大立腹でしたが、手を合さんばかりに頼みこんで変な芝居をさせてみたり、ボクもまさに必死ですよ。これだけボクがやってるのに、頃合を見はからって夏川を口説き直しに出かけてみれば、葉子がさらわれたあとじゃありませんか。どこへ隠したんですか。たった一人のボクの可愛い妹ですよ。返してもらいましょう」

「人ぎきのわるいことを云うなア。ボクがさらッたんじゃあるまいに、キミもまた逆上しすぎてるな」

「逆上しますとも！」

「ボクはただある人のいいつけでキミにイヤなことを伝える役をしているだけで、元はと云えばキミがこんな変な事件にかかりあったりしたからだ。おかげでボクまでまきこまれて、その上キミに怒鳴られちゃアあわないよ。ね。キミが今日の午前中にという約束通りにやれなかったから、こういう結果になったらしいが、それをボクのせいにしたって仕様がないよ」

「約束と云ったって、無理なことを一方的に押しつけておいて、ちょッと時間がおくれたからって妹をさらわれちゃア堪りませんよ」

「しかし、それはこまったねえ」

「元々無理なんです。夏川左近を納得させる理由がないのに納得ずくでおとなしく退散させろと云うんでしょう。ちょッとは時間がかかりますよ。しかし夏川はおとなしく退散しようと腹をきめたところまできていたのです。そこへ葉子をさらったものですから、葉子が無事に戻るまでは東京を立ち去らないと怒りだした始末です。ヤブヘビじゃアありませんか」

「しかしだね。キミがボクに何と云っても今さら仕方がないんだよ。ボクはただ今日の午前中までにという命令を伝えるように言いつかっただけなんだ。したがって、キミもまたその命令にしたがわざるを得ないだけで、命令通りにいかなかった場合のことは、その責任がボクにないことだけは明かじゃないか。そのへんを考えて、言葉おだやかに話をしてくれたまえよ」

「夏川は葉子が無事に戻ればその場から東京駅へ行くと云っているのです。葉子さえさらわれなければ、彼は自発的におとなしく東京を立ち去る腹になったところなんですよ。今ごろは汽車で東海道を走っていたはずなんですよ。はやく葉子を返していただいて、さっさと奴を退散させるに限りますよ」

「なぜおとなしく夏川を退散させる必要があるのかということはボクも知らないしキミも知らないのだから、当事者がキミの考えに同意するかどうかはキミもボクも推量はできないが、ま、キミの意見を伝えるだけは伝えましょう。おってキミにその返事を伝えるから」

「とんだことにまきこまれてボクは閉口しきっていますよ。早くケリをつけていただいて、忘れさせていただきたいものですね」

「お気の毒だが、ボクの意志ではないんだから、どうにも仕様がないよ。ま、さっそくキミの意見を先方へレンラクするから、店で働いて返事を待っていたまえ」

洋次郎が店へ戻ると、それを待ちかまえて彼の女房が駈けよった。この店では礼子という女給だ。

「大変なのよ。今朝私が訪ねて行った印刷屋のオヤジが来てるのよ。まさか嗅ぎつけてきたわけじゃアないでしょうね」

「嗅ぎつけるはずはないが、しかし妙な暗合だな。キミは顔を見られなかったろうな」

「それは大丈夫。それに、ちょッと見たぐらいじゃ気がつかないわよ。今朝は着物だし髪もモジャモジャでお化粧もしていなかったんだもの」

「キミはその席へ近づかないようにしたまえ」

洋次郎が氏家の席へ近づいて様子を見ると、二人の身ナリのよからぬ人物がビールをのんでいる。一人はジャンパーだ。云わずと知れた左近である。謎がとけたから彼もホッと安心して、その席へ立ちより、

「こまるじゃないか。夏川君。キミは敵の顔を知らないが、敵はキミを知ってるばかりじゃなく、この店の常連の中にその敵がたしかにいるに相違ないのだ。第一、ボクはいま菓子のことでマスターに談判して敵にレンラクをたのんだところだよ。東京を立ち去るはずのキミが敵の本拠かも知れない場所へノコノコ現れちゃアこまるじゃないか」

「近々東京を立ち去ることになったから、一ぺんぐらい銀座の風にも当りたくて来たのだよ。

キミの店ならまさかの時の財布の心配もいらないからと友人を案内したわけさ」

「なるほど、そういうワケなら尤もだが、敵にはそれが分らないから、変にかんぐられるとこまるんだよ。ともかくここをでよう。ボクが静かな店へ案内するから」

二人を押しだすように連れだした。なじみの小料理屋の二階へ案内して、氏家とも挨拶を交し、

「ここなら安心だ。キミのように得体の知れない大敵を向うに廻している者は身をつつしまなくちゃア危いよ。冷汗をかいたぜ。おかげで葉子に万一のことがあってはと気が気じゃなかったからな。葉子のことでレンラクがあるはずだからボクは店につめてなくちゃアいけないから失敬するが、キミもここだけで切りあげてまっすぐ大竜出版社へ戻ってもらいたいね。さもないと火急のレンラクができないから、今夜帰れる葉子が明日になったり、そのまた明日が御破算になったりしたんじゃ諦めきれないよ」と洋次郎は二人をのこして立ち去った。

氏家は左近に杯をさして、

「例のメモの印刷をボクが引きうけたのはよその印刷屋が引きうけてくれないからと泣きつかれて柄になくオトコギをだしての仕儀だが、ボクのところには脅迫などは一度もなくてキミだけが妙な変事に見舞われ通しというのはフシギなメグリアワセだね。ボクが今日にわかにキミのあとを追うようにして訪問したのはキミの離京の名残りを惜しむためではなくて、キミのメグリアワセがあまりフシギだから、大竜出版社そのものに何かイワクがあるのじゃ

ないかと見届けてみたくなったせいだ。しかし、一見したところ、大竜出版社は平凡なただの出版社にすぎないようだね。キミに東京を立ち去れという誰かの策謀は、もしやキミと葉子さんの恋愛関係というようなものが原因ではないのかね」

「そんな心当りはありませんね」

「キミは何者が何事のために策しているのか、その真相を突きとめたいと思わないのか」

「思いませんね。完全に。なぜなら、東京を立ち去るべきだからです。一度はトコトンまで突きとめてみたいような気持になりましたが、いまでは謎の女の正体が玉子と分ったことまで余計なことだと思っています。立ち去る方がよいなら、ただ立ち去ればよいのです。海へ戻れば海の風が吹いてるだけです。それがボクのふるさとだし、またボクの一生の全部ですよ。ボクは葉子さんという可愛い娘のために一切の謎のセンギをやめましたし、また東京を立ち去りますが、それが同時に葉子さんに捧げる愛情の全部なのです。葉子さんのために去り、そして悔いはありません。波の呼ぶ声がきこえています。ボクが本当に恋することができるのは、それだけということが分っているからです。誰からも、また何物からも、最後にはボクは必ず海へ戻らなければならないでしょう。完全にボクの物だと云いきれるのは海だけですよ」

　左近はその海にささげる如く、杯を眼下によせて微笑した。

玉子の告白

葉子を緑の自動車で誘いだしたのは人々の推量通り玉子であった。

「アナタの兄さんに手をまわして夏川さんを東京から立ち去るようにと企んでるのは私なのです。そのワケをお話してアナタにも応援していただきたいと思うのよ。ワケをきいて下さる」

玉子は葉子のデスクの前に立って、こう云ったのである。葉子はうなずいた。

「うれしいわ。じゃ、ちょッとの時間、私につきあって」

葉子は当然の返事をしようとした。それは彼女がいま店をはなれると無人になるからタコスケの戻るまで待ってくれという返事だ。玉子を疑る疑らないに拘らず、店には誰もいなくなるから当然そう答える必要があるのだ。

しかし葉子はすばやく決心した。もしもそう答えれば玉子はあきらめて立ち去るか、タコスケの戻るまで待つより仕方がないわけだが、あきらめて立ち去られるのが残念だ。なぜなら葉子は玉子の云うままになってみたかったからだ。そうすれば何かが分ってくるはずだ。もしも玉子が悪者とすれば、なおさら何かがつかめるはずだし、その冒険をしてみなければ結局何をつかむこともできない。

バクダン・メモの出版のはじまりのうちは葉子はあまり乗気ではなかった。有力な人々をわざわざ敵にまわすような危い出版をやらなくとももと考えていた。しかし左近が入社して、左近の身にフシギなことや危いことが次々とせまるうちに、葉子はグイグイと気組みがちがってきたのである。是が非でもこの出版を完成したいし、また敵の正体を見とどけて溜飲を下げてやりたいのだ。敵愾心と勇気が日ごとに高まる一方であった。この機会を逃しては、と葉子は思ったが、あまり玉子になめられてもシャクだから、

「いまは無人で出るわけにいかないのですけど、人が来てからでは御都合がわるいでしょうね」

と云ってやったが、敵もさるもの。

「都合がわるくはないけれど、早い方がよろしいわね」

「御都合がわるくなければ待っていただきたいわ」

「なるべく早い方がよい都合なのよ」

「その程度の都合なら待っていただこうかしら」

「意地わるねえ。からかったりして。いますぐに、つきあって下さるつもりでしょう」

それ以上じらすのもあくどいので葉子は立った。わざとタコスケへ伝言なぞは残さないことにして、またそれが玉子にも分るように、物陰では何もしないように注意した。体格検査のように一々玉子の目の前で身支度をしてみせたのである。

「タコスケが戻ってきてあわてるわ。私の姿が見当らないし、書き残したものもないから」

玉子に笑みかけてみせた。玉子もそれに笑みかえして、

「無人の際に泥棒が盗んでいくと、アナタが疑られるわね」

「それだけは大丈夫よ。信用が特別なんですもの」

自動車は走りはじめた。白雲荘とは方角がちがう。そして白雲荘よりももっと郊外へグングン走る。

「私はアナタの味方ですと以前あれほど云ったのに信用して下さらないようね」

「そうよ」

「どうして？」

「私の疑問に答えて下さる？」

「答えてよろしい範囲でね」

「夏川さんを白雲荘へつれこんで姿を消したのは？」

「どのみち夏川さんは狙われてたんですもの、私がその中間にたつ方が安全の保障になったから。さもなければ、もっと危険よ」

「金庫を爆破に行くことよりも？」

「そう。ですから、それを妨げようとしたでしょう」

「それを妨げたのはタコスケたちだわ。私を白雲荘へつれだして妨げられる？」

「ええ」

「具体的に答えて」

「いまは云えないワケがあるのよ」

「それでも信用しなさいと仰有（おっしゃ）るの？」

「信用して下さらなければ仕方がないと思うけど、私はアナタが疑り深いと思うのよ」

「夏川さんが東京を立ち去らなければならないワケは話して下さると仰有ったわね」

「全然疑り深いんですもの。すこし休ませてね」

玉子はニッコリ笑みかけてからクッションに頭をもたせて目をとじた。そして目をとじても、やさしい表情を忘れていない。いつもやさしい目。やわらかな表情。おだやかな微笑。葉子はそれにウンザリしたのだ。腹をたてているくせに、いつもやさしい目。おだやかな表情。これぐらい腹黒いものもないように思われた。

四十五分ほどすぎて、車は雑木林にかこまれた丘の上の広い邸宅の門をくぐった。その丘全部をこの邸宅が占めているらしい。車が門をすぎると犬の猛烈な吠え声が諸方からわき起った。みると巨大な犬どもだ。それが十頭以上もいる。車のまわりに集ってきたが玉子の声に吠えるのをやめ、葉子をとりまいてなおも警戒を怠らぬ面魂（つらだましい）が怖しい。犬には親しみをいだいている葉子であったが、この犬どもには身の毛のよだつ思いがした。

玄関からジュウタンをしいた階段を上って二階の広間へ。そこは洋室になっている。電気ストーブを入れた大きなマントルピース。豪華なイス。

しかし、その広間にも止まらずに、長い廊下を曲ってその突き当りの二階の離れへ。洋風の寝室にバスと小部屋が附属している。その小部屋から五十がらみの目の鋭い女が現れて二人を迎えた。

「ここがアナタの寝室よ。その小部屋にはこのオバサンがいますから、用があったらいいつけなさい。進駐軍に接収されてたから、こんなグアイにムリヤリ洋室に改造して座敷の一ッを浴室にしちゃったんですって」

「私の寝室ッて、どういう意味？」

「泊っていただくことになるかも知れないから。安心してらッしゃい。私はアナタの味方よ。もう私の名は御存知ね」

「玉子さんでしょう」

「ワケがあってのことですから、辛抱してちょうだい。決して悪いようにはしませんから。ですが、この部屋から出ないようにね」

「どうして？」

「それをきかないで辛抱して下さることよ。私がアナタの味方だということを信じて」

「信じていないわ」

「こまった人ね。あなたが疑り深くって追及がきびしいから、頭痛がしちゃった」

「頭痛がするのに、やさしい表情とおだやかな眼とでいつも微笑してらッしゃるから信用できなくなるのよ。どうして無理なさるの」

その言葉の終らぬうちに玉子の顔から微笑もやさしい表情も血の気までもひいてしまった。葉子はおどろいた。葉子の言葉にそれほどショックをうけたのだろうか。根は善良な、本当に心のやさしい人なのだろうか。

しかし、どうやら、そんな問題ではないらしい。玉子は胸をかきむしった。ベタベタと下へくずれた。そしてジュウタンを掻きむしるようにして這いはじめた。

「苦しい。お医者……」

玉子はききとれないような声で云った。そこまで見とどけると、オバサンはにわかに物も云わずに駈けだした。まもなく彼方で、

「ダンナさま。ダンナさま。奥さまが大変です。急病ですよ。お医者！　お医者！」

声かぎり叫ぶのがきこえた。女中が三名なだれこんできた。やがてデップリふとった大男が静かな足どりで現れた。口ヒゲを生やしているのである。一目でそれと分る顔だ。余人は知らず、葉子にとっては一目でそれと分る顔だ。新聞や雑誌の写真でナジミの顔だ。そして葉子の毎日の仕事に最も関係の深い顔なのだ。住田嘉久馬であった。バクダン・メモの筆者である。

女中たちは葉子の寝台へ玉子をねかせた。しかし玉子はねていない。寝台の上を苦しみも

だえて這いまわる。落ちそうになる。女中たちはそれを寝台の中央へ置きもどすのにかかりきっている。

「ジュウタンの上へ置くわけにもいかぬな」

住田は落付いた声でポツリと一言をもらしたが、ふりむいて静かに部屋をでていった。自動車が医者をつれてきた。いかにも田舎の医者然とした頼りないような人物だ。つづけさまに二十本ぐらい注射した。

「ふだんお脈を拝見しておれば特別に手当ての仕様もあるのですが、奥さまはゼンソクがおありですか」

「いいえ」

「とにかく強心剤をうちつづけましょう。発作がおさまってしまえば安心だと思いますが」

診察のヒマなどはない。這いつづけて苦しみもだえているのだから。医者はまた注射を打った。するとようやくいくらかおさまった様子である。住田はまたいつのまにか現れてジッと病人を見ていたが、

「落付いてきたね」

「ハ。どうやら。これだけ打って落付かなくてはちょッと重大ですが」

また注射をうつ。だんだん安らかそうになってきた。そして病人ははじめて大きく一息ついた。

「どうやら、大丈夫だ」

住田は呟きを残してまた静かに立ち去ってしまった。

医者はそれから三四十分念入りに手当てをしたり観察したりしていたが、ようやく安心して器具を片づけはじめた。オバサンが小声で、

「お部屋をうつしてよろしゅうございますか」

「とんでもない。絶対安静です。看護婦をつけた方が安心でしょうね。一人さがしてあげましょうか」

「ダンナさまに伺ってあとでお願い致すかも知れませんが」

「イヤ、看護婦は当節めったに見つからないから、つけない方が私も世話がなくて楽だが、しかしこの容態ではあなた方の附添では心もとない。とにかく、絶対安静。これが第一です」

注意を与えて医者は去った。オバサンは途方にくれた様子で戻ってきて、葉子に向い、

「思いがけないことになって、こまりましたねえ。他に適当な部屋がなくってね。なんとか考えて方法をとりますから、しばらくこの部屋の隅で我慢して下さい」

オバサンのほかに若い女中が一人看護に当っている。葉子が若い女中に話しかけても、彼女は絶対に返事をしないし、ふりむきもしない。まるでツンボのようだ。葉子はバカバカしくなった。

医者のすすめる看護婦をよぶことができないのも彼らの生活が秘密にみたされているせい

らしい。この意外の変事が起らなければ、オバサン以外の女中たちは葉子の存在を知らなかったかも知れないのだ。

葉子は神さまが自分を助けているのだと考えて、ほほえんだ。社の人たちは心配しているに相違ないが、どうやら自分も安全に戻れそうだし、何かの収穫を握ることもできそうだと考えて、心は安らかであった。

住田嘉久馬と玉子。しかもダンナさまとよばれ、奥さまとよばれている。しかし、それも有り得ないことではなかった。バクダン・メモの最大の急所は大石弁造の秘密書類の隠し場所たる一尺八寸の仏像の胎内が妾の玉子によって住田にもらされたことにある。そして書類の秘密も住田が握ってしまったことをそれとなくほのめかしている。その書類こそは疑獄事件の動かしがたい確証だった。この疑獄に絶体絶命の確証はその一ツである。住田がそれを公表すれば、その入手経路に於て犯罪を構成することになるが、その程度の微罪にくらべれば、それによって大物連が続々とつかまる壮観の方が大変だ。住田が事実その秘密を握っているのか。それは天下の注目の的であった。メモの急所もそこにあるから、葉子もそれを心得ていたのである。

住田と玉子は果して本当に味方同志であろうかと葉子は疑った。もがき苦しむ玉子を見下していた住田の様子はいかにも感情のないものだった。路傍のヤジウマでももっと心を動かして見ているに相違ない。そしてヤジウマほどの興味もないらしく、そッと来てまもなく静かに戻っている。あるいはこれが大物という人種の感情の表現というものであろうか。

玉子は美貌をもって住田に近づいているスパイではないのだろうか。左近も初対面の玉子をスパイだと思っていたが、あるいはそれが真相であるかも知れない。つまり仏像の胎内に隠したものの秘密を住田から取戻すためのスパイではないのか。彼女はそれを突きとめた。住田の金庫だ。そしてその金庫を爆破して書類を取り戻す役割が夏川左近にふり当てられたのではないのか。

こう考えると謎の多くがほとんど解けたように思われた。これが真相だ！　しかし、ただ一ツ残る疑問は、夏川左近が東京にいてはいけないという理由である。これが解ければ全てが解ける。そして玉子もその秘密だけは自発的に語ることを言明していたのである。玉子の役割は奇怪であるが、また哀れでもあったのだ。権力や金力の陰に否応なく踊らされている哀れな一ツの花である。葉子はなんとなく玉子に同情をもつ気持になった。

二時間ほどの時間がすぎて夕暮れになってきた。夕食の仕度のせいか、オバサンと女中は葉子に暫時の看病をたのんで去った。葉子が玉子の枕元につきそっていると、玉子ははじめて口をひらいて、

「自業自得ね。罰が当ったのよ」

「なんの罰？」

「数々の悪業の罰」

「アナタがスパイだということでしょう」

「スパイ？　私が」

玉子はクックッ笑ったが、

「そうそ。白雲荘の連中が夏川さんにそう云ったのね。まさかスパイじゃないわ」

「じゃア、どんな悪業の罰？」

「たとえばアナタをここへつれてきた罰。自慢のできる目的でつれてきたワケじゃないのよ」

「どんな目的？」

「そこまでは云えないわ」

「アナタは住田さんの奥さん？」

「まア、そうね。オメカケというのが正しい表現らしいけど」

「住田さんをスパイしてるんじゃないの？」

「なんのために？」

「私がそれをおききしたいのよ」

「日陰者のオメカケだから住田に愛情なんかもたないけど、スパイでないのも確かよ。天罰をうけてザンゲしたくなっちゃったけど、夏川さんにお詫びしてちょうだいね。夏川さんが爆破するはずの金庫はこの家の中にあるのよ。そしてね。爆破しての帰り道、たぶん夏川さんはこの庭で十何頭の猛犬に嚙み殺されたはずなのよ」

葉子はゾッとして、しばしは物が云えなかった。玉子もそれ以上は語りたくないらしく、目をとじている。その顔は例のやさしい顔ではない。悲しみの漂う顔。そして疲れ果てた美しい顔だ。玉子の本当の顔だと葉子は思った。この顔を隠していつも無理にやさしく作り笑いをしていた気の毒な女。いま玉子の語っている言葉は本当の言葉なのだ。

「白雲荘ッて、誰の家？」

葉子は思いきって訊いた。

「あなたの知らない人の別荘よ。でも、本当の持主は、ここの主人と同じ人よ」

「住田さん？」

玉子はもはや答えなかった。

まもなく女中が現れたので、葉子はまた部屋の片隅へ退いた。

白雲荘の持主も住田？　それはどういうことだろう。いろいろ考えてみたが、ワケが分らなくなるばかりであった。

まもなくオバサンが現れて葉子に云った。

「お嬢さま。お帰りの車が待っております」

「ハイ」

「そして、夏川さんと申す方に必ず東京を立ち去るようにとすすめてあげて下さいね」

「どなたからの御伝言？」

オバサンはそれに答えなかった。葉子の手をとり、玉子に挨拶のヒマも与えず連れだした。玉子はあきらめきったように目をとじていた。

葉子をのせた緑の自動車は走りはじめた。

変な命令

洋次郎はよばれてマスターの部屋へ行った。いつも愛想のよい曽我だが、この日はことのほかニコヤカに彼を迎えいれて、

「苦は楽のタネ。ねえ、キミ。人の苦労に報いはあるものだ。キミも今回は思いがけないことで辛い思いをしたろうが、どうやら良き報いが訪れたらしいぜ」

「妹が無事戻ればほかに文句はありませんよ」

「そのことは云うまでもなしさ。あと三十分ぐらいで妹さんは勤め先へ戻るそうだ。まずは乾杯」

曽我は馴れた手つきでハイボールを二つ作って乾杯して、

「お互いに今回は苦労したな。ボクだって何が何やら分らないが、さる人物とキミとの中間に立たされて辛い思いに変りはなかったよ。ところで例の夏川左近だが、その方は確実だろ

うな」

「無論ですよ。葉子が戻れば奴は海へ戻りますよ。奴の約束はヤクザの仁義以上に信用できますから」

「それはたのもしいな。ところで夏川左近が海へ戻ったあとで、キミにしてもらいたい仕事が一ツあるのだが」

「それは約束がちがいますよ。ボクの仕事は夏川左近を追ッぱらうので終りのはずだ。どこのオエラ方の命令か知りませんが、三下だって怒る時はありますぜ」

「まアま。カンちがいしちゃいけないな。苦は楽のタネ。よき報いの訪れとは、このことだよ。この仕事には莫大の報いがある。おまけに単なる商談だよ。夏川左近を追ッぱらったあとでだね、大竜出版と氏家印刷の払いをすましてバクダン・メモの出版を中止させるのがキミの仕事だ。ネ。単なる商談さ。値切ったぶんはキミのモウケになるぜ」

「だってボクが依頼した出版でもないのに、そんなことできますか」

「そこは適当にやりたまえ。住田嘉久馬氏にたのまれたと云うんだね」

「委任状は？」

「そういうものが必要かなア。ねえ、キミ。商談ですよ。しかも、現金の支払いですよ。先方は現ナマをちょうだいするのだ。そのほかに、何がいりますか」

「それが良き報いですかね」

「当り前さ。キミの腕次第で、モウケはお気に召すままだ。キミの労苦をねぎらうためにキミに与えられた仕事だぜ。失礼な申し様だが、本来ならこれは紳士の仕事だね。軍人で申せば大佐以上、あるいは、代議士、社長。こういう紳士の役割だ」

「ボクは紳士じゃないから、しくじるかも知れませんぜ。その節、文句を云っても知らねえから」

「しくじることはありませんよ。人に現ナマを与えるのだもの。これぐらい人によろこばれる仕事はない」

　云われてみれば、その通りだ。筋道がどうあろうとも事は現ナマの支払いだから、この役目にしくじるようでは銀座のマンナカでオマンマは食えない。

「とにかく、やってみましょう」

「無論のことさ。しかし、おことわりしておくが、この仕事は夏川左近が東京を立ち去ってからだぜ。それまでは絶対にこの話をきりだしちゃアいけません」

「わかりました」

「じゃア、まず海から来た男を海へ帰らせてきたまえ。キミの妹さんがそろそろ大竜出版へ戻ってくるころだ。彼女がどこへ行っていたか、それを知りたがるのは原子力の秘密を知りたがるのと同じぐらい危険なことだな。キミばかりじゃなく、夏川氏も、その他の何者もだ。分るだろうね」

「葉子が無事で戻りゃアほかは知ったことじゃアありませんよ」

と洋次郎は扉(ドア)に肩をぶつけるような勢いでとびだした。

葉子が戻れば、問題は左近だ。彼は一時間ほど前に左近と氏家を案内した小料理屋へ駈けつけたが、いましがたお帰りですという返事。ここ一軒でまッすぐ大竜出版へ戻ってくれと念をおしておいたのだから、たぶん帰っているだろうと気にもかけずに大竜出版へ来てみると、ボンヤリ留守をまもっているのはタコスケ一人。

「夏川左近氏はまだ戻らないのか」

「名残の一夜だからね。察しておやりよ」

「葉子は?」

「それを訊きたいのは、コッちだね」

「ちかごろのガキは脳膜炎をわずらッた奴にかぎってマセた口をききやがる。健全な頭でなくちゃア仁義礼智信はわきまえられないものだ」

ことごとく予期に反したから、洋次郎は逆上して殺気だっている。悪党ながら、それも妹の身を思う至情。無理もないから、タコスケ、ニヤリと笑って悪党の煩悶ぶりを鑑賞している。そこへ葉子が戻ってきた。葉子は彼女自身のことについては何も考えていなかった。彼女の行方不明が人々をどんなに心配させたかということも考えるヒマがない。ただ考えていることは夏川左近のことだけだ。左近を海へ帰したくはないけれども、どうしても東京の地にとめておいては彼の命の問題だという考えで胸がはりさけるようだった。

玉子の告白によれば、左近が爆破するはずの金庫はあの別荘のもので、その帰路に左近は十数頭の犬に襲われて殺されるはずであったというのである。左近を海へ帰さなければ。あの薄気味のわるい婆やも緑の自動車の運転手も別れぎわに呪文のようにそう唱えているのである。左近を海へ帰したくないが、どうしても帰さぬわけにはいかないのだ。彼女自身の経てきた奇怪な遍歴の如きは頭にとどまる余地もなかったのである。葉子は部屋の中を見まわした。そこにいるのはタコスケと兄だけだ。左近の姿が見えないので葉子は思わずゾッとすくんだ。タコスケは思わず立上って、

「葉子さん！　どうしたんですか！」

「夏川さんは？」

「あす海へ帰るので、氏家さんと名残りの酒をのみにでかけましたよ」

「あす海へ？」

「そうですよ。葉子さんが今晩かあすの朝には無事に戻ってくることがだいたい見当がついたからです。葉子さんの戻り次第海へ帰るという約束で、この洋次郎クンがユーカイ犯人と即時釈放の交渉をすることになったからですよ」

「じゃア、そのせいね」

洋次郎はしみじみ淋しさを味った。どれほど妹の身を案じてみても、戻ってきた妹は彼の

存在に気のない一べツをくれただけだ。他人よりもそらぞらしい。抱きしめるどころか、妹の方へすすみでることもできないほどのそらぞらしさが二人の間を距(へだ)てている。妹のため即時釈放の交渉に切ない努力をしたことすらも、夏川左近を海へ帰すという交換条件のために、妹の感謝どころか、蔑みをかっている始末だ。

――しみじみヤクザがイヤになったな。

と洋次郎は腹の底から悲しくなった。妹に信頼される兄でありたいという切ない思いで胸がつぶれてしまったのである。といってみても、今さら立派なことができるだけの力もなければ才もないのは目に見えている。まことにどうも情ない。ただグチだ。

そのとき、風のように音もなく、入口の戸を排して現れた見知らぬ男があった。

解けかけた謎

見知らぬ男は三人の顔をジロジロと無遠慮に観察したあげく、洋次郎と葉子をその視線からふりすてて、ニコヤカにタコスケの方に向ってすすみよった。

「社長はいるかい?」

「夜間は休業だい」

「おそれいった。当店の然るべき人物に会いたいのだがね」

「このお嬢さんとボクが当店の然るべき人物だよ」

「特にキミが大物だな。一見して分るぜ。オレはこういう者だ。以後お見知りおきを願っとくよ」

と名刺をだした。太平洋新聞社会部の谷本という記者であった。この太平洋新聞は日本の大新聞の一ツだが、今回の汚職事件については特にカシャクなく政府攻撃をつづけ、独自の捜査網によって自らその核心をえぐりだそうとしていた。汚職の当事者にとっては検察庁よりも怖ろしい相手だったのである。

タコスケは名刺を見るとたのもしがって、

「そうかい。太平洋の記者なら歓迎するぜ」

「サンキュー。一目見たときからキミのただならぬ人物は見ぬいたんだ。お茶をのましてくれねえかな。出がけにマーケットでショーチューを二杯キュッとのむ悪癖があってノドがかわいてこまるんだ。ウーム。うまい！」

谷本は番茶のでがらしを立てつづけに四五杯もゴクゴクのんだ。

「時に、バクダン・メモの出版はどうなってるね？」

「今日校了だよ。二三週間で街へでるよ」

「そうはいかないだろう」

「なぜさ」

「住田嘉久馬が雲がくれじゃ検印がもらえないだろ」

「さすがに知ってやがんな、新聞社は。それでコッチは困ってんだよ。校了だって戻ってこないから、コッチで勝手に校了にしちゃったんだ。なるほど検印がもらえないという心配もあるわけだね」

「大ありナゴヤだよ。とても検印はとれねえぜ」

「チェッ！　アッサリ云うない」

「住田のいる場所を知らなければとれッこない」

「さてはそれをさぐりにきたな」

「オッ！　相当の眼力だ。住田とレンラクはないんだね」

「ないから困ってんだよ」

「これは明日の早版の朝刊だ。東京の朝刊にはもっと尾ヒレがつくはずだがね。住田の野郎どこへ雲がくれしやがったんだろ」

谷本がポケットからとりだして示した新聞の社会面、そのトップに大きくでているのがその記事だった。

「この記事じゃアここの三四行が一番カンジンなんだ。いいかい。住田の雲がくれの裏には大金の動いた形跡がある、というんだな。その金額は一億五千万円と云われている。な。住田がその金を受け取ったんだ」

「畜生！　メモの出版を一億五千万円で売りやがったな！」

「バカ云うな。こんなメモ、組んだだけじゃアたかだか十万ぐらいの損害じゃないか。メモの内容はすでに然るべき筋には全部知れ渡っているんだよ。この出版を怖がってるような連中は天下に一人もいやしないよ」

「だって、ほかに何も怖れる物はないじゃないか」

「この出版を怖れるとすればヨロンへの影響ぐらいのものさ。だから各紙だってせいぜいその意味でしか取りあげていなかったのさ。一億五千万円の値打のあるのはメモの中に暗示されてる一物だよ。大石弁造と玉子だけが知ってたという一尺八寸の仏像の中の秘密書類。この汚職事件の唯一の物的証拠だよ。この一物が紛失すれば、小菅の大物全部が無罪放免なんだよ。メモの出版がもしも世論を喚起するとすれば、この一物がどうなったかという一点に於てだ。メモの出版が多少怖れられるのもその理由によってだけなのさ」

　葉子は腰がぞくぞくふるえるような緊張を感じた。やっぱり、そうだ。あの別荘の金庫を爆破して夏川左近に盗みださせようとしたのはその秘密書類だ。そして夏川左近が犬に嚙み殺されてしまう。そして秘密書類の行方はそこからとぎれて不明になってしまう。すると一億五千万円は夏川左近の命の値段のようなものだ。愛するが故に葉子の思念はこう働いた。愛の直感だ。

自分の金庫を爆破させて、自分の物を盗ませる。それは常識ではとうてい見当がつかなかったが、一億五千万という金の動きの介在によってその奇怪な謎がフシギなものではなくなるのである。

海から来たばかりの左近を敵方の者が姓名まで知ってるというのは奇抜でありすぎる。住田嘉久馬なら吉野大竜からのレンラクで知っていた。白雲荘も実は住田のイキのかかった人物の別宅であるというし、玉子は今では住田の二号であるという。さすれば全ての謎がほぼ解けるではないか。左近に金庫を爆破させようとした張本人は住田嘉久馬なのだ。そして住田が張本人でなければ、住田の犬が左近を殺す手筈はたてられない。猛犬を自由にするには主人の協力がなければならない。

葉子は緊張で居たたまらなくなり叫びださずにいられないような衝動におそわれかけたが、必死に口を結んで、こらえていた。何も云ってはいけない。これが新聞記者に知れてしまうと、左近は海まで生きて帰りつくことすらもできないだろう。明日の朝、左近に附き添って、海まで送りとどける役目を自分が果さなければならないと葉子は心をきめた。

谷本は胸のポケットからパイプをとりだして、器用な手つきでふかしながら、

「ところがだな。この一億五千万はまだ住田の手に渡っていないらしいんだ。なぜなら、金が渡れば、例の品物は敵方の手中に移るわけだ。これが敵方、つまり汚職方だな。そッちの手に移れば、汚職方や政府筋や検察庁方面に新しい動きが起るわけだ。それがまだ起ってい

ないんだよ。もう一ツ、たぶんその節はキミの社へ出版を中止するようにと住田から云ってくるはずなんだ。つまりだな。金銭授受を感知するには、キミの社に張りこんでるのも一法なんだよ。オレのテレビアンテナさ。どうだい、事情が分ったかい」

「ウーム」

「わが社があすの朝刊に一億五千万の動きをほのめかすのも彼らに実行をいそがせる手段なんだよ。他社の奴が慌ててここへ駈けつけるかも知れないが、奴らには白ッぱくれて、住田から出版中止の使いが来たら、太平洋新聞へだけ知らせてもらいたいね」

「いいとも」

「ありがてえな。さすがにオレの見こんだ人物だ。キミは将来大物になるぜ」

「お茶のみなよ」

葉子同様、全身にみなぎる緊張をグッと押えて素知らぬフリをしているのは洋次郎であった。ほかならぬ出版中止の交渉役をたったいましがた命ぜられたばかりである。もっとも、それが住田からの命令かどうかは分らないが、ともかく太平洋新聞がアンテナにかかるのを待ちかまえている重大事であることは明白だ。

——しかし、ずッとオレを苦しめてきた蔭の人物が住田かなア。

洋次郎は疑問に思った。新聞社なぞというものは、あまりにもカングリすぎる傾きがあるようだ。ギャングの世界は実はわりかた単純だ。これはやっぱり汚職方の指金(さしがね)と見るべきだろう、というのが彼の大体の考え方であったのである。もしも葉子のユーカイされた家が住田嘉久馬の別荘と知ったら、彼はキモをつぶして考え直したであろう。それを知らなかったのがシアワセだった。谷本はタコスケにくれぐれもたのみ、男と男の握手を交してニコヤカに立ち去ったのである。

左近の怒り

左近は酒店をでると氏家と別れ、銀座の人波にもまれて歩いた。

北は北海道、南は九州の果にいたるまで、淋しい漁港は何々銀座という通りがあるものだ。まッくらな銀座である。まれに一二軒ネオンのついた店があって、それが女のいる酒場であり、カツレツだのカツドンなどを食べさせるのである。東京の銀座とはまるで趣きがちがう。

しかし左近にとっては、まっくらな何々銀座の方がなつかしい。東京の銀座がむしろ名をかりたニセモノのような気がするぐらい寂れはてた何々銀座に心がなじんでいるのである。その銀座はふだんは八時すぎると人ッ子一人通らぬような道であるが、大漁の船がはいると一晩中ドンチャカ音の絶え間がない道でもあった。しかし当節はめったに大漁がなくなったから、せっかくオカへあがっても何々銀座の焼芋屋で十円の芋を買うのが精一パイといううらぶれた銀ブラをしなければならないことが多いのである。しかしうらぶれた銀座通りをスキ腹をかかえてサッソウと歩くのはわるくない。それが海の男の生活だ。魚が相手の生活には今日の暮しがたたないからと云って何を恨んでもはじまらない。魚にめぐりあわなければ是非もないのだ。

東京の銀座は何々銀座とちがって、道ではなくて海の底だ。深刻な色彩と複雑な模様にいろどられた深海魚は銀座人種によく似ているし、フグに似た肥満型、イシダイに似た女将型、ハモやサヨリのような外人男女も泳いでいる。ちょいと釣りたい気持になる。これがホンモノの魚ならと左近が東京の銀座でふとシンミリ考えたのはそれであった。

左近が大竜出版社へ戻ってみると、もう洋次郎も帰ったあとで、葉子とタコスケが彼の帰りを待っていた。どうしても左近を海へ帰さなければ、そして海まで送りとどけなければというのが葉子の堅い決心であるから、それを知った洋次郎も安心して、明朝東京駅での再会を約して帰ったのだ。

「ヤア、御無事で戻りましたね。これでボクも明日は東京にオサラバだ」

と左近はクッタクがない。葉子も女々しい様子は見せなかった。タコスケが一ツ咳ばらいに及んで、

「ねえ、夏川さん。ボクたち相談をきめたんだけど、ボクと葉子さんが夏川さんを海まで送って行きますよ」

「それはいいね。漁師町は魚くさいのが玉にキズだが、いいものだよ。二三日滞在して東京の垢を落すんだな」

「ノンキなことを云ってるよ。ボクたちは夏川さんの護衛なんだぜ。ボクがついてりゃ大丈夫だが、さもないと道中が危険なのさ。この人は何も知らねえな」

タコスケは谷本がおいていった太平洋新聞を左近に示して、ついでに出がらしの番茶をついでやった。

「住田嘉久馬氏雲がくれ、とあるだろ。ところでだね。重大なのはこの三四行なんだぜ。住田氏雲がくれの裏面には一億五千万の大金が動いた形跡があるというのさ。つまり住田が一億五千万の金をもらって雲がくれしたというわけさ。住田の行方は太平洋新聞が必死に追っかけているのだよ。ところがだよ。葉子さんが玉子にユーカイされて連れこまれたのが住田の隠れ家ですよ。葉子さんは住田の顔も見てきたのですよ」

「住田がユーカイしたってわけかい」

「そうなんだよ。夏川さんを白雲荘へ連れこんで、金庫を爆破しなければならないようなハメにさせたのも住田ですよ。それがいま分ったのさ。いいですか。夏川さんが爆破するはずだった金庫はその住田の隠れ家の金庫ですよ。それを爆破して夏川さんが何物かを盗んで逃げる。ところがその隠れ家には十数頭の猛犬がいるんです。夏川さんが逃げる時にその猛犬がワッと襲いかかって夏川さんを嚙み殺してしまうんですよ。そして盗まれた何物かはそこから行方不明になってしまう。こういう手筈だったんです。そしてその紛失した何物かは改めて住田から汚職の容疑者の手に渡る。一億五千万の代金引き換えにね」

「どうしてボクに盗ませるのだね」

「だってバクダン・メモで公表したから住田の手に秘密書類の握られてるのが世間に知れ渡っているでしょう。それを単にヤミからヤミに葬れば、世間の疑惑がさっそく住田に集るじゃありませんか。さては金をもらって売り渡したなと感づかれるにきまってるからね。それを誰かに盗ませる。盗んだ男が殺されてしまえば、秘密書類が紛失しても共犯者が持って逃げたと思わせることができるでしょう。しかもだね。盗んで殺された犯人が夏川さんなら大竜出版の新入社員で一応住田の秘密に通じている筋も通るばかりでなく、夏川さんの身許がアイマイで共犯の見当だってつきやしませんよ。案外ボクなんぞが共犯に疑われるかも知れないね。あるいは夏川さんが汚職の容疑者の手先で、その目的のために社員となって大竜出版に入社したと解釈されるかも知れないでしょう。なんしろ天下に身寄りのない風来坊だから、タンテイだの新聞記者がどんな解釈でもつけますよ。とにかく金庫爆破の犯人としては天下に夏川さんぐらい適当な人物はいなかったわけだね。大竜出版の唯一のしかも新入りの社員で、素性がハッキリしないんだからね。名タンテイ・タコスケの原子眼は見透しですよ」

「そこまで分るはずはなさそうだな」

「わかるはずがあるんです。悪いことはできないものさ。葉子さんをユーカイした玉子が住田の隠れ家へ到着するとにわかに急病になって倒れたんです。医者が二三十本もカンフルをうって持ち直したそうですが、看病の葉子さんに玉子が告白したんです。天罰とみて怖れたんだそうですよ。夏川さんに爆破させるはずの金庫はこの隠れ家の金庫で、爆破のあとで犬に嚙み殺させる手筈だったということをね。そして白雲荘も住田の身内の別荘だと教えてくれたそうです。してみれば一目リョウゼンですよ。金庫爆破の張本人は住田その人さ。夏川さんが大竜出版の新入社員と知ってるのは住田だけですからね。そして玉子は実は住田の二号なんです。してみればこの筋書を書いた者は住田以外にありッこないのが判明するじゃありませんか。夏川さんにインネンをつけて金庫爆破を余儀なくさせるために玉子があなたを白雲荘へ誘いこんだと分るでしょう。いわば玉子は夏川さんを殺す計画の執行人ですからね。急病に倒れて天罰を怖れたのは無理もないです。彼女もまたかよわき女だからね」

「その隠れ家はどこだい」

「東村山らしいですよ。丘の上の一軒家で、下に貯水池が見えるそうです」

「それにしてもボクを海へ帰したがるわけが分らないね」

「神奈川氏や千葉氏の顔を知ってるから、東京をうろつかせちゃアうるさいと思うのは当り前さ。生かしておいちゃア危いと思ってるかも知れないよ。だからボクと葉子さんが護衛して無事海まで送りとどけてあげるんですよ」

「それは大いに心強いな」

「そうですとも。さすがに太平洋新聞は目が高いや。一目でボクを見ぬいたからね」

タコスケはまた番茶をついでやった。

左近は太平洋新聞のトップ記事をていねいに読んでみた。そしてタコスケの推理と思い合せてみた。葉子のユーカイ先が住田の隠れ家とあれば、タコスケの推理の通りでなければならないはずである。一億五千万円のイケニエに自分が殺されるはずであったということは、思えばバカげた気持であった。そのこと自体はむしろ滑稽なぐらいである。一介の漁師が一億五千万のイケニエに見立られればむしろ豪勢な話だ。シケで死んでも千円の見舞金もおぼつかない身分である。

しかし左近は、はじめて心中に煮えたぎる怒りを感じた。汚職事件も腐敗ダラクの政党も我関せざる気持であったが、ただ単に事件にまきこまれたというだけでなく、汚職のカラクリ自体の中にまきこまれたとなると、汚職のカラクリというものに甚だ現実的な感情で認識を新にせざるをえない。甚だしく肉感的に観察せざるをえないのである。

まことに汚らわしく憎むべきカラクリだ。人の二号をローラクして秘密書類を握り、メモの公表によって脅やかして、それを一億五千万で売りつける。しかもその大金の動きをごまかすために人の命をギセイにする。まことにいやらしい限りだ。一億五千万を投じても盗まれた秘密を買い戻さねばならぬという汚職の一味も鼻持ちならない。指揮権を発動して捜査の中止を命じる政府。一ツに肉感的な憎悪を覚えると、それにからまる全ての汚れに大いなる怒りを覚えずにいられなかった。海の男の心ではなかった。それは人間の怒りであった。

しかし左近は怒りの色を隠していた。なぜなら左近はすでに大いなる決意をかためていたからだ。純情可憐な葉子やタコスケにそれを知られて心配をかけてはこまるからだ。

住田嘉久馬の隠れ家の金庫の中には例の秘密書類かその代金の一億五千万円かいずれかがあるはずだ。彼自身が爆破すべきはずであったその金庫をたしかに爆破してみせようと左近は決意したのである。その中にある物が秘密書類なら天下に公表してやろう。一億五千万の札束なら焼きすててやろう。いずれにしても彼が爆破して盗むべきであった品物は必ず盗みだしてみせると決意した。

「明日は海へ戻るのだから、今夜は早寝しようよ。キミたちも帰ってやすんでくれたまえ。護衛の名タンテイが寝不足じゃア心細いからね」

「そうだね。九時ごろ迎えにくるからね。おやすみ」

と二人は何も気付かずに立ち去った。

左近のりこむ

翌朝、左近は二人が迎えにくる前に腹ごしらえをして出発した。

東村山で下車して郵便局で十何頭の猛犬がいる邸宅をきいてみると、すぐ分った。

「裏口に呼鈴があるから、それを押して人が出て来てからでなくちゃア危くてはいれないぜ」

「ボクは犬の訓練に行くんですから心配ありませんよ」

と左近は冗談にまぎらして礼をのべて辞去したが、さて実際問題となると冗談ではすまされない。

呼鈴をおして人がでてきて、うまくごまかして門を通ることができればよいが、失敗すると、それまでだ。なぜならいったん怪しまれると、猛犬の関所を通ることができないからである。訓練された犬というものは命令一下とびかかる。犬と命令する人とが一しょになっては猛犬の関所は通れない。呼鈴を押して、でてきた人をごまかすことができなければ、もはや侵入は不可能だ。

犬だけならば、まだしも通過の可能性はあるものだ。主人の命令を受けない犬は必ずしもとびかかるとは限らない。こッちの態度によって噛みつかせない可能性もありうるのである。むしろ呼鈴をおさずに静かに門をくぐるべきだと判断した。

もちろん左近は身に寸鉄もおびていなかった。十数頭の猛犬を小さな刃物で防ぐことができるはずもない。大きな猛犬はむしろ小さなテリヤよりも扱いよいものである。こちらの心構えによって奴らの不安を押えつけることができうるものだ。

めざす家に到着した。彼は邸の外を一周したり偵察したりして犬どもに警戒の念を起させてはこまるから、なんのためらいもなく裏戸をあけて、なれた足どりで門内へはいった。静かに戸をしめて、平静に歩く。巨大な犬どもが諸方から吠えつつ次第に馳せ集ってきたが、あくまでそれには無関心に歩いた。賭けである。無関心か、死か。それだけだ。否。死あるまでは、ただ無関心あるのみである。一片の警戒もあってはならぬ。それでも嚙みつく奴があれば、一片の警戒もないうちにアッサリ死ぬより仕方がない。赤ン坊と同じことだ。

無事戸口まで辿りついた。ここで慌てずにダメ押しの無関心。首尾よく戸をあけ戸をしめてホッと大息。これでどうやら仕事の九割は成功したのだ。警戒は犬にまかせて、女中わずかに三名、玉子の病気に看護婦すらも雇うことをためらうという秘密の隠れ家だ。もうあせることはない。

若い女中が現れた。犬の関所を悠々と突破してきた若者に呆然たるていであった。

「奥さんの病室はどちらですか」

彼はもう靴をぬぎかけた。女中はそれにのまれて疑心すらも起すヒマがない。

「あの、どなたさまですか」

「奥さんの使い走りしている夏川という者です。取りついでいただく必要はないのですよ。ただ病室へ案内していただくだけで分りますから」

秘密の家に秘密の客。当然ありうることだから、むしろ女中は疑念氷解の様子である。ジャンパー姿の怪しさも当然のものとうけいれた様子。犬の関所を通過したのが何よりの説得力となっているのだ。

女中の差しだすスリッパを悠々とはいて、長い廊下をみちびかれ、病室の前にたどりついた。

「もう分りました。あなたは退って下さい」

「そうですか」

と女中は戻って行った。

左近は洋室のドアをあけた。ベッドに玉子がねている。婆やが一人つきそっていた。

「今日は。玉子さん。夏川左近です」

「アッ！」

玉子は目をあいて、左近を見ると小さな叫び声をあげた。病み疲れて蒼ざめた顔。玉子は観念したように目をとじて、再びその目を開こうとしない。

婆やが立ち上ろうとした。左近はそれを制して、

「すわっていなさい。別にあなた方には何もしません。ボクの邪魔だてさえしなければね。玉子さん。ボクが爆破するはずだった金庫はこの家の金庫だそうですね」

玉子は覚悟をきめたらしく、ハッキリと目をあけて左近を見つめた。病み疲れてはいるが、意外に澄んだ目である。玉子は左近をためすように見つめて、

「そうです」

と答えた。そして視線を左近の顔から放さなかった。

「それをきいて安心しました。ここの金庫でない時にはひッこみがつきませんからね。もうお分りでしょうが、ボクは約束通り金庫を爆破に来たのです。そして約束通り金庫の中の物を盗んで帰ります。しかし、神奈川氏に渡すためではありませんよ。金庫の中の物が秘密書類なら天下に公開します。またもしすでに一億五千万の金に変っているなら焼きすててコナゴナにします。そうしなければボクの怒りがおさまらないのです」

その顔をジッと見つめて玉子は答えた。

「よく分ります。では、みんな御存知なんですね」

「あなたが葉子さんに告白した言葉と今朝の太平洋新聞の記事とを合せて、どうやら分ったのです」

「私も分っていただきたかった。今では、そう思っています。葉子さんに中途ハンパな告白しかできなかったことを今では後悔しているのです。私はあなたを殺す仕事の手びき役をしましたし、葉子さんを苦しめました。なおその上に大石弁造への復讐心から秘密書類を奪って住田に渡し、この騒動の元をつくったのも私です。秘密書類はまだ金庫の中にあります。今日の午後、一億五千万円と交換の手筈になっていますが、私は今ではその書類が再び大石一味の手に戻ることも、住田の手にとどまることも欲してはおりません。住田らの卑怯な約束通り、あなたの手に渡り、正しい扱いをうけて天下に公表されることを祈っております。

せめてもの罪ほろぼしにお手伝いさせて下さい。私がお手伝いしなければ金庫は開きません。住田はどんなゴーモンをうけても金庫の開け方を口走るはずはないのです」

玉子の目には真情があふれていた。のみならず、その真情を伝えるために媚びている目ではない。むしろ左近の本心を見誤るまいとするために全力をつくした目であった。そして本心を見とどけた目だ。信じきった目であった。左近はそれを理解した。

「住田の部屋はどこですか」

「二階のちょうどこの反対の側に当る突き当りです」

「住田とあなたのほかには女中三名だけですか」

「ほかに犬が十六頭。とても泥棒ははいれません。この犬を怖れずに邸内へ侵入できる人は自分の正しさに自信のある人だけですわ。私はビックリしました。しかし、それに気がついて、あなたを信じもしましたし、尊敬もしました。女中は私がこの部屋へ呼び集めて、あなたのお仕事が終るまで外へだしません。金庫をあける時に私を呼びにいらして下さい」

玉子は呼鈴を押して階下から二名の若い女中を呼びよせ、自室のカギを左近に渡して、

「この部屋にカギをかけていらして下さい」

「ありがとう」

左近は念のためカギをかけた。病人の玉子では三名の女中を制しきれない心配があったからである。

住田の部屋を突きとめて、外から様子をうかがってみると、彼は余念もなく何か書き物をしている。よほどメモるのが好きなタチらしい。むろんこの邸内に犬の関所を通りぬけて左近が忍び入ったことなどは全く気がついていない。

左近はサッと戸をあけて住田にせまった。住田がふりむいた時はおどりかかってねじ倒していた。腕の関節の逆をとってねじ伏せ、他の部屋から拾ってきた紐で手と足に縄をかけた。

「安心しなさい。別に命はとりません。キミの計画通り金庫を破って秘密書類を盗んで行くだけだ。キミの計画とちがうのは、ボクがたぶん犬に殺されずにここを立ち去るだろうということと、秘密書類が大石一味の手に渡らずに天下に公表されるだろうということだ」

左近は住田を大きな本箱にくくりつけた。住田がうごけば本箱の下敷となるばかりである。

左近は玉子の部屋へとって返して報告した。玉子は着物を着かえ、薄化粧して待っていた。

再び部屋にカギをかけて、二人は金庫のある部屋へ行った。玉子はダイヤルをまわして、金庫をあけた。

「これが秘密書類です。これだけが汚職事件の物的証拠だそうです。あなたはこれをどうなさる?」

「ハッキリした当てはありませんが、いまの世相では国民の友達は新聞だけのようですから、太平洋新聞へとどけようかと思っています」

「それがよろしいわ。では私についてらッしゃい。犬をなだめますから。あなたが新聞社へおつきのころまで、この家の者は一歩も外へ出させません」

玉子はともすればくずれそうな足どりをふみしめながら左近を階下へ案内し、庭へでて犬をなだめてくれた。

「御無事にね」

「ありがとう」

左近を送りだして潜戸(くぐりど)をしめると、力がつきはてて玉子は思わず潜戸に顔を伏せたが、やがて顔をあげた時には、明るい輝きがみちていた。

「ありがとうは、私が左近さんに云わなければならない言葉だったわ。私も今からは人間になったのだ。左近さん。ありがとう」

そして左近が太平洋新聞の応接室で社会部長や次長らにかこまれて秘密書類奪取のイキサツを語っているころ、玉子は緑の自動車ではないタクシーをよんで、いずことともなく姿を消し去るところであった。

今から人間になるために。

解説

七北数人

ハードボイルドといえば、現代のエンターテインメント小説界に欠かせないジャンルだが、ファルスと同様、この言葉もまた定義が難しい。専門家同士で対談など何度か行われたが、定義は一向に嚙み合わない。安吾が生きていた時代の日本ではまだ書かれていなかったハズだ、との反論も当然出てくるだろうし、ドストエフスキーやデュマ、戦記文学、任俠モノ、股旅モノなどにもハードボイルドと呼べる作品はあった、という言い方も成り立つ。

ごく一般的なイメージとして、典型的なハードボイルド・ヒーローといえば、洋画ではボギーことハンフリー・ボガートが筆頭に挙がるし、邦画では高倉健か松田優作あたりがまず思い浮かぶのではないだろうか。

「タフでなければ生きていけない。優しくなければ生きている資格がない」

ボギーも演じたことのある探偵フィリップ・マーロウの、この有名なセリフが後に続くハードボイルド作品のゆるがぬ芯になっている気がする。高倉健主演の映画「野性の証明」では、この言葉がそのままキャッチコピーに使われ、語呂のよさから、あっという間に流行語となった。

巨悪に立ち向かう一匹狼。徹底して硬派で無口。ストイックで感情を表に出さない。何ものをも恐れず、たった一人、死地へ赴く。

ハードボイルド作品の主人公というと、大体こんなイメージになる。冷酷非情なニヒリストや復讐者である場合も多いが、守るべき者のため巨悪に立ち向かっていく熱いヒーローであることも多い。後者の場合も、表面はあくまで無口でクールだ。

日本の小説では、前者の例に大藪春彦の「野獣死すべし」や高木彬光の「白昼の死角」などがぴったり当てはまるし、後者には北方謙三の諸作が思い浮かぶ。

そして安吾作品では、ダークヒーローが登場しても無感情であることはなく、北方作品と似た熱い血が感じられる。「優しくなければ生きている資格がない」を地で行くような、情愛の深さを内に秘めた狼たち。北方氏自身が安吾について書いた文章は見たことがなかったが、きっと安吾が好きだろうという予感があり、安吾全集編集時、月報にエッセイの執筆をお願いしたことがある。結果、予想どおり安吾のことは大好きだが、全集の月報に書くとなったら中途半端なものは書けないので、いまは時間がとれないと断られてしまった。ともあれ、北方氏が安吾ファンであると知れたのは嬉しい収穫だった。

「思えば空襲は豪華きわまる見世物であった。ふり仰ぐ地獄の空には私自身の生命が賭けられていたからだ。生命と遊ぶのは、一番大きな遊びなのだろう。イノチをはって何をもうけようという魂胆があるでもない。／文学の仕事などというものが、やっぱりそういう非常識なもので、いわばそれに憑かれているからの世界であろう。芸ごとはみんなそうで、書きまくって死ぬとか、唄いまくって、踊りまくって、喋りまくって、死ぬとか、根はどっかと尻をまくって宿命の上へあぐらをかいている奴のやることだ」

戦後まもない時期に、将棋観戦記「散る日本」でこんな宣言をしてみせ、「堕落論」ではたったひとり曠野を行く人間を究極の理想像に掲げた安吾は、自らがハードボイルドの主人公ででもあるかのようだった。

先に刊行された「坂口安吾歴史小説コレクション」全三巻収録作品にも、ハードボイルドな生き方に徹する主人公たちが多く登場した。世界のすべてを敵に回しても、息を殺し人目を避けて生きて行くしかなくなっても、自分だけの信念をまげることはない。まさに「堕落論」の体現者たちであった。

現代小説でこれを書くのは難しい、と同コレクションの解説に書いたが、今回選んだハードボイルド作品は、それを達成した稀な例といえるだろう。誰とも狎れ合わず、身の危険をもかえりみず、たった一人、信念を貫きとおす者は、現代社会では普通に生きていくことなどできない。ぬきんでた英雄になるか、狂気に落ちるか、とんでもない犯罪者になるか、いずれかへ行き着くほかないだろう。そしてその道はどれも、エンターテインメントの王道だ。

冒頭に収めた小説「復員」（一九四六年）は、全集未収録の掌篇で、二〇一八年に斎藤理生氏によって発掘された。「堕落論」と「白痴」で一躍流行作家におどり出た、その年に書かれた原稿用紙たった一枚の小説。戦死したはずの男が片手片足を失って復員して来る、という設定は、後の「復員殺人事件」とまったく同じ。身体だけでなく心にも深傷(ふかで)を負ったであろう主人公の気持ちを、安吾はさらりと表面をなぞるだけで済ませてしまう。何ものにも動じないのか、すべてを捨て去ってしまったのか、けれども心の見え方は、やっぱりさらりとクールで静かなのだ。まだ物語も始まらないこの掌篇、安吾のハードボイルド宣言のようにも読めて、不思議な味がある。

続く「決闘」(一九四七年)も復員兵たちの話である。前半は特攻兵として近づく死と向き合う三人の青年の、リアルで人間くさい心境を描くのだが、ここでも安吾のペンは微妙なバランスを保ち、誰に肩入れすることもない。

「絶望とは決して人間の心に棲むものではない。狂気の上にあるものであり、人間に非ざる心に在るものであった」

青年の一人は、哲学的な省察の果て、連続強姦を正当化するに至る。「罪と罰」のラスコーリニコフさながらの犯罪心理。青年たちの度しがたいエゴイズムは、理不尽な死へ駆りたてられる〝運命〟というヤツへのささやかな抵抗だったのかもしれない。処女と戦争未亡人が自分の意志で動きだす終盤の展開は痛快この上なく、「堕落論」の小説化というなら、「白痴」よりも本作「決闘」や、天性の娼婦が強烈な自由意志を発揮する「出家物語」(〈ファルス篇〉所収)などのほうがピッタリ当てはまるのではないだろうか。

「金銭無情」（一九四七年）は、戦後の闇市や料飲店を舞台に、奇怪な人物たちが入り乱れて商売に奮戦する群像ドラマ。ファルス・タッチで、あちこちにコミカルなエピソードが仕込まれているが、話が進むほどハードボイルドの要素が強くなっていく。

三千代夫人の回想によると、登場人物にはそれぞれモデルとなる友人たちがいるらしい。飲み屋の主人になった哲学者の設定など、牧野信一門下の旧友でバーを経営していた谷丹三の名前が思い浮かぶが、モデルと呼べるのは経歴の大枠だけで、この男、ほとんど人間離れした冷徹な守銭奴ぶりを発揮する。笑いも出ないほどの悪辣さだが、ついにキレた女房が夫に反撃する、かなりハードな格闘シーンなどに、ハードボイルド小説の妙味がある。

第二部の「失恋難」あたりから予測不能の急展開が続く。一人が新興宗教を始めたり、因果モノめいたハダカ芸の娘や怪力女が暴れまわったり、ヤミ物資の大がかりな詐欺が眼前で展開されたり、物語も描写もどんどん凄みを増していく。悪漢たちの化かし合いから目が離せなくなる。

「現代忍術伝」（一九四九〜五〇年）は、安吾のエンターテインメント精神がバクレツした異形の傑作。ここでもさまざまなヤミ取引が描かれ、新興宗教はさらに巨大で邪悪な組織となって出現する。その洗脳の実態は凄惨きわまりない。

だが、潜入者たちはさらに一枚うわての天才アプレ学生たちだ。詐欺会社を経営する学生メンバーの登場シーンなど、安吾の傑作歴史長篇「信長」の、部下の少年万千代（丹羽長秀）が大人の度肝を抜いた颯爽たる差配ぶりをほうふつとさせる。さらには暴力団まがいの土木会社が絡んできて、ここにも頭脳明晰で度胸満点の一匹狼が登場する。

あちこちで諜報戦や頭脳戦が行われ、内面的にも外面的にも虚々実々の戦いがくりひろげられる。まわりは敵だらけの中で、若者がたった一人、汗もかかず胆のすわった駆け引きに応じるシーンの爽快さ。若き信長や秀吉があちこちにいる。

「保久呂天皇」（一九五四年）は、全部で十一軒しかない小さな部落での惨劇を描いた最晩年の傑作。自らが「天皇」になる夢に取り憑かれた男の話なので、「信長」のミニチュア版ともいえそうだ。狂気に蝕まれた主人公は、必然的に孤立して一匹狼となり、ハードボイルドのキャラクターとなる。何ものをも恐れず、ただ前へ前へと進んでいくので、文体も行動主体のハードボイルド文体に近づく。必ず対立者が現れ、あらゆる手段を駆使して戦いに勝とうとするプロットもハードボイルド小説の典型だ。

自慢から起こる大ゲンカや、村の閉鎖性に根づく狂的な妄想といった構図は、〈ファルス篇〉に収録した「居酒屋の聖人」や「餅のタタリ」とも通じる。いくらか幻想的な趣もあるので〈伝奇篇〉に入っていてもおかしくはない。どのジャンルに、より傾くかは匙（さじ）加減ひとつの差なのかもしれない。書いてみないと決まらないようなところもあるし、当然、複数のジャンルにまたがった作品も多くなる。本作「保久呂天皇」もそうだし、〈伝奇篇〉収録の「落語・教祖列伝」シリーズや「女剣士」なども、時代小説とファルスとハードボイルドの要素が等分に混ざっていた。

「左近の怒り」（一九五四年）は、ミステリー仕立ての快作。ただし、通常の謎解き推理より、主人公の行動が軸になって展開するので、やはりハードボイルド小説と呼ぶほうがふさわしい。政界財界をまきこんだ巨大な陰謀、秘密組織の女スパイ、金庫爆破の命令、さまざまな道具立てがそろって、冒険小説のような面白さがある。純朴だが胆のすわった主人公は、悪の元凶が潜むアジトへ単身、乗り込んでいく。猛犬のただなかを悠然と歩く姿は、まさに正統派ハードボイルド・ヒーローだ。爽やかな結末も嬉しい。

筑摩書房の決定版『坂口安吾全集』が編集準備段階だった頃、既刊のちくま文庫版全集やそれ以前の全集、選集類と作品配列を比較してみたところ、編集者によってジャンルの分け方に相当違いがあり、どこにどの作品が入っているのか探すのにひどく手間どった。小説の部にエッセイとしか読めない作品が入っていたり、ルポとは思えない作品がルポの部に入っていたり、という調子で、これでは読者も困るのではないかと思った。

そこで一度、ジャンルを全部とっぱらい、全作すべてを年代順に配列してみたところ、探しやすいうえに、生成順に読むことで発見されることも多く、安吾はこれに限ると思った。編集会議で提案すると、即座に柄谷行人氏が乗ってこられ、各巻の編成はその場でほぼ完成してしまった。

ジャンル排除を提案した張本人が、今回ジャンル別選集を作ることになったわけだが、全集でないかぎりは、作品の内容を伝えるのにジャンルは非常に便利なのだ。内容の半分くらいは、一瞬で伝わる。だから逆に、一瞬で誤解されうる怖さもあるわけだ。

実際、出版業界のほうにジャンル意識が根強いため、純文学作家と目される坂口安吾が、エンタメ傾向の強い作品を書くと、片手間の作とみなされ、単行本化されずに終わってしまうことが少なくない。今回のエンタメコレクションでも半数以上の作品が、一度も単行本化されなかったか生前に一度単行本化されたのみで、全集や選集以外では読めなくなっていた。本書でいえば「決闘」「現代忍術伝」「左近の怒り」がそうだった。

面白い作品ほど、さまざまなジャンルの要素をあわせもつので、伝奇・ファルス・ハードボイルドの三巻に便宜上分類はしたが、相互に異動可能な作品も多い。もちろんすべての作品に純文学の要素も入っている。

これまで顧みられることの少なかった安吾のエンターテインメント方面での才能は、この三巻に如何なく、バラエティゆたかに発揮されている。コレクションをきっかけに、安吾の新しい魅力が再発見されることを願ってやまない。

本書は、『坂口安吾全集』（一九九八〜二〇〇〇年 筑摩書房刊）収録作品を底本とし、全集未収録の「復員」のみ初出紙を底本としました。

旧仮名づかいで書かれたものは、新仮名づかいに改め、難読と思われる語句には、編集部が適宜、振り仮名をつけました。

本文中には、今日の観点からみると差別的、不適切な表現がありますが、作品の発表当時の時代的背景、作品自体の持つ文学性、また著者がすでに故人であるという事情を鑑み、底本の通りとしました。

（編集部）

坂口安吾エンタメコレクション〈ハードボイルド篇〉

現代忍術伝

二〇一九年　六月一五日　初版第一刷　発行

著者　坂口安吾

編者　七北数人

発行者　伊藤良則

発行所　株式会社　春陽堂書店

〒一〇三―〇〇二七
東京都中央区日本橋三―四―一六
電話　〇三―三二七一―〇〇五一

装丁　上野かおる

印刷・製本　惠友印刷株式会社

乱丁本・落丁本はお取替えいたします。

ISBN978-4-394-90349-9 C0093